MOSCA ESPANHOLA

WILL FERGUSON

Mosca Espanhola

Tradução
Celso Mauro Paciornik

COMPANHIA DAS LETRAS

Foto da página 414: Getty Images/ Archive Films

Os trechos de *Arte de amar* reproduzidos aqui são
da tradução de Carlos Ascenso André (Lisboa: Livros Cotovia, 2006).

Canada Council for the Arts   Conseil des Arts du Canada

We acknowledge the support of the Canada Council for the Arts which last year invested $20.1 million in writing and publishing throughout Canada.

Nous remercions de son soutien le Conseil des Arts du Canada, qui a investi $20,1 millions de dollars l'an dernier dans les lettres et l'édition à travers le Canada.

Grafia atualizada segundo o Acordo Ortográfico da Língua Portuguesa de 1990, que entrou em vigor no Brasil em 2009.

Título original
Spanish Fly

Imagem de capa
Kansas State Historical Society

Preparação
Fabíola Cristófoli

Revisão
Marise Leal
Huendel Viana

Dados Internacionais de Catalogação na Publicação (CIP)
(Câmara Brasileira do Livro, SP, Brasil)

Ferguson, Will
Mosca Espanhola / Will Ferguson ; tradução : Celso Mauro Paciornik. — São Paulo : Companhia das Letras, 2011.

Título original : Spanish Fly
ISBN 978-85-359-1822-9

1. Ficção canadense I. Título.

11-01203 CDD-813

Índice para catálogo sistemático:
1. Ficção : Literatura canadense em inglês 813

[2011]

EDITORA SCHWARCZ LTDA
Rua Bandeira Paulista, 702, cj. 32
04532-002 — São Paulo — SP
Telefone (11) 3707-3500
Fax (11) 3707-3501
www.companhiadasletras.com.br

PARTE 1
Um parque de diversões no deserto

1.

Às vezes eu penso que Colombo estava errado. O mundo talvez *seja* plano.

Existe o Céu e existe o Inferno, e, em algum ponto entre eles, as planícies do Texas ocidental. Na desolação causticante daqui, não há o menor indício visível da curvatura da Terra.

E existo eu, Jack McGreary, no assento do passageiro de um sedã Nash Ambassador que desliza pela paisagem, perseguindo o torpedo cromado do ornamento do capô do carro como se estivéssemos viajando no vácuo de um projétil.

Éramos três naquele carro: Virgil, ao volante. A srta. Rose, estirada no banco de trás. E eu, fugindo de uma vida que havia muito tempo superara.

Eu só conhecera Virgil e a srta. Rose algumas horas antes, mas foi o que bastou. Conheci-os na cidade, num beco ao lado da mercearia. Quando Virgil me apresentou Rose, ela me fitou como se estivesse examinando um cavalo quarto de milha.

"Você é grandalhão, não? Que idade tem, rapaz?"

"Dezenove", eu disse. "Acabei de fazer."

"Dezenove?", ela riu. "Raios, eu nem me lembro dos dezenove."

A corrida no Nash Ambassador foi um júbilo. Eu tinha visto anúncios deles; agora estava em um. Quatro portas, 1939, produção limitada, acomodava seis com uma cama desdobrável atrás. Tração traseira, 105 HP, motor com válvulas no cabeçote. Sistema de dupla ignição. Vidro inquebrável. Ventilação canalizada com controle climático patenteado Weather-Eye. Carroceria aerodinâmica, feito um daqueles trens de passageiro de luxo, o tipo que costumavam mostrar em cartazes promocionais, contornando as Montanhas Rochosas ou saltando graciosamente sobre pontes — antes de as companhias ferroviárias começarem a jogar vagabundos para fora de vagões de carga, claro. Reluzente e macio, o Ambassador era cheio de maravilhas inovadoras. Virgil atingia oitenta quilômetros por hora sem a menor dificuldade.

Rose estava sentada com as pernas para cima, o vestido amarfanhado. O cabelo voando para todos os lados. Adormecida — ou fingindo. Eu ajeitei o retrovisor lateral e observei-a por alguns instantes. Mesmo com os olhos fechados num rosto de frente para o vento, ela tentava ajeitar uma mecha solta de cabelo atrás da orelha.

Virgil tinha bom gosto, com certeza. Para carros, e ternos também. Ele parecia muito garboso em sua seda reluzente e bigode Errol Flynn. Fazia eu me sentir muito desajeitado no macacão incrustado de sal da mina e mal remendado.

"Esse golpe em particular...", disse Virgil, enquanto rodávamos para a próxima cidade no mapa. "Uma barbada."

Nós tínhamos cruzado a divisa para o Condado de Yoakum. Gattonville, dizia a placa. Parecia uma versão menor de Paradise Flats, de onde eu venho. Não era grande coisa, Gattonville. Com o vento a favor, podia-se transpô-la com uma cusparada. Algumas lojas populares. Artigos desbotados nas vitrines. Toldos pedindo reparos. Uma igreja de adobe na praça principal, com um sino sem badalo balançando no ar seco. Aquele sino rangia, para a frente e para trás, sem um dong, um ding, ou um "Como vai?". A cidade inteira parecia feita de poeira socada.

"Golpes a dois são difíceis de aplicar", disse Virgil. "Muitas oportunidades de ouro foram perdidas só porque Rose e eu não conseguimos tocar sozinhos. Em geral, é preciso uma isca, uma troca e uma fuga. Isso põe três na jogada. E é aí que você entra. Rose dá a largada, eu dou o bote, você nos tira de lá."

Rose se agitou assim que paramos de andar. Ela se inclinou para a frente, tirou um cigarro do maço com um piparote. "Golpe do tesouro?"

Virgil fez que sim. Nós estávamos entrincheirados no Nash agora, estacionados numa viela transversal daquele arremedo de centro de Gattonville. Estávamos esperando, embora eu não soubesse bem o quê.

Rose esmagou seu terceiro cigarro em alguns minutos e disse: "Podemos fazer isso, Virg?".

Ele fez que sim. "Quando estiver pronta, boneca."

Rose pegou um maço de notas limpas de vinte dólares. Ela leu os números de série para Virgil, que os anotou num caderninho, cada número numa página separada.

Rose desceu do carro e cruzou a rua até a primeira loja à nossa frente: uma mercearia. Nós a vimos olhar para trás, pela porta de tela no momento em que esta fechava, como se estivesse sendo seguida. O que era o ponto principal, segundo Virgil: parecer o mais furtiva e memorável possível.

A coisa funciona assim: Rose entra, esgueira-se pela loja, olhos faiscando, e faz uma compra minúscula com uma nota de vinte dólares nova em folha. Algo de menos de um dólar. Agarra o troco às pressas e cai fora dali.

Aí Virgil entra intempestivamente, tendo incorporado a confiança rude de um agente do Tesouro. "Entrou uma dama aqui?", ele pergunta ao balconista. Virgil exibe rapidamente um distintivo. Ele me mostrou o distintivo no carro. Parecia de verdade, porque era. Olhando de perto, viam-se as palavras DEPTO. DE PESCA E VIDA SELVAGEM — Virgil o ganhou numa partida de faraó, ele me contou —, mas quem olha tão de perto para um distintivo? "Bem alta. Cabelo loiro, vestido azul?"

"Acabou de entrar!", eles diriam, lembrando-se perfeitamente dela.

"Ela passou uma cédula?", Virgil pergunta. "Uma com o seguinte número de série...", e ele lê o número no seu caderno.

O balconista tiraria a cédula de vinte dólares de Rose da gaveta da caixa registradora e sua boca cairia. O mesmíssimo número! Bem, aquilo decidia o assunto.

"Ela saiu não faz cinco minutos", o balconista diria. "Talvez consiga apanhá-la."

"Temos homens esperando por ela na estrada, na saída da cidade. Meu amigo, você acaba de conhecer a prima de Bonnie Parker."

"A prima dela?"

"Connie. Falsária manjada. Tem inundado a área com essas."

Virgil tiraria um par de luvas de algodão e extrairia cuidadosamente a prova (perfeitamente legal) da mão do balconista, a seguraria contra a luz, e murmuraria: "Falsa, claro". Aí, endurecendo o olhar para o balconista: "Você sabe que aceitar dinheiro falso é um crime federal".

O balconista engoliria em seco essa notícia, mas Virgil sempre decidiria pegar leve com eles.

"Posso ver que é um homem honesto", ele diria. "E é possível que haja uma recompensa aí para você..."

Pronto.

Medo, seguido de cobiça. Uma poderosa combinação que sempre surpreendia. Virgil escreveria um recibo para a cédula supostamente falsa — a lei exigia o confisco imediato de falsificações, afinal — e sairia andando, vinte dólares na mão, faturando o troco que Rose recebera antes como puro lucro.

A essa altura, Rose estaria várias portas adiante. Ela costumava entrar e sair mais depressa do que Virgil.

Tendo recuperado os vinte, Virgil sairia, folhearia seu caderno até o próximo número de série, e entraria na loja seguinte.

Meu trabalho consistia em uma coisa: dar a partida no carro. Surpreendentemente, nem isso eu consegui fazer.

Vinte minutos e quase oitenta dólares limpos depois, Virgil e Rose saltaram para o carro. "Vamos embora!"

Mas com as mãos suadas de pânico, quando puxei o afogador, eu afoguei o motor. *Raios.* Empurrei o afogador de volta, girei a chave e pisei no acelerador. Estava tentando obter um bom fluxo de ar para limpar as velas. O motor tossiu; uma baforada de fumaça preta surgiu de baixo do capô. Quase. Engrenei a marcha do Nash. O motor tossiu uma segunda vez, o carro deu um tranco para a frente e parou. Eu tentei de novo, pisando mais forte no acelerador desta vez. Mais fumaça. O Nash deu um tranco para a frente de novo. Morreu, e desta vez completamente.

Virgil bateu no painel com as duas mãos. "Mas esta é muito boa!"

Ele apeou, bateu a porta. E não é que o último balconista do dia apareceu, com o rosto corado, esbaforido, animado pelas fantasias juvenis sobre agentes federais alimentadas pelo rádio?

E não é que esse balconista avistou Virgil ao lado do Nash, e não é que esse balconista gritou: "Senhor! Ali está ela. No carro!".

Há momentos que testam um homem. Eu saí aos trambolhões pelo lado do motorista, o coração palpitando, punhos já fechados esperando uma pancadaria ali mesmo na pista.

Mas uma estranha calma se apossou de Virgil. Ele se virou, lentamente, como um toureiro faria.

Ele sorriu. Chamou o balconista no mais amigável dos tons. "Senhor", disse ele. "Me faria uma gentileza? O governo destes Estados Unidos precisa da sua ajuda."

Virgil me agarrou pelo colarinho e me deu um safanão, apesar de eu ser uma cabeça mais alto que ele, pelo menos, e de ele ter de ficar na ponta dos pés para fazê-lo.

"Senhor, acabei de apanhar Connie Parker e seu filhote aqui. Leve esse garoto de volta para a loja, não deixe ninguém ver. Outros membros da gangue de criminosos implacáveis de Parker podem estar escondidos nas proximidades. Assim que eu tirar a mãe do garoto do carro, vou ao seu encontro. Vamos ter de pegar uma declaração — para a citação por bravura que certamente virá. Você só tem que cuidar para o filhote aqui não fugir." (Virgil, fiquei sabendo mais tarde, tinha espalhado uma pilha de citações por bravura por todo o grande sudoeste. "Sou uma espécie de filantropo por isso", ele gostava de dizer.)

Com a rotunda virilidade agora bem atiçada, o balconista me conduziu para sua loja de ferragens, segurando meu braço, sussurrando: "Não tente nenhuma gracinha", como se fosse um durão num filme de Edward G. Robinson.

Ocorreu-me a ideia de que Virgil e a srta. Rose poderiam perfeitamente ter me deixado ali e caído fora. Pelo espaço de tempo que se seguiu, imaginei que estavam discutindo essa exata possibilidade. Mas a porta finalmente se abriu com Virgil empurrando Rose para dentro com um safanão teatral. Ela estava com a cabeça baixa, as mãos estendidas para a frente com o casaco de Virgil atirado sobre elas, como que escondendo as algemas. Virgil virou a placa na porta para FECHADO.

"Connie Parker?", perguntou o balconista, com os olhos arregalados por conhecer alguém famoso. (Inexistente, é verdade, mas ainda assim famoso.) "A Connie Parker?"

Rose não disse nada. Manteve o olhar cabisbaixo.

"Você fez um ótimo trabalho", disse Virgil para o meu rechonchudo captor. "Fabuloso. Haverá uma recompensa por ele com certeza. *Morador local ajuda a capturar notória gangue criminosa*, já posso ver. Vou levar esses dois para a delegacia. Você fica grudado no telefone esperando uma ligação da central."

"Não me moverei uma polegada", prometeu o balconista. Aí, quando estávamos nos virando para sair, nosso amigo acrescentou: "O senhor não precisa verificar a caixa registradora, também? Ver se tem alguma impressão digital para tirar?".

Virgil parou. Virou-se. Uma estranha contração agitou seus lábios, como um homem suprimindo, ah, não sei, um sorriso talvez. Ele alisou o bigode, que não precisava ser alisado, e disse: "Senhor, essa é uma excelente sugestão. Você é talhado para ser um federal, acredito".

"Mesmo?", disse o balconista, enquanto abria a caixa completamente para a pilhagem.

"Vou ter de levar a gaveta toda", disse Virgil. "Polvilhá-la para, hã, evidências. E o que for."

Virgil escreveu um recibo para ela também.

O balconista entregou a gaveta da caixa registradora a Virgil, o dinheiro cuidadosamente empilhado e separado para nossa total conveniência. Em seguida, o homem inclinou-se sobre o balcão e empurrou outra gaveta. Esta, vazia.

"Vou tirar meu adiantamento do cofre", disse ele. "Mixaria."

Isso também atraiu o interesse de Virgil. "Onde é que você compra isso?", ele perguntou, referindo-se à gaveta substituta.

"No posto de abastecimento de escritórios, em Silver."

"Elas encaixam em qualquer caixa registradora?", perguntou Virgil.

"Encaixam. Como uma luva. É padronizado. Não importa quem seja o fabricante."

"Então", eu disse, enquanto caminhávamos de volta para o carro, "ainda bem que eu afoguei o Nash. Certo?"

Virgil murmurou alguma coisa. Ele precisou de boa meia hora para pôr o Ambassador em funcionamento de novo, e, mal saímos de Gattonville, Rose assumiu o volante. Agora eu fora escalado como o espertinho que entraria furtivamente nas lojas, soltando notas de vinte dólares, enquanto Rose esperava — com o motor ligado. Virgil me disse para eu parecer nervoso, o que não era difícil. Minhas mãos tremiam sem parar, e embora eu descobrisse que podia controlar meus temores, aquele tremor nas mãos parecia não terminar nunca. Nós demos golpes nas três cidadezinhas seguintes, uma a uma, eu fazendo a largada e Virgil entrando em seguida, assustando os balconistas com ameaças de perseguição e depois seduzindo-os com promessas de recompensas. Ele substituía a gaveta de suas caixas registradoras pela última que nós tínhamos recolhido. A gaveta que ele entregava sempre continha pilhas de dinheiro; não podíamos contar que todo balconista fosse tão tapado quanto o primeiro, e substituir uma gaveta de caixa registradora por outra cheia de dinheiro não parecia suspeito. Virgil escreveria seus recibos, e os balconistas imaginariam que não tinham nada a perder.

Rose e Virgil tinham uma valise forrada de notas falsas. E uma sacola cheia de papel em branco, verde-claro, cortado no tamanho certo.

"Não se deve passar dinheiro falso", disse Virgil. Nós tínhamos saído para o acostamento, e ele estava preparando nossa última gaveta para o próximo golpe. "Pelo menos se puder evitar. Comprei este lote por quarenta dólares, mantive-o principalmente para emergências e um ocasional golpe do paco."

"Golpe do paco?"

"Quando você engambela passantes com um rolo de Mish."

"Rolo de Mish?"

"Uma nota de valor alto, enrolada em volta de papéis em branco ou jornal cortado. O nome vem de 'Michigan', onde ele foi aperfeiçoado. Eu pessoalmente prefiro um 'Mish vivo'."

"Um Mish vivo?"

"Uma pilha de notas de verdade de um dólar ensanduichada entre cédulas de cem falsas. Jesus, garoto, você tem muito que aprender. Um Mish vivo parece mais autêntico que papel impresso ou papel verde. É difícil de detectar, ao menos em transações que ocorrem de noite. O problema é: as notas falsas são muito fáceis de identificar à luz do dia. As cores nunca estão perfeitas, nem a textura do papel ao tato. O Departamento do Tesouro usa tecido de algodão, entintamento profundo, placas caras. Quase impossível duplicar. Se falsificar fosse fácil, não haveria necessidade de golpes."

Voltamos para a estrada, Virgil ao volante, o Weather-Eye patenteado do Ambassador zunindo, o vento correndo sobre nós, e Rose novamente estirada no banco de trás.

Parávamos em cada cidadezinha por onde passávamos, cada uma menor que a seguinte. O jogo tomara um curso novo e inesperado, e nosso arrastão aumentava. Onde precisaríamos de uma rua inteira para colher oitenta dólares, agora conseguíamos mais do que isso em cada caixa registradora que trocávamos. Toda vez que esvaziávamos nossa gaveta de dinheiro, nós a enchíamos de papéis em branco, depois colocávamos notas únicas de vinte, dez, cinco e um dólar no topo das pilhas. Todas falsas, menos as de um dólar. Ficava óbvio se você levantasse alguma delas para um exame detalhado, se as amassasse mesmo que só um pouco. Mas e quando estavam pousadas em cima de uma gaveta de caixa registradora do Departamento do Tesouro americano?

"Ninguém vai piscar", disse Virgil. "Nem vai dar uma segunda espiada."

Ele acrescentava uma garantia a mais, porém, pelo bem da segurança.

"As cédulas são marcadas", ele diria ao balconista. "Por isso, não passe nenhuma adiante até enviarmos nosso homem para polvilhá-las." (Virgil não dizia com o que ou por quê, mas isso não tinha importância. Manteria as mãos do balconista longe da gaveta por tempo suficiente para abrirmos uma distância razoável da cidade onde tínhamos aplicado o golpe.) "E não se esqueça", diria Virgil, balançando aquele fiozinho de lã diante de seus olhares de gatinho, "tem uma recompensa polpuda chegando para você. Sendo assim, trate de esperar a chegada do nosso homem."

Uma recompensa! E polpuda! Os olhos deles faiscariam de *cobiça*. Está em C, no dicionário. "Um desejo exagerado de riqueza." Não um desejo de fortuna, que é inato, mas um desejo *exagerado*.

"Pessoas cobiçosas assim e estúpidas assim merecem ser enganadas", disse Virgil, enquanto sumíamos de nossa última troca de notas do dia, o sol vermelho inchando às nossas costas e as luzes da próxima cidade tremeluzindo ao longe. "E são", disse ele.

"Claro", disse Rose, sonolenta, no banco de trás. "Culpe o trouxa." Depois, mais para si do que outra coisa, ela disse: "Não posso acreditar que você disse para aquele balconista de Gattonville que eu era a mãe do cara".

“O que queria que eu dissesse?”, perguntou Virgil. “Que era a boneca dele? Eu tive que improvisar, só isso.”

Ela olhou pela janela, para as artemísias que passavam voando. Texas ocidental, vastidão achatada. E apenas as mesetas escarpadas da Cordilheira Richardson ao longe para sugerir um horizonte. “Não posso acreditar que você falou isso”, disse ela.

“Vamos, Rose. Você não é tão velha assim.”

“Não tem nada a ver com a minha idade”, disse ela, ainda olhando pela janela. “Você não devia ter dito que eu era a mãe dele.”

2.

É difícil saber, não é? Onde as coisas começam. Por que acabamos tomando um caminho e não outro. Para mim, acho que começou, talvez, quando fui preso. Isso foi lá no leste, na Louisiana. Tudo parte do plano, e funcionou maravilhosamente bem, mas sinto que foi aí, talvez, que as coisas começaram a desandar.

Vamos dizer que dois amigos estão jogando baralho e um apanha o outro trapaceando, aí ele vai para casa, pega um revólver, carrega-o, volta, enfia uma bala bem no peito do outro sujeito. Bem, quando foi que esse assassinato ocorreu, precisamente? Qual foi o momento sem volta? Foi quando a bala saiu do cano? Ou quando ela atingiu aquele homem? Terá sido quando o coração dele parou de bater? Quando seu amigo puxou o gatilho, ou quando não conseguiu convencer o dito amigo a não atirar nele? Talvez se ele tivesse defendido seu caso um pouco melhor. Se tivesse chorado apenas um pouco mais. Ou terá sido quando seu amigo saiu da mesa de jogo e foi para casa pegar o revólver? Talvez chegue mais atrás ainda, nas raízes de sua amizade, na maneira como foram criados, ao que lhes foi ensinado, se foram criados na riqueza ou na pobreza, tementes a Deus ou científicos. Quando foi que começou o tique-taque do relógio? Quando a vida daquele segundo homem realmente terminou?

Ou tomem algo maior. Um desastre ferroviário, por exemplo. Quando as coisas saem dos trilhos desse jeito, pode ser espinhoso apontar a causa específica do descarrilamento. Pode-se remontar a catástrofe a um sinaleiro adormecido na agulha de desvio? Mas *por que* ele estava adormecido? Teria ele ficado acordado durante a noite toda, por causa do cachorro do seu vizinho uivando para a lua? E, se foi assim, o desastre de trem e a destruição que se seguiram não seriam culpa do cachorro? Ou da lua? E quem colocou aquela lua girando, aliás? Sim, senhor, pode-se puxar os cordões de uma coisa para sempre e não conseguir desvendar a verdade.

No meu caso, talvez remonte a antes de Louisiana. Antes de Virgil e da srta. Rose. Acho que, no meu caso, a coisa começou com a poeira.

Elas eram chamadas de "nevascas pretas", pelo modo como se acumulavam como nuvens de chuva e bloqueavam o sol. Algumas trovejavam, outras eram assustadoramente silenciosas. Todas eram secas como cemitérios. Quando elas rolavam sobre nós, era como se uma mortalha tivesse sido puxada sobre a terra.

Aquilo era a camada superficial do solo subindo ao céu, aquelas eram fazendas secas sendo sopradas. Uma fazenda para cada quilômetro de poeira, era o que diziam. A poeira deixada para trás podia ser da cor escura das cinzas ou amarela do papel de cera. Marrom oleosa se vinha do Kansas, preta densa do Texas oriental, cor de cobre avermelhado se viesse das montanhas de Oklahoma. Cada tempestade tinha sua própria cor e cada cor seu próprio cheiro. As areias vermelhas eram pungentes e queimavam as narinas quando respiradas. As marrom-escuras tinham um cheiro gorduroso que causava dor de estômago. As tempestades amarelas cheiravam a carne rançosa. Uma nevasca preta se espalhava do panhandle* do Texas até a fronteira canadense, escurecendo céus tão distantes como o de Albany, então façam os cálculos. O centro de um continente, um espaço tão grande que é difícil de imaginar. Esvaziado. O vento começava a engrossar no Dia do Armistício e continuava soprando, içando a terra de anos de colonização e trabalho duro. Isso foi em

* Literalmente: "cabo de frigideira" é uma faixa estreita de território ligada a uma área ou região mais vasta; no caso, se refere aos 256 condados mais setentrionais do Texas. (N. T.)

1933. Seis anos depois, e eles estavam dizendo que nós tínhamos "dobrado uma esquina". Pelas minhas contas, era a quarta esquina que nós dobrávamos. Se a prosperidade estava à mão, nada dela chegara até ali ainda.

Era uma coisa aterradora e admirável observar uma tempestade de poeira se aproximar. O horizonte ficava escuro, depois mais escuro ainda, transformava-se numa linha retinta riscada na borda da Terra. O céu começava a se revolver como as nuvens levantadas pelos cascos de um exército se aproximando, chegando mais perto, cada vez mais perto, até que, numa rajada de vento, o próprio ar parecia se solidificar e era colocado em movimento, queimando nossa garganta e nossos olhos, picando as pessoas até elas se sentirem nuas sobre urtigas. E ali estava o Eli Pirado, olhos selvagens, abanando os braços, vociferando sobre o Juízo Final e o fim do mundo, gritando para a fustigação de um vento áspero como uma lixa — "Castigo!", ele gritava, embora eu nunca conseguisse imaginar por quê.

As casas balançavam à sua passagem, gemendo sob o ataque. A poeira se infiltrava. A areia penetrava entre os dentes e nos olhos. Nas orelhas. Aprendia-se a ficar deitado, imóvel, durante a noite; virar-se jogava para cima a poeira das cobertas. Aprendia-se a dormir com um pano de prato sobre o rosto e não sonhar com sufocação. Ao acordar, encontrava-se um contorno no travesseiro, como um quebra-cabeça com uma peça faltando. Havia meses em que as tempestades chegavam a cada dois ou três dias. As lagoas viravam lama, a lama, argila. Pois o sonho do Faraó não tinha se concretizado, os anos magros comendo os gordos? Eram os serviços dominicais que eu temia que se concretizassem.

Aquilo era bíblico. Animais morriam às pencas, Noé às avessas: criaturas grandes e pequenas saindo de costas da arca direto para a falta de água, andando para trás por cima de costelas e pelancas dependuradas e olhos cheios de muco enxameados de moscas. Eles morriam de sede terminal. Morriam lambendo as próprias sombras.

Os contornos viviam mudando: de dunas altas em alguns campos a subsolo em outros, à medida que os ventos descascavam camadas de história, as desnudavam. Acampamentos de índios meio esquecidos ressurgiam, junto com pontas de flechas e estribos espanhóis, anéis de tendas indígenas e ossos de búfalos. Era como se os anos gastos revolvendo a terra, os anos de colonização e cultivo do solo, nunca tivessem ocorrido; que tudo houvesse sido um sonho. Em Dalhart, estavam organizando um Clube do Último Homem, em que todo membro fazia um juramento de que jamais abandonaria as planícies — mesmo que estivesse claro para muitos que as planícies já os tinham abandonado.

Dizem que as tempestades de areia comem cidades inteiras, que algumas simplesmente desapareceram sob os bancos de areia e dunas. Dizem que homens morreram nelas, afogados, engolindo poeira, tentando respirar. Não sei se essas histórias eram factualmente verdadeiras, mas sei que vi pessoas fugindo da escuridão, lenços tapando as bocas como se estivessem fugindo de um ataque com gás mostarda. Correndo para casa, enfiando lençóis e panos velhos em cada fresta que encontravam, colando fita-crepe em torno de janelas e portas, tentando manter a poeira fora da melhor maneira que pudessem. Ela mesmo assim se infiltrava, deixando ondulações que lembravam impressões digitais no chão.

Eu tinha nove anos quando o mercado de ações desabou. Eles estavam chamando aquilo de Quinta-feira Negra, e depois era Segunda-feira Negra, e depois Terça-feira Negra, e depois Outubro Negro, e depois estavam falando em anos.

O engraçado é que, no início, antes de a seca começar, o problema fora uma safra excessiva. Depois do Crash, supersafras ameaçavam derrubar ainda mais os preços. Já havia grãos apodrecendo nos silos — "deterioração abundante", como diziam — de modo que o Departamento da Agricultura foi obrigado a atear fogo em milhares de acres, destruindo grandes plantações de trigo, algodão, beterraba, tabaco e outras, numa tentativa final de evitar a superprodução. Os campos ardiam. As chamas lançavam um clarão vermelho para o céu, como se alguém tivesse saído e deixado abertos os portões do inferno. É uma visão que não se esquece facilmente, uma paisagem queimando daquela maneira.

No sul, fazendeiros foram instruídos a soterrar seu algodão, mas as mulas sulistas eram treinadas para andar *entre* as fileiras. Elas não passavam o arado diretamente por cima, recusavam-se a pisotear qualquer plantação. Tinham de ser açoitadas para fazê-lo.

Supersafras e campos em chamas: isso parece ter acontecido há muito tempo. Os anos de seca terminaram agora, e os gafanhotos trataram de arruinar o pouco que restou. Tempestades secas e calor sufocante. Gafanhotos e ossos esbranquiçados. Nós um dia vivemos no Bread Basket da América; agora estávamos no fundo do Dust Bowl* — na extremidade mais meridional dela, aliás. "Onde o sedimento se deposita", como dizemos. Nossa ideia de um passeio por ali são três golfadas de ar fresco entre uma tempestade e outra. "Este Novo Saara" é como estavam chamando aquilo nos jornais.

Eu me lembro de ser apanhado no quintal quando tinha dez anos, onze talvez, pelo ataque de gafanhotos — deles rodopiando por toda parte, me atingindo por todos os lados, e eu em lágrimas chamando pela minha mãe, sabendo que ela apareceria e me salvaria bastando eu gritar bem alto.

A oeste de nossa cidade ficavam as mesetas e os ocasos de um México Mais Novo, e ao sul, os campos salgados, rachados e encrostados. A vida era sempre para o norte. Era onde as vastas pradarias das Grandes Planícies se abriam como um abraço. Era um tempo, diziam, em que um homem não podia atirar um punhado de sementes pela janela sem nadar em colheitas ricas e densas, pela manhã. Tenho vagas noções de campos verdejantes, mas de um tempo tão remoto que mal parece verdade.

Pessoas agora estão comprando tripas e ossos para a sopa, às vezes um talho de banha de porco se a sorte inserir umas moedas a mais no seu caminho. Homens perambulando atrás de trabalho até seus pés sangrarem, até precisarem forrar as solas dos sapatos com papelão e jornal dobrado, têm de enfiar algodão atrás dos calcanhares para aplacar a dor. Despejados, com a hipoteca executada, expulsos. Vivendo de sopa de repolho e biscoitos de água e farinha em barracas de lona e cabanas de lata, em favelas construídas com caixas de embalagem e com engradados velhos não maiores — ou muito melhores — que galinheiros. Lampiões de querosene por luz, fogões de carvão e baldes de carvão para aquecer, e a esperança tão rara como um assado.

No Arkansas, cinquenta homens foram surpreendidos brigando por uma lata de lixo do lado de fora de um restaurante. Mesmo em nossa igreja local, onde cada forma de calamidade é vista como uma incidência misteriosa da Providência em assuntos humanos, o desespero está presente, e quando as mulheres andrajosas se levantam para perguntar com vozes trêmulas: "O que

* Bread Basket ("cesta de pão") é o conjunto dos estados do meio-oeste, grandes produtores de grãos. Dust Bowl ("tigela de poeira") é como ficaram conhecidas as severas tempestades de areia que atingiram as pradarias dos Estados Unidos e do Canadá na década de 1930. (N. T.)

podemos fazer? Por favor, nos diga. O que podemos fazer?", a única resposta que obtêm é "Plantem milho, e rezem".

Milho era praticamente a única coisa que crescia, grãos tão duros que era preciso embebê-los em água de poço por uma semana para eles cozinharem direito. Eu sempre fui grande demais para o meu tamanho. Cresci mais que meus colegas de classe, cresci mais que minhas roupas, cheguei perto de crescer mais que o milho. Cresci mais que meus macacões várias vezes, até terminar parecendo uma versão lamentável do Ferdinando. Meus macacões precisavam de remendos, mas papai não costurava — não era coisa de homem, ele dizia, embora, verdade seja dita, ele soubesse manejar uma agulha se o destino do Mundo Livre dependesse disso. Eu me ensinei a remendar, e logo conseguia remendar quase tudo, de lona a veludo. Tenho as mãos grandes, mas os dedos ágeis. "Você vai fazer de alguma mulher uma ótima esposa" é como papai dizia.

Agora, papai — eu o chamo de pai, mas não diante dele, sendo ele de altiva estirpe escocesa, e propenso a descobrir insulto em tudo — é um McGreary de St. Kilda, umas ilhotas graníticas na ponta extrema de parte nenhuma. (Além das Hébridas Exteriores, se dá para imaginar uma coisa dessas). St. Kilda era o posto avançado mais distante das Ilhas Britânicas. Depois disso, caía-se fora do mapa. "Havia apenas cinco sobrenomes na história de St. Kilda", papai gostava de se gabar, "e McGreary era um deles", embora me escape a razão para isso ser motivo de orgulho. Parece que deve ter envolvido um bom número de primos casando com primas, e, até onde sei, esse tipo de coisa ainda era malvisto.

Papai veio para o Novo Mundo via Cape Breton. É uma ilha também, ao norte de algum lugar. Toda uma carga de navio de McGrearys foi trazida para trabalhar nos campos de carvão de Cape Breton, mas um desmoronamento nas Minas Dominion sepultou cinco dos irmãos de papai (três nos primeiros relatos, mas o número cresceu ao longo dos anos), e papai fugiu dessa acumulação de fantasmas. Ele seguiu uma jazida de carvão para o sul, para os Estados Unidos, através dos Apalaches, depois trabalhou no ramal oeste na Ferrovia Rock Island, alimentando fornalhas nas rotas regionais. Memphis. Little Rock. Oklahoma City. E, depois, para o sul, novamente, para as terras fronteiriças do Texas.

Ele se apaixonou por minha mãe, da traseira de um trem de carga.

Estava pegando uma carona para o acampamento no último vagão, pendurado na traseira, o vento brincando com ele como "um gato num cordel", dizia. O trem estava cruzando uma região descampada ao norte de Sweetwater quando passou chocalhando por uma herdade e ele viu minha mãe, curvada num campo de beterrabas, o cabelo ruivo voando para trás. Isso foi tudo que ele teve, apenas um vislumbre de cabelo ruivo, mas bastou. Saltou na caixa-d'água seguinte e voltou caminhando pelo trilho, trinta e dois quilômetros ou mais, parando em cada fazenda que encontrava. "Estou procurando uma moça de cabelo ruivo", ele dizia. E a encontrou. E eles se casaram. "As coisas eram bem mais simples naquele tempo", ele contou.

Mais tarde, papai atribuiria seu sucesso na corte a minha mãe ao charme e persistência de sua parte. Sempre suspeitei que a coisa teve mais a ver com ela não ter querido arruinar o fim de uma história tão fabulosa. Um homem caminha trinta e dois quilômetros pelos trilhos para encontrá-la? Como você poderia *não* se casar com ele?

Minha mãe era de origem finlandesa. Veio de águas frias e florestas azuis para isto: pradarias e peixe enlatado. Ela falava da neve como de uma coisa mágica. "Ela derretia na sua mão quando você tentava segurá-la", dizia.

"Dava arrepios e também fazia escorrer o nariz", papai acrescentava.

Orgulho em sobrenomes à parte, quando meu pai falava de St. Kilda as palavras ficavam sempre amargas em sua boca. Com papai, tudo era "merda" ou "torto", e as ilhas que o tinham lançado no mundo eram muitíssimo tortas. "Ainda bem que saí de lá", ele dizia. "Precisava de espaço para respirar. Eles deviam fechar Saint Kilda. Só tem fazendinhas e tosse úmida. Deviam esvaziá-la e trancar a porta. Arrastá-los para a modernidade, aos berros e pontapés se fosse preciso."

O pai contava sempre que a melhor coisa que ele fizera fora sair, mas quando correu a notícia de que tinham realmente fechado St. Kilda — tinham obrigado os últimos desdentados a sair da ilha, deixando somente fazendas vazias e bodes para trás —, acredito que papai ficou triste, penalizado de ver a fonte de tanto desprezo seu terminar. Depois disso, era meio como boxear com a própria memória.

O pai encontrou trabalho na Southern Pacific, na Linha Berton a sudeste de Tucumcari, e se estabeleceu com minha mãe aqui em Flats, como nossa cidade é conhecida localmente (oficialmente, "Paradise Flats"). Papai progrediu até se tornar capataz de linha e aí decidiu construir um lar adequado para sua jovem esposa. Uma mansão normal, com empenas altas e vista da sala de visitas, uma escadaria em curva aberta e painéis de carvalho por toda parte. Uma saleta e um piano para combinar. Uma varanda, com um jardim nos fundos e um tanque para refletir a lua. De noite, ele levava minha mãe até o terreno, mostrava a ela onde a casa ficaria, como ela seria construída. Mostrava a ela onde ficaria localizado o solário e o quarto do bebê. Apontava para o ar, e eles admiravam, juntos, o poder de sua imaginação, a escala de seus sonhos arquitetônicos.

Foi então que a economia desmoronou, minha mãe morreu, e a casa nunca foi construída. Papai só conseguiu assentar os alicerces. Passo por lá, às vezes, a caminho da rua principal.

A única recordação nítida que tenho de minha mãe é ela sentada ao lado do rádio, linda, as faces úmidas de chorar, murmurando a palavra "Não" sem parar porque Rodolfo Valentino acabara de morrer. As outras lembranças que tenho se esfumaram e enrolaram nos cantos, como fotografias de uma fotografia, como memórias *de* uma memória, não a memória em si. Mas, aquele momento, com ela chorando por Valentino, eu vi pessoalmente. Posso ouvir seus soluços sentidos, posso sentir o cheiro da água da chuva e a luz do sol no seu vestido, recém-saído do varal. Engraçado, não é? Como o cheiro é a última coisa que se apaga.

Em algum ponto entre a morte de Valentino e a chegada dos gafanhotos, minha mãe passou desta para melhor. O ano em que ela adoeceu foi o ano em que Lindbergh fez seu voo solo através do Atlântico. Houve celebrações e paradas com papel picado por toda parte. As multidões nos cinejornais ovacionavam ruidosa e silenciosamente, e depois os filmes eram falados, e depois coloridos.

Um ator, Jackie Cooper, um garoto da minha idade, ficou famoso por chorar quando queria. Era uma bossa fantástica. Mais tarde, descobri que o diretor fazia o Jackie chorar dizendo-lhe que ia dar um tiro no seu cachorro; se o Jackie não chorasse, eles levavam o cachorro embora e o contrarregra dava um tiro para o ar. Quando Jackie abria o berreiro, eles filmavam, pegando cada soluço, cada lágrima. Que coisa mais cruel de se fazer. Mas, verdade seja dita, eu tinha inveja do Jackie Cooper. Imaginava que ele era o garoto mais feliz da terra, porque *eles sempre lhe traziam seu cachorro de volta depois*.

Papai comprara um lindo aparelho de rádio RCA havia alguns anos. Custou-lhe sessenta e nove dólares e cinquenta centavos. Completo, com seis válvulas, Radiotrons, e um dial Airplane de trezentos e sessenta graus. Caixa revestida de nogueira, bordas trabalhadas e grade de pano: aquele rádio era simplesmente a peça de mobiliário mais bonita que tínhamos.

Todas as terças-feiras, às nove da noite, papai sintonizava no programa musical de Ben Bernie, e nós tínhamos que esperar até Bernie percorrer aquela longa e sonolenta despedida, aquela que se arrastava para sempre. Se eu ficava impaciente e tentava sintonizar em *O Besouro Verde* ou *O Cavaleiro Solitário*, papai disparava: "Este era o programa da sua mãe. Tenha respeito".

E, assim, Ben Bernie seguiria sussurrando com seu sotaque engraçado e voz ronronante: "Boa noite, até logo, tenham bons sonhos e adeuzinho... de seu maestro e dos rapazes da orquestra... Pensem em nós até a próxima vez, quando poderão sintonizar de novo... *Adieu*, meus amigos, e conservem esse velho Maestro em seus corações... Que a boa sorte e a felicidade, sucesso e boa saúde, os acompanhem onde vocês estiverem... *Au revoir*, um caloroso tim-tim, um beijinho de passarinho e que Deus os abençoe".

Ela gostava de despedidas demoradas e chorava quando estranhos choravam. Nada de muito notável.

"Sua mãe escapou do pior das tempestades de areia", papai dizia. "E ela não estava aqui quando vieram os gafanhotos, por isso nós podemos tirar alguma bênção disso."

Imagino que sim.

Minha mãe foi colocada em repouso sob um bosque de elmos, nas profundezas de um bolsão lateral de sombra. Isso também era bom, papai dizia, "pois ela era de climas mais frios, e estava cansada de calor".

Em algumas noites, papai e eu caminhávamos para inspecionar os alicerces de seu lar não construído, cheio de mato agora, o recorte na terra quase invisível, o mato seco como palha, estalando sob os pés, com o próprio sumagre venenoso se enrolando em si mesmo. E papai explicava como havia decidido remanejar esta parede ou abaixar aquele teto, e como ainda não estava certo sobre o vestíbulo central, e como talvez precisasse acrescentar uma janela só para receber o sol da manhã. Nós ficávamos ali, os dois, admirando o ar. Às vezes ele soluçava subitamente e passava o braço em volta do meu ombro, puxando-me fortemente para si, me segurando como se eu estivesse tentando escapar. Ele não olhava para mim nem diria nada, apenas ficava olhando fixamente para a frente enquanto me segurava, e tudo que isso conseguia era me deixar desconfortável. Aprendi a manter distância quando íamos olhar a casa.

Minha mãe fora trazida criança para o Novo Mundo, contando apenas com a lembrança da neve derretendo para se acalmar. Com papai, era diferente. Ele tinha escolhido partir. Saíra de St. Kilda por vontade própria. Partira de Glasgow, por sua vez. De Londres, também. Desembarcara no Canadá, ainda em solo britânico, e com seu emprego previamente acertado, mas o abandonou também.

"Eu tive que fazer isso", ele dizia. "Como poderia não ter feito? Estar tão próximo e *não* entrar? Não poderia viver comigo mesmo se não tivesse tentado."

Às vezes, parecia que o resto do mundo era simplesmente uma antessala da América. E o que acontece quando finalmente se chega lá, só para fracassar? E aí?

3.

Quando desfilaram Lindbergh pela Broadway, parecia que os confetes não terminariam mais. Dez anos depois, o Hindenburg cai em New Jersey, chocando-se com o solo numa pavorosa bola de fogo, corpos caindo, corpos correndo. Nós ouvimos a coisa ao vivo no rádio, a voz dos locutores entrecortada, não pela estática, e a vimos nos cinejornais, com o esqueleto estrutural exposto, o Zepelim em chamas se empalando no mastro de atracação. Eles exibiram aquela cena sem parar, e sempre nos inclinávamos para a frente como se desta vez pudesse não acontecer, como se desta vez ninguém fosse cair.

Do voo solo de Lindbergh em 1927 ao desastre do Hindenburg em 1937, foi um mergulho e tanto para diante. Aqueles anos pareceram marcar o coração do que as pessoas chamam de "década suja, caída". Isso não é absolutamente justo. Ainda tínhamos onze meses pela frente, de modo que quem saberia se uma virada ainda ocorreria nos anos 30? Eles poderiam terminar em borboletas e arco-íris.

Mas eu não apostaria nisso.

É um tempo duro para navegadores. Tomem a srta. Earhart, desaparecendo na imensidão sem mais nem menos. Estão dizendo que ainda resta uma esperança de ela aparecer com vida, a rainha de uma ilha selvagem distante, ou a noiva engrinaldada com flores de um chefe samoano. Mas há esperanças e há falsas esperanças, e é preciso distinguir entre as duas. Alguns caras acham que a srta. Earhart foi capturada por Hiroito, que o Império Japonês está fazendo planos para uma guerra mais ampla e a nossa Amélia caiu na malha de suas ignóbeis maquinações, como uma heroína de cinema. *Os perigos de Paulina* projetado no mundo real. Às vezes, porém, as pessoas simplesmente desaparecem e não há nada que se possa fazer a esse respeito — e está fora de questão enviar uma equipe de resgate.

Às vezes, as pessoas simplesmente *evaporam*, como regatos e lagoas — ou contas bancárias. Aqui, no Glorioso Sudoeste Livre, oitocentos bancos faliram, os depositantes ficaram sem nada além de vagas promessas e areia nos bolsos. Quando o pânico bateu, gerentes de bancos inventaram feriados só para manter suas portas fechadas, só para impedir que as multidões destruíssem as caixas fortes subterrâneas. Em Nevada, um "feriado" durou doze dias. As pessoas começaram a juntar moedas fortes, tirando tanto dinheiro de circulação que diversas cidades — Atlanta, Richmond, Knoxville — começaram a imprimir cédulas por conta própria. Selos postais, fichas telefônicas, pesos mexicanos no sul, dólares canadenses no norte: tudo que pudesse ser usado em lugar do dinheiro de verdade o era.

Em Paradise Flats, a maioria de nossas mais gloriosas instituições financeiras foi despejada, e eram uns belos edifícios os que ficaram desocupados, suas fachadas falsas enfileiradas na rua Stoffer, com o domo da Prefeitura ao seu lado. Somente a cooperativa Mortgage & Loans e o United Financial sobreviveram, e mesmo então, mal e porcamente.

Pior que as demissões bancárias foram as companhias automobilísticas que quebraram. Conservo uma lista. Ela estava presa com fita adesiva acima da minha cama em papel amarelado, rabiscada a lápis. Eu não sabia bem por que fizera uma contagem como fiz, exceto a suspeita de que um dia seria importante saber o que havíamos perdido. Era uma lista de partir o coração. Pierce-Arrow. Peerless. Elcar. Stutz. Detroit Electric. Kissel Motors. Sedãs de luxo Marmon. Auburn. Stearns-Knight. Todos aqueles lindos Pierce-Arrows que jamais seriam construídos. Estofamento de veludo, alavancas especiais para convocar o motorista. Agora, um banco se podia perder, mas um Arrow azul celeste? E o que dizer da Peerless Automobile Company? Eles produziam sedãs de luxo, agora estavam vendendo cerveja. Afogando mágoas diferentes, suponho. E, ainda no ano passado, a REO também parou de fabricar carros. Quando aquele último REO saiu da linha de montagem, foi como um livro se fechando antes de se poder ler o capítulo final. E é o capítulo final de uma vida que diz mais sobre ela, não é? Aquilo significou também que eu jamais poderia rodar pela cidade num REO Flying Cloud vermelho vivo novo em folha meu. Talvez tenha sido o nome que os condenou — nuvens esvoaçantes já não conjuram imagens de céus estivais e piqueniques. Uma nuvem era uma coisa da qual se fugia correndo.

Agora, papai aguentou. A Southern Pacific Rail reduziu seu salário e aumentou sua jornada, mas ele aguentou. "Sou grato porque tenho um salário para ser cortado", ele dizia. Era triste, mas os agricultores tinham causado a própria ruína, segundo o pai, "arando sua terra até virar greda daquele jeito". Com o ar de alguém que sabe alguma coisa que você não sabe, ele dizia: "Nós ficaremos bem, Jack. Você verá".

Sim, papai ficou firme, permaneceu confiante, e quando os homens dos ramais organizaram um protesto pacífico, ele ficou corajosamente de lado e permitiu que os valentões contratados pela companhia entrassem em ação, porretes balançando. Eles acabaram com aquela greve direitinho, mas se papai estava pensando que ganharia um lugar no céu por aquilo, ele estava redondamente enganado. Ele ainda estava contando seu bônus quando as nuvens começaram a escurecer.

Papai ignorou os presságios e profecias, porém. Ele até trocou de carro. Alguns anos antes, ele decidiu que já era hora de passar adiante nosso Model A, com seus ataques de tosse dos quatro cilindros e corridas de sacudir os ossos. Ele pensou em comprar um dos novos V8s, mas estava cansado de enguiçar em ladeiras íngremes, como os Fords tinham o mau hábito de fazer. Eu tinha dezesseis anos a essa altura, e estava ansioso por algo melhor. "Já viu o novo Dictator?", perguntei. "É um lindo automóvel, papai. Pense nele." E eu apontava o quadro de um sedã Studebaker Dictator cor creme, com seu capô reluzente e uma grade que se curvava para cima, graciosa como uma onda pronta para quebrar, cortando o ar com seu capô em forma de ganso. Elegante, é o que ele era. O tipo de automóvel que se esperaria ver na frente de um desfile. O Studebaker Dictator tinha o que os anunciantes chamavam de "petulância", mas não era absurdamente caro. Não, senhor. Eu não estava pedindo nenhum Duesenberg J ou algo assim. Raios, mesmo um Hupmobile serviria. Ao menos o Hupmobile era esportivo.

"Eu não vou sair guiando nenhum Hupmobile para o trabalho", disse meu pai. "Os homens me observam, é preciso dignidade."

Terminamos com um De Soto. Um Airflow, o carro mais desengonçado jamais fabricado. Era como se os engenheiros da De Soto tivessem se reunido e falado: "Cavalheiros, vamos projetar o automóvel menos elegante possível". Grade com cara de inseto e focinho rombudo, com aqueles curiosos faróis tristes, e sua traseira rebaixada, como uma calça precisando de uma puxadinha para cima. Desajeitado e bulboso, era assim o Airflow. Eu morria um pouco indo para casa nele. E, pouco tempo depois, não é que a Studebaker desativou toda a linha Dictator, apoiando-se na sua série Presidential com seus afogadores automáticos, freios à vácuo e carroceria toda de aço: mais caros que o Dictator, os Presidents, e muito fora da faixa de preço de papai.

Então.

Foi um De Soto. E De Soto ele continuou sendo, abandonado nos fundos, ao lado do depósito de ferramentas, com uma duna de areia da altura de uma perna inclinada contra o lado do motorista. Não tínhamos dinheiro para fazê-lo rodar. Não mais.

Vejam vocês, aconteceu que a Southern Pacific fechou a Linha Berton — e isso mudou tudo. Não houve nenhum aviso, nem nada. As portas foram fechadas e as notificações enviadas pelo correio. E isso foi tudo. Poderiam também ter retirado os trilhos do chão, como suturas de um braço. Aqueles fechamentos de ferrovias atingiram diretamente as cidades de abastecimento e os desvios de serviço daqui até Silver City. Guarda-freios, guarda-chaves, operadores de rotundas, chefes de seção: todos. Eles apareceram para trabalhar um dia para topar com cadeados e janelas escuras. Passados para trás, é o que eles foram, aqueles homens, estúpidos e atônitos demais para se enfurecer. Eles simplesmente saíram andando, silenciosos como uma oração, sem pagamento ou alguma palavra explicativa.

Meu pai voltou para casa e disse: "Pegue o casaco, filho, e traga um lenço, o vento está aumentando".

Nós caminhamos entre os barracões e silos até o escritório local da Southern Pacific, sob um céu de tabaco seco. Contornamos até os fundos, e meu pai quebrou uma vidraça com o cotovelo. Enfiou a mão, tateou um pouco, e conseguiu abrir a porta. Ele me disse para assobiar se visse alguém se aproximando, mas com a poeira que endurecera como cola nos cantos da minha boca, e eu cuspindo areia, não estava certo de consegui-lo. O pai tinha razão. O vento estava aumentando. Eu segurei aquele lenço apertado sobre a minha boca e tentei não parecer um bandido.

Passos, vidro triturado, e papai reapareceu. Ele carregava vários livros-razão, encadernados em couro verde e do tamanho de Bíblias familiares. Nós dois, papai e eu, caminhamos de volta, sombrios e silenciosos, pela tempestade que engrossava. A poeira formava ondas na estrada, e enquanto ele caminhava pesadamente à minha frente, a distância entre nós foi crescendo, crescendo, até que o perdi de vista num mar de cinza.

De volta a casa, eu lhe perguntei: "Por que não invadir o escritório por alguma coisa que valesse a pena roubar?".

"Porque eu sou um homem íntegro", ele disse, "e não serei reduzido a um ladrão vulgar."

Naquela noite, ele fez uma fogueira, embora fosse verão e ainda estivesse quente.

4.

Talvez tenha sido por ter perdido minha mãe mais cedo que o natural. Ou talvez por ser sempre uma cabeça mais alto que qualquer outro, ou por ter um fura-greve por pai, mas Paradise nunca se importou muito com os McGreary, e devo dizer que o sentimento era mútuo.

A verdade é que papai causava mais pena que rancor. Havia alguns que murmuravam sobre vilanias toleradas e subornos não comprovados, mas outros assistiam à sua decadência com mais caridade. Eu me lembro de uma fina dama de touca preta, vendo papai passar e depois sussurrando para uma amiga, enquanto ele fingia não ouvir: "Ele nunca superou, não é? Perder tudo que tinha daquele jeito". Achei que ela estava falando de minha mãe, mas pode ter sido da casa. Aí, enquanto eu passava: "A imagem escarrada", e foi a minha vez de fingir.

Eu não via muito de minha mãe em mim. Meu rosto é todo McGreary, meu cabelo de um castanho escuro e terroso. Mas, sob a luz certa, ele acusa leves traços de vermelho. Quando vejo um vislumbre disso num espelho é como a aura de minha mãe, em algum lugar dentro de mim.

A superfície do solo continuava serpenteando para longe a cada vento, grão a grão. E até o milho havia começado a gorar: talos da cor de palha velha, secados até a alvura pelo sol, os cabelos se esfarelando nas mãos. Quando se conseguia abrir uma espiga, nada além de grãos enrugados no interior. Podiam-se embeber aqueles para sempre que eles jamais amoleciam.

Nós vínhamos comendo folhas de ambrósia americana ultimamente, papai e eu. Comendo-as cozidas numa panela de ferro fundido de origem finlandesa. Serralha, também. Cardo escocês. "Colheita de estrada", é como eles chamavam aquilo, e eu me curvava sobre uma cerca a caminho de uma escola que detestava frequentar, o estômago revirando como se alguém houvesse dado um forte soco na minha barriga. Curvo e enjoado, vomitando, as ervas daninhas e verduras cozidas, subindo com uma bile tão amarga que queimava a garganta como chá quente, faziam doer o maxilar e os olhos lacrimejarem.

Para alguns, era apenas uma questão de confiança. Os cartazes proclamavam AVANTE AMÉRICA! NADA PODE NOS PARAR! Mas o inimigo era invisível e impossível de encurralar. Um adversário que se solidificava da areia e se derretia a cada soco desferido, imune a votos e balas. E, a cada noite, a América se acotovelava em torno do rádio como se fosse uma fogueira de acampamento de escoteiros, ouvindo enquanto ele crepitava e pipocava com slogans e discursos para nos tirar de nossa melancólica letargia. "Vamos vencer a Velha Depressão de uma vez por todas. Um teto sobre cada cabeça, comida em cada despensa, combustível em cada fogão. Nós podemos? Claro que podemos! Só precisamos cavar bem fundo. Sim, senhor e senhora John K. Americano, isso significa você — e você — e VOCÊ!" Ouvindo-os dizer isso, bastava arregaçarmos as mangas, cuspir na palma das mãos, e, pasmem, nossos padecimentos se esfumariam.

Mas em Paradise Flats os destituídos ainda se congregavam depois dos pátios da ferrovia, em suas lamentáveis favelas, vivendo de esmolas e sobras. E não é que aquele papel alcatroado chiava no calor?

Pessoas desesperadas se agarram ao mais tênue rumor de esperança. Assim, quando uma dupla de falastrões surgia do nada, alugava umas salas e começava a espalhar promessas de trabalho honesto, logo se formava uma fila na rua com dois homens de espessura. Os candidatos a emprego eram solicitados a trazer um depósito "considerável" em dinheiro para seu treinamento referente ao trabalho — que lhes seria reembolsado no primeiro dia no emprego. No *emprego*! Palavras para entorpecer a mente. Os homens eram arrebanhados numa sala, orientados para tirar as roupas menos as de baixo, e colocar seus pertences pessoais em cestas de vime que lhes eram oferecidas. Em seguida eles eram conduzidos para outra sala e instruídos a esperar até seus nomes serem chamados, um a um, para o exame médico. Somente homens saudáveis seriam contratados, mas, rapaz, não é que eles estavam procurando de tudo! Colocadores de painéis de parede e de telhas, operadores de torno, pintores, colocadores de papel de parede, diaristas, balconistas e contadores, mestres de obra e pedreiros — tudo em que se pudesse pensar e com salários razoáveis também. Os homens naquela sala esperavam e esperavam, perspirando no calor. E quando finalmente conseguiam a coragem de investigar, descobriam que estavam trancados lá dentro. Eles começavam a gritar, a arrebentar a porta. Percebiam que tinham sido depenados. E não apenas de seus depósitos em dinheiro, já pagos. Cada cédula de dólar em suas carteiras, cada níquel, cada centavo. Relógios, alianças em alguns casos, todas as suas roupas, até seus sapatos. E sem as calças eles dificilmente poderiam sair em perseguição. Desprovidos de sua dignidade e seu dinheiro, largados ali de cueca, alguém se espantaria que alguns não poderiam voltar para suas casas? Enfrentar suas esposas, suas famílias?

Um desses homens? No dia seguinte mesmo? Ele saltou da Ponte East Coulee. O rio estava seco, claro, por isso ele não se afogou, mas aquela treliça é tão alta que não fez diferença. Quando o encontraram, ele estava apenas de cueca de novo — embora eu não saiba por quê. Deixou suas roupas no alto, cuidadosamente dobradas, talvez para a família poder vendê-las. Ou talvez ele apenas quisesse que a humilhação fosse completa.

Não, senhor. Não havia muito motivo de júbilo por aqui. A última explosão genuína de alegria ocorrera quando a Proibição terminou. Eu tinha treze anos, na época, e fiquei bem contente de parar de beber nossa zurrapa fermentada local. As comemorações se espalharam pelas ruas varridas pelo vento, pessoas desafiando a poeira para gritar e dar tapinhas nas costas. Elas disparavam espingardas no ar e faziam brindes umas com as outras às cegas. Os únicos sujeitos que lamentaram o fim da Proibição foram os obstinados da Liga Antibares e os próprios contrabandistas de bebidas — que já não poderiam cobrar dez dólares por jarra para entregar álcool perfumado com alcaçuz. Todos os demais estavam contentes, e nossas engenhosamente chamadas "lojas de cordiais e bebidas" poderiam enfim se legalizar como as tavernas e bares que sempre foram. Bares clandestinos e esquemas de porta dos fundos acabaram quando a ingestão de bebidas alcoólicas se tornou um passatempo sentado, e não em pé. Os homens já não precisavam se amontoar ao balcão, de pé, prontos para sair correndo a um aviso de alerta. Beber passou a ser respeitável, até, com mulheres envolvidas e refeições servidas junto. Nesta nossa terra crestada, durante os longos anos de poeira e miragens, imagino que foi a bebida que nos fez aguentar: o gim feito em casa, ou o agora legalmente vendido, afogando uma sede que estava sempre ali, da qual não conseguíamos nos desvencilhar.

O presidente destes Estados Unidos, bem ali em nossas salas de visita pela maravilha do rádio, convocou o país a deixar de lado a Proibição, dizendo que ela havia sido um grande experimento, "de motivos nobres", que não havia dado certo. Com as cozinhas públicas para pobres, as filas para o pão crescendo e a Southern Pacific atirando homens de trens em movimento, alguns estavam achando que talvez a própria América fosse um experimento que dera errado. Nobre no motivo, mas tirada do ar, como todo aquele dinheiro que não estava lá.

Ou talvez o Eli Pirado estivesse certo. Talvez fosse realmente o Fim dos Tempos, um julgamento em cinza. Nas maratonas de dança viam-se casais buscando uma mixaria de prêmio em dinheiro, girando em círculos lentos, agarrados para se manterem de pé, embrutecidos e além do ponto de exaustão, as cabeças pesadas sobre os ombros, os olhos fitando o vazio. Girando e girando pelo piso do salão. Diziam que uma garota morrera em pé e passaram-se horas até alguém notar.

Era essa a sensação daqueles tempos em que estávamos vivendo. Feito uma dança que jamais parecia terminar.

5.

Há um detalhe sobre Paradise Flats. É uma cidade colonizada inteiramente por otários. Faz parte de nossa herança. Isso é visível no nome do Hotel Tedstof ou na Estrada de Acesso Tedstate, que são variantes do nome original da cidade.

Ela começou quando dois garimpeiros seguiram um veeiro de prata ao sul das montanhas. O veeiro rapidamente se esgotou, porém, e, com os locais bons já demarcados ao longo do Boracho, eles reivindicaram o Córrego Mud. Esperavam que parte da prata pudesse ser varrida pela água para baixo. Eles rastelaram um pouco a terra, revolveram alguma lama, chegaram a atingir o leito, mas não encontraram nada.

Homens empreendedores que eram, eles imaginaram, por que uma ausência de prata os pararia?

Então eles enviaram uma requisição ao escritório regional de avaliadores, disseram que tinham encontrado todo um banco de minério sedimentar. Um inspetor compareceu para avaliar suas pretensões. Aí veio a parte espinhosa. Por regulamento, o inspetor podia conferir por amostragem qualquer trecho que quisesse. A meio caminho de uma margem, ele vira-se e diz: "Vamos cavar aqui, três metros, em ambas as direções".

"Tudo bem", dizem os dois garimpeiros. E não é que aparece uma cascavel — quase como se fosse atirada de trás de um arbusto por um comparsa agachado —, e não é que o primeiro garimpeiro grita "Para trás!", e não é que ele descarrega sua escopeta naquela cobra, os dois canos. "Ufa! Foi por pouco", ele diz ao inspetor. E depois: "Pode continuar, senhor". E não é que aquela chumbada estava repleta de limalha de prata. A primeira pazada sozinha continha o suficiente para iniciar uma corrida do ouro.

Não demorou para chegar uma onda de garimpeiros e aqueles dois primeiros estavam à sua espera. A terra estava repleta de pepitas, eles diziam. E era verdade. Era verdade porque eles tinham "batizado" os lotes, tinham fundido umas pratarias velhas, e em seguida escurecido os pedaços com querosene e os enterrado ao longo da margem do riacho em intervalos lucrativos. Com a chegada de enxames de garimpeiros e a necessidade de preparar mais lotes, os dois sujeitos começaram a ficar preguiçosos. Começaram a picar dólares de prata em vez de derreter colheres. Depois eles martelavam os pedaços formando pequenas massas. O esquema ainda poderia ter funcionado se uma dessas "pepitas" não surgisse com TED STATES OF ainda visível. E isso foi tudo.

Enforcaram aqueles dois homens, os fundadores de nossa cidade, à maneira dos vigilantes. "Justiça honesta", eles chamam por aqui. A essa altura, alguns galpões e telheiros baratos tinham sido erguidos, e até um bar numa tenda de lona. O povoado ficou conhecido como Tedstof, em homenagem a seu fundador não oficial, embora a sra. Mabel, nossa historiadora local, a de vasto traseiro e rosto emaciado, discorde por completo dessa história. Ela diz que o nome veio de um pioneiro mais antigo, um valente chamado Ted Stoffer que foi o primeiro a romper o solo virgem e livrar a terra de índios e outros aborrecimentos. Ótima história, a dela, e de agitar o sangue, não fosse pelo fato de que se podia vasculhar as escrituras de terra e registros civis o dia inteiro sem encontrar uma menção a alguém chamado Stoffer, Ted, ou outro, recuando até as primeiras escrituras que foram emitidas — como foi descoberto para o embaraço de alguns e alegria de outros quando o conselho municipal decidiu erguer uma estátua a nosso "verdadeiro pai fundador". Na busca por particularidades do sr. Stoffer, e um retrato se possível, o comitê de revisão chegou à conclusão de que o pioneiro valente só existia na imaginação. "A cidade foi fundada por um dólar de prata", gostava de dizer um dos engraçadinhos locais. "Era preciso erguer uma estátua àquela moeda."

Não foi a prata, porém, mas o sal que deu à nossa cidade sua primeira designação oficial, tirada de pesquisas geológicas marcando a área como Salt Flats número 217. Isso, por sua vez, virou o Distrito de Aprimoramento de Salt Flats e depois, simplesmente, a área urbana de Salt Flats.

Foi somente quando a Southern Pacific anunciou um ramal que Flats realmente explodiu. Especuladores fundiários vinham demarcando cidades nos itinerários que esperavam que a ferrovia pudesse tomar. Normalmente, uma linha férrea originava cidades. Neste caso, foi o oposto. Os especuladores estavam se fiando em as cidades atraírem uma ferrovia. Uma dúzia desses locais foi demarcada nas planícies, todos devidamente registrados, todos com nomes grandiosos como "Central City", "Metropolis Valley", "Gateway Center", "Grandville" ou "Rapid City". Ainda se podem ver alguns desses nomes em mapas antigos.

Esses mesmos especuladores, ao decidirem que o nome "Salt Flats" não era muito atraente como um rótulo que pudesse ser apresentado a futuros investidores potenciais, fizeram uma requisição para mudá-lo. Decidindo que o supramencionado amontoado de galpões e barracos seria mais bem representado pelo título de "Paradise City", eles enviaram um telegrama ao cartório central: *Por 5 votos a 1 Conselho Municipal unânime PONTO muda nome cidade para Paradise PONTO.* Seu pedido foi processado, mas sua formulação não ficara perfeitamente clara, e foi assim que o povoado de Salt Flats virou Paradise Flats.

Uma próspera cidadezinha lançada por prata e sal, e por especuladores com terras preferenciais de passagem e suas vítimas.

Foi desses primeiros orgulhosos investidores, desses nobremente engambelados, que Paradise Flats surgiu. Boa parte da população da cidade descendia daqueles otários fundadores, e ainda existem lotes vagos na cidade que um dia custaram cinco mil dólares saindo por cinquenta dólares — sem nenhum interessado.

O mesmo golpe continuava sendo aplicado. Eu me lembro que quando a Barragem Hoover estava sendo construída todos diziam que o deserto ia florescer. Os golpistas de areia apareceram, vendendo áreas imensas de Arizona e Nevada com a promessa de "lagos propostos", "country clubs propostos", "canais propostos" e "aeroportos propostos". Pode-se propor o que se quiser. Essa é a beleza da coisa. "Proposto", "projetado", "planejado", "considerado".

Pespegue isso na frente de um esquema e poderá conjurar o que quiser. Pode-se "propor" uma ferrovia até a Lua ou "considerar" um teatro de ópera; não significa que isso vá ocorrer.

O Grande Boom de Terras da Flórida na década de 1920? Mesma coisa. E como toda agitação em torno de comida, ele trouxe os tubarões. Já tínhamos visto isso antes, pessoas se tornando as orgulhosas proprietárias, vista única, de quarenta acres — todos verticais. Os golpistas imaginaram, se conseguiam vender a face de um penhasco a alguém, poderiam facilmente vender terra em parte submersa. "Grande potencial de desenvolvimento" é como eles diziam. "Paraíso Tropical da América." Tudo verdade, desde que se definisse "potencial" como "impossível" e "tropical" como "maleitoso". Quanto a ser "o próprio paraíso", bem, com os crocodilos, os mosquitos e as areias movediças, imagino que a entrada no Céu poderia perfeitamente ser apressada. Isso era verdade. Os vendedores de terras na Flórida plantavam uma enorme placa dizendo HOTEL DE UM MILHÃO DE DÓLARES EM BREVE! para ajudar a vender terrenos adjacentes com o preço inflado. De novo, perfeitamente verdadeiro, desde que se definisse "em breve" como "nunca".

A nomeação de um local era importante. Ter um pedaço de terra com um córrego lamacento correndo por ele? Por que não batizar o riacho de Riviera ou "O Grande Canal" e impingir sua propriedade como o futuro local de uma "Nova Veneza"? Eu lia sobre esse tipo de coisa. Admirava a ousadia envolvida naquilo. Um cara de Orlando vendeu o depósito de lixo da cidade. Disse que o solo era "rico em nutrientes". Outra dupla de sujeitos se especializou em tesouro submerso. Eles demarcavam um trecho pantanoso da costa e depois "descobriam" um mapa, talvez até desenterrassem alguns dobrões, e a corrida começava. Numa enseada, devem ter afundado meia dúzia de galeões espanhóis pelo menos.

Acontece que eles não eram os únicos a sonhar com ouro espanhol.

6.

Quando se é grande, as pessoas decidem que devemos ser bons nos esportes. Elas querem que façamos boxe ou futebol americano, ou ajudemos a acertar uma conta com caloteiros. Elas elogiam nosso tamanho, como se fosse algo que conquistamos. Mas se nocautearmos um sujeito menor, não vejo porque nos vangloriarmos disso. É puramente matemático: peso X enfrenta um peso menor Y. Comemorar o quê?

Nos dias de esportes coletivos, eles sempre me colocavam no campo exterior no beisebol, gritando: "Vai fundo, cara, você deve conseguir atirar uma bola da cerca dos fundos até além da base". Bem, eu consigo arremessar bem longe, isso é em parte verdade, mas não há como saber onde a bola vai cair depois que a arremesso, de modo que as voltas completas no circuito pelo time adversário se empilhavam e meus companheiros se entreolhavam no banco quando era a minha vez de rebater.

Um dia, eu estava no fundo do campo tentando ficar atento quando uma súbita rajada de vento soprou. A base se dissolveu nela. Eu ouvi um baque e a bola surgiu da poeira, em cima da minha cabeça... e com igual rapidez desapareceu nela. Eu sabia que ficaria séculos por lá, e mesmo que encontrasse aquela bola todos seriam impiedosos comigo. Então, eu simplesmente fui embora, e essa foi a última vez que me interessei pelo beisebol. Até onde sei, eles ainda estão lá me esperando para terminar o jogo.

Eu queria estar em algum outro lugar desde que tomei consciência de que algum outro lugar existia. É como o sentimento que bate quando se está escutando rádio. Querer escapar *através dele*, sabendo que não é possível. O rádio nos expande, de verdade, nos conecta com aquele mundo lá fora, além dos limites da cidade. Faz nos sentirmos maiores. Menores, também. Esse é o sentimento que nos vem quando giramos o dial e atravessamos a estática crepitante até captar vozes distantes, nítidas como se estivessem na sala ao lado. Vozes de muito longe. A mais recente de Franklin Delano, ou talvez do sr. Amos e do sr. Andy, aqueles sujeitos de cor, do Harlem em Nova York. Sempre tão divertido por lá, com folias e risadas e "oh, uá, uás". Muitas vezes eu sonhava em viver no Harlem, e em como a vida devia ser doce. Não podia ser pior que Paradise Flats. Papai dizia que Amos e Andy eram apenas rapazes comuns com tintura preta no rosto, mas eu sabia que não era assim. Por que alguém precisaria usar tintura preta no rádio? E por que fingir que se está rindo, quando não se está?

Quando meu pai se cansava de folias, ele girava o dial para algo depressivo como *Clube do Selo do Capitão Tim Healy* — e ninguém conhece o significado de tédio até ouvir sobre filatelia no rádio. Era tão ruim como Edgar Bergen e Charlie McCarthy. Quem tivera a ideia de colocar um ventríloquo no rádio? Não fazia o menor sentido. O rádio é uma maravilha, claro, mas é preciso imaginar. Quer dizer, um ventríloquo? No rádio?

"Acho que vi seus lábios se mexerem", eu disse, certa noite. Papai apenas fechou a cara.

Fosse Sabonete Ivory ou Creme de Trigo, Ovomaltine ou Spic-and-Span, cada programa era patrocinado por um produto que aqueceria nossos estômagos ou nos limparia. Até *Jack Armstrong, All-American Boy!* era patrocinado pela Wheaties. Alguns radicais da cidade diziam que na América tudo estava à venda. Mas não é verdade. Na América, tudo é *patrocinado*. E isso está muito bem para mim. Suspeito que a monotonia deste mundo acabaria nos dominando, não fosse a pureza do Sabonete Ivory ou dos efeitos calmantes dos cigarros Lucky Strike. "*Aceite nosso conselho e você ficará atraente. Seu rosto terá o frescor do gelo, com o Creme de Barbear Colgate Rapid!*" Na verdade, eu tinha que me virar com a navalha de papai e um barbear a seco, mas aquele jingle do Creme de Barbear Colgate Rapid era cativante e animado, como encontrar moedas esquecidas no bolso. Muitas vezes eu caminhava até a cidade, cantando uma daquelas cançonetas perfeitas que faziam tanto para levantar a poeira: "*Ria um pouco, deixe uma canção ser o seu estilo, use Xampu Fitch! Não se desespere, use a cabeça, salve seu cabelo, use Xampu Fitch!*".

Eu esfregava meu couro cabeludo com sabão de lixívia todas as noites, mas um cara ainda podia sonhar, não é?

Certa noite, depois do programa *Rádio Teatro Lux* haver terminado e Kate Smith haver cantado a canção "God Bless America", e depois da Mutual de Omaha ter mudado para hinos e meu pai estar satisfeito, ele me chamou, suave e solene como qualquer pastor, e me disse: "Jack, meu rapaz, tem uma coisa que você precisa saber. Uma coisa importante. Mas você tem de fazer um juramento — um de abjeto e absoluto segredo".

Eu não tinha muitos amigos, de modo que foi com um risco limitado que concordei em manter silêncio sobre o que quer que ele fosse revelar. Com grande cuidado, meu pai puxou para fora a gaveta de baixo do guarda-louça da cozinha e retirou a louça finlandesa de dentro — a louça com bordas azul-claras. Depois, ele levantou o canto do oleado embaixo. Oculto sob ele estava um maço de papéis. Um a um, ele os tirou e colocou em cima da mesa: certificados, cheios de floreios e selos e lacres de aparência régia e nomes assinados com arabescos ousados e confiantes.

Meu pai bateu um dedo sobre o emblema no canto de um desses certificados. "Sabe o que é isso?", perguntou, a voz reverente, quase sussurrando. "Isso, Jack, é a insígnia de família de sir Francis Drake."

A julgar pela pausa que se seguiu, eu deveria dizer alguma coisa. "Mesmo?", eu falei.

"Oh, sim." Olhos brilhando. "Insígnia oficial da família. E estes, *estes*", ele abriu os certificados em leque para eu os admirar, "representam a fortuna da família McGreary." Agora ele estava realmente sussurrando. "Nós somos ricos, filho. Mais ricos do que você jamais sonhou."

Bem, eu posso sonhar grande, mas nesse caso papai tinha realmente sonhado mais longe. Eu jamais teria imaginado que nós estávamos à beira de tamanha fortuna, tamanhas "riquezas imensuráveis", como meu pai disse — havia anos, aparentemente, sem que eu soubesse.

Papai explicou a coisa toda. Sir Francis Drake tinha sido almirante no reinado de Elizabeth I, e tinha acumulado uma fortuna em ouro espanhol ao longo de uma carreira de bucaneiro. Quando Drake morreu, em 1596, essa montanha de riqueza fora deixada para seu único filho, um garoto nascido fora do matrimônio e sem gozar do favor da rainha. A corte real recusara-se a cumprir o testamento de Drake e confiscara todo seu patrimônio — ilegamente, e com um cacarejo de riso cruel, imagino. E, agora, essas centenas de anos depois, não é que um sujeito esperto de Iowa tinha localizado o único descendente restante da linhagem Drake, e não é que eles estavam processando as cortes britânicas por essa vasta fortuna? Uma fortuna que valia agora, não milhões, mas *bilhões*. Eles precisavam de dinheiro, porém, para montar o caso, para arrancar a herança dos gananciosos banqueiros ingleses e os da sua laia. E, rapaz, não é que aqueles bastardos ingleses estavam querendo briga! Quem poderia culpá-los? Se fosse pago, o espólio de Drake poderia perfeitamente quebrar o Banco da Inglaterra.

E assim fora criada a Associação Francis Drake, com seções por todo o meio-oeste e o sul. Milhares de investidores — que a associação chamava de "subscritores" e "doadores" — tinham agora uma pretensão ao prêmio. A única coisa que eles precisavam fazer era assinar um voto de segredo sob pena de ser deserdado.

Meu pai encostou um dedo no lado do nariz. "Nem uma palavra", ele disse. "A ninguém."

O silêncio que se seguiu foi penoso. Eu não queria trazer o assunto, mas aquilo precisava ser dito. "Nós não somos Drakes, papai. Somos McGrearys. Arrendatários de Saint Kilda." Isso era tão distante de ser um Drake ou um duque quanto se poderia esperar. Nossa pretensão àquele ouro fazia tanto sentido quanto se maquilar de negro no rádio.

Esses certificados falsos que meu pai tinha largado na minha frente — escorrendo pompa, é bom que se diga — tinham sido emitidos em numerações de cem dólares: uma pilha de duzentos, várias de trezentos, e mais do que algumas de quinhentos. Um certificado especialmente ornamentado era o de mil. E foi aí que a ficha caiu: a verdade, minha arca. Circularam rumores, percebem? Histórias contadas sobre papai, sobre como ele tinha adulterado a folha de pagamentos, falsificando os livros. Sangrando a Linha Berton até secar, era o que corria, e se a companhia não tivesse ido para o brejo, e se aqueles livros não tivessem sumido, eles o teriam apanhado, com toda certeza.

A Depressão salvou meu pai da lima triangular e de vinte anos na penitenciária. Era isso que murmuravam. Eu nunca dei atenção, porém, porque sabia o quanto éramos pobres. Eu tinha visto o pouco dinheiro que tínhamos, o visto escoar gota a gota, mesmo aos dezenove anos eu sabia que fraudadores ricos não precisavam viver de dentes-de-leão e ervas daninhas. Mas agora eu via para onde o dinheiro perdido tinha ido: para papéis falsos e promessas igualmente falsas. Foi outro soco no estômago, pior que qualquer colheita de beira de estrada.

"Não somos Drakes, papai. Não cabe a nós demandar. Como podemos... como podemos pretender a posse de qualquer parte dela?"

Ele descartou a realidade com um gesto de mão, como faria com uma mosca que estivesse perturbando sua face. "Não importa, filho. Essa é a beleza da coisa. Estava limitada à família Drake e seus descendentes..."

"Você disse que havia apenas um membro sobrevivente da..."

"Mas eles a tornaram acessível, Jack. Tornaram acessível! Qualquer alma que quiser pode investir na Herança Drake, desde que assine uma cláusula de segredo. E quando o espólio for acertado..."

"Se..."

"*Quando*. Quando isso acontecer, vamos colher uma grande e justa recompensa. Eles vão pagar quinhentos dólares por cada dólar investido. Entende o que isso significa, Jack? Pode fazer a conta?"

"Posso fazer a conta."

"É um retorno de 500%!"

"Não", eu disse. "É 50 000%."

Isso o fez piscar.

"Um dólar pago para cada dólar entregue", eu disse, "seria um retorno de cem por cento. Então quinhentos dólares seria um retorno de 50 000% sobre o investimento."

"Oh", disse ele. "Bem, isso é melhor ainda. Esplêndido!"

Esplêndido nem começaria a descrevê-lo.

Ele sorriu para mim. "Admirável, não acha?"

Admirável? Sim. Inacreditável, até.

"Jack, aqui, na nossa frente, nós temos" — ele levantou os certificados na concha das mãos e os agitou na minha frente — "mais de quatro milhões de dólares! E deixe-me dizer a você, quando fui à reunião de investidores — lá em Silver City, totalmente secreta — eu joguei duro. No começo, eles resistiram, filho. Eu dei um cansaço neles até eles concordarem em me deixar investir o dobro da verba inicial máxima. O dobro!"

Meu rosto estava ardendo. "Foi muita generosidade deles", eu disse. "Permitir que você entregasse o seu dinheiro desse jeito."

"E como!", ele chilreou, os olhos brilhando com o que poderia perfeitamente ter sido lágrimas de alegria.

Era para uma herança que eu estava olhando, com certeza. Mas não era a de sir Francis Drake, era a minha. Eu valho quatro milhões, pensei. No papel. Senti de novo como se tivesse levado um soco no estômago. O mais estranho, e mais triste, também, é que eu estava percebendo que papai não tinha mais lições para me dar. Não me sobrara nada para aprender com ele, exceto, talvez, num sentido negativo.

E talvez essa tenha sido a verdadeira herança em tudo isso.

7.

Havendo me escalado para seu beneficiário, papai agora podia falar livremente — e demoradamente, se fosse deixado — sobre a imensa e iminente riqueza de nossa família. Quase não passava uma noite sem que ele espalhasse aqueles certificados para eu os admirar. Ele me conduzia então até aquele seu alicerce em ruínas, no meio do capim seco, e com as mãos agitando ele começava de novo a esculpir o ar.

"Pense no que podemos fazer com aquele dinheiro. Vamos ampliar a varanda, acrescentar um segundo solário ao primeiro. Revestido com mogno. Talvez até uma torre!" Quando meu pai terminava, sua casa imaginária teria crescido mais um andar imaginário. Isso inteirava cinco, nas minhas contas.

Papai não precisava de uma garrafa para ficar embriagado, precisava apenas da visão de um navio cheio de ouro se aproximando, as velas enfunadas pelo vento.

Houve momentos em que eu teria preferido que papai *fosse* um beberrão. Teria sido mais fácil, ter alguma coisa específica à qual atribuir seu desfibramento. Era cada vez mais difícil conversar com ele. Muitas vezes eu acordava e o encontrava à mesa da cozinha, de camiseta, os certificados Drake cuidadosamente arrumados, seus olhos fitos na janela como se estivesse esperando alguma coisa. Ele não tinha um trabalho para comparecer, é verdade, mas um homem precisa dormir.

"É tarde", eu dizia.

"Veja isto", ele sussurrava, espiando pela janela, o sol começando a se erguer.

"Ver o quê?", eu perguntava.

"Uma sombra", ele respondia, a voz rouca, como se houvesse passado a noite gritando, ou algo assim. "*Ali*. Percebe? Está se mexendo."

Mas não havia nada, apenas vento, e céu, e poeira.

Então eu cozinhava um ovo e nós o dividíamos, ele ficando com a gema, eu com a clara, e ele sussurrava. "Nós somos ricos, filho. Você sabe, não é?" E eu dizia: "Sim, papai, eu sei", e aí eu fervia uma panela de chá de cevada e nós olhávamos juntos para alguma coisa que não estava lá.

Quando eu saía para a escola, papai estava geralmente enterrado fundo em papel de jornal. Em geral, eu o encontrava ainda debruçado sobre a mesa da cozinha quando voltava para casa, nosso jornal local aberto à sua frente. Ele lia com a testa franzida como se os editoriais do *Greater Paradise Times-Tribune* contivessem o código de uma conspiração. Eu lia os comentários, sabia como eles dissecavam os mais recentes comitês do New Deal com a certeza de um cirurgião e examinavam os acontecimentos na Europa como se fossem movimentos num distante jogo de damas, sempre dando um jeito de explicar como eles afetariam o preço do sal no Condado de Dacob. Cidades maiores podiam ter uma edição matutina e uma vespertina dos jornais, mas em Paradise Flats nós tínhamos que nos contentar com um jornal impresso diário. Ele chegava ao anoitecer, depois que tudo havia terminado. "Deviam chamá-las de *as velhas*", papai resmungava. "Quase não tem nada de novas nele." Os acontecimentos do dia causavam-lhe uma irritação sem fim. Ele discutia com o jornal, ou comigo se eu tivesse a infelicidade de estar por perto. "Olha só isso. Pode?"

O jornal também tinha um caça-palavras, que eu resolvia no tempo de cozinhar um ovo, e várias colunas de preços declinantes de currais de engorda — pelas quais eu tinha um interesse matemático. Eu via a rapidez com que conseguia computar os números em minha cabeça e depois dividi-los por ordem de desvalorização. Às vezes, tentava pular cada quarto número, por exemplo, e continuar dali em diante. Sempre tive uma aptidão para somas, mesmo no primeiro grau, quando espantava os professores somando cada número que eles me jogavam com 98 ou 99, de cabeça, instantaneamente. Quanto é 57 mais 98? Cento e cinquenta e cinco. Era um truque que inventei, somando cem e depois subtraindo um ou dois. Percebem? Fácil. Não precisa ser um gênio.

Tirante os programas de rádio e os preços de engorda de porcos no jornal, não havia muitas atividades divertidas na minha casa. Nós possuíamos apenas dois livros. Pasmem, o que faltava em quantidade a essa biblioteca, sobrava-lhes em grandiosidade: Rei Jaime e Webster. Uma Bíblia e um dicionário, ambos encadernados em couro e repletos de palavras. Ambos em cima do consolo da lareira, a luz da janela incidindo fraca sobre eles.

Não fora sempre assim. Eu me lembrava de uma parede inteira de livros, do chão até o teto, no corredor perto da cozinha. Papai vendeu a maioria deles a um centavo o quilo. Outros foram desmanchados e usados para alimentar o fogão, e alguns tiveram suas folhas empilhadas cuidadosamente dentro da casinha. Meu pai nem teve a decência de rasgá-las horizontalmente, para que se pudesse primeiro ler uma linha ou duas, mas em tiras verticais de palavras aleatórias que eu não conseguia associar por mais que tentasse. A Bíblia e o dicionário, porém, eram sagrados. Não veríamos Daniel Webster assombrando nosso banheiro ou João Batista apontando um dedo acusatório para nós enquanto fazíamos nossas necessidades. Às vezes, de noite, eu baixava com dificuldade o Webster e virava as pesadas páginas ao léu e sem propósito, até que um dia, enquanto papai escutava o Capitão Healy descrever um lote particularmente fascinante de selos — que papai nem sequer colecionava — resolvi que leria nosso dicionário de cabo a rabo, de A a Z.

Aarônico: adjetivo: relativo ou pertencente a Aarão, irmão primogênito de Moisés.

Abalone: substantivo: um grande molusco marítimo comestível com concha espiralada.

Mas não passei do A naquela primeira noite, e vou revelar por quê.

Eu estava correndo a mão pelas páginas, arquivando certas palavras em meu cérebro, como se faz para facilitar o acesso posterior — *ácaro, adendo, aedes, alquimia* — quando uma me deixou paralisado. Era o tipo de palavra que penetra em nós se deixarmos.

amoral

A definição me pareceu bastante clara: nem moral, nem imoral; fora dos limites da esfera do julgamento.

Eu ia continuar, abrindo caminho até B, quando parei. Folheei para trás. Como alguma coisa pode ser "além da esfera do julgamento"? Eu tentei, mas não consegui imaginar.

Vamos dizer que se enganasse um cara, fugisse com uma aposta acertada com o dinheiro dele nas mãos. Agora, ele seria crédulo? Ou confiante? Dependia de se estar inclinado a seu favor. A mim parecia que as palavras sempre carregavam um julgamento. Quando se aprovava alguém, dizia-se que ele era inocente. Quando não, ele era ingênuo. Mesmo significado; veredicto diferente. "Pueril" e "infantil": mesma coisa. Isso era visível na maneira como uma dama se olhava num espelho, se considerava magra, quando todos os demais estavam pensando em "macilenta". Ou vice-versa. Ou como um homem se acharia corpulento, quando os outros o achavam "baixo".

Agora, esse pêndulo entre aprovar e desaprovar, como pará-lo no meio do caminho? Seria possível? "Amoral" sugeria a possibilidade de que alguma coisa podia ser inteiramente neutra.

Um leão derrubando uma gazela nas planícies africanas. Isso não era nem bom nem mau, se poderia dizer. Era simplesmente "amoral". Mas era? A mim me parecia que sempre se termina ficando do lado da gazela. Ou do leão. Não se poderia ficar neutro, mesmo que se tentasse.

A questão de "amoral" era que ela não podia ser minimamente pior. Nem um tico. Se fosse, isso a inclinaria para imoral. Não podia ser minimamente útil ou boa, tampouco, porque aí estaríamos falando de moral. Mesmo os padrões do tempo. Como se poderia ver uma seca ou uma chuva como neutra? Especialmente se Deus ou o Diabo estava por trás dela? E talvez fosse isso que "amoral" estivesse alcançando. Que nem o Senhor nem Lúcifer estavam se escondendo atrás da cortina, que estávamos todos por nossas próprias contas, tentando ajustar as coisas no caminho.

Quando uma palavra como essa se apossa da gente, não conseguimos nos livrar dela. Era como o cachorro do vizinho de Owen, quando foi apanhado no lamaçal e tentou se sacudir para se soltar do barro. Esse cachorro se chacoalhou até ficar zonzo.

Eis aí uma coisa que nunca admitimos na Igreja. Toda aquela conversa de danação e castigo eterno? Não é tão ruim assim. Eu sempre imaginei, desde que o bem existisse em algum lugar do mundo, até o fogo do inferno seria suportável. Porque ainda haveria esperança. Esperança — não para você, que com o Juízo Final acabava, mas esperança em geral, como a que viria de saber que o bem ainda existia, mesmo quando se estivesse sendo arrasado sobre as brasas, em algum lugar por aí.

Mas se este nosso mundo era intrinsicamente amoral, então nada disso realmente importava. E se fosse esse o caso, nós já teríamos chegado no inferno, só que não saberíamos disso. Talvez o inferno estivesse em não nos contarem sobre ele.

Empurrei minha cadeira para trás, afastei-me cambaleando do dicionário. Senti meu coração disparar.

Eu me sentia suando frio e assustado — e um pouquinho eletrizado, confesso —, como quando se vê uma árvore morta estalar num vento forte. O sentimento logo passou, mas meu rosto permaneceu quente com a afobação. Como se tivesse me esfregado em alguma coisa maior que eu no escuro.

"Vou sair", eu disse, deixando papai com seus selos invisíveis e seu ouro imaginário.

Tomei o longo caminho para a cidade, acompanhando os trilhos, para evitar aquele buraco incrível no chão, o que marcava o local da "mansão McGreary", como um sujeito a tinha chamado, bem na minha cara, sorrindo. Eu pensei em derrubá-lo com um soco, mas sendo ele um homem do clero, eu não estava certo de como isso iria pesar no Juízo Final. Mais ainda, ele era um batista. Estou certo de que existe um mandamento em algum lugar cobrindo isso.

8.

Fiz o melhor que pude para evitar "amoral".

Recomecei no Webster no dia seguinte, só que de trás para a frente desta vez, começando em Z e avançando para trás, de *zelotes* para *yin-yang* para *xenofobia*. Passei por cima de muita coisa, pegando somente aqueles termos que estimulavam minha fantasia. Não havia necessidade de ler *terebintina*, por exemplo, mas *torpor*, esta era das boas. Algumas ideias não se conseguem expressar até fixá-las com uma palavra. *Torpor* era o que as ruas de Paradise Flats exalavam, algo que eu não poderia descrever perfeitamente antes. A mansão McGreary, sufocada por ervas daninhas? Isso era torpor também.

Os dentes-de-leão tinham derrubado as fantasias de meu pai, crescendo e florescendo por toda sala de estar e o piano, dentes-de-leão com raízes tuberosas profundas, sugando intensamente qualquer umidade que pudessem encontrar, dentes-de-leão que não pareciam ser amarelos, mas passavam diretamente do verde para o cinza. E, durante todo o tempo, nossa riqueza fantasma crescia de maneira exponencial. As novas do espólio Drake continuavam chegando com uma velocidade febril. O testamento original fora encontrado! As apelações tinham sido acertadas! Em certo ponto, um navio repleto de ouro estava realmente a caminho. Quando o rumor percorreu seu curso, uma multidão se formou na doca de Galveston, para ser saudada por uma tripulação de perplexos pescadores galeses.

Prevenidos de que a resistência aumentaria com a proximidade do sucesso, os investidores Drake sentiram uma certa satisfação malévola quando o governo americano rotulou sua associação como "um enorme e insidioso logro". Os federais tornaram ilegal comprar ou vender novas ações do espólio Drake, mas isso só conseguiu instigar a entrada de novos investidores. Grandes engrenagens estavam girando. Cada acordo comercial que o governo anunciava, cada reestruturação, cada acontecimento — tudo apontava para o iminente acerto da fortuna perdida de Drake. A própria Depressão, a se ouvir a definição da Associação Francis Drake, fora desencadeada por um pânico sobre o pagamento maciço prestes a ser feito. A mais leve flutuação da libra esterlina britânica? Evidência de manobras secretas; eles estavam ajustando o valor monetário antecipando um acordo. O New Deal de Roosevelt? Uma reorganização econômica designada para atenuar o impacto da iminente bonança. A invasão da Abissínia por Mussolini? Uma manobra de cobertura, para remover evidências danosas na Etiópia. Havia presságios por toda parte.

Mesmo com seu líder — o sujeito de Iowa a quem papai se referia como "Oscar", como se os dois fossem íntimos para usar o primeiro nome —, mesmo com ele trancafiado em Leavenworth, o dinheiro continuava entrando aos borbotões. O fato de Oscar ter sido julgado, condenado e sentenciado? Isso era justamente uma prova de que a coisa toda era verdadeira. Os governos do mundo estavam tentando bloquear o acesso dos demandantes de Drake a seus devidos direitos. Os subscritores realizavam comícios de massa, faziam cursos sobre como administrar sua riqueza garantida. Meu pai foi a uma dessas reuniões, com seis mil pessoas, ele relatou devidamente, em Sioux City. Ele voltou com mais certificados para esconder sob o oleado. Havia mais espaço para empilhá-los agora, porque nossa louça sumira.

"Eles estão conspirando contra nós, as forças das finanças internacionais", papai diria, os olhos ensandecidos. "Mas eu não cederei. Um McGreary jamais recua."

Mesmo? Um McGreary jamais venceu uma luta que eu saiba.

Essa conversa do ouro de Drake e astúcia mundial havia adquirido uma fantasia de conto de fada. Então, eu verifiquei. Bastaram-me vinte minutos.

Parei para ver Bertie Tomilson, o rubicundo advogado em cima da mer-

mercearia Secos e Molhados do Sukanen, aquele no escritório no mesmo corredor que Pechisbeque, o relojoeiro. Bertie rolou para fora de sua cadeira, pigarreou no caminho até uma estante, correu o dedo pelas lombadas, puxou para fora o *Volume 17: Lei Comum Britânica*, virou as páginas até "testamentos, e a sua certificação".

"Estatuto de limitações", ele disse, lendo em voz alta. "Estabelecido pelo Rei James I. Limita a reabertura de uma disposição ou testamento questionado a trinta anos do acerto inicial." Ele fechou o livro.

Ao que tudo indicava, nossa seção local da Associação Francis Drake estava um pouco atrasada para apresentar suas demandas, tendo perdido o prazo por trezentos e treze anos. Acontecia também que Drake não tivera nenhum filho, bastardo ou não. Ele morrera sem descendentes e deixara a herança, modesta aliás, para a esposa e o irmão. Eles disputaram sobre a partilha e acabaram se entendendo. Descobrir isso foi tão fácil quanto abrir a enciclopédia no mesmíssimo advogado.

"Muito agradecido", eu disse, puxando um maço de cédulas amassadas. "Com respeito a seus honorários..."

Verdade seja dita, aquelas notas estavam perfeitamente dobradas quando eu as surrupiara da despensa. Eu as tinha amassado um pouco antes de entrar para provocar a sua compaixão.

Não devia ter me preocupado com isso. Bertie apenas sorriu. "Não é nada", ele disse. "Quando a verdade surgir e seu pai processar a Associação Drake, quero o seu caso — por uma comissão."

Eu devolvi o sorriso. Parecia apropriado, de certa forma, pagar-lhe com dinheiro imaginário de uma futura ação imaginária.

Levei a informação obtida para meu pai, e acham que me agradeceu por isso?

"Você tem merda na cabeça! Que *diabos* estava pensando? Você não pode sair tagarelando sobre isso por aí. Então eu não assinei um voto de segredo? Não assinei? Se a notícia correr, todos vão querer entrar e nossa parte será reduzida."

"Não tem fortuna alguma, papai", eu disse. "Não percebe?"

"Ótimo! Então, você não terá nada! Nada. Está ouvindo? Nem um centavo. Você está completamente fora!"

Não é todo dia que um pai deserda seu filho de quatro milhões de dólares, mas, de certa forma, achei que me arranjaria sem isso. Vesti meu chapéu e saí.

Papai se achava um sujeito esperto, e um sujeito esperto não é logrado, certo? Ou ele não era tão esperto quanto pensava, o que era uma coisa difícil de encarar, ou não tinha *realmente sido* logrado. Era mais fácil decidir que os governos do mundo estavam conspirando contra nós do que admitir que fôramos feitos de tolos. Foi por isso que a Henrietta, caminhando pela rua com escoriações no rosto, pôde se convencer de que o Joe Imprestável realmente a amava. E foi por isso que o Joe Imprestável pôde acreditar que ela o trazia consigo. Se não, ele seria um monstro e ela uma otária, e, bem, é melhor não encarar certas coisas, não é?

Ora, Platão disse: "Em terra de cego, quem tem um olho é rei". Essas palavras estavam entalhadas em arenito vermelho sobre o arco principal da Prefeitura. *Quem tem um olho é rei*. Mas não era esse o caso, não é? Em terra de cego, quem tem um olho não é rei — é um herege, e precisa ser parado. O homem que tem um olho nos diz que os números não somam e o homem que tem um olho é calado com gritos. Melhor não deixá-los saber que se pode ver. Melhor se esgueirar para o meio da multidão, usando a visão parcial em nosso proveito enquanto evitamos a lenha e a fogueira.

Quando saí da mercearia Secos e Molhados do Sukanen, desdobrei o certificado, aquele que havia tirado da pilha de meu pai. Entrei, com a maior ousadia que pude, estendi o papel na frente do balconista e bati na insígnia no canto.

"Sabe o que é isso?", perguntei.

9.

É curiosa a maneira como as coisas se propagam.

A Associação Francis Drake roubou milhares de dólares de meu pai. Eu roubei uma centena. O balconista perdeu dez. É o que eles chamam de "redistribuição dos lucros".

Poderia funcionar no sentido inverso, porém. Um dólar aqui, um dólar ali, nas mãos do homem certo, um dólar para alguém na pindaíba? Quem sabe isso não bastaria para mudar a vida de alguém. Talvez tudo que fosse necessário era uma única cédula para mudar as coisas dessa maneira. Se alguém fosse viajar de carro através da América, parando em cada fila de pão ou cozinha popular que passasse, doando um dólar a uma pessoa em cada cidade, quem saberia qual o efeito coletivo disso? Poderia crescer, como uma onda. Poderia fazer recuar a maré.

E diamantes podem cair do céu.

O balconista do Sukanen pagou dez dólares por um certificado de cem dólares, e eu me enchi de bolinhos de milho, café, biscoitos amanteigados, toucinho, melaço, ameixas secas e feijão, alguns produtos enlatados e algumas maçãs, e um bom talho de charque. Enchi dois sacos grandes com a liberalidade de Francis Drake. Eu estava numa situação desesperada, havia explicado, tinha um pai que não estava trabalhando e carecia de cuidados (tudo verdade até esse ponto). E lá estava o balconista, quase em prantos, como se eu estivesse lhe fazendo um bem, enquanto abiscoitava o que considerava um lucro de noventa dólares sobre o meu infortúnio. (Na verdade, um lucro de US$ 49990, se as pretensões fossem para valer; aquele era um certificado de US$ 100 a ser resgatado por US$ 500, menos os US$ 10 que ele me entregara em produtos. Embora fosse preciso saber quanto a loja tinha pagado no atacado pelos suprimentos para calcular a quantia exata. Seja como for, aqueles sacos de mantimentos que eu levei para casa saíram caro.)

Se eu senti um pingo de culpa por tirar mercadorias nessas circunstâncias? Não senti. Pus a comida na despensa, e café de verdade em nossas xícaras pela primeira vez em muito tempo. Papai nunca perguntou de onde viera o café e parecia que nunca contava seus certificados. Por isso, ele não notou quando o primeiro sumiu, ou o seguinte.

Eis um osso duro de roer: não vejo como importe a alguém que papai e eu estivéssemos à beira da ruína. O que eu fiz — pegar aquele certificado, trocá-lo por comida — foi errado. Ou não foi. Pouco importava se eu era um milionário ou um desempregado, o ato em si era o mesmo. Se roubarmos uma maçã, roubamos uma maçã. Não vejo o que importa de quem é a árvore, ou se já temos um alqueire delas em casa. As maçãs pelas quais troquei o certificado na loja do Sukanen? Roubadas, como se as tivesse agarrado e corrido.

Mas sabem de uma coisa? Aquelas maçãs provaram-se mais doces por isso, de longe mais doces que se tivesse pago honestamente por elas. E essa foi uma lição que eles não ensinam em escolas dominicais.

Eu voltei para buscar produtos menos de uma semana depois, numa tarde de terça-feira, tendo saído mais cedo da escola. Comprei outro pacote de dez dólares com um vale de cinquenta mil dólares do ouro de Drake, minha quarta e última dessas trocas, eu temia, pois papai logo daria pela falta dos certificados. Na loja do Sukanen, havia margaridas à venda, vindas das estufas do governo em Silver City, e, embora elas custassem quase tanto como um pedaço de bacon, comprei o maior buquê que eles tinham. Fui para casa, guardei os alimentos, embolsei uma maçã, e então levei aquelas margaridas até os olmos que se erguiam na borda da cidade. Depositei as flores, e depois me sentei embaixo de um olmo e esperei que Valentino a estivesse levando em seus braços pela eternidade — como ele fará, se Deus tem alguma decência humana.

Teria comido a maçã ali mesmo se o vento não tivesse levantado uma fina poeira dos campos, provocando pequenos redemoinhos e fazendo as urzes rolarem por ali. Foi o vento que me fez voltar depressa para casa. Eu cortei caminho pela Prefeitura e depois me enfiei no interior tom de granito da biblioteca para fugir dele. Talvez, se houvesse me enfiado na loja de tecidos ou na de vendas consignadas, as coisas poderiam ter sido diferentes. Eu poderia não ter saído de Paradise Flats. Poderia ter envelhecido ali e, se não feliz, ao menos pacato. Mas escolhi a biblioteca, e foi aí que as coisas desandaram pra valer — embora eu não soubesse disso na época.

Nossa biblioteca era um marco cívico. Quando o ramal ferroviário chegou, Paradise Flats parecia destinada a uma espécie de grandeza modesta. A população disparou. Nossa bela Prefeitura se ergueu com seu domo e seu lema em arenito. Depois, vieram os campanários duplos dos papistas, um anglicano para competir, e um seminário luterano um pouco mais tarde. O First National Bank apareceu com suas colunas gregas, e o Second National com suas romanas. E, na rua principal, de frente para nosso recém renomeado Parque Memorial Ted Stoffer (originalmente, "Parque Tedstof") e sua fonte de pedra (agora seca) e espelho d'água (idem), fica nossa magnífica biblioteca, o equivalente regional de um Taj Mahal.

A prefeitura, o seminário, a biblioteca: cobertos com cobre esverdeado, todos eles. Fonte de duradouro orgulho, aqueles telhados. Houve discussões na virada do século para rebatizar Paradise Flats de "Emerald City", algo que ainda aparecia de vez em quando, mais especialmente no cabeçalho do *Greater Paradise Times-Tribune:* SERVINDO AO CONDADO DE DACOB E A EMERALD CITY. Restos de história estavam por toda parte, como ossos numa pilha de cinzas.

A Biblioteca de Paradise Flats possuía escadas com rodinhas e as paredes imponentemente altas estavam forradas com acres de volumes encadernados em couro, todos parte da dotação original de 1894. O último lote de livros fora comprado em 1928, algo que o *Times-Tribune* amiúde lamentava. No entanto, o acervo da biblioteca provocava uma espécie de reverência em muitos, inveja em outros. Uma faculdade do leste fizera uma oferta substancial pela coleção inteira. A cidade pediu mais dinheiro, mas isso não deu em nada, e ficamos com todos aqueles livros encalhados.

Eu poderia não ter ficado muito tempo ali naquela tarde, poderia ter terminado a maçã e seguido meu caminho, mas a sra. Mabel, a bibliotecária e grande dama da história local, aquela famosa pelo "Ted Stoffer", não estava no seu posto de franzir a testa usual atrás da escrivaninha da frente. As conservas da sra. Mabel eram localmente famosas, assim como suas feições enrugadas, a boca permanentemente chupada como se ela estivesse sugando sementes presas entre os dentes. Ela tentava nos manter longe dos livros, na maioria das vezes, mas naquele dia eu consegui me esgueirar pelo bloqueio sem ser apanhado. Avistei a sra. Mabel num canto distante ajudando o dr. Boltzhurst em alguma coisa. Boltzhurst, com seu tufo de cabelo espetado como um rabanete pronto para ser arrancado, era doutor em medicina veterinária; ele cuidava para nossos animais morrerem um pouco mais lentamente do que o normal. O dr. Boltzhurst era mais conhecido pelas longas cartas que enviava ao *Times-Tribune* e as denúncias ainda mais longas que escrevia em seguida, depois que o jornal inevitavelmente cortava um parágrafo para que a sua carta coubesse no espaço. Ele assinava suas epístolas "Stefan B.", embora ninguém conhecesse seu primeiro nome. As cartas do dr. Boltzhurst ao editor eram repletas de análises científicas da crise econômica do país. "Não é preciso um derramamento de sangue para pôr fim a esse estado Deprimido, bastava a aplicação concentrada de princípios racionais. Em vez de governo pela burocracia, precisávamos de governo pela *tecnocracia*, usando uma metodologia que empregaria a integração sintética de ciências físicas e fenômenos sociais. Salários e preços, por exemplo, poderiam ser estabelecidos com base em unidades de energia — ergs e joules — em vez de naquelas teorias monetárias obsoletas que causaram esta crise."

Ao lado do bom doutor estava o padre Augustus, propagador papista da Virgem Abençoada, conhecido por beber vinho de comunhão depois da missa dominical (ao menos era o que nós calvinistas dizíamos). O nome era a única coisa grandiosa em padre Augustus. Ele conseguia ser grande e atrapalhado ao mesmo tempo. Com a sra. Mabel ao lado, o doutor e o sacerdote estavam debruçados sobre algum livro, discutindo, e assim eu me esgueirei sem receber um franzir de cenho.

O interior da biblioteca tinha um frescor, como o bálsamo que se espalhava sobre uma queimadura. Sem o calor pegajoso e a coceira insistente do mundo exterior, eu errei por entre as estantes, os livros assomando no alto com suas lindas lombadas. Impressionava um bocado ver toda uma paisagem vertical de livros como aquela. E era estranho pensar que praticamente cada palavra neles estava contida no dicionário de papai lá em casa. Podia-se tirar qualquer livro que se quisesse de um dicionário, como um mágico tirava flores de uma vara de condão.

Havia livros sobre tudo naquela biblioteca: astronomia, navegação, música, coisas para as quais eu não tinha um uso imediato, mas fiquei feliz por elas existirem. Livros sobre crenças mundiais, também, com divindades de pele azul e Budas pançudos. Achei isso tranquilizador também, saber que havia outros deuses circulando por este mundo. Curioso pensar que o que era absolutamente certo em Paradise Flats era absolutamente errado em algum outro lugar. Fazia pensar se havia realmente algum padrão de medida.

Terminei minha maçã e escondi o miolo atrás de um exemplar da bíblia do Rei Jaime. Estava com os textos de vários deuses concorrentes abertos diante de mim quando a sra. Mabel apareceu, clareando a garganta e perguntando se havia alguma coisa em que pudesse ajudar. Foi como se ela tivesse me apanhado tentando me esgueirar no Palace para uma sessão de cinema ao meio-dia. Não sei por que ela ficou tão zangada; eu não estava rasgando as páginas nem nada.

"O que exatamente você *está* procurando?", ela quis saber.

Eu me virei. Olhei-a fixamente nos olhos. "Não vou saber até descobrir, vou?" E aí, só de birra, perguntei: "Tem algum livro sobre jogos de azar? Ou como preparar uísque?".

Ela não se dignou a responder. Apenas se virou e voltou apressada para seu posto atrás da mesa de informações.

Acontece que eu encontrei um livro sobre jogos de azar, embora não do tipo que tinha perguntado. Nosso hipódromo tinha sido fechado, mas os coletores de apostas estavam fazendo um negócio animado pelo telégrafo, e imaginei que talvez pudesse pegar algumas dicas que me permitissem apostar em algo maior. Eu sabia que as chances eram sempre contra nós e que sorte não existia, mas se houvesse alguma maneira matemática de contornar isso...

O livro que encontrei estava no carrinho marcado DEVOLUÇÕES. Ele se intitulava *Meditações sobre a aposta de Pascal*, que tomei como sendo um guia para apostas. Necas. Nada a ver. O livro tratava de jogos, certo, mas não do tipo do cavalo ou do galgo. Tratava de jogos sobre o bem e o mal, sobre certo e errado. Achei uma leitura fascinante, apesar de que não me ajudaria a apostar nos cavalos. Pascal, pasmem, era um francês que imaginava que conseguiria ser mais esperto que Deus. Ou, mais precisamente, imagino, ser mais esperto que suas próprias dúvidas.

Pascal tinha aplicado os princípios do jogo às questões de fé. Do jeito que ele imaginava, ou Deus existe ou Ele não existe. Era como atirar uma moeda. Mas, em qual lado colocar a aposta? Bem, se você acreditar em Deus e Deus existir, ganhará recompensas infinitas quando for para o Grande Além. Se Deus *não* existir e você *não* acreditar Nele, bem, está ótimo também. Nenhum risco, nenhum ganho.

Agora, imagine que você aposta no cavalo inteiramente errado. Você diz "Deus não existe", mas Ele existe. Ou você acredita que Deus é real, mas Ele não é.

Bem, afora o fato de passar sua vida sob pressupostos falsos, e todas aquelas idas à igreja e medos da fornalha que teve que suportar, se você acreditar em Deus e ele *não* existir, Pascal imagina que isso não significa uma grande perda. "Se ganhar, você ganha tudo; se perder, não perde nada." Mas e se você *não* acreditar Nele e der de estar errado? Bem, aí você terá algumas justificações sérias a fazer.

O fogo eterno contra recompensas infinitas. Parece uma escolha óbvia, não é? Quer dizer, como se poderia fazer uma aposta senão a favor de Deus?

E contudo...

10.

Foi a biblioteca que me colocou nisso. Nenhuma dúvida sobre isso. Se tivesse escolhido o Palace estaria ótimo. O Palace era um dos quatro cinemas que tínhamos em Paradise Flats. Como em qualquer outra cidade do Dust Bowl, nossos bancos estavam fechados com tábuas, mas nossos cinemas iam de vento em popa. O rádio era privado, cinemas eram públicos. Mas ambos aliviavam a carga, ambos deslumbravam e distraiam. Eu gostava dos cinemas. Ia sempre que podia. Os cinemas não faziam perguntas difíceis como os livros. A biblioteca estava cheia de becos sem saída e areias movediças. Compreender ideias era como tentar capturar reflexos numa bolha. Com um anzol. Era de enlouquecer.

Mas não no Palace, com seu nome desenhado por luzes de prima-dona, e não nos filmes. Não, senhor. Um projetor avança a película à velocidade de vinte e quatro quadros por segundo. Isso significa que em cada segundo passam vinte e quatro imagens. Para impedir que essas imagens escorram umas nas outras, um obturador bloqueava a lente enquanto a película avançava. À medida que cada imagem era projetada, rápido, na tela, o obturador permanecia fechado o mesmo intervalo de tempo que ficava aberto: *aberto, fechado, aberto, fechado, aberto, fechado*. As imagens relampeavam. A mente as costurava, alisava, fazia os quadros separados se fundirem e parecerem alçar voo. A ilusão de movimento. Mas era aí que residia o problema. Significava também que, no curso de um filme de duas horas, uma hora era de absoluta escuridão. Ela era fatiada tão fina que não se notava, é verdade, mas isso não mudava o fato de que se havia permanecido uma hora no escuro. Sem se perceber.

O que aprendi com os filmes?

Que a escuridão pode ser fatiada. Que fumaça de cigarro dá um ótimo filtro. (Mulheres parecem mais dóceis através da névoa.) Spencer Tracy em *Lobos do mar* me ensinou a ser homem. Claudette Colbert em *Cleópatra* me ensinou sobre mulheres. E de Boris Karloff e Bela Lugosi eu aprendi que existem dois tipos de monstros neste mundo. Karloff como Frankenstein. Lugosi como Drácula. O primeiro nos domina pelo absoluto vigor, nos esmaga com força bruta. O outro nos corrói de dentro para fora. Eles representam duas maneiras básicas de morrer. Um tornado ou um desastre de avião, isso seria Frankenstein. Uma doença que se espalha lentamente, mancha o sangue e o enegrece? Isso seria Drácula.

Eu tinha dez ou onze anos quando vi o primeiro desses filmes de horror, e me lembro de ter pensado "Drácula pegou minha mãe".

Alguns monstros surgem do pó, como a Múmia. Alguns podem receber bala depois de bala e não morrer. Alguns derrubam a porta, abrem caminho à força. Outros precisam ser convidados a entrar. E esta é a parte mais assustadora, não é? Não ter um álibi quando a escuridão nos vem buscar e fomos nós que a convidamos a entrar.

11.

Não concluí o colegial. Parei de frequentar a escola em algum ponto, e ninguém pareceu se importar. Eu mal ia lá, de todo modo, e estava sendo reprovado em tudo.

Tive a sorte de encontrar trabalho, o turno da noite na Consolidated Salt. Eles estavam procurando costas robustas, e eu me encaixava nesse caso em particular. A primeira carga de navio cheia de McGrearys viera em busca de algo melhor, e lá estava eu trabalhando numa mina de sal. De carvão negro para rocha de sal — aquele era um movimento lateral na melhor hipótese, e sem navio com ouro de Drake à vista.

O pagamento era irregular e as horas eram longas. Eu trabalhava principalmente com *chicanos*, como um nivelador quando os vagões chegavam ou como um carregador quando necessário. Minhas mãos ficaram calosas, e eu sentia o gosto de sal em tudo, fosse gelo, açúcar mascavo ou chá. Eu tinha sede o tempo todo, me parecia, e meus olhos nunca se acostumaram com a ardência que o sal provocava. Mas era um trabalho honesto e eu tinha amigos agora, ou algo parecido, homens tão exaustos como eu. Colegas "salgadinhos". Nós recebíamos três dólares por dia por um turno de dez horas, pois as notícias da Lei de Normas de Trabalho Justas ainda não haviam chegado a Paradise Flats.

Não haveria mais necessidade de sacos de compras de cinquenta mil dólares; comida e artigos variados vinham do armazém da companhia. A administração mantinha um registro, deduzindo o que nós devíamos dos nossos cheques de pagamento. Eu fiz as contas; sabia o jogo que eles estavam fazendo. Eles nem mesmo nos pagavam em dinheiro americano de verdade. Não, senhor. Nós recebíamos certificados da companhia, que chamávamos de "mixaria": moedas finas de alumínio perfuradas. O certificado valia sessenta centavos de dólar e só podia ser usado no armazém da companhia, onde os preços eram mais altos que nas outras lojas. A única maneira de conseguir moeda forte era vender nossos certificados a homens com família, a cinquenta centavos por dólar, o que amiúde fazíamos.

Eu não me queixava, porém. Em Kentucky havia mineiros de carvão sustentando famílias com turnos de doze horas e semanas de quatro dólares, vivendo descalços em barracos alquebrados onde dormiam seis num colchão de crina. Em alguns desses acampamentos havia crianças que não provavam leite desde que tinham sido desmamadas. Por isso, eu não me queixava, mesmo quando me afundei cada vez mais em dívidas. Enchia a barriga da mesma maneira, com crédito ou com dinheiro. E na longa caminhada para casa, no início da manhã, naquela hora do dia em que somente o vento está desperto e o céu tem um tom mais suave de azul, eu pensava comigo: "Tudo vai ficar bem".

Eu frequentava o Salão de Bilhar do Harry jogando com *chicanos* da mina por centavos e cerveja. Às tardes, porém, eu me via com frequência seguindo para a biblioteca. Eu terminaria entre as pilhas, com meia dúzia de livros espalhados diante de mim, e a sra. Mabel franzindo a testa o tempo todo. Ela jamais conseguiu aceitar a minha presença. Eu poderia ter sido expelido do lugar pelas testas franzidas não fosse pelo aparecimento de um vestido florido e um cabelo em estilo pajem.

Era Rebecca, a filha magricela da sra. Mabel.

Ela estivera uma série ou duas atrás de mim, por isso nós mal nos conhecíamos. Eu não a via fazia algum tempo, estando fora da escola e tudo, e talvez viesse do fato de eu passar minhas noites na mina, cercado pelo cheiro acre de suor masculino, mas, quando Becky entrou esvoaçando naquele dia, foi como um demorado gole de água fresca.

Nós ficamos cautelosos, no início. Ela agiu como se eu não estivesse bem ali, eu como se soubesse o que estava procurando naqueles livros.

Rebecca começou a vir todos os dias após a escola para ajudar a mãe a arrumar as estantes, carimbar e separar cartões. Eu comecei a programar minhas visitas para coincidir com as dela, tratando de chegar cedo o bastante para não parecer suspeito. Vinte minutos, meia hora. Eu podia folhear vários livros antes de ela chegar apressada, meus dedos correndo rapidamente até o fim da página, lendo mais rápido que o movimento da minha mão. Isso era uma coisa que causara ressentimentos sem fim na escola quando os professores se recusavam a acreditar que eu terminara a leitura designada no tempo que os outros levavam para abrir seu texto. Era um truque que se tornara conveniente agora, porque quando Rebecca aparecia, bem, as palavras nadavam na página diante de meus olhos. E se ela roçasse o vestido casualmente, ao passar, ou lançasse um olhar para trás, por cima do ombro, para mim — não é que eu mal conseguia lembrar o meu nome?

Assintindo a *Cleópatra*, eu aprendera que as mulheres eram sedutoras, e isso me parecia ótimo. O problema era que Paradise Flats parecia ter uma escassez de sedutoras à mão. Até os bailes de celeiro eram considerados moralmente arriscados por conta de todos aqueles membros nus se roçando durante os passos da quadrilha. Acompanhantes zelosas pairavam sobre nós como nuvens escuras, tentando estragar a diversão que surgia quando — meio que acidentalmente — nossa mão borboleteava pela blusa de uma garota quando ela passava. Quando uma garota estava a fim de nós, ficávamos sabendo pela maneira como ela encurvava as costas apenas o suficiente para podermos roçar a mão nela, tão suavemente que só ela e nós saberíamos o que estava se passando. Quando o círculo nos arremessava para longe e depois nos aproximava, trazendo-a de volta na nossa direção, podíamos ver o rosto dela corar de antecipação à medida que se achegava, pronta para outra passagem.

Toda minha experiência com mulheres consistia nessas danças e numa transa apressada, as calças em torno dos meus calcanhares, com uma garota da roça que encurvara as costas mais que a maioria uma certa noite. Ela era magra, e prendeu a respiração o tempo todo, enquanto eu me mexia em cima dela. Eu mal vi o seu rosto. Lembro-me de ela me empurrar quando eu me apressei demais, e de eu lançando minha semente no solo como Onan, mas isso foi tudo. Ela tinha sussurrado: "Não conte para ninguém, está ouvindo?". Mas não havia ninguém a quem pudesse contar. Ela não tinha nome, e, portanto, não tinha o que sujar.

Agora, a srta. Rebecca, seus olhos eram do verde mais profundo — profundo o bastante para a gente se afundar neles, como dizem. Ela se movia pela biblioteca com um farfalhar aqui e uma virada acolá, até que um dia passou pela mesa onde eu estava e disse: "Você lê um bocado".

"Leio mesmo", eu disse, mas ela já tinha se afastado, flutuado para longe sem esperar resposta.

Nos dias seguintes, eu meti na cabeça de convidar Rebecca para sair, algum lugar verde para combinar com seus olhos, algum lugar onde o solo não fosse tão gretado. Mas isso exigiria um carro. E por mais bacana que fosse chegar dirigindo na sua casa num elegante Dictator novo, isso não iria acontecer. Eu teria de colocar o De Soto em ação novamente.

Que dificuldade poderia haver? Os princípios envolvidos eram bastante diretos: ignição, lubrificação, pistão, válvula. O motor era apenas um mecanismo para converter movimento vertical em circular, de fato. Seguindo o conjunto de acionamento/propulsor para trás o suficiente, imaginei, poderia descobrir o problema. A cadeia de causa e efeito era simples em carros. Eu gostei disso. Não havia necessidade de perguntar *por que* o motor quebrou. Apenas descobrir o problema, consertá-lo, e seguir em frente. Mulheres eram uma questão completamente distinta.

A trava do De Soto rangeu, ferrugem contra ferrugem, e, quando levantei o capô, ouvi uma espécie de gemido. O interior estava vazio. O motor inteiro, sumido. E eu boquiaberto com a visão daquilo. Aquele De Soto era uma casca, não melhor que os caminhões que os fazendeiros estavam puxando com mulas, o que eles chamaram inicialmente de "carroças de Hoover" e depois "charretes de Roosevelt".

Que fosse tudo para o inferno.

Eu entrei intempestivamente, encontrei papai ao lado da janela fitando o horizonte como sempre. Já fazia algum tempo desde a última grande tempestade de areia. O vento estava lá, umas vezes suave como talco, outras, duro como sal, mas as nevascas pretas pareciam ter se retirado. Mas lá estava papai, espreitando como se esperasse a chegada de um mal mais tenebroso no mundo.

"Pode me explicar", eu disse, "por que o De Soto está sem entranhas?"

Ele não disse nada.

"Onde está o motor, papai?"

"Vazio", ele disse, embora eu não estivesse certo de que estava falando do carro.

"Sei que está vazio. Quero saber por quê."

Bem, isso o tirou daquilo, eu desafiando-o dessa maneira. Ele me dardejou com os olhos, falou: "Acha que não sei que você vem roubando? Surrupiando certificados. Procurando faturar depois que eu tirei você da jogada. Veja como fala, garoto. Você não é tão grande que eu não possa com você".

Eu saí batendo a porta de tela com a maior força que pude. O vento tornou a abri-la, por isso eu a bati de novo. Mais forte. E, com força igual, o vento bateu com a porta nas minhas costas.

Pensei no Eli Pirado, em como encontraram seu corpo assando no deserto, pensei nele e em como ele costumava se agitar no meio das tempestades de poeira. Talvez Eli fosse pirado, e talvez ele tenha perdido qualquer guerra que estivesse travando, mas pelo menos tombou em ação. Isso eu tinha que lhe conceder.

12.

Voltei à biblioteca no dia seguinte, ainda envolvido numa crosta de sal do meu turno na mina e determinado a obter algum tipo de vantagem. Não podia convidar Rebecca para uma volta de carro comigo a menos que ela quisesse ser arrastada pela rua State num De Soto quebrado puxado por uma parelha de mulas. E imaginei que isso não seria o tipo de coisa que sugerisse romance.

Não, eu teria de me armar de conhecimento. Estudar para chegar a uma compreensão dela. Puxei um livro sobre anatomia humana da estante para descobrir como tudo funcionava. Descobri *sistemas reprodutivos femininos* e abri nas páginas. O dr. Boltzhurst passou por ali, fazendo um aceno de aprovação. "Interesse científico. Bom de ver."

O livro não foi de grande ajuda, porém. Um tanto repulsivo, aliás. Verdade seja dita, meu interesse em Rebecca não ia muito mais fundo que o nível epidérmico, e as ilustrações coloridas nesse texto, com as partes rotuladas como uma rã em dissecação, não eram exatamente o que eu estava procurando. Eu sabia mais sobre Rebecca do que provavelmente deveria depois disso. Não imaginava que uma garota gostaria que algum rapaz ficasse recitando odes a suas trompas.

Eu tornei a abrir o fichário, folheando até "amor". Talvez romance fosse uma arte, não uma ciência. E, rapaz, não é que eu encontrei o que procurava. A *arte de amar*. O título dizia tudo.

Localizei aquele livro e o trouxe para a minha mesa. Era um volume encadernado em couro, ilustrado — como a página de rosto — com "descrições art déco sensuais de amor e sedução". Principalmente da variedade de túnicas justas e liras dedilhadas, no caso, mas pouco importava. Eu não estava procurando imagens, embora precise dizer que alguns daqueles nus parciais prenderam minha atenção.

A *arte de amar*, ou *Ars amatoria*, fora traduzido do latim, aparentemente, e fora escrito por alguém chamado Ovídio, um poeta romano de quase dois mil anos atrás. Aquilo me surpreendeu, pessoas às voltas com "a arte de amar e de seduzir" mesmo lá atrás, no tempo em que Nosso Senhor estava sendo anunciado neste mundo com asas de anjos e trombetas. Pelo prefácio, parecia que a "franqueza sexual" desse Ovídio o levou a ser banido pelo imperador romano. Era disso que eu precisava: franqueza.

Folheei o livro. Ovídio tinha incluído capítulos como "A procura" e o "Cortejo triunfal", com conselhos como: seja ousado no jantar, "cuida, primeiro de conhecer a criada da mulher a conquistar", "deve-se desconfiar dos amigos".

Rebecca não tinha criada, até onde eu sabia, e eu não tinha amigos com os quais me preocupar. Eu mal conseguiria pagar um jantar, quanto mais um "banquete digno de Baco", como Ovídio havia recomendado que eu lhe oferecesse. Meu cheque de pagamento já estava suficientemente comprometido, e eu ainda não sabia para que servia um garfo. Mesmo que me convencesse disso, um jantar fino em um de nossos melhores hotéis — com o peso daqueles quartos pendendo sobre nós — teria requerido duzentos mil dólares em ouro de Drake para pagá-lo.

> São variados os corações das mulheres; mil corações, tens de apanhá-los de mil maneiras. Não produz a mesma terra tudo; numa, dá-se bem a videira, noutra, a oliveira; aqui reverdece bem a seara. Tantos são nos corações os modos, quantos no mundo os rostos; quem for sensato, estará preparado para modos sem conta e, qual Proteu, ora se há de adelgaçar nas águas ligeiras, ora há de ser leão, ora árvore, ora javali de pelo eriçado. Aqui, apanham-se os peixes com tarrafa, ali com anzol, acolá as redes fundas os arrastam puxadas por cordas retesadas. E

> não te convém uma técnica, apenas, para todas as idades; de mais longe se apercebe da armadilha a corça velha.

Eu estava supondo que Rebecca era uma donzela virgem, e não uma corça velha, sendo de uma família devota, por isso saltei as passagens sobre seduzir esposas de outros homens. A chave para conquistar virgens, assim parecia, era a persistência:

> Que é que existe mais rijo do que a pedra, mais mole do que a água? A pedra dura, porém, é escavada pela água mole. Penélope, ela mesma, desde que persistas, com o tempo a hás de vencer; bem tarde verás ser conquistada Pérgamo, mas há de ser conquistada. Se te ler e não quiser responder, não a forces; procura, apenas, que leia as tuas palavras delicadas até ao fim; se quis ler, há de querer responder ao que leu; a resposta chega com seu ritmo e seu passo; talvez te chegue, primeiro, uma carta triste, a pedir-te que não mais a procures; se pede, é porque receia que não aconteça; se não pede, deseja que insistas. Prossegue! Bem cedo verás realizado o teu desejo.

Foi esse "não a forces" que me consumiu. Como saber o que é que ela desejava? Será que *ela* mesma sabia? Sobretudo, porém, disse Ovídio, "lisonjeai-a, lisonjeai-a, lisonjeai-a".

> Mais depressa, na Primavera, se hão de calar os pardais, e, no Verão, as cigarras, e o cão de Ménalo voltará costas à lebre do que resistirá a mulher ao jovem que com doçura a quer namorar.

Isso foi há dois mil anos, mas eu esperava que ainda fosse verdade hoje. A chave era dizer coisas bonitas sobre Rebecca. Mas o quê? Ovídio tinha a resposta para isso, também. O homem era astuto.

> Hás de, então, buscar um começo de conversa amigável; sejam lugares comuns a desencadear as primeiras palavras: "a quem pertencem os cavalos que ali vêm?", faz por perguntá-lo, interessado, e, de pronto, o que ela apoiar, seja quem for, apoia-o tu também.

Como eu disse, nosso hipódromo local estava fechado havia muito, e duvidei que Rebecca ia querer apostar em cavalos pelo telégrafo, mas o conselho ainda valia. Descobrir o que ela gostava, e concordar.

> É, então, hora de cativar o coração, sorrateiramente, com palavras meigas, tal como galga a água corrente a ladeira da margem; não hesites em louvar-lhe o rosto, os cabelos e os dedos esguios e o pé delicado; dá deleite, mesmo às mais castas, o pregão da sua beleza; as donzelas cuidam da figura e ela dá-lhes prazer.

Dedos esguios. Pé delicado. Tomei nota disso.

> Não sejas acanhado a prometer — as promessas arrastam as mulheres — e, de quanto prometeres, invoca os deuses como testemunhas; Júpiter, do alto dos céus, ri-se das juras falsas dos amantes e ordena aos Notos, de Éolo, que as levem para longe e deixem sem efeito. Pela Lagoa Estígia costumava Júpiter jurar falso a Juno; ele mesmo apoia, agora, quem segue o seu exemplo. [...] Enganai as que enganam; são, na maioria, gente reles; nos laços que elas armaram, sejam elas mesmas a cair.

Eu fiquei na biblioteca durante o dia todo, com apenas caramelos para o almoço, e estava tão absorto na revelação daquilo tudo que não ouvi Rebecca entrar, até ela passar diretamente atrás de mim.

"O que é que você está lendo?", ela perguntou.

O capítulo que eu tinha aberto na minha frente exibia uma ilustração totalmente colorida de amantes seminus emaranhados. Meu rosto ardeu, mas Rebecca, mais uma vez, já tinha se afastado, deslizando antes que eu pudesse gaguejar algum tipo de resposta. Ela olhou para trás, porém, para me lançar um sorrisinho zombeteiro, e tomei aquilo como um bom sinal.

Quando sua mãe foi ao porão, eu me mudei para perto o suficiente de Rebecca para sentir o cheiro de creme Noxzema que ela exalava. Ela me fitou, mas não disse uma palavra. Estava esperando que eu começasse.

"Você tem pés bonitos", eu disse, e me maldisse no mesmo instante.

"Pés?"

"Eles são muito delicados. E suas mãos. Elas são elegantes. E seus olhos..."

Ela fez que sim. Lentamente.

"Eles são verdes", eu disse.

"Hum, ainda tenho uma porção de livros para separar", ela disse, mas não pôde conter um olhar para suas mãos primeiro, estendendo-as para ver o que era tão elegante.

Eu teria reduzido meus prejuízos e fugido, mas o aroma do seu Noxzema era inebriante, e, antes que minha cabeça conseguisse me conter, eu deixei escapar: "Você podia ser a próxima Scarlett O'Hara, sabia?".

Scarlett O'Hara era a coisa mais importante na mente das pessoas naqueles tempos. Quem seria escalada para Scarlett? A filmagem havia começado — eu ouvira dizer que eles já tinham queimado Atlanta completamente —, mas ninguém tinha sido escalado ainda para o papel principal ao lado do sr. Gable. Alguns tinham apostado em Tallulah Bankhead. Alguns em Bette Davis. Outros, Joan Crawford. Facções estavam se formando, e a busca havia atingido um frenesi febril. Por que não Rebecca, então?

Ela balançou com essa. Depois sorriu. Inclinou a cabeça bem de leve, como se estivesse prestes a se virar, mas conservou seus olhos nos meus. Eu reconheci esse olhar; era o que chamavam de "tímido". Ele podia ser separado em dois elementos: inclinando para baixo e olhando para cima. Sinais conflitantes, aqueles. Eles diziam "estou indo" e "chegue mais perto" ao mesmo tempo. Causavam um efeito poderoso num rapaz.

"Scarlett O'Hara?", ela disse. "Acha mesmo?"

"Eu tenho certeza. Tenho um tio perto de Hollywood, ele é um olheiro dos estúdios, e olhos verdes é o que estão procurando. Ele mesmo disse." Tudo isso era mentira, é claro, incluindo o "tenho um tio". Valeu, porém, vê-la enrubescer. Acredito que Ovídio teria se orgulhado.

Mas aí a mãe dela entrou paquidérmica na sala e Rebecca se afastou rapidamente. E, apesar de Becky e eu permanecermos a uma distância respeitável um do outro, a sra. Mabel havia nitidamente captado alguma coisa abaixo da superfície. Ela manteve uma vigilância atenta sobre nós dois depois disso, e fui obrigado a me comunicar por outros meios. Rebecca separava os livros e os colocava nas estantes, e eu lhe dava alguma coisa para separar. Tirava livros de arte lustrosos e os deixava abertos em pinturas de mulheres nuas se elevando do mar numa meia concha ou de homens raptando esposas sabinas, para que Rebecca não tivesse como não as ver antes de fechar os livros e os recolocar no carrinho.

Ela replicou com um exemplar de *Fortaleza moral: Um jovem — Guia para a contenção*, publicado pela Associação Cristã Americana, atirado com leveza na minha mesa quando passou por ela, um meio sorriso em jogo.

Com o tempo, Rebecca atiraria olhares na minha direção com uma frequência cada vez maior, e farfalharia seu vestido como se não se importasse que eu estivesse observando enquanto sua mãe carrancuda observava. E sabe de uma coisa? Quanto mais desaprovadora sua mãe se tornava, mais o vestido farfalhava.

Isso era uma coisa que não ensinavam na escola dominical.

13.

Chegou a hora de avançar mais um dente da catraca, e Ovídio tinha os caminhos para isso também. Fui aconselhado a arranjar um encontro acidental.

> Fingindo cruzar por acaso no mercado ou no beco, ou ainda melhor, no santuário de Adonis, ou no templo de Mênfis, da bezerra de linho trajada.

Na falta de um templo menfita da bezerra em traje de linho em Paradise Flats, a coisa mais próxima seriam os serviços religiosos de domingo. Mas, sendo Rebecca uma metodista e eu não, esse acaso teria sido difícil de armar. Aliás, parecia que os metodistas iam se reunificar após mais de um século de separação, e eles podiam perfeitamente estar num estado de espírito conciliatório, mas eu não sabia se isso se estendia a outras fés. Festas de Adônis, Paradise Flats podia não ter, mas becos nós tínhamos às pencas. Mesmo assim, eu teria de planejar cuidadosamente minha emboscada, para fazê-la parecer acaso e boa fortuna.

"A captura de moças volúveis requer grande habilidade", Ovídio tinha prevenido. Era espinhoso, como enfiar um fio na agulha no escuro. Era preciso ser gentil: "Assim como pombos fogem diante de uma águia, assim como um cordeirinho se encolhe à vista de um lobo", uma dama fugiria se você chegasse bufando feito um touro liberto da corda. Ao mesmo tempo, quando chegou àquele primeiro Senhor Todo-Poderoso beijo, Ovídio dizia: "Se ela, no entanto, quando entrega e recebe as tabuinhas, te for aprazível pelo corpo e não apenas pelo zelo, trata de possuir [...] ou não chegues a começar ou vai até ao fim; a delatora desaparece, desde que ela própria toma parte no crime. Não logra fugir o pássaro com as asas presas ao visco, não se escapa, com facilidade, de largas redes o javali; o peixe ferido fica preso no anzol que abocanhou. Aperta, sem cessar, com aquela a que te atiraste, e não a largues a não ser depois de vencedor".

Tirei meu conselho de Ovídio, minha inspiração de Eli Pirado. Se era para afundar, eu afundaria nadando.

Planejei interceptar Rebecca quando ela se aproximasse da biblioteca, tendo mapeado o caminho que fazia, e topei com ela no beco atrás da loja do Sukanen.

"Becky", eu disse, chamando, e ela parou.

Ela se virou, como se estivesse me esperando o tempo todo.

Eu temia que ela fosse me perguntar sobre testes iminentes de cinema, mas ela não o fez. Com minhas calças remendadas e o rosto queimado de sal, ela deve ter percebido que eu não tinha nada de Hollywood. Apenas ficou feliz por eu ter me interessado o suficiente para mentir, imagino.

Nós caminhamos pelo beco, e ela falou de suas colegas de classe e dos professores que a desagradavam e por quê, e de conhecidos em comum e dos filmes que preferia e como tinham cobrado a mais no seu leite maltado e como isso não era direito, e eu concordando com tudo que ela dizia.

Quando chegou no rádio, Becky preferia sagas seriadas aos programas de perguntas, musicais a programas de detetive, e, caramba, eu também. Ela sintonizava regularmente em *Mulher de branco*, sobre uma enfermeira apaixonada por um jovem médico, e *O jovem dr. Malone*, sobre um médico apaixonado por uma jovem enfermeira. E *A jovem Widder Brown*, sobre uma enfermeira diferente apaixonada por um médico diferente, ambos jovens.

"O doutor Anthony", ela explicou, "tem a voz mais profunda, mais rica que se pode imaginar."

Eu não estava certo sobre como ela separava o jovem dr. Malone do jovem dr. Anthony, mas não perguntei.

"Eu estou economizando", disse a ela. "Vou entrar na escola de medicina para me tornar médico — um jovem médico. Alguém que acredita em fazer o bem, ajudar o desafortunado."

Imaginei que era isso que ela queria ouvir, assim como o olhar tímido que ela devolveu era o que imaginava que eu queria ver. Queixo para baixo, olhos para cima. Pequeno sorriso. O tipo de olhar que se poderia praticar num espelho.

Ela disse: "Por que tem de me contar essas histórias? Você é bruto demais para medicina, sabe disso".

Isso me derrubou, e não pouco. Eu teria gaguejado alguma coisa sentida; mas aí notei. O olhar que ela estava me dando havia mudado ainda que um pouquinho. O que fora cinquenta por cento "vá embora" e cinquenta por cento "chegue mais perto" era agora, na minha estimativa, pelo menos sessenta e oito por cento para o último. Então eu me atirei nela, como um cachorro faria perseguindo um carro, sem saber o que ele faria se o alcançasse. Tentei beijá-la direto nos lábios, mas Rebecca me deu um forte empurrão. Ela alisou o vestido e me lançou um olhar terrivelmente duro. "Devia dar um tapa na sua boca, senhor McGreary."

Deu meia-volta, foi isso que ela fez, e afastou-se, a cabeça erguida. Eu fiquei esmagado pelo pensamento de que tinha estragado a coisa toda. Mas aí, não é que ela atirou um último olhar na minha direção antes de dobrar a esquina. Tão fugaz que eu não pude entender corretamente, em especial com meus olhos embaçados e minha cabeça latejando daquele jeito. Eu mal conseguia ouvir meus próprios pensamentos. Reconsiderando as coisas agora, talvez aquilo fosse a verdadeira atração, ficar com o coração batendo tão forte que nos aliviava de ter de pensar.

Eu não trabalhei no dia seguinte porque era domingo, e fiquei na cama acordado, me perguntando como eu devia ter sido mais habilidoso com Rebecca. Acabei lendo o dicionário à luz do luar, tentando encher minha cabeça com outro entulho. Não ajudou, porém. Eu estava me aproximando rapidamente de "amoral", vindo da outra direção, quando bati em mais uma palavra que me paralisou:

afrodisíaco

Substantivo: comida ou droga conhecida por aumentar o desejo sexual. *Conhecida por aumentar o desejo sexual!* Era isso que eu estava procurando!

Valia a pena ler um dicionário dez vezes só para isso. Os exemplos listados incluíam ostras, mexilhões de água-doce e mosca espanhola. Ostras e mexilhões estavam fora de questão no Dry Belt, então teria de ser mosca espanhola.

Minha exultação teve pouco tempo de vida, porém. A primeira coisa que fiz segunda-feira de manhã foi voltar à biblioteca. Estava lá quando a sra. Mabel destrancou a porta. Passei rapidamente por sua carranca até os livros médicos e procurei um verbete. A primeira coisa que descobri? A mosca espanhola não era uma mosca, era um besouro.

> *Lytta vesicatoria* (do grego *lytta*, significando "fúria", e do latim *vesica*, significando "bolha"). O "besouro vesicante", como a mosca espanhola é mais corretamente conhecida, contém níveis elevados do composto químico cantaridina, que ele excreta em forma concentrada quando ameaçado. Ingerida na forma pulverizada, a mosca espanhola causa irritação do aparelho urinário, inflamação dos genitais, febre alta, agitação nervosa, salivação excessiva, convulsões, vômitos, diarreia, descarga urinária e possível priapismo. Usada na pecuária para incitar o acasalamento de animais, a mosca espanhola é perigosa e potencialmente letal quando consumida por humanos.

Pude sentir meu peito desinflar. Não queria irritar o aparelho urinário de ninguém, quanto mais envenená-lo. Mas aí uma coisa atraiu meu olhar: "Qualquer efeito afrodisíaco atribuído à mosca espanhola é principalmente da natureza do placebo".

Placebo, eu sabia, significava "provocado pela imaginação". Eu tinha lido sobre isso na letra P do Webster. Aí fui para outros textos médicos. Os placebos, ao que se constatou, tinha um efeito físico mensurável. Um médico nos dá comprimidos de açúcar, nos diz que eles farão nos sentirmos melhor, e eles nos fazem *porque nós achamos isso*. Agora, vocês imaginariam que isso teria solapado completamente toda a certeza médica e científica, mas não. O fato de que as pessoas podiam se *desejar* doentes e depois se *desejar* boas de novo não parecia perturbar minimamente os médicos, apesar de a ciência ser supostamente baseada na noção de que pensar alguma coisa não a faz acontecer.

Com o efeito placebo, não haveria necessidade de irritação urinária. Com o efeito placebo, se déssemos uma aspirina a alguém e lhe disséssemos que era mosca espanhola, ela ainda produziria o resultado desejado. O problema era que para um placebo funcionar, a pessoa precisava *saber* que tinha tomado algo — e tinha que *desejar* que funcionasse. Eu não conseguia imaginar uma maneira de conseguir isso suavemente com Rebecca. Por mais que mexesse no cenário em minha mente, ele sempre terminava com ela me desferindo o tapa prometido na minha boca, e quem sabe até um dicionário na minha cabeça.

Assim eu fui para casa almoçar. Remoí a coisa. Como conseguir ostras na beira de um deserto? E como convencer Rebecca a comer uma? Num desafio, talvez? Eu estava de volta à biblioteca naquela tarde, tentando encontrar alternativas para ostras, quando Rebecca entrou, furiosa. Ela atirou um olhar frio na minha direção e seguiu pisando firme até ATRASADOS.

Eu me aproximei, preparando-me para sussurrar um pedido de desculpas por não ter agido nem em parte como um cavalheiro no dia anterior, em razão de como estava tomado pela paixão e todo o resto, ia explicar como o aroma de Noxzema tinha embotado minha mente, quando ela me fitou diretamente, sem nenhum elemento de timidez.

"Onde você estava?", ela perguntou. "Eu esperei. Uma hora."

"Esperou?"

"No beco. Lá atrás do Sukanen. Como uma tola."

"Você esperou?" Eu não consegui me impedir. Comecei a sorrir de alegria, um grande sorriso que ela deve ter tomado como zombaria. Ela me fitou com o olhar ainda mais duro.

"Devia ter dado um tapa em você quando tive a chance", ela disse. E saiu. Eu voltei à biblioteca mais algumas tardes, mas não houve novos olhares atirados timidamente na minha direção, farfalhares de vestido ou olhares encabulados.

E eu sem nada para mostrar diante disso.

14.

"Você precisa de um plano, é disso que você precisa." Quem falou isso foi Jorge Gaos, um dos sujeitos com quem eu trabalhava no turno da noite na mina.

Estávamos no Salão de Bilhar do Harry, e o Jorge estava se solidarizando com minhas dificuldades com Rebecca. Com a Becky me dando um gelo, eu passava mais tempo na sinuca e menos na biblioteca.

"Você precisa de um plano", insistiu Jorge.

"Eu tinha um plano."

"Um plano melhor."

Jorge preparou a tacada. Errou. Tinha dado o efeito muito para a direita. Eu percebera que isso ia acontecer, mas não disse nada. Estávamos jogando por centavos, e eu estava a um centavo de um jarro de cerveja.

"*Puta!*", disse Jorge, dando um passo para trás para passar giz no seu taco. "Diga a ela que está louco de desejo. Que não pode viver se ela não lhe der um beijo. Chore, rasgue a camisa se for preciso, bata no peito, diga a ela que a sua vida está nas mãos dela."

"Não sei", eu disse. "Não sou do tipo que bate no peito."

Ele deu de ombros. "Bom. Leve-a a algum lugar bonito, então, e compre um presente para ela."

"Não posso." Dei minha tacada, enfiei uma bola na caçapa do fundo.

"Não pode não fazer isso", disse ele.

Levantei a vista da mesa. "Não tenho dinheiro pra alguma coisa cara."

"Quem falou de cara? Você tem cinco dólares, você não compra pérolas de cinco dólares. Compra... uma presilha de cabelo, por exemplo. A melhor presilha de cabelo que o dinheiro pode comprar. Você dá a ela uma presilha de cabelo de *cinco dólares*. Isso vai impressioná-la! Tem de gastar seu dinheiro em profundidade, não em largura."

É verdade. Exceto que eu não tinha nem sequer cinco dólares para gastar, nem em pérolas nem em presilhas de cabelo.

"Bola dez, caçapa do canto", eu disse, batendo no canto em questão com meu taco enquanto dava a volta na mesa para preparar a tacada.

Jorge riu. "O quê?"

"Bola dez, caçapa do canto."

Ele riu, mais alto agora. Uma bela gargalhada chicana. "Aquela caçapa?"

"Aquela caçapa."

"*Aquela* bola dez?"

"Está vendo alguma outra bola dez na mesa?"

"Como?"

Eu apontei com o meu taco. "Bola doze na tabela, *aqui*, cruzando, e depois por trás para descolar. Deve descolar a bola dez e mandar pra dentro."

"Você vai meter a bola dez na caçapa do canto?"

"Vou meter a bola dez na caçapa do canto."

"Não, não vai."

"Sim, eu vou. Quer apostar? Cinco dólares dizem que eu vou. Cinco dólares ou uma presilha de cabelo de igual valor."

"Eu não tenho cinco dólares para detonar numa aposta otária." Ele se virou para a sala. "Ei, *compadres*! Ele vai usar mágica, fazer uma bola mudar de direção no meio do caminho! Quem quer ver isso?"

Todos, como se verificou. Não era exatamente uma aposta. Era mais uma façanha. A multidão entrou com um quarto de dólar por cabeça para ver. A conta chegou a três e um quarto. Não dava para uma presilha de cabelo, mas chegava perto.

Meti a bola.

Não era tão difícil quanto parecia, apenas uma questão de geometria.

Tome a mesa como um plano, depois trabalhe para trás partindo da caçapa. Tudo que precisa fazer é combinar os ângulos de entrada e de saída. Se está a 45 graus da caçapa, então metade da seguinte, portanto, 22,5 graus. Comece com uma lasca fina de 11 graus, com leve efeito lateral para compensar a deformação no meio da mesa — eu havia corrido minha mão pelo feltro; havia uma pequena lombada para a esquerda — e, raios, desde que se acerte a primeira tacada com direção e força suficiente, as bolas de bilhar não têm outra escolha senão cair. Tudo de que se precisa é uma linha reta num plano. Deixem que causa e efeito cuidem do resto.

Jorge vibrou quando a bola dez caiu, as mãos levantadas, como se por ter sido meu chamariz ele tivesse participação no êxito. A multidão riu. Alguém gritou: "Como você fez isso?".

"Mágica", eu disse.

Num ponto, Jorge e Ovídio concordavam: era preciso levar uma garota a algum lugar bonito. Mas enquanto Jorge defendia um local que era privado e remoto, o deserto, por exemplo, ou o topo de uma meseta, para proclamar nosso amor com voz floreada, Ovídio adotava um caminho diferente.

De volta à casa, repassei as anotações que tinha selecionado de *A arte de amar*. O erro que muitos amantes de primeira viagem cometiam, disse Ovídio, era começar por um lugar absolutamente íntimo. Corria-se o perigo de naufragar em silêncios embaraçosos. Ademais, o contato físico "acidental" era difícil de arranjar. Em vez disso, aconselhou Ovídio, comece com algum lugar cheio de gente. O Coliseu, por exemplo, ou o Teatro — um lugar arranjado mais frutiferamente para vossas necessidades.

> Muitos são os prazeres que proporciona o circo repleto de povo. Não tens precisão dos dedos, para poderes segredar o que te vai na alma, nem é por acenos que deves acolher aquela que assinalaste; junto a essa mulher, sem ninguém a impedi-lo, aí te hás de sentar; encosta o teu corpo, tanto quanto te for possível, ao corpo dela; ainda bem que as marcações te obrigam, mesmo que não queiras, a encostar-te, e que ela, graças às condições do lugar, tem de consentir ser tocada por ti. [...] logo ali, para paga dos teus préstimos e com o consentimento da mulher, as pernas dela se hão de oferecer à contemplação dos teus olhos.

Eu queria mais que olhar, isso eu sabia. Ovídio também.

Olha, também, para trás, para quem estiver sentado atrás dos dois, por forma a não lhe magoar, com a pressão dos joelhos, as costas delicadas. Pequenos gestos cativam corações delicados. A muitos deu jeito conseguir, com mão solícita, uma almofada; como deu jeito, ainda, fazer soprar uma brisa ligeira com uma tabuinha e colocar um tamborete escavado debaixo dos seus pés delicados.

E isto:

E se acaso, como é costume acontecer, cair no colo da mulher um grão de poeira, com teus dedos o deves sacudir.

Evidentemente, eu teria de trabalhar a coisa passo a passo. Teatros nós tínhamos, mas um simples cinema bastaria, por isso decidi usar um seriado semanal para atrair Rebecca. Isso significa sábados, na sessão da matinê ou a noturna. Quer fosse *Mandrake, o mágico* ou *O agente secreto* X-9, os seriados eram exibidos depois dos desenhos e antes do filme principal, terminando sempre com a heroína pendurada num penhasco ou numa carruagem puxada por cavalos desembestados — que corriam na direção de um penhasco. A ideia era manter os espectadores pendurados também.

A maioria dos seriados passava em dez a doze partes, com cerca de vinte minutos cada, o que me permitiu traçar um plano. Primeira semana, esfregar-me em Becky como se por acidente. Segunda semana, como se não. Terceira semana, mão no joelho num momento-chave, rapidamente retirada. Daí, mão no joelho, momento-chave, retirada lenta. E assim por diante, até um beijo casto na semana nove e um profundo na semana dez — seguido de uma promessa de encontrar mais tarde aquela mesma noite para plena consumação. O quadro ficava um pouco confuso por volta da etapa oito, com certeza, mas ao menos eu tinha um plano preparado. Eu não entraria nessa às cegas.

Procurei um filme que tivesse sido condenado pela Legião da Decência, um considerado corruptor da juventude, mas não havia nenhum passando, ai de mim. *Gunga Din* estava passando no Roxboro com Douglas Fairbanks Jr. Eu já o havia visto duas vezes, e sabia que tinha vários momentos cruciais durante os quais Rebecca poderia suspirar e se agarrar a mim. Mas será que eu realmente gostaria de vê-la ouvindo alguém dizer: "Você é um homem melhor que eu!"? E, de toda sorte, o seriado que estaria passando junto era um *Zorro* que já estava na metade. Assim, *Gunga Din* estava fora. O Rio estava exibindo um musical com Shirley Temple, mas, embora Becky amasse musicais, e eu tivesse dito o mesmo, não conseguia suportar ver as pessoas começarem a cantar como se a vida fosse apenas o prelúdio de um número de dança. O mesmo com a fita de Busby Berkeley passando no Varscona-Lux com som estereofônico.

Assim restara *Ao rufar dos tambores*, com Henry Fonda. Ele era bonito, mas não excessivamente bonito, e nunca pegava uma cartola e uma bengala e começava a sapatear. Estava passando no Palace e era um níquel mais barato nos sábados — significando que eu compraria o meu ingresso e o de Becky por cinquenta centavos, e só precisaria de mais dez centavos para cobrir o refrigerante dela. Melhor ainda, o Palace tinha um seriado novo em folha, *Patrulha de salvamento!*, que havia apenas começado. As matinês eram ainda mais baratas, mas isso depois nos expeliria para o clarão do dia. Eu queria sair do cinema no crepúsculo, com bolsões de escuridão para onde conduzi-la.

Havia mais uma peça do plano para encaixar. Para isso, fui até o Antiguidades & Empório do Cyrus Tweed, na rua principal, das vigas do teto até o chão lotado com peças de heranças familiares confiscadas por não pagamento e outras propriedades do gênero que haviam sido retomadas. A loja do Tweed era um repositório de riquezas que atraía colecionadores de todas as partes, alguns de tão longe como Utah.

O próprio Cyrus ficou por um triz de se tornar uma lenda, tendo investido em ações com alegre abandono durante os anos 20, antes de vendê-las em 3 de setembro de 1929. Esse foi o dia em que as ações de Wall Street atingiram um pico recorde. Quando a gente se esquecia disso, Cyrus Tweed sempre ficava satisfeito de nos lembrar. Como tantos especuladores em ações, ele havia investido pesadamente, e com dinheiro emprestado, em paradigmas da indústria americana como Bethlehem Steel e Youngstown Sheet & Tube Company (antes de elas começarem a disparar em grevistas). O sr. Tweed tinha comprado ações da Allied Chemical e da Columbian Carbon, da Western Electric e da U.S. Steel Corporation, da American Tobacco e da Monsanto Chemicals, e da Standard Oil Company de John D. Rockefeller. As participações eram pequenas, mas sua carteira era diversificada, como dizem. Ele chegou a ter algumas promissórias de governos estrangeiros garantidas pelos Estados Unidos.

Mas o velho Tweed converteu em dinheiro seus bônus estrangeiros pouco antes de eles desmoronarem e vendeu suas ações naquele dia de maré alta. Ele havia guardado seu dinheiro num cofre e estava tentando decidir se reinvestiria em *commodities* ou em petróleo, ou quem sabe em atividades bancárias. E, como se nós não soubéssemos, enquanto ele ruminava o assunto, o castelo de cartas inteiro ruiu e Tweed saiu em pé do desastre, um homem rico. Mais rico ainda porque tantos outros tinham caído. Se alguém tivesse uma presilha de cabelo de cinco dólares, este alguém seria Tweed.

Esse Tweed era todo pomo de adão e nariz. Ele me acompanhou com o olhar o caminho todo, enquanto eu me acercava do balcão. Prataria. Coleções de moedas. Penteadeiras de carvalho e relógios de vovô. Superfícies baças de poeira, espelhos captando ângulos em cada direção. Havia até alguns manequins de costura, tanto de bustos grandes como pequenos, discretamente eretos, em um canto.

"Estou procurando uma presilha de cabelo."

"Uma presilha de cabelo?"

"A mais cara que tiver."

Longa pausa. Aí, rangendo em seu jeito de Ichabod, ele escorregou de sua cadeira e foi até o balcão.

"Parte de um conjunto", disse ele. "Não faz muito sentido comprar somente a presilha."

Ele puxou uma caixa de madeira vermelha rosada, abriu-a. Uma escova, um pente, um espelho, uma presilha, tudo laqueado em casco de tartaruga e arranjado engenhosamente.

"Detesto separá-la assim", ele disse.

"Talvez este seja apenas o começo", eu falei. "Talvez eu volte. Para comprar todas elas, peça por peça."

"Um presente?"

Assenti.

"Você é o rapaz McGreary, não é?"

Assenti.

"Bem, eu sei que não é para sua mãe. Então deve ser uma de nossas vadiazinhas locais, alguma garota para a qual você tem planos. Vou deixar você levar, quatro dólares e cinquenta centavos."

Meu orgulho e meu rosto estavam ardendo com as referências que ele fizera. "Dou cinco", eu disse, olhando-o fixamente no olho.

"Cinco? O preço era..."

"Eu queria uma presilha de cabelo de cinco dólares, senhor Tweed. Não uma de quatro dólares. Não quatro e cinquenta. Cinco."

Não é que isso levantou um cenho?

Ele sorriu, dentes se projetando para fora como um baralho ruim. "Cinco então", disse.

Eu paguei com o dinheiro que havia ganhado no Harry, e com algumas sobras do meu pagamento que o armazém da companhia conseguira perder.

Ele disse que fora um prazer fazer negócio. Eu estava de saída quando o vi, empilhado alto no canto de um mostrador: um conjunto completo de louça finlandesa. Azul-clara, ela era, e com o preço de um dólar por prato.

Fiquei olhando para elas, a presilha apertada na mão. Fiquei ali o que me pareceu muito, muito tempo. Fitei aquela pilha de pratos, fitei-a até ela desaparecer.

Então saí, a sineta retinindo quando a porta se fechou atrás de mim.

15.

Noite de sábado no Palace. O lugar estava lotado.

Casais e famílias, ricos e pobres, tropeções de matutos, risadinhas de moças: amontoados para assistir ao mesmo espetáculo. Deve ter sido como eram as corridas de bigas e espetáculos no Coliseu para Ovídio. Becky e eu nos esprememos para sentar numa fila do centro, nossas pernas apertadas uma contra a outra toda vez que alguém se comprimia para passar. Filamentos de fumaça de cigarro. Vaias e suas respostas ecoando sobre nossas cabeças. Nenhum silêncio embaraçoso era possível numa balbúrdia dessas.

Eu tinha cruzado com Jorge e alguns dos outros salgadinhos na entrada. Ele captou meu olhar, fez uma rápida avaliação de Becky, do jeito como se poderia avaliar a capacidade de um chassis, e me dera seu selo de aprovação pessoal levantando o polegar. Mas Ovídio tinha me prevenido: "Desconfie de seus amigos", por isso eu o ignorei, fingi que não tinha visto o sorriso "por-que-não-me-convida-e-nos-apresenta?" que ele exibia.

O Palace estava quente e úmido dos corpos. Os donos do cinema tinham instalado ar-condicionado — eles o alardeavam na marquise externa —, mas raramente ligavam o equipamento até o lugar ficar abarrotado de pessoas praticamente desmaiando; mesmo assim, em geral, era somente em Noites da Prosperidade, quando famílias se amontoavam para uma chance de ganhar uma cesta de comida ou talvez cem dólares na loteria do cinema, um espetáculo especial que permitia ganhar uma bolada. Naquela noite, sem ninguém desmaiar e nenhum brinde de pré-estreia programado, fomos deixados para cozinhar em nossos próprios sucos. A umidade bafejava em nossos pescoços como um cão que não queria sair, e eu abanava Rebecca com um programa enquanto esperávamos as luzes se apagarem. Ela murmurou, e abriu um pouquinho o topo de sua blusa. "Muito obrigada", ela disse. Eu fiquei firme, abanando o ar enquanto ela fechava os olhos e deixava a brisa brincar sobre ela. Ovídio não era nenhum idiota, isso eu posso dizer.

O cabelo de Rebecca estava esticado para trás e seguro por uma presilha de tartaruga. Era bem bonitinha aquela presilha. Ela mesma havia dito quando eu lhe dera, a título de pedido de desculpa por a ter deixado plantada atrás do Sukanen naquele dia.

Rebecca virou a presilha na mão, viu-a captar um brilho aqui e ali. "Deve ter sido cara", disse.

"Custou cinco dólares", eu falei.

"Mesmo?"

"Juro pelo Livro Sagrado. Pode perguntar ao próprio Tweed se quiser."

"Caramba, esta deve ser a presilha de cabelo mais cara que eu já vi", ela disse.

"Tem de ser", eu falei.

Depois disso, como ela poderia ter dito não a um convite para o Palace? Isso teria arruinado a história, como rejeitar um homem que tinha caminhado por trinta e dois quilômetros de trilhos por um vislumbre de cabelos ruivos. Pois então. Alí estávamos os dois, quando as luzes diminuíram, nossas pernas se tocando, de leve, coxa com joelho.

Teria sido ótimo, acredito, não fosse por aquele cinejornal.

A hilaridade do desenho tinha terminado, Rebecca rindo graciosamente de cada palhaçada, e depois passou o seriado, terminando com a heroína amarrada numa cadeira dentro de uma casa que oscilava à beira de um penhasco (o mesmo penhasco em que Paulina estivera pendurada no último seriado; era de pensar por que eles continuavam construindo casas em locais tão impróprios). A sala foi ficando cada vez mais escura. Rebecca se achegou mais. E aí apareceram soldados marchando na tela. Bandeiras de águia drapejavam, suásticas se desfraldavam, e um homenzinho com um bigode de

Charlie Chaplin começou a guinchar como uma diretora de escola num ataque de mau humor. Teria sido ainda mais cômico não fosse pelo exército alinhado em fileiras intermináveis à sua frente. Era uma filmagem do Congresso em Nuremberg no ano anterior, os gritos de "*Sieg Heil, Sieg Heil, Sieg Heil*" ecoando sem parar. Agora, era um ano depois, e os soldados da Reichland estavam marchando em Praga. Os exércitos daquele Chaplin de casa de espelhos tinham engolido agora um país inteiro em nome da Pátria: "A Tchecoslováquia não existe mais". O narrador da *Marcha do Tempo* falou solenemente sobre "nuvens de guerra se formando". A plateia no Paradise Palace Movie Theater, atirando pipoca e rindo, mal parecia tomar conhecimento. Mas eu, sim.

Eu tinha visto aqueles mesmos uniformes em outros cinejornais, quebrando vidraças nos bairros judeus, partindo ossos. Queimando livros. Atirando pesados pergaminhos em fogueiras. Tinha visto igrejas judaicas ardendo em chamas, numa noite de cristal caído. Apenas um aquecimento, era o que estavam dizendo. Um aquecimento para algo maior. Algo mais... ambicioso. Aquelas botas marchando pela tela pareciam estar se aproximando a cada batida do tambor. Às vezes, de noite, com o vento na direção certa, quase se podia ouvi-las avançando pelas planícies.

Na véspera do Dia de Todos os Santos, quando as rádios haviam transmitido uma invasão de Marte, as pessoas foram para as ruas achando que era mesmo o fim do mundo. Elas estavam aterrorizadas com raios da morte, gás nervoso líquido e extermínio em massa. Mas ninguém na América estava correndo para as saídas agora, e isso me pareceu estranho. Não era preciso procurar uma ameaça de força invasora do Planeta Vermelho. Ela estava bem ali na nossa frente, com bandeiras drapejando e botas que batiam em uníssono. Quando a Alemanha anexou a Áustria, ela não precisou de raios da morte marcianos para fazê-lo. Tudo de que precisou foi Chamberlain agitando aquela folha de papel como se fosse uma bandeira de rendição, arrulhando sobre o pacto de amizade que havia assinado com Herr Adolf e falando em geral sobre como ele traria paz para nosso tempo.

E agora isto. Entrando em Praga. E rumando para Danzig. Eu não sabia onde ficava Danzig, mas o locutor falou disso e de Morávia e de portos no Báltico com a mesma voz baixa. Eu fiquei sentindo alguma coisa queimar.

"Você não está sentindo?", sussurrei para Becky.

"Alguém acendeu um fósforo", ela disse. "Só isso."

O fósforo tem uma pungência ácida. O tabaco, uma doçura. Isso era diferente.

Foi aí que notei a mão dela. Como ela tocara meu joelho, como se por acidente, e como ficara ali pousada, como se não estivesse. Ficou claro que eu não era o único com táticas em jogo.

Eu me acheguei mais, movi minha mão por cima e segurei a dela, impossivelmente macia, na minha. Nós ficamos ali sentados, assistindo a Henry Fonda enquanto Rebecca traçava oitos e pequenos círculos imaginários e outros padrões na palma da minha mão e nas calosidades que ali encontrava. Estava tudo misturado, o cheiro de Noxzema, o calor de sua mão, o gosto de livros queimando, a visão de soldados cruzando fronteiras marchando, o grito ecoante de "*Sieg Heil, Sieg Heil, Sieg Heil!*".

16.

Acompanhei Rebecca até sua casa pela viela Parson, passando por armazéns vazios e quartos com as venezianas fechadas. Ela devia estar de volta antes de ficar demasiado escuro, mas "demasiado escuro" é um termo impreciso. Nós paramos num ponto escolhido por ela, sob o campanário batista e fora da vista da casa de sua família no morro.

"Passei momentos maravilhosos esta noite", ela disse, como jovens damas são treinadas para dizer.

"Foi um prazer", repliquei.

Estávamos afundando em silêncio, mas eu não sabia o que falar. Ela estava prestes a se virar e prosseguir caminho, e no momento em que ela saísse para a luz do poste de iluminação, eu estaria perdido. Então, com uma ousadia nascida do desespero, eu me inclinei e espanei a frente de sua blusa, de leve, com os dedos.

"Uma poeirinha", eu disse.

Ela olhou para mim e um sorriso aflorou. "Que vista que você tem", disse ela. "Enxergar um pouco de poeira assim no escuro."

Eu estava sitiado. Apanhado de surpresa, e prestes a dizer como havia sido um cisco de poeira extraordinariamente *grande*, e captara a única nesga de luar disponível, quando ela se achegou. "Sabe o que eu acho?", ela disse. "Acho que você queria tocar na minha blusa."

A palpitação estava piorando, e eu tinha começado a balbuciar alguma coisa estúpida e ainda mais desesperada, quando, raios, não é que ela se aproximou ainda mais? Ela começou a desabotoar os botões da sua blusa. "Cinco minutos", ela falou. "E você tem de ficar sobre o sutiã." Aí ela escancarou seu peito como um soldado aguardando inspeção.

Eu não precisei de muito tempo para enfiar a mão por baixo do sutiã, apesar de seus protestos tão débeis que pareciam mais formais que outra coisa. Eu a bolinei até um suave frenesi, e ela se achegou ainda mais, e mais, me encostando contra a parede, beijando meu pescoço inúmeras vezes até meu tórax doer por falta de ar.

Pouco depois, descobri que se virasse minha mão de lado poderia deslizá-la por todo o caminho entre suas pernas até a tepidez do alto, apesar de ela ter fechado as pernas com firmeza para bloquear meu avanço. Por estranho que pareça, suas ações também impediam minha mão de sair. "*E agora, quem prendeu quem?*", eu me perguntei.

Eu movimentava minha mão para trás e para frente. Podia sentir a fenda macia por trás de sua calcinha, e, quanto mais esfregava, mais quente ela ficava, e quanto mais quente ficava, mais eu esfregava. Eu girei minha mão, abrindo suas pernas em cunha, segurei aquele bolsão de calor na palma da mão, apertei com tanta força que quase a fiz se levantar, até que ela finalmente me empurrou, caindo para trás, ofegante. Ela parecia envergonhada, mas seus olhos sorriam. "O que é que eu estou fazendo com um garoto como você?", perguntou, e depois se esgueirou para a luz do poste e para a rua que levava para sua casa.

Aquele bolsão de calor me conquistou. Eu podia senti-lo reluzindo na palma da minha mão, muito depois de ter ido para casa e caído de costas na cama. "Obrigado, Ovídio!", eu disse, fitando o teto com um sorriso tão largo do qual não conseguiria me livrar.

Aquele entardecer seguramente aumentara meu interesse em filosofia clássica, isso eu posso afirmar.

E aí papai enfiou a cabeça pela porta e arruinou tudo.

"Depressa", disse ele. "Venha."

Eu o segui até a mesa da cozinha, onde podia ver pilhas dos certificados

Drake arrumados por denominação. O jornal estava aberto num mapa da Alemanha nazista.

Ele apontou para a janela. "Lá", disse ele. "Bem ao longe. Relâmpagos luminosos."

"Chuva?", indaguei.

Ele abanou a cabeça. "Relâmpago seco. Isso não é um bom prenúncio."

"Papai", eu disse. "Não é nada, apenas eletricidade estática se formando do..."

"Você percebe", ele disse, os olhos ensandecidos, "a sorte que você tem? A riqueza é sua por direito de nascença?"

Imaginei que isso significava que eu tornaria a ser incluído em seu testamento. Mas ele estava falando de outra coisa.

"Não Drake. Não. É mais que isso, é... *vê*? Lá. De novo. Mais perto agora." Outro relâmpago de luz silencioso.

"Ouça, papai. Estou cansado. Vou fazer plantão amanhã no arrastador, e..."

"Aqui, olhe", e ele alisou o jornal com a mão. Eu podia ver a tinta do mapa em seus dedos. "Está vendo isto? Você poderia fazê-lo, Jack. Eu sou velho demais, mas você podia fazê-lo."

Isso não. Não agora.

"Quando se foi abençoado como nós fomos, filho, ficamos em dívida com o mundo. Se eu fosse um homem mais jovem, entraria na luta. Eu seria valente, mostraria ao velho Adolf do que são feitos os escoceses."

Era assim que ele via o mundo, o meu pai: tesouros perdidos e heróis individuais. Como se a firmeza de um homem pudesse alguma coisa contra um exército. Lance seu herói diante de um tanque Panzer III Daimler-Benz de quinze toneladas e vejamos até onde ele vai.

"Você viu o que eles estão construindo na Alemanha?", eu perguntei. "A limpeza daquilo? A modernidade?"

Mas ele estava absorto em seu mapa. "Aqui... e aqui. É aqui que começará."

Depois que vi meu primeiro seriado de cinema de Buck Rogers quando garoto, eu saí correndo e aderi. Virei escoteiro solar oficial Buck Rogers, o que envolvia sobretudo comprar latas de Cocomalt e enviar seus rótulos. O futuro, claro, era brilhante, porém. E *Flash Gordon*? Isso era ainda melhor. Numa manhã mais brilhante, de engenhocas e gravidade zero, um mundo que cintilava, sem tempestades de poeira ou filas de sopa ou vazio. Eu mal podia esperar pela chegada da superfície resplendente de um futuro Flash Gordon.

E não era a Alemanha aquele mais moderno dos países, o Flash Gordon das nações? Então a revista *Time* não havia escolhido Adolf Hitler como "Homem do Ano"? Então meu carro dos sonhos, Studbaker, não tinha sido batizado em homenagem a Mussolini e ao resto deles, aqueles que tinham trazido ordem à confusão? O próprio Lindbergh não tinha recebido a Cruz de Ferro da Ordem da Águia Alemã do marechal de campo Goering? O Partido Nazista americano não tinha realizado seu comício na Madison Square Garden, com camisas marrons e tropas de choque, centenas delas, à frente de uma multidão de vinte mil, *no mês passado*? Não era esse o mundo de amanhã hoje?

O sonho americano estava enferrujando de dentro para fora, se desfazendo em pó, tão certamente como campos revolvidos pelo arado. E os Francos e Mussolinis deste mundo já tinham reivindicado o futuro, já estavam em movimento.

Com o que nós respondemos? Tom Mix e seu cavalo maravilha Tony, cavalgando pelas pradarias e cercando desgarrados, bebendo salsaparrilha e tirando pistolas das mãos de ladrões de gado a tiros. Embaraçoso, isso sim. Ah, mas nós também tínhamos o Sombra e talvez essa fosse a nossa redenção. O Sombra tinha aprendido os segredos da invisibilidade. Ele podia confundir as mentes dos homens. *Quem sabe o mal que se esconde nos corações humanos?* O Sombra sabia. E sempre aquela mesma mensagem no fim: "Aquilo que semeias, colherás". Podia-se dizer que eles tinham acrescentado isso só para deixar felizes os conselhos de censores. A história real não estava na moral do fim, mas na escuridão ao longo do caminho. Esse era o verdadeiro segredo, não era? Sobre a América. Nós gostávamos de nos pensar como Tom Mix, mas bem lá no fundo, lá no íntimo, que conta... Nós somos o Sombra.

Eu sempre fui mais atraído por sombras que pela luz solar radiante de Tom Mix. (E, francamente, agora, quem chama um cavalo — um *cavalo maravilha* — de Tony? Relâmpago, talvez. Ou Cascos de Trovão. Fogoso, até. Mas Tony? Um garoto da escola, ele se chamava Tony, e tinha sardas no rosto e óculos bifocais nos quais se podia quebrar uma noz.) Garotos podiam se tornar membros do Tom Mix Range Rider Club, também, mas depois do fiasco Buck Rogers, eu não me sentia mais disposto a aderir.

Meu pai não via dessa maneira. "Você poderia fazê-lo, Jack", ele diria. "Vá para o norte. Junte-se ao Exército britânico no Canadá. Lute."

"Lutar?", eu disse. "Pelo quê? Escute, papai. Se os alemães um dia invadirem Paradise Flats, eu ficarei feliz de pegar em armas contra eles. Mas, até lá, não vejo como seja responsável pelo que acontece com pessoas do outro lado do mundo. Não vejo como eu lhes deva alguma coisa — menos de tudo minha vida."

A conversa sempre terminava da mesma maneira, com ele me mandando à merda, lamentando que seu filho se tornara um desviado. "Não seja tão frangote!", ele dizia. "Não seja tão fresco." Naquela noite, meu pai se acalmou, olhando para a janela como se fosse um filme prestes a começar.

"Está sentindo esse cheiro?", ele disse. "Alguma coisa está queimando."

17.

Não foi que Rebecca e eu tivéssemos começado a ficar juntos. Não formalmente, ao menos. Era tudo discreto e secreto, pois era assim que ela preferia. Nem mesmo precisava do pretexto de um seriado de cinema, depois das primeiras vezes; nós simplesmente nos encontrávamos ao anoitecer, agora atrás do campanário. Eu trocava turnos com os chicanos, prometendo-lhes uma hora e meia para cada hora minha. Becky me encostava contra a parede e eu a puxava para mim.

Jamais consegui transpor a barreira de algodão de suas calcinhas, porém. Eu tentava enfiar um pesado polegar por baixo do elástico, puxá-lo de lado, talvez me esgueirar para dentro, mas sempre que o fazia ela me parava, fria, a mão no meu pulso, e dizia não.

Os alemães tinham marchado sobre a Lituânia e tomado a cidade de Memel na Prússia Oriental. E eu nem sequer conseguia conquistar Rebecca. Nós escolhíamos nossos encontros em bilhetes passados dentro de livros na biblioteca. "Esta noite?" "Não posso. Coro." "Depois?" "Talvez."

Se ao menos eu pudesse imaginar como atordoar seus sentidos um pouco mais, não um todo, apenas a largura de uma simples camada de algodão. O Sombra usava seus poderes para combater o crime. Eu poderia pensar em usos melhores.

Becky não havia aparecido na biblioteca por vários dias, não desde nossa última troca de mensagens. Eu supus que era uma questão de doença ou trabalhos domésticos, mas não podia verificar sem despertar suspeitas de sua mãe.

Nesse ínterim, eu estava recebendo uma outra punhalada em Pascal. Eu não conseguia me livrar da noção de que havia uma maneira amoral de entrar nos bons livros de Deus. Estava lendo novamente sobre a aposta de Pascal quando o dr. Boltzhurst entrou, o chapéu-coco enterrado na cabeça. O padre Augustus já estava lá e cumprimentou Boltzhurst como se ele fosse um general recém-chegado da fronteira — "Salve! Bravo doutor! O que dizes de incursões inimigas?" Os dois se puseram a vociferar tão alto que eu tive que mudar de mesa.

Pascal tinha dito que as chances favoreciam Deus. Havia até um mapa explicando como era fácil escolhermos nossa aposta. A forma de corrida mais simples do mundo:

APOSTA CORRETA:

Deus existe. Você acredita. *Resultado:* Recompensa infinita.
Deus não existe. Você não acredita em Deus. *Resultado:* Empate.
(Isto é, nenhuma recompensa. Nenhum castigo.)

APOSTA ERRADA:

Deus não existe. Você mesmo assim acredita. *Resultado:* Outro empate.
Deus existe. Mas você não acredita Nele. *Resultado:* Castigo eterno.

Eu não tinha tanta certeza, especialmente sobre a parte de não dar nenhuma importância a não se acreditar em algo que não existia. Parecia-me que se perdia muito de si fazendo isso, mas Pascal passa rapidamente por essa parte da equação. O que ele realmente queria ressaltar era o *pior* resultado possível: não se acredita em Deus, mas Ele *existe* — e tudo que se conseguiu foi despertar Sua ira sagrada e provocar uma justiça vingativa e poderosa. Fogo do inferno e sabe-se lá mais o quê.

Pois bem.

Se a pessoa fosse uma apostadora, Pascal imaginava que a única coisa razoável a fazer era apostar em Deus: a recompensa potencial era tão enorme, a perda potencial tão grande. "Aposte, então, que Ele é." Cenoura e bastão. Cobiça e medo, ambos em jogo. Escolha o cavalo certo, e estará bebendo champanhe com estrelas de cinema mortas e rindo o caminho todo da eternidade num piscar de olhos. (Os mórmons estariam tomando suco de uva não fermentado.) Aposte errado, porém, e estará enfrentando consequências suficientes para envergonhar um batista.

Algumas coisas me intrigaram a esse respeito.

Pascal colocou as chances de existência de Deus em cinquenta-cinquenta, decididas pela moeda atirada à qual ele se referira no começo. Mas a mim pareceu que as chances reais não tinham a menor importância quando o pagamento era de recompensa infinita. Se as chances a favor de Deus eram de cinquenta por cento ou miseráveis duas em dez mil, não fazia a menor diferença. Qualquer número multiplicado por infinito dá infinito. Dois multiplicados por valor infinito *é igual* a valor infinito, tão seguramente como cinquenta, ou noventa e nove e nove décimos de um por cento, aliás. A probabilidade da existência de Deus não devia entrar nisso, porque ela não afetava a recompensa — não quando se estava falando de delícias infinitas. Era como ir a uma corrida de cavalos em que cada cavalo pagava o mesmo valor, independentemente de seu histórico ou da quantia que se apostava. Um matungo ou um campeão, um dólar jogado ou dez mil: o pagamento era exatamente o mesmo. Baseado na mais rala, na mais ínfima possibilidade de Deus ser real, você ainda deveria apostar em Deus, porque a recompensa era infinita.

No meu modo de ver, o problema com a aposta de Pascal não era a sua matemática, mas a moralidade. Ou a falta dela. Ela evitava as questões realmente duras, essa aposta dele. Não, a pessoa devia colocar seu dinheiro desta maneira ou daquela, apostando em harpas e felicidade eterna versus forcados e grelhas com espetos giratórios. A verdadeira questão era: será que Deus existe — *e que importância isso tem?* E mesmo que o Velho Sujeito fosse real, será que Ele *merece* nossa fé Nele? Essa era uma questão que precisava ser enfrentada. Drácula não vasculhava o mundo atrás de vítimas por sua conta. Deus o deixava ir. Não se podia acusar Drácula de ser Drácula. O conde das trevas requeria uma estaca fincada no coração, mesmo assim, mas era quem o tinha criado que precisava responder por ele. Um ser capaz de criar Drácula, talvez fosse contra ele que devêssemos nos armar com alho, não?

De qualquer maneira, eu não estava tão certo de que se podia decidir a acreditar em algo, quanto mais em Deus. A fé não parecia alguma coisa que se escolhia. Talvez este nosso mundo fosse um campo de teste, uma maneira de provar nossa prontidão, nosso valor. Talvez fosse uma arena para a luta de leões. E, se fosse assim, parecia-me que uma dúvida honesta era mais honrosa que uma fé de agenciador de apostas apresentando as chances.

Em última análise, a aposta de Pascal era apenas um apelo a nosso interesse próprio. O que era excelente já que o interesse próprio era uma atitude racional, imaginei. Mas Deus teria de ser tolo para ser tão facilmente enganado. Se alguém podia olhar o fundo de nosso coração, ver os cálculos frios que fazíamos, Deus poderia. E daí o quê? Esse era o cara que tinha transformado uma mulher em sal *só por ela ter olhado por cima do ombro*.

Deus era um apostador, a se acreditar na Bíblia. Vejam só o que ele fez com o pobre Jó, por uma aposta menor com o Diabo. Era um lamentável perdedor, também. Preferia inundar o mundo ou deixar que seu único filho fosse pregado numa prancha a mudar o coração dos homens por Sua própria conta. Não. Imaginei que Deus não gostaria muito de ser tomado por um tolo. Especialmente por um francês.

O dr. Boltzhurst ainda estava falando em voz alta. A sra. Mabel nunca *o* silenciava. Ele estava voltando de um chamado de emergência dos embaladores de carne, parecia (ou o *abattoir*, uma palavra linda que deveria descrever uma saleta de damas, com cortinas rendadas e perfumes, e não um lugar de entranhas e carne retalhada). O dr. Boltzhurst aparentemente estivera encarregado de manter os animais mais doentes vivos o bastante para serem usados da maneira apropriada. Não se podia abater uma vaca morta, afinal. Boltzhurst era o tipo de homem que podia começar uma disputa numa sala vazia, e ele agora estava se queixando demoradamente sobre a falta de rigor científico nas unidades de embalagem de carne de hoje. O padre, cansado desse tópico, desviou a atenção para mim. Ele baixou a vista para o livro que eu estava lendo.

"Vejo que nosso jovem visitante está estudando Pascal." Ele ficou satisfeito com essa visão, como alguns ficam contentes com ursos em monociclos.

Tentei ignorá-lo, mas ele arrastou o doutor até a minha ponta da mesa e impingiu a conversa a meu respeito como um aperto de mão indesejado. Eu estava irritado, Rebecca ainda não tinha aparecido e o calor na minha mão já começava a se dissipar. A última coisa de que precisava era um padre espreitando sobre o meu ombro. Eu não podia desdenhar o bom padre, porém, sendo ele um Homem de Deus, ainda que um papista e pouco confiável.

"Gostando de Monsieur Pascal?", ele perguntou.

Fiz que sim.

"Consegue acompanhar as sutilezas do seu argumento?"

Fiz que sim.

"E qual é o veredicto?"

"Tem seus furos", eu disse.

O padre sorriu daquela maneira benigna dos pastores, praticada num espelho, imagino. "Talvez seja esta a verdade", admitiu o padre. "Mas as conclusões de Pascal são sólidas. Nós devemos escolher Deus."

"Porque é a melhor aposta?"

"Não, meu filho. Devemos escolher Deus porque é a melhor história." A melhor história, reparem. Ele então se endireitou, convencido da própria inteligência, uma coisa que ele parecia tomar erradamente como sabedoria.

Eu não conseguia imaginar nada tão — tentei achar uma palavra mais bonita que "tolo" — *ingênuo*. "Escolher a melhor história?", perguntei. "A melhor história? É disso que trata a aposta de Pascal?" E era. Uma versão aguada, frouxa, dela. "Ela é... Ela é ingênua", eu disse.

Isso o fez parar.

"Ingênua?"

"Por que não acreditar em fadas também?", perguntei. "Afinal, isso também seria 'a melhor história'. Maneira tola de escolher uma fé, me parece. E triste."

"Você é um jovem compenetrado", disse padre Augustus. "Mas tome cuidado para não deixar que o pensamento o sabote. Lembre-se, Pascal não está tentando provar que Deus existe. Está tentado apenas atrair ovelhas desgarradas, trazê-las para mais perto de Deus."

"Ovelhas?"

"Desgarradas. Aquelas assediadas por dúvidas, aquelas para as quais a verdade divina talvez não tenha brilhado tão claramente como deveria. O senhor Pascal só quer que elas considerem a possibilidade de Deus."

"Qual Deus?"

"Qual Deus? O Deus."

"Esse é o problema, porém, não é, padre? Não é uma corrida de dois cavalos." Eu havia lido sobre algumas religiões do mundo em muitas tardes na biblioteca, tinha visto a excelente *coleção* em oferta. "Ao fazer sua aposta, padre, o senhor teria centenas de cavalos para escolher. Há os hindus e os maometanos. Anabatistas e mórmons. Há os índios peyote e seu deus. O senhor teria de adorar o Coiote, também, só para garantir a salvação. Há os persas. Os turcos. Os africanos. Os esquimós e as tribos da selva de Madagascar. Até o homem mais louco numa cela acolchoada achando que o Senhor fala com ele através de uma rachadura em seu dente poderia estar certo. As chances são terrivelmente pequenas, é claro, quase infinitesimais, mas as chances não importam, importam? Não quando o pagamento é infinito. E o que dizer das fés que já se extinguiram há muito tempo? Odin e Thor, todos aqueles deuses escandinavos em histórias para adormecer crianças, do tipo que as mães leem para seus pequeninos à noite. Ninguém acredita nessas histórias. Não mais. Mas isso não significa que elas não eram verdadeiras. Talvez nós tenhamos virado nossas costas para a verdade há muito tempo. Talvez tenha sido Zeus ou Odin o tempo todo."

"Epa, espere aí..."

"Me parece, padre, que a gente teria que apostar no conjunto todo. Construir um templo para este deus e aquele, cobrir cada possibilidade. E nem isso ajudaria. E como ficaria o 'Não há outro Deus que não eu'? Bem, agora estaríamos numa grande encrenca, não é? Me parece que os deuses são frequentemente, por natureza, excludentes. O que o Deus dos muçulmanos pensará se aparecermos dizendo: 'Oh, sim! Eu acredito totalmente em você — mas aposto nos hindus, também, por via das dúvidas. Sem ressentimentos, certo?'. Pense na confusão que se seguiria. Provavelmente existe uma camada especial mais profunda do inferno para pessoas que tentam proteger suas apostas. Eu vi um quadro de uma dessas deusas. Ela tinha mil braços e estava dançando sobre crânios humanos. Como explicar nossa escolha estratégica de crenças a uma deusa dessas? Fazendo uma aposta nela também?"

"Jovem, Pascal não está falando de lunáticos ou pessoas que adoram coiotes", disse o padre Augustus, elevando a voz. "Ele está falando da única verdadeira fé."

“Sim, padre. Mas *qual* verdadeira fé? Elas são tantas.”

Ele estava zangado agora. Bochechas manchadas. “A fé de Abraão e Isaac...”

“Judaica?”

“Deixe-me terminar! A fé de Abraão e Isaac e de Nosso Senhor Jesus Cristo, para todo o sempre. *Essa* é a fé da qual Pascal fala. Não de hindus ou pagãos.”

“Entendo. Então não era uma aposta honesta afinal. O jogo todo era de cartas marcadas, desde o início. Chamam isso de ‘manipular uma corrida’, padre, e acredito que seja ilegal.”

O dr. Boltzhurst exibia um sorriso de divertimento. “Ele pegou você, padre.”

O padre respirou fundo. Forçou um sorriso. Ele disse a mim: “Imagine que você encontra um relógio no deserto...”

Mas eu o cortei. Tinha lido o diácono Paley, sabia o que viria. Não era melhor que a aposta de Pascal, ou aquela versão aguada dela que o bom padre tentara impingir mais cedo.

“Verdade, padre”, eu disse. “Eu encontro um relógio no deserto, suponho que alguém o fez. Eu também quero saber por que essa pessoa o jogou fora? Está quebrado? Talvez o tenha perdido. Talvez tenha sido roubado. E, mesmo então, isso não nos diz nada sobre *quem* o projetou. Não diz se foi um hindu, ou um bêbado, ou um comitê de arcanjos. Não nos diz se foi um deus, ou muitos. O fabricante do relógio poderia perfeitamente ser uma pessoa má. Ou um artífice medíocre. Nós não sabemos nem sequer se o fabricante original ainda está vivo. Talvez ele tenha morrido há muito, muito tempo. Encontrar um relógio, isso não nos diz muito agora, não é?”

O dr. Boltzhurst cortou, rápido. “Precisamente, filho. Isso é razão, não fé cega, isso...”

“Cega?”, disse o padre.

“Padre, eu só estou dizendo...”

“A única coisa cega é uma fé em ídolos. A ciência não pode...”

“Um reino diferente, padre.”

“Um reino perigoso!”

“É a lógica e o método científico que...”

“A lógica pode com a mesma facilidade desencaminhar os homens!”

Eles ficaram se arreliando, esquecendo-se de mim, o que era muito bom. Eu estava pensando em sair de fininho quando a sra. Mabel entrou impetuosamente. Ela lançou um olhar na minha direção. "Cavalheiros, esse rapaz está causando problemas? Posso pedir que ele se retire, se quiserem."

"Não, não", ambos protestaram, não querendo que eu saísse com a minha alma ainda disponível.

"Eu não pretendia ofender, padre", eu disse, sem muita certeza do que queria dizer com isso.

Ele sorriu. Era treinado para perdoar, e não muito preparado para se render. "Deus tem um plano para todos nós, filho." Ele pousou uma mão no meu ombro, apertou. Seus olhos estavam brilhando como os de meu pai após uma farra, tarde da noite, de sonhos com Drake. "Você precisa ter fé — fé num grande desígnio, num propósito maior. Você é uma alma em conflito, posso ver isso. Somente Deus pode mitigar seus temores."

Eu me desvencilhei da sua mão no meu ombro. "Eu me juntaria ao seu rebanho, padre. Se o senhor puder me responder uma pergunta."

O sorriso se espalhou. "Claro, meu filho. Qualquer uma."

"Sua igreja, como as outras na cidade, tem um para-raios no topo, verdade?"

Ele assentiu com um gesto.

"Por quê?"

Com igual presteza seu sorriso congelou, foi sumindo. Padre Augustus nem sequer fez menção de sorrir mais. Ele estava me fitando como se houvesse algum truque envolvido que não conseguia destrinchar.

Eu devia ter encerrado a coisa ali. Desejar-lhes boa saúde e seguir meu caminho. Mas eles não me deixariam. Para o padre Augustus, eu era um homem de um só olho. Para o dr. Boltzhurst, era um troféu.

"Admita!", gargalhou o bom doutor. "O garoto venceu você." Ele se inclinou até desconfortavelmente perto, sorriu e falou: "Diga-me, filho, já ouviu falar em tecnocracia?".

O padre virou seu olhar para o céu. "Lá vamos nós. Isso de novo."

"A tecnocracia faz parte de um movimento — um movimento na direção da certeza lógica, voltado para a compreensão puramente científica. É uma maneira de livrar o mundo de superstições."

"Superstições?", gaguejou padre Augustus.

"Sem nenhum desrespeito", disse o doutor, embora não sei de que outra maneira se poderia tomar aquilo. "*Toda* religião é superstição", disse ele, esclarecendo o assunto. "Não apenas a sua. A tecnocracia", o doutor virou-se para mim, "procura unir as ciências. Esclarecer ambiguidades. É uma maneira moderna de pensar. O que precisamos é de uma ciência unificada, uma espécie de enciclopédia que reunirá todos os ramos do conhecimento."

"Um livro assim já existe", exclamou o padre. "Ele se chama Bíblia!"

O doutor o ignorou. Manteve sua atenção concentrada em mim. "Precisamos aplicar rigor científico em nosso pensamento. Não podemos nos apoiar em fábulas e histórias da Bíblia. Essa coisa toda — ética, moralidade — tudo isso. Não é uma expressão de fatos, mas sentimentos. Não descreve como o mundo realmente é. Apenas nossa resposta a ele."

O que não pode ser medido não é científico. E o que não é cientifico não tem sentido. Acho que ele estava citando de suas próprias cartas ao editor.

Tudo muito bom, mas me parecia que as coisas mensuráveis eram, com frequência, as mesmas que não valia a pena medir. Eu queria dizer isso ao bom doutor. Queria dizer: 'Certo, seria mais simples se a vida fosse um mecanismo de relógio que poderia ser reduzido a mecânica, mas não é'. Poderíamos nos perguntar por que alguém tinha de morrer, e a resposta fácil era que este germe microscópico disparava esta resposta que levava a esta doença. Mas isso não respondia *por que* alguém tinha de morrer. Havia um "*porquê*" maior espreitando por trás de cada problema. E era o porquê maior que sempre nos apanhava no fim.

Eu podia imaginar como meter uma bola oito. Podia imaginar uma maneira de contornar um poço de extração bloqueado nas minas de sal. O que era mais difícil de imaginar era uma maneira de contornar as calcinhas de Rebecca. E essa era uma coisa que eu suspeito que Galileu nunca testou. A ciência descreve o mundo muito bem. Ela funciona às maravilhas com bolas de bilhar e represas e motores a combustão interna — os resultados falam por si. Mas não são as bolas de bilhar e represas que nos mantêm acordados à noite, são?

Eu sabia onde a tecnocracia de Boltzhurtz estava nos levando. "É o senhor que escreve aquelas cartas, não é?", perguntei. "O que fala entusiasticamente de Nacional Socialismo?"

O doutor sorriu modestamente ao ser reconhecido. “É correto”, ele disse. “Você as viu?”

“Com certeza”, eu falei. “Papai as usa para tapar as rachaduras na porta da casinha. Diz que funciona às maravilhas.”

E isso foi o fim daquilo.

Nenhum deles falou comigo novamente, o que me serviu à perfeição. Permaneci em minha mesa, vigiando a porta pela chegada de Rebecca, mas ela não apareceu.

Para um homem com um martelo, tudo parece um prego. Esse era um ditado de St. Kilda, e me parecia muito verdadeiro. Enquanto eu lia e esperava, e esperava e lia, o doutor e o padre continuaram seu debate, argumentando em altas vozes sobre quais fins serviriam melhor a quais meios, quem estava iludido e quem não estava, os dois martelando em pregos que eles mesmos tinham colocado ali.

E, durante todo esse tempo, os coturnos continuavam a se acercar cada vez mais.

18.

Eu estava fazendo turnos normais na mina agora, do nascer ao pôr do sol — do "não dá para ver ao dá para ver", como diziam — e por diversas vezes cheguei atrasado aos portões por ter ficado na biblioteca até o último momento, esperando Rebecca. E um dia, quem imaginaria, eu estava saindo do poço no final do meu turno, a pele rebocada com cristais de sal, as sobrancelhas quebradiças de tão incrustadas — e ali estava Becky, esperando no portão, os olhos inchados de chorar, e ela me entregou a presilha de cabelo de cinco dólares, pôs minha mão sobre ela, e disse, com a boca crispada de tristeza: "Não posso te ver mais, Jack McGreary", e se virou, e, tendo virado, correu, deixando soluços para trás.

Eu a teria perseguido — devia. Mas as minhas botas de trabalho e meu espírito estavam pesados de sal triturado e cansaço. Depois de um turno de dez horas, eu mal conseguiria reagir, quanto mais fazer uma perseguição.

"*Não posso mais te ver.*" Quando ela disse isso, eu fiz que sim, como se tivesse entendido. E tinha. Meu pai tinha um De Soto. Eu trabalhava na mina. Raios, *eu* não gostaria de estar comigo. Foi um longo caminho para casa naquele dia.

Sonhei em resgatar Becky, mas não estava bem certo do quê. Tinha lido que no tempo de Carlos Magno um cortesão certa vez carregou sua amada andando de costas na neve para encobrir suas pegadas, deixando apenas um conjunto de marcas "afastando-se" do lugar onde se amaram. Eu jamais tinha visto neve; imaginei que era como sal, só que mais macia. Aqui, em Flats, a única opção era andar de costas pelas planícies, com Rebecca em meus braços, no calor.

Não voltei mais à biblioteca depois disso, não querendo dar à sra. Mabel a satisfação de barrar o meu caminho. Durante algum tempo, esperei na rua, embaixo de um toldo, que Becky aparecesse, mas ela nunca apareceu. Fui ao Palace, nas matinês e sessões noturnas, ansiando por um vislumbre dela. Ela nunca apareceu por lá, tampouco, e eu ficava sentado sozinho na escuridão picotada e assistia aos cinejornais de *A Marcha do Tempo*, os mapas espalhando tinta por toda a Europa. À distância de um oceano, o general Franco tinha capturado Madri, tinha introduzido "uma nova era de ordem". Na Itália, Mussolini estava acumulando suas tropas na fronteira com a Albânia.

Papai disse que o Dia do Acerto de Contas estava próximo.

"Ele está chegando, filho. As cartas foram jogadas. Você deve fazer isso. Vá para o norte. Junte-se ao Exército britânico."

Mas por mais que tentasse, eu não conseguia ver como devia algo a alguém. A única batalha digna de luta era a que me faria vencer aquela fina camada de algodão, e essa me parecia que eu já tinha perdido. Ou não tinha?

"Pegou a febre do esquilo, hein, *amigo*?"

Era o Jorge Gaos de novo, no Salão de Bilhar do Harry.

"Mulheres", ele disse. Uma soma em uma palavra de problema e solução, causa e efeito, amarrada com um ponto de interrogação como laço. *Mulheres?*

"Não sei o que fazer", eu disse.

Nós estávamos apostando num entendimento de física elementar. Ou melhor, na falta dele em Jorge. Ele não jogava mais sinuca por centavos; sempre perdia. Em vez disso, estávamos apostando no que parecia ser uma proeza fácil: que Jorge não conseguiria derrubar um cigarro com uma bola branca.

Eu plantei um dos cigarros de Jorge cuidadosamente em pé — apagado, para poupar ao homem gordo atrás do balcão a preocupação com o feltro — e depois coloquei três bolas de bilhar em torno dele. Uma na frente, duas atrás, bem encostadas umas nas outras. Tudo que Jorge precisava fazer era espalhá-las com uma bola branca e derrubar o cigarro, e eu pagaria a próxima rodada.

Eu não tinha nenhum dinheiro, mas isso não era motivo para me preocupar. Não era uma aposta que eu planejava perder.

Isso foi uma coisa que notei sempre que era minha vez de jogar. A maneira como a força da bola branca *se dividia*, sendo redirecionada para as duas atrás dela. Desde que as bolas de bilhar que cercavam o cigarro estivesse em contato direto, o impacto sempre se transferiria *em torno* do cigarro, por mais forte que fosse a tacada. Aliás, quanto mais forte, melhor. Jorge e os outros rapazes que cobriram minha aposta poderiam aplicar na bola branca cada pedaço de virilidade que conseguissem reunir, e ela ainda assim não derrubaria o cigarro. Simples física, de fato. E, conforme o previsto, eu já havia ganhado minha quarta rodada.

Aí aumentei a parada. Olhei em redor da mesa e disse: "Um dólar de cada um de vocês que eu consigo fazer. Pago dez por um".

Quatro dos amigos de Jorge soltaram uma nota. Eu não possuía quarenta dólares, mas isso não tinha importância. Coloquei o cigarro em pé, taquei a bola branca, e o derrubei.

"Como foi que você... eu sei, eu sei", disse Jorge, "Mágica."

Isso, e o fato de que dessa vez eu tinha deixado um espaço mínimo entre a bola da frente e uma das bolas de trás. Tão fino que mal daria para notar, mas o suficiente para impedir a força do impacto de ser completamente redirecionada em torno do cigarro.

Recolhi meus ganhos. Não muito, mas era um começo. Eu não sabia como reconquistaria Rebecca, mas sabia que dinheiro faria parte da fórmula. Sempre fazia.

"Quer o meu conselho?", perguntou Jorge. "Leve-a a algum lugar divertido. Não faça nenhuma conversa íntima. Algum lugar... tranquilo."

"O parque de diversões", um de seu grupo atalhou.

Jorge considerou isso, franziu a testa aprovando. "Claro. O parque de diversões está na cidade. Leve-a até lá. Faça ela rir e sorrir, gire pelas luzes até ela esquecer que tinha um problema, até ela prometer ficar com você... somente com você."

"Não posso", eu disse. "A mãe a mantém trancada."

"Bem, então, você vai ter de dar uma coisa bonita pra ela, meu amigo. Uma coisa grande."

Outra presilha de cinco dólares? Ela já devolveu a primeira. E, de todo modo, eu devia ao armazém da companhia. Se não fosse por uns trocados e a nota marota que conseguira arrancar de Jorge e dos outros *chicanos*, eu mal teria o suficiente para sapatos. "Não tenho como comprar nada de bom para ela", eu disse. "Nem mesmo uma coisa pequena."

"Comprar?", disse Jorge. "Quem falou alguma coisa sobre comprar? Não comprar. Ganhar. Olhe só esses seus braços. Você podia furar uma lata de aço com uma bola de beisebol. Eles têm barracas. Jogos de força e habilidade." (*Fuerza e habilidad*, nas palavras de Jorge.) "Vá ao parque de diversões. Descubra o mais vistoso, pendurado no maior caibro, e depois ganhe para ela. Ganhe um prêmio. Ganhe seu coração!"

Isso era o que se chama de "falácia lógica". Era uma confusão de termos. Um falso paralelo: ganhar um prêmio não era o mesmo que "ganhar" o coração de uma garota. Eu sabia disso. Andara lendo sobre lógica antes de ter acuado Pascal. O grito de guerra de Jorge estava construído sobre uma falácia. Eu sabia disso, mas não liguei. Há momentos em que a falácia é tudo que se tem.

19.

Não atirei nenhuma bola de beisebol, e vou contar por quê. Era armação. A coisa toda, desde o começo.

O plano que eu tinha elaborado com Jorge? Aquele em que eu derrubava latas de estanho no parque de diversões e depois enviava a Becky um bilhete secreto pedindo para ela me encontrar no beco atrás do Sukanen, raios de luar românticos caindo sobre nós, eu carregado de presentes que bastaria eu depositar a seus pés como rosas, e ela se atirando nos meus braços à vista daquilo. Aquele plano? Eu subi como Lindbergh, desci como Hindenburg.

O parque de diversões tinha se instalado na borda da cidade, onde o sol poente tornava vermelho-sangue a terra queimada e os morros baixos se estendiam para longe entre artemísias e sombras compridas. Ali, sobre a borda daquele vazio mais profundo, a Robbins Bros. Ltd. tinha montado uma caravana de luzes e sinos.

O parque estava carregado de ruídos e reverberações, e era rico em atrações, com órgãos de carrossel e lâmpadas elétricas enfileiradas como vaga-lumes pendurados para secar. Geradores zumbindo. A multidão crescendo, e, por toda parte, o ar adensado pelos cheiros de pipoca doce e maçãs do amor, de manteiga e malte de cerveja. Comprei um algodão-doce de cinco centavos num cone de papel, uma nuvem cor-de-rosa que se dissolvia num doce e transitório saibro quando se tentava mordê-la. "Igual a comer o ar!", uma garota se encantou, puxando dedos cheios de fiapos ao passar, e eu sem ninguém para compartilhar o ar.

Na confusão ruidosa daquele parque, não demorou muito para surgirem padrões. Parecia aleatório, mas uma certa lógica implacável estava em ação. O centro formava um passeio largo, barracas de ambos os lados e mesas espalhadas no meio. Podia-se seguir em qualquer direção quando se entrava, mas todos viravam para a direita. Provavelmente chegaram guiando daquele lado da estrada, ou pelo fato de a maioria ser destra. Qualquer canhoto que entrasse — provavelmente seguiria a multidão. Agora, sendo *ambidestro*, eu posso escrever perfeitamente com as duas mãos. Não é algo que aprendi. Apenas um dom. É a maneira como meu cérebro está programado.

Tentei ir para o lado esquerdo do pátio, com meu talento ambidestro, mas descobri rapidamente que estava andando na contramão da multidão, e dei meia-volta. Comecei de novo. A coisa principiava com um cardápio família: um tanque de peixes e um passeio de jumento, um carrossel com cavalos em rigor mortis e anéis de latão. Depois vinham os jogos que exigiam menos destreza: lançar moedas, atirar dardos. À medida que se avançava, as atrações aumentavam. Surgiram rodas de roleta e vinte e um, e a clientela ali era mais bem vestida. Quem parasse por ali por alguns instantes veria notas de vinte dólares trocando de mãos — embora o fluxo de caixa parecesse decididamente de mão única. Eu reconheci empresários da cidade, um banqueiro, um de nossos juízes, também. Eles começavam com sorrisos satisfeitos, certos de que poderiam passar a perna nos rudes funcionários do parque que permaneciam diante deles — e se afastavam cambaleando, menos de dez minutos depois, com os bolsos vazios e as cristas caídas. De certa maneira, Pascal achou que podia passar a perna em Deus, imagino. E quem saberia, mas talvez Deus fosse apenas o maior funcionário de parque de diversões do pedaço; nós ficávamos fazendo nossas apostas, ficando cada vez mais irritados à medida que, aos poucos, íamos percebendo que o jogo era de cartas marcadas. O juiz na mesa de vinte e um, a velhinha na igreja, cortados do mesmo tecido, talvez.

Eles tinham até uma sala de espelhos, suja, esfumaçada, com ângulos de todos os tipos. Eu caminhei por um labirinto de meus próprios reflexos. Deve ter sido uma grande dor de cabeça embalar todos aqueles espelhos para o transporte; não valeria o níquel de ingresso que eles cobravam. O que me fez suspeitar de que a verdadeira razão por trás dela era nos desorientar, desviar nosso espírito do seu jogo.

O centro das atrações do parque era o Carro da Morte. Ele atraia as maiores e mais entusiásticas multidões. As palavras "9h40, 23 DE MAIO, 1934, GIBLAND, LOUISIANA" estavam pintadas no alto com letras vermelhas brilhantes — como se fosse importante quando eles morreram, ou onde. Fotografias abjetas de Bonnie Parker e Clyde Barrow, caídos um sobre o outro, estavam expostas do lado de fora, mas era preciso pagar para transpor a cortina. Paguei meus vinte centavos, entrei.

Lamentável desperdício de carro. Um cupê Ford V8 Desert Sand marrom-acinzentado. Belo transporte, e aqui estava ele todo perfurado. Tudo somado, cento e sete balas atingiram esse veículo. Foi uma espécie de emboscada, aquilo. O carro inteiro perfurado por balas, e a multidão atraída para uma admiração decente, separada por cordões de veludo. "Assim termina uma vida de crimes!", dizia o apresentador do Carro da Morte, seu chapéu de palha empurrado para trás da cabeça, o rosto pegajoso do calor. "A Balada de Bonnie e Clyde terminou numa poderosa barragem de fogo de justiça!"

Havia outros Carros da Morte Genuínos de Bonnie & Clyde circulando pelo sudoeste naquele tempo, me disseram, mas o consenso parecia ser que o Carro da Morte Genuíno da Robbins Bros. era de qualidade superior. "Muito melhor que o Carro da Morte que vimos em Santa Fé no ano passado, não é, doçura?", disse uma matrona, claramente uma fã de atrações de parques de diversões. "Buracos de bala mais limpos." O marido concordou. Sim. De todos os Carros da Morte Genuínos e Autenticados por aí, este tinha uma atenção mais fina aos detalhes. "Inferno", disse ele. "O que eu vi em Topeka no ano passado era *marrom*, não bege. Tem de fazer as coisas direito."

Eu me imaginei abrindo a porta de tela com um pontapé na casa do alto do morro de Rebecca, disparando balas no ar, agarrando-a pela mão, libertando-a, nós dois em um carro, fugindo de Paradise numa viagem direta até o México, a lei na perseguição e ela apoiada em mim dizendo: "Prefiro morrer com você que viver separada!". Não ia acontecer, porém. Eu podia imaginar a mãe de Becky parada, os punhos apoiados nos quadris, dizendo: "Ela não vai a parte alguma. Muito menos com você! E quem vai limpar essa sujeira que você fez atirando no teto? Hein?". Becky não era do tipo marginal, eu temia, e tudo que eu teria conseguido era parecer ainda mais fracassado que o normal.

Depois do Carro da Morte, na área mais afastada do parque, as luzes eram mais escassas e as barracas mais espaçadas. Esse era o canto com os shows de aberrações e burlescos, os quadros de arte vivos exibindo jovens damas que recriavam obras de arte famosas, a maioria deles envolvendo nudez, parecia, os pintores franceses sendo particularmente populares por sua tendência a colocar senhoras pouco vestidas repousando ao lado de cestos de piquenique.

O Homem Tatuado vinha em seguida, e além dele, a Mulher com Pele de Cobra, "Capturada nas selvas mais escuras da Amazônia!". O Penny Peep Show e o Balé de Vênus. Aqui um sujeito podia entrar numa cabine com uma simples guinada ao passar. Aqui um sujeito podia se esgueirar para dentro sem ser percebido, quase como se tivesse entrado por acidente.

Atraído como estava por cantos mais escuros, e ainda ansiando mais da forma feminina, paguei polpudos cinquenta e cinco centavos para ver uma performance da srta. Isabella, "Rainha do Cancã Parisiense, Imperatriz do Realejo, Instruída nas Artes das Gueixas do Oriente". (Isso é França, Alemanha e Japão numa só tacada. Uma eterna viajante, a nossa Isabella.) A ilustração na fachada era bastante lúbrica: uma fileira de damas com saias rendadas, chutando as pernas para cima num movimento sincronizado perfeito que se via em exércitos marchando. No interior, em meio à fedentina úmida de feno e suor, havia somente uma Isabella, uma mulher peituda com maquilagem pesada que nos mostrava suas calçolas com música de órgão numa dança desanimada com um único e triste "U-lá-lá!". Em seguida ela desaparecia por uma cortina lateral e os homens começavam a se enfileirar, esperando sua volta para uma exibição privada como "a Princesa de Gay Paree", "a donzela de Munique", "a Concubina do Imperador de Jade" por quatro dólares a visita. Parecia terrivelmente caro para uma visão mais de perto de calçolas, do tipo que se poderia ter espiado de graça na Cooperativa de Roupas Femininas.

Fora dali, eu avistei a Mulher com Pele de Cobra sentada num engradado entre espetáculos, dando uma tragada funda num cigarro. Ela me lembrou muito a senhora na mesma rua em que eu morava, aquela com um caso sério de eczema. A da Mulher com Pele de Cobra parecia muito pior e muito mais sujeita a coceiras, mas ninguém parecia ter saído decepcionado. Um pouco como o efeito placebo, eu suponho. Se decidimos que vamos ver uma Mulher com Pele de Cobra, capturada nas selvas da Amazônia mais profunda, então, por Deus, vemos uma Mulher com Pele de Cobra que foi capturada nas selvas da Amazônia mais profunda. Pouco importava que a pintura acima da entrada mostrasse uma dama bem torneada, nua como um gaio, capturada numa rede por caçadores de caça graúda, um de seus seios quase à mostra, enquanto a dama que eu vi ali atrás era apenas uma mulher lastimável com rosto emaciado e pele estregada.

"PARQUE DE DIVERSÕES EUA!", diziam as bandeiras acima do terreiro, retesadas como um arco pelo vento. Sair daquele canto escuro, voltar para o lado esquerdo, para as luzes brilhantes, era quase um alívio, nos fazia querer gastar nosso dinheiro rapidamente procurando a saída.

Hora de reconquistar o coração de Rebecca.

O parque está cheio de prêmios. Eles pendiam como uvas em cada caibro de cada barraca, de cada jogo: bichos de pelúcia de todas as formas e tipos, bonecas Kewpie com suas cabeças deformadas e bulbosas, e, mais acima, nas prateleiras de trás, aparelhos de rádio imponentes e gramofones modernos. Aquilo era uma verdadeira cornucópia. E tudo à distância de um níquel e uma tacada de sorte.

A gritaria dos chamarizes se emaranhava em tudo: os cheiros, os sons, até o puro resplendor das luzes voltaicas. "Vamos chegar! Um e todos, três bolas, e todas caem. Grande prêmio. Ganha sempre. Venham, venham todos."

Os chamarizes desgarravam jogadores da multidão como coiotes derrubam primeiro os coelhos mais lerdos. Eles jogavam com a vaidade dos homens. "Eia! Aí está um braço forte! Três arremessos por um níquel. Cinco por dez centavos!" Ou tentavam provocar ira: "Não é a sua? Não? Não pensava isso. É preciso um cara de verdade pra ganhar esta". Ou jogavam com afeições veladas: "Uma garota bonita assim? Ela merece um prêmio! Vamos lá, ganhe o dela para todos ficarem felizes".

Casais a passeio eram atraídos regularmente, os pobres rapazes condenados fazendo o melhor que podiam, as garotas todas excitadas por serem objetos de uma aposta. Trabalhadores de macacão eram chamados para testes de força. "Bata um prego, ganhe um prêmio! Escala dois por quatro. Prego padrão. Um golpe. Vencedor leva tudo. Vamos ver quem é o mais durão de vocês." Rapazes magrelos, intimidados por pregos e pregações, eram arrebanhados para jogos de lançamento de moedas, nos quais poderiam fingir que lançar um níquel em copos de papel era o equivalente a brandir uma marreta e fazer soar uma campainha.

Evidentemente, eles tinham me tomado por um martelador de prego, um tocador de campainha, um soprador de boca. Os jogos, para os quais os funcionários do parque tentavam me atrair com sua cordialidade frenética, eram todos de pura força, e quando eu não parava, eles zombavam. "Grosseirão", eles diziam quando eu dispensava a oferta.

Os chamarizes visavam aos casais avaliando quão apertados um contra o outro os namoradinhos caminhavam. Lado a lado e tímidos, as barracas mais calmas os apanhavam. Sorteios de sacos de feijão. Nomeie esta canção. Apanhe as flores de papel numa rede. Esse tipo de coisa. Casais de mãos dadas, porém, recebiam desafios ameaçadores atirados aos pés do rapaz. "Se você não é homem o bastante para derrubar latas, pra que você serve?" Casais de braços dados, caminhando em passos lentos sonhadores, esses eram agarrados para as barracas mais caras, geralmente tomando a moça como alvo. "Ele ainda lhe compra coisas bonitas, não é? Uma coisa doce como você. Com certeza você vale uma rodada de um dólar, senhorita? Ou será que ele a considera no papo?" Em pânico, o rapaz não teria outra escolha senão jogar uma rodada de corrida de cavalo de mesa. Menos que isso dificilmente seria amor agora.

"Jogos de azar! Jogos de ciência! Jogos de destreza! Testes de força! Testes de caráter! Isto é a vida, rapazes, jogada bem aqui na sua frente. Todo o mundo é um palco, e cada um, um vencedor!"

Os funcionários eram uma turma descabelada, desgrenhada. Muitos tinham narizes aduncos e orelhas de couve-flor, lembranças de perdedores menos cordatos, eu imaginei. A maioria tinha um dente faltando. Um não tinha um olho. Outro, um dedo. Fiquei imaginando que juntando as partes avulsas se poderia montar um outro funcionário com as peças. Não seria o caso de se preocupar com um coração, porém, não pela aparência deles. Eram almas rudes, e imaginei que tinham que ser, sugando dinheiro de estranhos armados com martelos e bolas de beisebol.

Um pouco além da Pescaria e do Lançamento de Bolinha ao Cesto estava a barraca que eu viera procurar, aquela que Jorge havia recomendado, a Derrube as Latas de Leite.

Derrube as latas. Ganhe um prêmio.

Ganhe um prêmio. Ganhe seu coração.

Havia três grandes latas de leite para derrubar: duas em baixo, uma em cima. Estudei por alguns instantes e quase fiz uma tentativa. Poderia perfeitamente gastar uma moeda, apesar de ninguém mais estar ganhando. Quando um freguês reclamou, o funcionário rearrumou a pilha e ele próprio a derrubou, fácil, fácil. "É a técnica", ele disse. "Não pode atirar com força demais, não pode atirar com força de menos. Tem de atirar na medida certa." E o otário tentaria de novo, deste ângulo, depois daquele, mas ele sempre deixava ao menos uma em pé.

Foi quando o funcionário estava arrumando para uma nova demonstração que eu notei os músculos no seu antebraço. Como eles ficavam mais retesados com uma lata do que com as outras. Mesmo uma grande lata de leite pode ser levantada facilmente se estiver vazia, mas uma delas claramente não estava. Foi aí que eu entendi. Uma das latas de leite estava pesada. Talvez um fundo de chumbo, ou recheada com um saco de areia. Quando o funcionário queria demonstrar como era fácil, ele colocava a pesada *no topo*. Quando um otário ia arremessar, ele colocava a pesada embaixo.

Numa barraca Some para Ganhar, as pessoas estavam atirando feijões numa grade numerada, tentando somar combinações de pontos para prêmios grandes, muito grandes. Elas sempre chegavam perto, mas nunca conseguiam.

"Ei, você parece um rapaz esperto!", o funcionário sorriu quando me viu ali parado. "Uma de graça. Sem risco. Pela farra."

Eu examinei a grade e a combinação de números necessária para ganhar os prêmios. Era matematicamente impossível, e eu disse a ele. O sorriso do funcionário mudou. Sumiu. Ele nunca estivera lá. Não em seus olhos. "Dê o fora, rapaz", ele disse, e foi para trás chamar outros. "Atire um feijão, ganhe um prêmio! É moleza, rapaziada." Como eu ainda não havia me afastado, ele disse, em voz baixa e pelo canto da boca: "Você me ouviu. Cai fora."

Eles não depenavam totalmente os trouxas, não de cara. Isso eu notei. Eles vão devagar, deixando-os ganhar algumas vezes para atrair uma multidão. Com um amontoado de gente atrás e uma garota ao lado, bem, qualquer homem vira um tolo. Um cara ficará atirando aquela bola macia até aquilo virar uma trágica espiral descendente da morte. Vi homens esvaziarem as carteiras num único jogo, e depois se afastarem, em silêncio.

Até os jogos mais infantis eram fraudulentos. No tanque de pescaria, eles enviavam uma centena de peixes de madeira se atropelando por uma corrente de água, todos numerados em cima para todo o mundo ver que era legítimo. As crianças pescavam esses peixes com argolas e descobriam o que ganhariam. Os prêmios maiores eram atribuídos a números que tinham uma certa característica: 9, 16, 18, 66, 89 e 98. Esses eram os itens graúdos: os cavalinhos de pau e casas de boneca. Mas cada um desses números produzia uma outra leitura de cabeça para baixo. E 6, 91, 81, 99, 68 e 86, quem diria, eram prêmios vagabundos, apitos de lata e cata-ventos de papel, custando talvez um centavo cada e não valendo os dez centavos que custava o jogo. Mesmo quando os jogadores ganhavam, eles perdiam.

Então, quem eram os caras que ficavam circulando para cima e para baixo do terreno carregando aqueles enormes bichos de pelúcia? Eram outros funcionários do parque. Via-se algum sujeito magro com uma garota num braço e uma girafa gigante no outro, e mais tarde via-se o mesmíssimo sujeito atrás do Tornado do Texas ou do Huckly Buckly, na barraca das Argolas ou no Screw Ball. Tropeçaria em sua garota rasgando ingressos num show de aberrações ou lambuzada de doce operando a barraca de maçãs do amor.

E notei mais uma coisa, também: como os funcionários davam tapinhas nas costas dos jogadores bonachões, aqueles que perdiam, mas riam daquilo e nunca criavam caso. Havia giz branco nas mãos de funcionários, e quem seguisse os que tinham sido marcados dessa maneira, com certeza, os veriam receber uma atenção extra. Às vezes os chamarizes se precipitavam para guiá-los pessoalmente a uma mesa, cheios de bajulações e falsa gentileza. "Ei, amigo!" Parecia haver uma linguagem secreta sendo falada naquela mancha de giz e a mensagem que ela enviava.

Eu quase desisti.

Observei distraidamente o Arremesso de Argola em Garrafas, vi que o ângulo era praticamente impossível. A pessoa não podia se inclinar além de uma certa linha, mas quando o funcionário fazia a demonstração estava sempre atrás do balcão, o que lhe permitia uma trajetória apropriada. A única maneira de ganhar era atirar a argola tão para o alto que ela descesse quase reta, mas os bichos de pelúcia ali pendiam mais baixo que nas outras barracas, reduzindo a chance disso.

Então eu pensei. Talvez haja outra maneira.

Eu me aproximei da barraca de Argola em Garrafas, dei uma outra espiada. E se arremessasse as argolas *retas*, em rotação horizontal, como se atira um chapéu? Se uma argola atingisse o *lado* de uma garrafa ela poderia rebater para cima e entrar.

O arremesso era de apenas noventa centímetros aproximadamente, e eu podia traçar as linhas na minha mente. Examinei os prêmios em oferta, mas não estava certo de qual deles Becky gostaria. Bonecas Kewpie? Pueril demais. Perfume francês? Feminino demais. Eles tinham lupas. Será que ela gostaria de ampliar imagens? Eu sabia que ela gostava de rádio — e eles de fato tinham um rádio em exposição, mas seria preciso alguma proeza para ganhar aquilo. No fim, eu me decidi por um bicho de pelúcia. Ganharia um urso para ela. O maior que pudesse conseguir.

Separei vinte e cinco centavos, e o funcionário atrás do balcão me entregou as argolas. Errei todas. Era complicado conseguir a rotação certa. As argolas simplesmente *retiniam* na garrafa de vidro, uma a uma, e o funcionário sorria, quase rindo, e disse: "Nunca vi ninguém atirar nos *lados* da garrafa. O objetivo é entrar sobre o topo!". Ele se virou, fazendo careta para uma multidão que não estava lá.

O truque, eu percebi agora, era mirar um pouco abaixo do bico da garrafa. Assim a borda manteria a argola no lugar a fração de segundo suficiente para ela girar para cima. Paguei mais vinte e cinco centavos. Funcionou que foi uma beleza. *Bam-bam-bam-bam-bam* — cinco em seguida, para cima, para o alto, e para baixo, antes de o funcionário poder fazer qualquer coisa para me impedir.

Cinco argolas na mesma garrafa. Isso era o prêmio principal. E o prêmio principal era um daqueles magníficos aparelhos de rádio RCA que eles exibiam com tanto destaque.

"Acho que você me deve um rádio", eu disse.

O funcionário levou um baque com isso, mas se recuperou rapidamente. "Me desculpe, chapa. Não posso."

"Eu ganhei", eu disse. "Eu ganhei esse rádio."

"Este rádio aqui? Só uma amostra." Ele virou para cima a tarjeta que dizia PRIMEIRO PRÊMIO! e, ali nos fundos, em letras pequenas apagadas, estavam as palavras: *Apenas para exposição*. "Entende, para reclamar seu prêmio, você precisa ir a Sioux City ao nosso escritório Regional Oeste, preencher um formulário, em triplicata, registrar em cartório, pagar o despacho e a entrega, adiantado, é claro. Olha...", ele empurrou os bichos de pelúcia empilhados sobre o balcão para um lado e revelou uma longa lista de Termos e Condições. "Percebe? Essas são as regras."

"Certo", eu disse. "Me dê um urso então. O grande, com os óculos de Teddy Roosevelt."

Ele sorriu, e seu sorriso falou de alguém que tinha cada ângulo coberto. "Não posso fazer isso, tampouco", ele disse. "Não seria honesto premiar um esportista tão fino como você com um prêmio de menor valor. Contra os regulamentos. O primeiro prêmio é o rádio. Então você corre até Sioux City — precisa registrar em vinte e quatro horas para ser válido." Ele consultou seu relógio. "Melhor se apressar. Além disso tem uma pergunta para testar habilidade requerida para o..."

"Apenas me dê o urso", eu disse.

"Não posso."

"Me dê o urso. Senão eu vou pegá-lo."

Isso mudou tudo. "Cai fora, caipira", ele disse.

Dois outros funcionários apareceram do nada, como se tivessem se condensado do ar ralo. Eles pararam um de cada lado dele, os braços cruzados. "Problema?", um deles perguntou. Tinha um maxilar feito para sobressair.

"Não", disse o homem da barraca das argolas. "Ele estava de saída."

Eu estava imaginando que conseguiria livrar meu amigo de seus quatro dentes da frente quando os outros dois me pegassem, mas isso não me traria o urso de Becky. Não há nada de cavalheiresco em ser espancado por funcionários, tampouco, por isso não imagino que costelas contundidas e um olho roxo renderia a favor de Becky.

O maior dos funcionários, olhando duro, disse: "Você tem cinco segundos, garoto. Suma".

Eu dei um passo para trás, que eles tomaram erradamente como um começo de retirada. Seus ombros relaxaram. Mas não parti. Em vez disso, espiei os prêmios — e depois observei a multidão que passava por ali. Eu disse: "Vamos fazer uma troca".

"Troca?" Não é que isso os desarmou? "Troca?", eles riram. "O que é que você tem para trocar, garoto? Esse macacão puído? Será que a sua mãezinha não sabe remendar direito um macacão? Caramba, garoto, parece que um cachorro caolho costurou isso. Pelo que você quer trocar?"

Se eu estivesse mais disposto a brigar, teria sugerido uma troca direta: seus dentes pelo meu urso. Mas eu tinha algo mais valioso que punhos à minha disposição. Tinha conhecimento.

"Esse urso", eu disse. "Em troca de silêncio."

"Silêncio?"

"Vocês me dão o urso — aquele com os óculos de Teddy Roosevelt — e eu não vou sair andando por aí sussurrando para quem eu cruzar como ganhar no lançamento de argolas. Me atirem para fora, e eu vou ficar parado na entrada, espalhando o evangelho. Não vai demorar muito e vocês terão rapazes se aglomerando por aqui, expulsando vocês. Vai ser como uma corrida ao banco. Vocês vão ter que fechar a barraca, eu acho. O silêncio", eu disse. "Isso vale mais que um urso com óculos de Teddy Roosevelt."

O desdém que eles me haviam votado no começo sumira, substituído por um olhar de ódio frio. Uma visão assustadora, mas se for obrigado a escolher, prefiro o ódio ao desdém em qualquer dia da semana.

Ele puxou o urso para baixo e o atirou na minha direção. O urso era ainda maior quando segurado.

"Foi um prazer fazer negócio", eu disse.

Aí, inesperadamente, o funcionário me pespegou um forte tapa nas costas, dizendo "Sem ressentimentos, certo?". Ele estapeou o urso, também. Ouvi um estalido, mas só associei as duas coisas mais tarde. "Aproveite seus triunfos", disse ele, e virou-se para a multidão no terreiro do parque. "Venham todos! Atirem uma argola, ganhem um prêmio! É barbada!"

O curioso foi que os funcionários pararam de me assediar depois daquilo. Eles começavam a falar, aí desviavam rapidamente a atenção para outra pessoa. Só mais tarde eu notei giz vermelho no meu ombro. E a essa altura tinha outras preocupações.

O urso estava sangrando. Muito. Espalhando um rastro de serragem por uma brecha na costura. Enquanto eu o segurava pela cabeça, ele ia se esvaziando pelos fundos. Quando percebi, o urso estava meio vazio, pendendo mole como uma biruta desinflada.

Voltei furioso. Um rapaz diferente estava operando a barraca, mas encontrei o funcionário e seus chapas nos fundos, bebendo cerveja em garrafa e contando prosa.

“Você de novo”, disseram eles, gargalhando com a minha chegada como se fosse uma anedota privada.

“Você arrebentou o meu urso”, eu disse.

“Prove.”

Entrei no seu círculo iluminado. “Quero outro urso. E não vou sair sem ele.”

Um outro funcionário se interpôs, bloqueando meu caminho. “Olha aqui, filhinho. Acalme-se”, disse ele. “Só estávamos brincando um pouco. Volte amanhã, fale com o senhor Jones — ele é o gerente de operações — e ele lhe dará uma completa reparação por suas queixas. Nós até lhe conseguiremos aquele rádio. Não vai precisar ir até Sioux City nem nada.”

“Você me dá sua palavra?”, perguntei.

“Como um homem”, ele disse.

Bem, que diacho. É preciso aceitar a palavra de um homem.

“Jura por Deus?”, perguntei.

“Por Deus Todo-Poderoso”, ele replicou.

Para cima como Linden, para baixo como Hinden. Assim eram as coisas. Oh, eu voltei, certo. Dia seguinte. Primeira coisa. Com a pele daquele urso esvaziado embaixo do braço, dobrada lindamente, para ver que o parque de diversões tinha levantado acampamento. Sumido, e somente o deserto à frente. Não sobrara nada salvo alguns farrapos de cartazes e canhotos de ingressos retorcidos rodopiando no vento. Caminhei entre sulcos de carroças e detritos. Era difícil imaginar que um parque de diversões estivera ali. Apenas um pouco de algodão-doce, eu suponho.

E, no entanto... embora eles tivessem me depenado, senti falta das luzes. Do barulho e da agitação. E pelo breve e espalhafatoso momento em que eles acamparam ali, eu preciso dizer, o deserto ficou melhor com isso, e ficou mais vazio quando eles se foram.

Talvez tenha começado ali, com a serragem.

Se ao menos eles não tivessem feito um furo naquele urso.

20.

Eis o que se passou.

Eu resolvi rechear o urso com doces no lugar da serragem — rosquinhas de menta e alcaçuz, pirulito de cereja e de corações, cones de açúcar e balas de melado — e aí presenteá-lo a Rebecca. "Doçuras para a doçura", esse tipo de coisa. Um ursinho de pelúcia recheado de doces? Imaginei que não se pode conseguir coisa muito mais romântica que isso.

Custaria um bom dinheiro encher um urso grande daqueles, mesmo com a bala de menta a um centavo. Assim eu fui à loja do Cyrus Tweed, tentando arranjar uns dólares.

Quando entrei no Empório, eles estavam mudando coisas de lugar. Não sei como conseguiam encaixar tanta coisa naquele espaço. Parecia um daqueles quebra-cabeças chineses. No amontoado de vidas de outras pessoas, a louça de minha mãe tinha desaparecido atrás de um enorme guarda-roupa, de modo que ao menos eu não precisaria encarar isso, ver aqueles pratos empilhados a um dólar cada.

Um grupo de homens com roupas de trabalho e bonés de pano estava lutando para encaixar outro grande guarda-roupa no lugar enquanto Tweed ficava parado atrás do balcão orientando. "*Devagar... devagar... parem!*"

"Você", disse Tweed, quando me viu. "Veio pela escova de cabelo?" Ele se virou para os homens. "Este é o rapaz do McGreary, de volta para mais um de seus negócios astutos."

Os homens aproveitaram isso como uma chance para descansar, enxugando as testas com as costas dos braços, seus peitos estufando no calor.

"Pechinchou até me *arrancar* um preço, não foi rapaz?"

"Tenho uma coisa que você quer", eu disse.

"Tem aqui?"

"Uma gravura", eu disse. "Chegou há pouco à minha posse."

"Uma gravura", ele disse, o interesse tremeluzindo como uma vela numa lata de estanho. "Que tipo de gravura?"

"Cobre", eu disse. "Em alto-relevo. Uma miniatura do presidente Lincoln."

"Preciso ver para..."

"Registrada pelo Tesouro dos Estados Unidos", eu disse. "Completamente autenticada."

Ele esfregou seu queixo ossudo. Lançou um olhar para os trabalhadores, como se para dizer: *Vejam como eu vou limpar esse garoto*. "Tenho de avaliar se há falhas, averiguar seu valor..."

"Você pode comprar ou não", eu disse. "Mas eu quero uma taxa de descobridor de cinco dólares. Adiantada. Não reembolsável. Você pode deduzir do preço se decidir comprar."

"O garoto é duro na barganha", disse Tweed com uma risada. Ele tilintou NÃO VENDA na caixa registradora, puxou uma nota de cinco dólares da gaveta. "Eu tenho testemunhas", advertiu.

Eu também, pensei. *Eu também*. Peguei o dinheiro.

"Agora me deixe ver essa sua peça." Ele encaixou uma lente de joalheiro em um olho para avaliar melhor.

E não é que a lente se soltou quando eu escorreguei uma moeda de um centavo de dólar pelo balcão na direção dele? "Aí está", eu disse. "Cobre. Em miniatura. Presidente Lincoln. Emitida pelo Tesouro dos Estados Unidos."

Os trabalhadores rugiram sua aprovação.

Tweed ficou furibundo. "Me devolva aqueles cinco agora!"

"Negócio é negócio", eu disse, fechando o punho sobre a cédula.

Ele se atirou por cima do balcão na minha direção. Eu fiquei fora do seu alcance.

"Vou pegar o meu dinheiro", ele guinchou. "Nem que eu tenha que torcer sua mão para arrancar."

Isso exultou ainda mais os trabalhadores. "Não seja turrão, Tweed! O garoto enganou você direitinho!"

Tweed era um homem com longas mechas de cabelo penteadas para frente sobre uma careca. Aqueles fios estavam desgrenhados agora. "Vou chamar a polícia", ele disse, tirando o telefone do gancho. "Operadora!", ele gritou. "Urgente!"

Mas sua voz foi abafada pelas risadas. "Os tiras vão gozar da tua cara, Tweed", disse um trabalhador. "Seu orgulho devia valer mais que cinco dólares. O garoto passou a perna em você. Aguenta essa como um homem."

Tweed bateu o telefone com força no gancho. Ele estava vermelho como um ruibarbo; os lábios brancos.

"Foi um prazer fazer negócio", eu disse, e saí, deixando a porta bater um pouco mais forte que o necessário na saída.

Eu me perguntava com frequência como a Casa da Moeda dos Estados Unidos conseguia emitir moedas de centavos. Devia custar mais de um centavo para produzir uma, de modo que eles estavam se endividando ainda mais. Por sorte, eu poderia usar isso em proveito próprio. *O garoto enganou você direitinho*. Foi o que eles disseram. E estavam certos.

Melhor ainda, eu conseguira onde o pai tinha falhado. Com cinco dólares por centavo, eu na verdade tivera um lucro de cinquenta mil por cento sobre o investimento.

21.

Se eu não tivesse sido levado à biblioteca naquele dia, não tivesse sido seduzido por Pascal ou cativado pelo verdor dos olhos de Rebecca, se não tivesse ganhado aquele urso e perdido a serragem, se não tivesse vendido um centavo por cinco dólares, não estaria na Drogaria e Doceria do Kane, assuntando sobre trapaças no balcão pegajoso quando um estranho de chapéu fedora entrou.

Não fosse isso, eu ainda poderia estar em Paradise Flats, casado com Rebecca talvez, e operando uma linha de carregadores nas minas, recomprando a louça de minha mãe, um prato de cada vez.

Mas não. Eu estava no balcão de doces do Kane naquele dia, tentando calcular o volume da pele de urso que eu precisava encher e as guloseimas necessárias para isso. Pipoca doce ocupava mais volume, mas não era tão romântica quanto beijinhos de chocolate ou bombons de canela.

A porta da loja retiniu como um eco de minha saída da loja do Tweed menos de dez minutos antes, e por ela entrou um homem agasalhado demais para o calor, mas mesmo assim sorrindo. Ele estava usando um sobretudo Chesterfield cinza-claro com colarinho de veludo e botas de cano baixo, coturnos, como eram conhecidas. Um sujeito elegante, com seu fedora de feltro empoleirado no ângulo certo, vinco bem definido no topo e a aba engenhosamente encurvada na parte de trás. Todas as roupas que eu não possuía, ali, em exposição.

Era um homem pequeno, cabelo bem penteado, com um bigode fino do tipo Errol Flynn cuidadosamente aparado, e ele se movia com uma certa leveza — uma vivacidade —, como um daqueles pássaros que conseguem saltitar sobre a água sem molhar os pés. Ele pegou duas barras de chocolate recheadas Baby Ruth, deu um sorriso largo para o proprietário.

"Um belo estabelecimento você tem aqui", disse ele, a voz untada de mel. "Simplesmente a melhor drogaria da cidade, eu reconheço. Estive na do Bryce mais cedo, não era tão bonita como esta, nem metade."

O sr. Kane, inchado e resfolegante, ficou mais que lisonjeado com esses cumprimentos. "Obrigado, senhor. Palavras gentis, de fato. De que gostaria?"

O estranho se inclinou sobre um cotovelo. "De que eu gostaria? Apenas alguns acres, uma mulher que me ame", disse ele, e aí ele sorriu. O sr. Kane deu risada. "Mas na falta disso", disse o homem, "essas barras de chocolate servirão."

O homem puxou uma nota de dez dólares. "Espero que isto não quebre a banca."

"Absolutamente", disse Kane, agora que fornecer troco para dez dólares fora definido como um ponto de honra.

As Baby Ruths custavam dez centavos cada. O sr. Kane devolveu oitenta centavos em moedas e nove dólares em cédulas. Enquanto ele as entregava, o homem franziu a testa. Empurrou seu fedora um pouco para trás. "Isto é muito troco para eu ficar carregando por aí. Espere."

Segurando seu troco numa mão, o homem vasculhou o fundo do seu bolso com a outra. "Devo ter moedas suficientes em algum lugar... Aqui vamos nós." Ele desenterrou algumas moedas, entregou-as junto com as outras cédulas soltas e o troco que recebera. "Isso deve dar dez."

O sr. Kane devolveu-lhe sua nota de dez dólares em troca.

"É melhor contar isso", disse o homem. "Verifique se está tudo aí."

"Epa. Faltaram cinco centavos", disse o sr. Kane.

"Cinco centavos? Espere." O homem vasculhou seu outro bolso, tirou uma peça de cinco centavos. "Aqui está. Vou lhe dizer isto. Eu lhe devo cinco centavos, certo?" Ele os entregou. "Isso inteira dez dólares. E aqui — aqui tem mais dez." Ele devolveu seus dez dólares originais. "Isso inteira vinte. Se me der uma nota de vinte dólares, estaremos quites. Isso me poupará de carregar um monte de notas de um, e não o privará do seu troco."

"Tudo bem", disse o sr. Kane. Ele entregou uma nota de vinte dólares.

Mas isso não estava correto, e eu disse, intrometendo-me na conversa.

"Me desculpe, senhor?"

O homem virou-se e olhou na minha direção. "Sim?"

Ele tinha os olhos tão negros que não dava para ver suas pupilas. Eu estava fitando um par de bolinhas de gude negras. Difícil de ler.

"O senhor cometeu um erro", eu disse. "Quando devolveu seu troco e o senhor Kane lhe devolveu sua nota de dez dólares, a transação estava completa. Ou, ao menos, estava assim que o senhor lhe entregou aqueles últimos cinco centavos. Mas depois, junto com os cinco centavos, o senhor lhe *devolveu* os dez e pediu vinte em troca. Ele devolveu dinheiro a mais para você."

O estranho sorriu. "O homem contou seu dinheiro, filho. Eram vinte dólares, exatos. Não está certo?"

O sr. Kane fez que sim. "E são. Vinte dólares, bem aqui."

"Sim, mas dez desses eram do senhor Kane no início..."

"Não ligue para ele", Kane disse ao homem. "É apenas um intrometido que não entende esse tipo de coisa. Trabalha na mina, dá pra sentir o suor e a pobreza daqui."

"Mas..."

"Caia fora, rapaz. Não fique incomodando este senhor."

O estranho me fitou, seu sorriso mais contido agora. Ele tocou na aba do chapéu, nos desejou um bom-dia, e saiu.

Eu o segui, esquecendo-me por completo do meu plano pele-de-urso-com-docinhos. Seria um erro honesto ele ter embolsado vinte dólares por uma nota de dez?

Eu tive minhas dúvidas.

Do lado de fora, no brilho poeirento do dia, o vento levantava uma névoa leitosa. Um caminhão se arrastava pesadamente para um lado. Uma parelha de mulas se arrastava pesadamente para o outro. Uma dupla de cachorros vadios passou trotando, enfraquecida pelo calor.

Eu enterrei mais fundo meu boné puído por causa do vento, e observei quando o homem de chapéu fedora cruzou a rua na direção da loja de ferragens do Thorpe. Ele saiu alguns minutos depois com um saco de papel —

pregos, provavelmente —, atirou-o numa lata de lixo e em seguida entrou na padaria do Dutch na porta ao lado. Saiu comendo um pão doce. A seguinte era a sapataria, e a loja de armarinhos. Depois foi a vez do Felix Salsicheiro e uma salsicha atirada para os cachorros na rua. Depois a Loja de Tecidos das Veteranas de Guerra, e fitas. Ele parava de vez em quando para mover moedas do bolso de seu sobretudo para o lado esquerdo das calças, enfiando-as bem no fundo. Punha um pouco no bolso direito também; supus que eram os cinco centavos que ele sempre parecia encontrar.

Eu acompanhei do outro lado da rua enquanto ele trabalhava, e fiz as contas. Oito lojas neste lado, cinco no outro. Somente quatro foram abordadas, o que foi uma espécie de melhoria. Sem dúvida, Paradise Flats estava tentando sair do poço, e nosso amigo ali ficou mais que satisfeito de passar uma peneira nela, apanhar o que podia. Na Confeitaria do Kane, ele saiu com US$ 9,80 mais do que havia entrado. Usando isso como guia, ele teria uns US$ 127,40 extras nos bolsos quando chegou ao fim do quarteirão.

Nada mal para um passeio pela rua principal.

Ele atacou inclusive o *Times-Tribune*, saindo com um jornal embaixo do braço, assobiando.

Aí ele parou. Olhou para o outro lado da rua, diretamente para mim. Não disse nada. Apenas ficou ali, me observando observá-lo. Ele jogou fora o jornal, tirou um maço de cigarros do bolso do peito, bateu um, acendeu, e tornou a me fitar. Ele deu apenas algumas tragadas antes de apagá-lo esfregando com o pé. Quando ele se movia, eu me movia. Quando parava, eu parava. E quando ele entrava numa loja, eu ficava parado esperando.

Imagino que poderia ter alertado os donos de loja que ele estava visando. Poderia entrar intempestivamente, gritando: "Tem um golpista vindo para cá!". Como Tom Mix alertando os habitantes da cidade sobre bandidos. Mas nunca fui do tipo Tom Mix.

Eu sabia tudo sobre aquelas lojas, entendem?

Sabia como o Açougue dos Irmãos Johansson tinha um ventilador direcionado sobre a balança, como ele acrescentava uma ou duas onças de ar pesado em cada compra. Como os tubos da caixa pneumática da Loja de Departamentos Norton tinham extremidades bem afuniladas fazendo que moedas menores ficassem retidas no fundo quando os cartuchos eram enviados para baixo, e como a maioria das pessoas pegava seus centavos e níqueis sem notar as moedinhas de um centavo que estavam faltando. Sabia como a Norton elevava seus preços só para poder abaixá-los de novo sob a alegação AGORA EM LIQUIDAÇÃO. Ou como o Centro Agrícola oferecia misturas especiais de nitratos e fertilizantes que garantiam aumentos de rendimento de ATÉ 200%! Ou como o armazém do Sukanen embandeirava suas janelas com promessas de TODOS OS ARTIGOS COM ATÉ 50% DE DESCONTO. Evidentemente "até" inclui zero. Boa sorte em conseguir um reembolso quando um mirrado canteiro de alface não conseguia dar nenhum lucro ou quando tudo que se podia encontrar à venda com desconto de 50% era um tubo de girândolas de dez centavos. Sim, senhor. Todas as girândolas que se poderia querer por cinco centavos.

Logo depois do Sukanen, havia um carro esperando com o motor ligado. Um sedã Nash Ambassador 1939, pela aparência. Um automóvel fabuloso, aquele. Até na sombra ele brilhava como uma lâmina: um azul-marinho polido tão escuro que quase parecia preto como um céu noturno sem estrelas. Ele estava cintilante.

Atrás do volante estava uma dama, seu rosto parcialmente invisível pelas sombras refletidas no para-brisa. Ela estava usando um cloche, um daqueles chapéus em forma de sino que as mulheres usavam bem enfiados na cabeça, como um capacete, com uma daquelas flores de seda enormes pregada com alfinete em um lado.

Do outro lado da rua, o homem do chapéu fedora caminhou vagarosamente para o Nash Ambassador, inclinou-se ao lado da janela do motorista, falou com a dama, e depois lhe passou alguma coisa — um maço de notas, imaginei. Em seguida, lançando um olhar na minha direção, ele sussurrou para ela e ela disparou o olhar diretamente para mim. Não sorriu. Não acenou com a cabeça. Apenas fitou. Um olhar duro.

Ele falou com ela mais alguns instantes, depois se afastou para um lado. Correu o polegar lentamente pelo bigode, uma vez para cada lado, e em seguida tornou a olhar na minha direção, como se estivesse esperando para ver o que eu faria.

Quando não fiz nada, ele seguiu seu caminho. Para a Chapelaria da Maggie. A Tabacaria do Apex. A Cooperativa de Roupas Femininas (de onde saiu carregando um lenço). Ele atingiu o fim do quarteirão e depois atravessou a rua de volta, para o Empório e Antiguidades do Cyrus Tweed, no fim da rua.

Eu sentei-me no banco em frente e fiquei observando ele caminhar na minha direção. Ele tocou no chapeú ao passar, e estava prestes a entrar quando eu falei impulsivamente: "Ele é bom pra cinquenta", surpreendendo a ambos.

O homem de chapéu fedora parou. Recuou. "Perdão?"

"O Tweed", eu disse. "Não deixe que a poeira lá dentro o engane. Ele é um dos homens mais ricos da redondeza. A caixa registradora está forrada de dinheiro. Ele é bom pra cinquenta. Pelo menos."

O homem inclinou a cabeça para um lado e me fitou — me fitou como se achasse que me conhecia de algum outro lugar, como se já me houvesse visto antes. Como se eu fosse *familiar* para ele. Ele fez que sim, pensativo.

"Obrigado", disse, e se esgueirou para dentro.

Ele saiu menos de dez minutos depois, carregando uma bengala de pau-rosa. Caminhou até onde eu estava sentado, enfiou um par de notas no bolso do peito do meu macacão.

"O que é isso?", perguntei.

"Sua parte", ele disse.

PARTE 2

Jitterbug*

* Jitterbug é uma dança em ritmo bem acelerado em que o casal faz vários passos malabarísticos, muito popular nos Estados Unidos nos anos 1940. (N. T.)

22.

Eu sei.

Não devia ter aceitado aquele dinheiro. Mas, de certa maneira, eu realmente acreditei que o havia ganhado. Após pagar minha comissão, o homem de chapéu fedora deu uns dois passos, depois se virou e me fitou. Ele voltou e disse, com genuína perplexidade: "O que está fazendo aqui? Numa cidade como esta? Ainda não imaginou que pode *sair* daqui?".

Ele estendeu a mão. "O nome é Virgil", ele disse. "Virgil Ray."

Era, eu disse, um prazer conhecê-lo. Eu lhe disse o meu nome também.

"Jack, é? Bom. Bom nome. Anônimo. Fácil de esquecer", ele disse. "Venha comigo."

E eu fui.

É engraçado, o sr. Ray parecia caminhar tão devagar e à vontade, mas eu precisei apressar o passo para acompanhá-lo. Ele estava se movendo mais rápido do que parecia, pela calçada, e depois cruzando de volta para a rua principal. No beco atrás do Sukanen, o Nash azul-escuro continuava esperando, com o motor ligado. A dama atrás do volante estava com a janela abaixada e um cigarro aceso. Ela havia tirado o chapéu, e seu cabelo estava úmido e enrolado por causa do calor.

"Rosalind, doçura", ele disse. "Quero que conheça alguém."

A dama no Nash me fitou.

Olhos claros. Não piscou. Como se estivesse chamando um blefe que eu ainda não tinha feito. Rugas profundas em cada lado de sua boca, de preocupação e vento, imaginei, e o cabelo cor de palha. Ela ajeitou um cacho solto atrás de uma orelha. Não disse nada. Apenas deixou a fumaça escoar por entre os lábios.

Uma mulher bonita, de fato, e tirei o meu boné para ela. "É um prazer, senhora Ray", eu disse, e ela grunhiu.

"Scheible", ela disse. "*Senhorita.* Não sou uma senhora há muito tempo."

"Senhorita Scheible", eu disse. "Prazer em conhecê-la."

"Rosalind. Pode me chamar de Rose. E quem é você?"

Quando eu disse meu nome, um sorriso apareceu, pequeno e cheio de dentes. "Ora, ora. Jack Armstrong, americano até o osso." Ela deu uma tragada profunda no cigarro. "Come seu cereal Wheaties direitinho, não é?"

"Todo dia", eu disse.

"Bem, Wheaties. Imagino que está atrás de uma carona para algum outro lugar, senão o Virgil não o teria trazido para me conhecer." Ela espichou a cabeça para fora da janela e me analisou demoradamente, começando pelos meus sapatos e avançando para cima. Ela se demorou no macacão e na costura que eu fizera. Quando tornou a me fitar, sua expressão tinha mudado. Não amolecido, exatamente. Apenas mudado. "Onde anda a sua mãe? Deu o fora?"

"Não. Isso não."

"Ah... Lamento. Faz tempo?"

"Muito", eu disse. "Já superei."

Virgil apertou uma mão no meu ombro. "O Jack aqui leva numa boa ganhar no troco."

Ela ajeitou aquele mesmo cacho de cabelo atrás da orelha. "É mesmo?", perguntou.

Virgil me arranjou trinta e seis dólares para recomprar a louça da minha mãe antes de partirmos. Meu pai ainda estava na cama — ele passava a noite toda acordado, agora, observando o horizonte, e dormia durante o dia —, por isso empilhei os pratos e pires, as xícaras, a leiteira e o açucareiro no guarda-louça, pressionando o oleado e os certificados Drake embaixo. Deixei uma nota para papai: "Encontrei no Tweed. Devem ter sido vendidas ao Cyrus por engano, pois estou certo de que o senhor não faria uma coisa dessas deliberadamente. Vou passar uns tempos fora. Achei um trabalho que não envolve sal".

Quando tomei emprestado o dinheiro de Virgil, foi como um adiantamento.

"Não sei exatamente quando vou poder pagar", eu disse. "Mas sou muito grato."

Ele apenas sorriu. "Bobagem, rapaz, isso é trambique de uma tarde. Nem mesmo isso." Ele bateu um cigarro. Sua cigarreira era cara e folheada à prata; ali estava um homem que gastava seu dinheiro com gosto, o tipo que não piscaria para comprar uma presilha de cabelo de cinco dólares. "A questão não é como você vai me pagar, filho, mas onde vai guardar todo o dinheiro que ganhar."

Parti de Paradise Flats no dia exato em que Mussolini invadia a Albânia. O rádio do carro crepitava com as notícias, de como o rei Zog fora obrigado a partir para o exílio. Nome fabuloso, aquele, como o de um personagem do seriado de Flash Gordon. "*Então. Nós nos veremos de novo, rei Zog!*"

A conquista fascista fora executada com uma precisão de relógio. Eles bombardearam a costa, desembarcaram tropas, tomaram o controle do reino. Violaram um acordo anglo-italiano, mas os britânicos não deram a mínima. Encalacrados com o acerto do espólio Drake, sem dúvida, e ali estava Mussolini com as mãos livres.

Virgil mudou de postura.

"Chega disso", falou. Ele encontrou algum folk blues para nos animar no caminho, e os sofrimentos do rei Zog se perderam no éter. O Ambassador tinha um daqueles novos rádios Motorola com botões de apertar, bastando pressionar um dedo e girar o dial até a sintonia fina para pegar um sinal. Uma verdadeira maravilha.

E foi assim que, aos ritmos de tábua de lavar roupa e gemidos tiroleses, nós disparamos pelo deserto esturricado. Era uma das primeiras melodias de Slim Williams, acredito.

"Música caipira!", disse Virgil com um suspiro. "Sem ofensa, Jack. Mas, nossa, como vocês conseguem ouvir isso sem enlouquecer? Um guaxinim numa lata de lixo faz um barulho mais melodioso. Mal posso esperar para o jazz chegar nestas bandas. Estou ficando enjoado de caipirice."

Passamos pela Consolidated Salt no caminho para a cidade. Uma leva de trabalhadores estava entrando, outra saindo. Jorge estava na carroceria de uma das picapes. Eu vi sua cabeça balançando enquanto a picape sacolejava pelos buracos. Eles estariam se perguntando por onde eu andava, a essa altura. Estariam computando minhas dívidas. Esperando que eu aparecesse.

Não ia acontecer.

Depois de sairmos de Flats, pedi para Virgil encostar, e saí para o deserto salino. Arremessei aquela pele de urso o mais longe que pude. Algum dia alguém a descobriria. Ele olharia aquele amontoado de pele empoeirado e diria: "Alguma coisa morreu".

Eu não dei a mínima. Quando voltasse a Flats seria num terno novo e num Nash Ambassador só meu, e a calcinha de Rebecca se derreteria.

Doces de um centavo já eram para mim.

23.

Estávamos seguindo para o norte, para Silver City, em marcha acelerada para a escuridão crescente. A Cordilheira Richardson erguia-se à esquerda, mais perto agora, e encobrindo as estrelas até a metade do céu.

As cidades pelas quais passáramos compartilhavam uma *mesmice* essencial. Uma rua principal cansada. Uma praça central imunda. Fachadas falsas. Janelas vazias. Postos de gasolina e fazendas de engorda de gado. Havia pequenas variações: um relógio municipal redondo em vez de quadrado, uma torre de água quadrada em vez de redonda. Numa cidade, as caixas de correio eram pintadas nas cores mais brilhantes, pinceladas malucas de vermelho, rosa e ouro, como se uma leve mania tivesse assolado o lugar. Em outras ocasiões, passávamos por placas apagadas de sonhos maiores frustrados, em meio às cozinhas públicas e albergues noturnos: lojas com letreiros que diziam EMPRÉSTIMOS COOPERATIVOS SOCIALISTAS, ou FARTURA PARA TODOS, um CLUBE CONTRA A MELANCOLIA, até uma SOCIEDADE UTÓPICA ou duas, cobertas por tábuas e havia muito abandonadas. Pinceladas malucas e abundâncias vazias à parte, era da mesmice dessas cidades que eu melhor me lembrava. Elas pareciam passar por nós carregadas numa esteira rolante.

Nas estradas, vimos famílias caminhando, carrinhos de mão e carrinhos de bebê cheios com todos os seus trastes. Algumas rodavam em caminhonetes, em caravanas, as rodas guinchando, as laterais com pilhas altas de móveis e roupas de cama, como exércitos em retirada, as frigideiras e jarros de água balançando.

A certa altura, Virgil parou numa passagem de nível enquanto um Zephyr aerodinâmico de aço inoxidável movido a diesel passava voando a quase cento e trinta quilômetros por hora, os sinos do cruzamento badalando, a sucção dele zunindo, nossa pulsação se acelerando à sua vista. Homens de chapéu e mulheres também, vistos em silhueta nas janelas, a caminho de algum outro lugar. Assim que aquele risco de prata passou, os vagões fechados de trens mais velhos rolaram, projetando um tipo diferente de silhueta, como os quadros de um filme: migrantes de trem de carga em vagões abertos, montados nos eixos, procurando como todos nós algum lugar melhor.

O sol se pôs e a escuridão nos engoliu, e eu caí num sono profundo, a cabeça recostada pesadamente na janela lateral do Ambassador. Fui acordado menos de cinco minutos depois, me pareceu, com um empurrão e um sussurro de Virgil.

"Acorde, Wheaties. Chegamos."

A aurora infiltrando-se. Uma leve friagem matinal. Grogue e com a boca seca, cambaleei para fora do carro feito um bêbado. Eu me chacoalhei para acordar. Rose continuava dormindo no banco de trás, de verdade desta vez, pernas para cima, o vestido amontoado no alto das coxas.

Estávamos num beco atrás de um prédio. Virgil apeou, fechou a porta do motorista sem fazer ruído. Ficou parado, perfeitamente imóvel. Como se estivesse tentando escutar alguma coisa. Ele atravessou o beco, olhou para os dois lados, primeiro para uma esquina, depois para a outra, fez meia-volta e voltou ao carro.

"Me dê uma mão com a tranqueira", disse ele.

Ele deixou dentro do carro a bengala que tinha apanhado no Tweed, mas todo o resto tinha sido enfiado num grande baú. Nós arrastamos aquele filho da puta para cima, pela saída de incêndio, dois lances de escada com um patamar estreito para virar. Imagino que Virgil normalmente teria feito várias viagens para cima e para baixo naquela escada, mas agora ele tinha ombros fortes para ajudá-lo na penosa escalada.

"É preciso ganhar o pão", ele grunhiu.

Nós espantamos uns gatos de beco no patamar da escada, e eles fugiram com os pelos eriçados de medo. O prédio a ser escalado tinha um terceiro andar, ou melhor, um terceiro andar parcial, recuado e escondido da vista do beco abaixo. Virgil e eu arrastamos o baú por um teto de papel alcatroado até chegar diante de duas portas — 1-A e 1-B.

Virgil parou. Correu os dedos levemente para cima e para baixo da porta para o 1-A e, satisfeito, tirou uma chave do bolso, inseriu-a, virou a fechadura.

O interior era uma quitinete com um fogão elétrico de duas bocas, uma mesa de jogo, um sofá velho, um par de cadeiras e uma cama retrátil numa parede. Virgil baixou a cama, sacudiu as cobertas e abriu uma janela, dando uma sacudidela nas cortinas também. O lugar cheirava a mofo e a poeira velha. Quando Virgil voltou ao carro para acordar Rose, eu abri as cortinas desbotadas e espiei pela janela. O quarto era nivelado com a fachada do prédio, e eu tive uma vista privilegiada da esquina da rua abaixo. Cada ângulo estava coberto. Era possível ver as linhas de bonde correndo numa direção, as fachadas de arenito das lojas na outra, uma faixa estreita de rua correndo entre as duas. Bom lugar para uma resistência final.

Eu não vinha a Silver desde que era menino. Lembrava-me de subir nos carros de bagagem na estação ferroviária enquanto papai conferenciava com homens de fora do estado sobre bagatelas. Eu me inclinava sobre os trilhos, olhava direto para eles como se estivesse espiando o interior do cano de um rifle. Papai me prometera uma viagem com seu passe ferroviário, "um Grand Tour do mundo conhecido", como ele dizia, para os mangueirais da Califórnia e para leste, até a umidade da Flórida, onde o musgo pendia "diretamente das árvores" e crocodilos espreitavam em cada lagoa. Papai tinha visto tudo isso com seus próprios olhos. Mas isso foi antes da Linha Berton ter fechado e os livros-razão serem queimados. Nossa única esperança de fazer um Grand Tour repousava agora numa gaveta cheia de falsas promessas e sonhos dourados de Drake.

Silver City era amplamente conhecida como a "Capital Química do Grande Sudoeste". Foi aqui em Silver que a amônia anidro, o fertilizante líquido que transformou a aridez estéril das planícies do Texas ocidental em terra do algodão, foi inicialmente inventada. O milho tinha substituído o algodão em muitos condados, mas Silver ainda era uma mistura de bruxa de poções químicas, e a exalação que saía de suas fábricas cheirava a dinheiro.

Da janela, vi um emaranhado de fios elétricos e a cidade se estendendo até muito longe, com os edifícios mais altos se erguendo na névoa como mesetas. Se as cidades pelas quais passáramos eram caixas, desmoronando sobre si mesmas, esta era a caixa de embalar que continha todas elas. Silver era uma cidade de verdade.

Eu tinha chegado.

O apartamento 1-B ficava ao lado do 1-A, mas o 1-B não existia de verdade. Acontece que o 1-B era apenas uma despensa ligada ao apartamento de Rose e Virgil. Ele tinha uma porta que dava para o telhado, também, mas isso era tudo. Nem mesmo um armário para guardar quaisquer bens que eu pudesse acumular.

Virgil atirou umas almofadas no chão do 1-B. "Vamos arranjar uma cama adequada para você mais tarde", ele disse.

Rose era uma sonâmbula desembalando as coisas atrás dele. "Lar doce lar", ela disse.

A janela da despensa dava para uma saída de incêndio lateral, e a escada levava até uma calçada embaixo. Podia-se entrar no 1-A, passar para o 1-B e desaparecer pelo lado enquanto alguém estivesse martelando na porta principal. Vistos de fora, eles pareciam dois apartamentos separados, mas o interior contava uma história diferente. Parecia um truque de mágica.

24.

O apartamento — eu deveria dizer, aparta*mentos* — que Virgil e Rose alugavam ficava em cima do Café do Wong, e o Café do Wong tinha a melhor torta de maçã ao sul de Iowa e oeste de Missouri. A julgar pela opinião de Virgil, ao menos.

"Crosta de açúcar com canela aquecida ao forno com uma colherada de chantilly e malte por cima. É uma obra de arte, meu amigo!", disse Virgil, o guardanapo aberto embaixo do queixo e o garfo de prontidão, enquanto Charley Wong punha o prato diante dele.

"Olá, Rose", disse Charley.

"Charley", disse ela com um aceno de cabeça enquanto acendia outro cigarro.

Ele nunca parecia fazer nenhuma pergunta, este sr. Wong. Jamais perguntou quem eu era ou de onde viera ou por que Virgil e Rose pagaram seu aluguel em dinheiro vivo naquele dia — e não com um cheque. Era um homem redondo de feições redondas e um sorriso redondo. Não havia cantos nele onde se esbarrar. Numa chuvarada, a água escorreria livremente por ele. Enquanto observava o sr. Wong na cozinha, tirando a pele de costas de galinhas, tentei imaginar qual era a sua história. Para mim, Paradise Flats já lembrava o lado oculto da Lua. Como seria o Oriente para ele? Fiquei tentando imaginar se ele tinha fugido dos exércitos de Hiroito, sido expulso de casa, ou ao invés disso tinha sido puxado, tinha vindo como papai, procurando uma tela maior para pintar sua vida.

"Temos de tirar você desses macacões", disse Virgil, enquanto atacava outra fatia da torta de Charley. Estávamos na mesa dos fundos, ao lado da cozinha, e eu de costas para a porta. Virgil inclinou-se e examinou meus sapatos. "Vamos nos livrar desses sapatos de lona, também. Arranjar uns sapatos certos pra você."

O bigode de Virgil era tão fino que parecia obra de lápis de cera. Seu cabelo era repartido precisamente no meio e esticado para trás com brilhantina. Meu cabelo, cacheado e recusando qualquer risca de separação, devia causar uma aflição permanente em Virgil. Naquela primeira tarde, ele arranjou um pouco de vaselina e me fez alisar o cabelo para trás. "Pronto", disse. "Um verdadeiro freguês polido. Agora tudo que você precisa é de um terno decente, talvez trespassado, uma corrente de relógio, abotoaduras, um chapéu fedora no ângulo certo."

Eu lavei a brilhantina do cabelo — não me sentia bem com ela — e nunca aprendi a usar um fedora no ângulo certo. "Sinistro demais", ele dizia, quando eu o inclinava para frente. "Agora você parece um pateta", ele dizia se eu o inclinasse para trás. "Assim não... não use como algum caipira. Assim."

Mas ele não conseguia pôr o chapéu na posição certa, tampouco, e no fim fomos com um chapéu de palha. Eu ficava parecendo um inglês num passeio dominical, mas Virgil disse que era o visual certo para mim.

"Acrescente um elemento garboso", ele disse. "E, seja como for, está ficando quente demais para fedoras." O próprio Virgil trocou para Panamás. Seus chapéus de verão, assim ele os chamava. Ele possuía vários deles, empilhados no guarda-roupa. Às vezes, tirava um boné de tweed como se estivesse acabando de chegar de uma partida de golfe ou de um estande de tiro. Isso quando queria projetar uma imagem mais esportiva.

Enquanto eu estava sendo apetrechado por Virgil, Rose competia com vestidos longos e bainhas irregulares e um conjunto de chapéus, uns com penas e flores, e laços, plumas e fitas. Ela tinha sua própria pilha, embora não tão alta como a de Virgil. Ela possuía várias perucas também, castanhas e pretas.

Rose conseguia ficar bonita quando queria. "A apresentação é tudo", ela diria. Na confiança com que a pessoa caminhava, nas piteiras de cigarro que escolhia, na elegância com que batia a cinza da ponta.

Descobri isso em primeira mão quando voltamos à estrada, seguindo para o norte e depois para o oeste desta vez, para os vales além das montanhas. Após uma semana de torta de maçã e várias provas de alfaiataria para mim — "Vamos precisar de tecido extra só para os ombros", um alfaiate se queixou —, estávamos prontos para sair para mais uma pilhagem, como Virgil se referia às viagens que empreendíamos.

Comemos uma última fatia no Charley Wong, e quando nos levantamos para sair, eu disse a Virgil: "Eu pago". Quando Charley me passou o troco, eu disse: "Nossa, é uma montoeira de notas. O que tem aqui? Se eu lhe der quatro, você me devolve uma de dez, e ficamos quites".

Mas Virgil interrompeu. "O garoto cometeu um erro, Charley. Ele deve mais cinco mangos. Não é, Jack?"

"Mesmo?", perguntou Charley.

"Mesmo", disse Virgil. "Jack, pague o homem." E depois, em voz baixa, e irritado: "*Você nunca deve cuspir no prato em que vai comer, garoto*".

Assim, eu atirei uma nota de cinco e Virgil disse: "Dê outros cinco. De gorjeta".

Eu hesitei, mas acabei atirando outra de cinco. Foi uma rodada cara de torta, aquela.

Virgil gostava de se fazer de paladino da moral. Que diabo, ele nem mesmo comprava seus próprios jornais. "Charley recebe as edições matinal *e* vespertina. Por que eu deveria pagar se posso ler de graça?" Durante o tempo todo em que ficamos em Silver City, só vi Virgil ler um jornal quando estávamos no Café do Wong, e mesmo assim só para folhear as colunas sociais atrás de alvos em potencial. Isso e o seu horóscopo.

Quando saímos, Virgil tocou na aba do chapéu para Charley, e disse: "Pode dar uma olhada?".

"Como sempre", disse Charley.

25.

Saímos de Silver City e fizemos um grande giro circular escolhendo cidades no caminho, com Rose no banco de trás porque ela gostava de se esticar, ou na frente quando começava a se sentir solitária. Nós seguíamos por um caminho e depois por outro, rondando — e pilhando — cada comunidade, grande ou pequena, onde entrávamos. Centenas de cidadezinhas estavam espalhadas pelo sudoeste, assim como o troco a mais, de Utah ao panhandle do Texas, e exercemos bem o nosso ofício. Fizemos cinco incursões nas seis semanas seguintes, e nunca nos faltaram trouxas.

"Não é como se estivéssemos assaltando bancos nem nada", disse Virgil. "Nós não passamos a mão como um descuidista qualquer. Nós extraímos o dinheiro, limpamente, como num truque de salão. Nós o tiramos bem debaixo do nariz deles, enquanto eles estão olhando. Não roubamos ninguém. Somos aristocratas do meio criminal, Jack. E nós com toda certeza não queremos que o nosso Nash picotado de balas termine exposto em alguma galeria barata para paspalhos, como Bonnie e seu benzinho fizeram."

O truque era fineza.

"Você não tira o dinheiro deles", disse Virgil. "Eles têm de *entregá-lo* a você. Voluntariamente. E vou te dizer uma coisa, não há nada mais doce neste nosso mundo do que alguém lhe entregar alegremente seu dinheiro.

Não é roubo quando eles lhe dão. Lembre-se disso. Você passou a perna neles, isso é tudo. Ganhou aquele dinheiro, pura e simplesmente. Eu não considero isso roubo."

Talvez ele estivesse certo. Talvez não fosse roubo. Talvez fosse de fato uma disputa de vontades.

Muitas vezes, as placas de estrada indicariam os quilômetros para uma ilusão: cidadezinhas fantasmas, grupos de casas rurais fechadas com tábuas e abandonadas, despensas subterrâneas desmoronando. Celeiros abaulados, cercas ruindo. As costelas de cortadores de grama eriçadas como ossos de animais esquecidos há muito tempo. Manjedouras e enfardadoras. Moinhos banguelas, girando no vento. Carroças. Segadeiras de disco e capinadeiras, largadas para enferrujar e se desmanchar no lugar onde jaziam. Campos não lavrados, pomares abandonados — e a pessoa pensaria: *Alguma coisa morreu aqui.* Devia ser duro deixar uma herdade assim, depois de investir dez, vinte, trinta anos de vida nela. Devia ser duro fechar tudo isso que se era, partir dali como se nada daquilo jamais houvesse existido. Fiquei tentando imaginar se alguém estava fazendo uma lista.

Nós deixamos para trás mais de uma tempestade, o céu escurecendo às nossas costas, a poeira do solo subindo no ar como uma parede de água lamacenta, e mais de uma vez desviamos o curso quando nuvens começavam a se juntar à nossa frente. Nosso carro corria sem parar até o dia declinar e os faróis começarem a apanhar coelhos e matos raquíticos.

"Ainda me assusta", disse Virgil. "Como não há luzes por aqui quando se sai dos limites urbanos, como a paisagem toda é escurecida assim, como a estrada simplesmente... desaparece."

Fazendas distantes passavam bruxuleando com brilhos de lampiões a gás, e, às vezes, nem mesmo isso. Parecia mais denso que a própria noite, como se uma escuridão maior tivesse se estendido sobre a terra.

Nós parávamos em cidadezinhas intercambiáveis, e hotéis idem. Pulgueiros e motéis baratos, na maioria das vezes, com travesseiros que cheiravam a suor de cabeça e lençóis tão finos que se podia cuspir através deles. "Glamour de estrada", Rose diria com um suspiro, pendurando um lençol entre cama e sofá, oferecendo-me a metade do quarto para eu me espremer. Virgil e a srta. Rose dormiriam no outro lado, com Virgil roncando num instante e a srta. Rose inquieta. Eu observava sua silhueta projetada no lençol, iluminada por trás por um abajur ou pela luz que filtrava de uma janela. Eu observava suas sombras ondularem enquanto eu caía no sono. Parecia uma tela de cinema vista de trás. Às vezes, ela arrancava suas roupas de baixo e as largava em cima do lençol para secar, e suas meias eram marrom-acinzentadas, um castanho--escuro como argila quente. Era o tipo de cor que dava vontade de tocar, e houve vezes em que eu quis puxar aquele marrom-acinzentado do cordão e dormir enrodilhado nele.

Quando surgia a oportunidade, nós parávamos numa daquelas cabanas para turistas motorizados, com ar muito moderno. Norte, e depois oeste, mais longe ainda, as planícies cedendo lugar a morros mais extensos, longas ondulações na terra: elevações graduais e descidas abruptas, onde rios ocultos se contorciam por vales igualmente ocultos. As cidades eram mais prósperas nesse curso — ou, pelo menos, não tão medonhas.

Na maioria dos casos, aplicávamos golpes curtos, ou "golpes de bolso", tirando de lojistas e espectadores o que eles tivessem. Nós trocamos um monte de cédulas, escrevemos um monte de recibos, e todos sempre pareceram ávidos para nos dar o seu dinheiro. Foi um teste de coragem não sorrir às vezes.

Virgil detectava como ninguém um otário na multidão. Nós dávamos um giro em alguma cidadezinha — "Caipirópolis, Estados Unidos", como Virgil as chamava —, observando as ruas, e Virgil de repente parava e faria um sinal de cabeça indicando algum sujeito na frente de uma barbearia ou inclinava a cabeça para um homem num terno desconjuntado cruzando a rua num passo decidido. De alguma forma, ele sempre sabia. Ele se aproximava, sussurrava: "O cara perto do farmacêutico. Dá para tungar uma nota de cem dólares. Metade de cem pelo menos". Rose agiria como sondadora, avaliando as vítimas, e faria um sinal para nós se achasse que valia nosso tempo. Ela ajeitaria o cabelo, arrumaria um cacho atrás da orelha, esse tipo de coisa. Não éramos exigentes. Se desse para tungar vinte dólares de um sujeito — bem, eram vinte a mais do que possuíamos antes.

Virgil tinha um suprimento de "carteiras mágicas" à mão também, carteiras recheadas de papel em branco, com uma nota falsa de cem dólares despontando, pronta para ser largada na calçada para um golpe do paco ou para usar como a herança do caipira num conto do vigário. Eles funcionavam mais ou menos do mesmo jeito, a principal diferença era que o golpe do vigário envolvia um caipira crédulo (eu), um samaritano bondoso (Virgil), e um passante (o otário), e geralmente terminava com o otário saindo para buscar mais dinheiro em casa quando nós o fisgávamos. Um golpe do paco era mais simples. Rose deixava cair a carteira recheada e eu a enxergaria, ruidosamente, justo quando o otário estivesse passando por ali. Virgil apareceria de repente, antes de algum de nós poder chegar até ela, apanhando a carteira com uma exclamação de surpresa e satisfação. Uma conversa raivosa se seguiria, Virgil e eu nos acusando mutuamente de intromissão, até que, bem, a única maneira de ajeitar as coisas era entregar a carteira ao terceiro homem, permitindo que *ele* reclamasse a recompensa. Basicamente, nós vendíamos a carteira a ele. Ele já teria calculado que o dinheiro no seu interior valia mais que qualquer recompensa, e estaria ansioso para dar o fora com ela. Caramba, nós nem precisávamos enganar o otário — ele nos enganava.

"O importante é a qualidade da briga", disse Virgil enquanto nos afastávamos de carro. "Eles nos veem num bate-boca acirrado e não imaginam que poderíamos estar mancomunados. O Nate Kaplan, lá de Nova York, era chamado de Kid Vigário. Conseguia aplicar o golpe sozinho. Discutia consigo mesmo, sem brincadeira. Fingia estar com pressa pra pegar um trem, sem tempo para recolher a recompensa. Tentava se convencer a entregar a carteira. Era uma forma de arte, a maneira como o Kaplan aplicava o vigário, era mesmo."

Eu quase arruinei tudo na minha primeira vez, chamando Virgil pelo nome no calor da briga. Ele se recuperou rapidamente. "*Achei* que conhecia você!", ele rugiu. "Chutei você da minha loja na semana passada por roubo!" Ele se virou para o otário. "Não confie nele. Se ele pegar essa carteira, vai embolsar a bolada toda." Nós vendemos aquela carteira por sessenta e dois dólares. Acima do normal. Algumas saíam até por dez. Na verdade, as carteiras nos custavam apenas um dólar cada, junto com o papel do recheio, mas o esforço mal valia a pena para mim. Como fazer teatro de variedades para uma plateia meio vazia.

Virgil tinha comprado uma caixa de barômetros extras num armazém de Silver City e tinha pintado cuidadosamente com um estêncil APROVADO GOV. EUA nas costas de cada um. Estes, ele declarava, eram "alarmes para tornados". Ele os vendia para hospitais, sanatórios e armazéns por onde nós passávamos. Ele simplesmente aparecia com uma prancheta com prendedor, largava o Alarme para Tornado com uma fatura, e pedia o pagamento. O preço estava condicionado ao pagamento ser feito antes do fim do mês. Após isso ele subiria, e Virgil não estaria de volta antes disso, portanto... a menos que eles quisessem explicar seu superfaturamento ao escritório central...

Eles geralmente desovavam os cinquenta e cinco dólares integrais ali mesmo. E por que não? Quem quer perder uma pechincha dessas? Não quando alarmes de tornados estão à venda pela metade do preço.

"Garantia total!", Virgil diria.

Isso mesmo. O tornado derruba seu estábulo ou fábrica, deixa-o em ruínas, você só tem que localizar a fatura no meio dos destroços e depois nos localizar, e nós o reembolsaremos integralmente. Rateado, é claro.

"Isso não é nada", disse Virgil após vendermos o último alarme. "Quando Rose e eu circulamos pelo sul profundo no ano passado, vendemos toda uma caixa de Bíblias de Stonewall Jackson. Uma de cada tipo, as Bíblias."

Virgil tinha arranjado uma caixa de Bíblias velhas de graça numa igreja que estava sendo fechada por falta de pecadores, dizendo ao pastor que pretendia enviá-las de navio à África para "aqueles pobres pagãozinhos de lá que não tiveram acesso à Verdade". Depois, Virgil removeu cuidadosamente todas as páginas que pudessem conter a data de publicação e assinou cada Bíblia com tinta e pena baratas: "*Para Stonewall, dos rapazes, em Chancellorsville, 1863*". Era a Bíblia que Stonewall estava carregando quando foi acidentalmente baleado por seus próprios homens. Notando que no sul a Guerra Civil ainda não tinha sido resolvida — "Eles estão pedindo o desempate da melhor de três", disse Virgil. Ele e Rose fizeram um comércio lucrativo. Virgil aparecia em algum museu ou arquivo local, coçando a cabeça e dizendo que recebera aquilo como herança de uma velha tia falecida, e estava querendo saber se "valia alguma coisa".

"Algumas Bíblias chegavam a ter um buraco de bala", disse Virgil. "O que aumentava bastante o valor, como pode imaginar. Deu um certo trabalho já que eu não gosto de armas de fogo e precisei contratar um agricultor para furá-las. Disse a ele que elas eram o último lote restante de Bíblias malignas, umas em que um erro de impressão tinha transformado o Sétimo Mandamento em *Cometerás adultério*. Disse para o cara que eu ia levar as Bíblias que ele tinha baleado numa excursão, para escolas dominicais e semelhantes, ensinando às crianças para se guardarem contra as artimanhas de Satã, onde quer que elas pudessem se manifestar. Aquele velho agricultor já tinha furado várias

Bíblias quando sua esposa chegou correndo, agitando as mãos de horror e querendo ver com os próprios olhos o erro de impressão antes do marido prosseguir." Virgil me fitou e sorriu. "Eu caí fora correndo."

O velho Stonewall devia estar levando uma biblioteca consigo quando foi morto, pelo número de Bíblias que Virgil e a srta. Rose tinham desovado.

"Nós torramos as últimas no meio do verão", disse Virgil. "Um mestre-escola de Alabama foi o último a cair, que eu me lembre. Dá uma sensação reconfortante saber que nossas genuínas Bíblias de Stonewall Jackson estão sendo exibidas em cidadezinhas por todo o sul. Meio como aquelas igrejas no México exibindo o corpo de Jesus. Caramba, ouvi dizer que uma igreja no México tinha *dois*: um grande e um pequeno. O corpo de Cristo quando adulto e um como criança. Não me surpreenderia se algum museu provinciano tivesse dois exemplares de nossa Bíblia de Stonewall Jackson também. Uma com um buraco de bala, a outra sem."

Virgil não tinha mais Bíblias, mas tinha aquela bengala que havia comprado com lucro na loja do Cyrus Tweed, em Flats. Ele passou uma tarde de domingo em Silver City entalhando cuidadosamente uma inscrição nela: "*Para Stonewall, dos rapazes, em homenagem à Primeira Batalha de Bull Run, 21 de julho de 1861*". Quando terminou, ele esfregou terra na mensagem entalhada para dar-lhe uma aparência envelhecida.

"As letras são um pouco toscas", ele admitiu enquanto me mostrava seu artesanato. "Mas isso jogará a nosso favor. Era tempo de guerra, afinal."

"Hum, Virgil?", eu disse.

Ele estava esfregando os pulsos doloridos do entalhamento. "O quê?"

"Como foi que eles souberam que era a *primeira* Batalha de Bull Run? A segunda batalha só viria um ano depois."

Virgil me fitou. Tornou a olhar para a inscrição. Rangeu os dentes tão forte que quase se podia ouvi-los quebrando. "*Pombas!*", ele gritou. "Teria sido ótimo se você tivesse mencionado isso antes."

Não vi como seu conhecimento pífio da história do sul fosse culpa minha.

"Espere um pouco", disse Virgil. "Eu entalhei o seis e o um bem próximos, mas acho que ainda posso mudar o 61 para 64, ha!" Ele apanhou sua faca para entalhar.

"Hum, Virgil?"

"O que é agora, porra?"

"Stonewell Jackson morreu em 1863. Lembra? As Bíblias?"

Virgil fez um ruído a meio caminho entre um suspiro e um grunhido, e acrescentou: "Ao Diabo com isso. Vamos vender assim mesmo".

Ele tomou aquilo como uma espécie de desafio; ver se podia convencer um museu ou um antiquário a ficar com ele. E conseguiu. Na primeira tentativa. Vendeu aquela bengala a uma loja de recordações da Guerra Civil. Alguém poderia pensar que todas as pessoas teriam notado, mas não. Elas queriam tanto aquela relíquia que não admitiriam a possibilidade de ela ser falsa.

Virgil vendeu a peça por oitenta dólares — junto com uma garantia de autenticidade que ele redigiu e assinou ali mesmo, na frente do sujeito. Forneceu um recibo também.

Virgil poderia transformar em lucro um balde vazio. Às vezes ele me fazia pensar que se tivesse enveredado por uma linha de negócios legítima, talvez tivesse se tornado um capitão da indústria, um barão-ladrão honrado nos escalões superiores da sociedade, circulando por aí de fraque e cartola. Poderia ter desafiado o velho Rockefeller.

26.

Eu estava absorvendo tudo, o repertório de golpes que Virgil tinha na ponta dos dedos. Um de seus favoritos era o Conto do Cupom. Ele tinha uma pasta de couro cheia de papéis falsos — faturas, ordens de trabalho, recibos — de natureza geral e facilmente adquiríveis em qualquer papelaria. Entretanto, um item fora impresso especialmente para ele: cupons que diziam "US$ 50 DE DESCONTO EM QUALQUER MERCADORIA. *Preço por cupom: US$ 20. Expira em* ______". Ele rabiscava a data do dia sempre que usasse um.

"Um homem com uma impressora e um empréstimo do banco imprimirá praticamente qualquer coisa por dinheiro", explicou Virgil, "e nunca dará um pio. Papel timbrado, certificados de ações, linhas de crédito, cartões de visita, cartas de recomendação variadas e endossos sinceros. As pessoas imaginam que quando veem a coisa imprensa, ela deve ser verdadeira."

Virgil vendia cupons principalmente na frente de lojas de departamentos, mas atacava as cooperativas agrícolas maiores também. As lojas de roupas femininas funcionavam à perfeição. Eu esperava no Nash — com o motor em ponto morto, para o caso de Virgil chegar correndo. Isso só ocorreu uma vez, quando um açougueiro num avental manchado saiu no seu encalço. Virgil esquivou-se com a agilidade de um bailarino. Mas tendo deixado o motor do carro morrer uma vez, eu não pretendo ser apanhado de calças curtas de novo. Nós consumíamos um bocado de gasolina em ponto morto quando eu estava atrás do volante.

Virgil visava principalmente aos tipos matrona. "Já tem o seu cupom?", ele perguntava, e antes que elas pudessem passar por ele, Rose saltaria. "Eu ouvi falar deles! Sobrou algum?"

"Só alguns. Número limitado."

A outra senhora imediatamente tentaria se antecipar a Rose. "O que é que você tem aí?"

"Um cupom. Preço de vinte dólares, valor de cinquenta dólares. Tudo que a senhora precisa fazer é responder algumas perguntas..."

"Eu respondo!", dizia Rose.

E não é que isso provocava a gana competitiva da outra mulher. "Eu estava aqui antes de você", ela disparava, e insistia para ser a primeira.

A ideia por trás dos cupons era que fosse qual fosse a loja na qual as mulheres estavam prestes a entrar — fosse um mercado Piggly Wiggly ou uma butique para senhoras —, a fidelidade da consumidora seria premiada. As mulheres só precisavam responder algumas perguntas, enquanto Virgil agia como se desse importância, rabiscando qualquer coisa no seu caderno. "Há quanto tempo faz compras aqui? Bem, perto de sete anos agora... não, espere... eu estava em Texarkana por dois desses, então talvez seja melhor se nós..."

"Vou lançar sete", dizia Virgil.

As mulheres se aglomeravam em volta, empurrando-se, agitando dinheiro, uma senhora chegando a insistir para Virgil lhe vender *dois* cupons. Duas delas se altercaram por tanto tempo como Myrt e Marge, do programa de rádio, sobre quem tinha a primazia que Virgil precisou gritar com elas, dizendo que ambas podiam comprar dois.

Era um golpe rápido. "*Flim-flam, obrigado madame*", como Virgil dizia. Nós vendíamos uma pilha de cupons e depois caíamos fora rapidamente, antes que alguma das senhoras tentasse descontá-los. Era o último golpe que aplicávamos em qualquer cidade, não existindo fúria no inferno igual à de um grupo de mulheres enganadas numa barganha.

Eu tomei o lugar de Rose algumas vezes, só para misturar um pouco as coisas. Mas não funcionou tão bem. Talvez por ter sido treinado para dissuadir, mas as senhoras em questão quase nunca se queixavam quando eu me intrometia. "Acho que ela estava na sua frente, meu rapaz", Virgil me dizia, mas a senhora respondia: "Oh, não, vá em frente". Nós ainda vendíamos os cupons, mas não tantos, incapazes de criar o mesmo sentido de urgência quando Rose tentava monopolizar. Parecia que as mulheres eram bem menos competitivas com homens que com outras mulheres.

Rose olhou para mim quando mencionei isso. "Só agora você percebeu?", perguntou.

Na estrada, depois de uma excursão de cupons Piggly Wiggly, com a srta. Rose no volante e Virgil contando o dinheiro, Virgil de repente gritou: "*Ha!*". Alguém tinha nos passado um dólar a menos. Isso o agradou bastante. "O que é que eu dizia, o mundo está cheio de escroques."

O silogismo central de Virgil, tal como o imaginei, era o seguinte: (a) não se pode enganar uma pessoa honesta e (b) não existem pessoas honestas. Elas tampouco eram muito espertas.

"Sabe", disse Virgil, "eu apliquei esse golpe de Raleigh, Carolina, a Eugene, Oregon. Para cima e para baixo desses Estados Unidos, de alto a baixo e de volta novamente, e nem uma única vez nesse tempo todo uma pessoa nunca — e quero dizer *nunca* — pensou em perguntar: 'Em vez de vender cupons de cinquenta dólares por vinte, por que a loja simplesmente não entrega cupons de trinta dólares? Por que estão cobrando por eles? Por que o dinheiro precisa trocar de mãos?'." Virgil tinha uma resposta para isso também — uma desculpa vagamente formulada sobre precisar "aumentar as vendas em geral para fins de estoque" —, mas jamais teve que usá-la.

"Entende?", disse ele. "Quem é estúpido assim merece ser roubado."

"Lá vem você de novo", disse Rose. "Culpando o trouxa."

"E então?", ele perguntou. "A quem você vai culpar? A *mim*?"

Virgil sempre gostava de circular pela agência de correio quando nós passávamos por uma cidade, só para o "dinheiro da torta", ele dizia, embora desse para comprar muita torta com o que Virgil colhia.

Ele visitava a agência de correio para enviar um cartão de aniversário a seu sobrinho favorito. O fato de o dito sobrinho não existir não diminuía em nada a afeição duradoura de Virgil pelo rapaz. Virgil tinha uma pilha de cartões de aniversário baratos, cada um endereçado ao mesmo endereço falso.

Virgil entrava com dois desses envelopes: um selado escondido em seu bolso e um aberto na mão.

"Pode me emprestar uma caneta?", ele pedia no balcão, a imagem de charme e vida limpa. "Tenho um sobrinho que vai para a universidade. Filho da minha irmã. Um pouco de estímulo faria bem." Virgil então escreveria *Feliz Aniversário a meu sobrinho favorito Bucky, do seu Tio Tucker!* em grandes letras claras. Depois, para o funcionário: "Diga, amigo, será que eu poderia comprar uma nota de dez dólares, uma novinha se tiver?". "Com certeza."

Virgil estendia uma pilha de notas de um dólar, e assim que o funcionário lhe passava a de dez, Virgil enfiava a nota dentro do cartão e selava rapidamente o envelope, no tempo exato para ouvir o funcionário dizer — vocês imaginaram — "Falta um dólar".

"Um dólar? Tem certeza? Pode contar de novo?"

Enquanto o funcionário do correio repassava as notas de um dólar, contando-as cuidadosamente desta vez, Virgil reviraria o bolso da sua capa, murmurando: "Sei que tenho um outro dólar em algum lugar por aqui". Ele faria a troca em seu bolso, deixando o cartão contendo a nota ali e extraindo o outro. O selado que continha exatamente zero nota de dez dólares dentro.

"Sabe o quê", dizia Virgil. "Espere um pouco. Vou correndo até o carro." Ele empalmava a pilha de notas de um deixando o envelope como caução, e saía apressado. Perfeitamente seguro, o funcionário imaginaria. Se ele não voltar, tenho seu dinheiro selado num envelope.

Exceto, é claro, que não tinha.

Virgil dizia que alguns funcionários esperavam até o fim do dia para abrir o envelope, achando que recuperariam os dez para fechar o caixa. Muitos, porém, nem isso faziam, porque sabiam que abrir correspondência alheia era um delito federal.

"Esse meu sobrinho deve estar rico a essa altura", disse Virgil, com uma certa melancolia, quando deixávamos outra agência de correio para trás. Não era fraude postal, porque os correios nunca chegavam a ser realmente usados. Era um golpe de balcão puro e simples.

"Tomara que o jovem Bucky esteja investindo sabiamente", disse Rose.

"Em Bíblias, talvez", disse Virgil.

"Ou em outras relíquias históricas do gênero", disse Rose.

E os dois ririam, lépidos e fagueiros, como se o mundo consistisse apenas deles, como se compartilhassem um segredo só deles.

É assim que prefiro lembrar deles, antes de as coisas darem errado e os cadáveres começarem a se amontoar, antes de a coisa sair dos trilhos em Silver City.

27.

Ao contrário do sobrinho imaginário de Virgil, eu estava realmente ficando rico. Ou o mais perto disso que já estivera.

Nós dividíamos toda coleta em três partes iguais, mesmo que Virgil tivesse conseguido sozinho algumas. Meu rolo de notas estava engrossando dia a dia, de tal forma que eu só conseguia rodeá-lo pela metade com a mão fechada.

Em uma de nossas pilhagens, no leste de Oklahoma, Virgil decidiu aplicar um "golpe da lata". Ele visava às maiores lojas da cidade por onde passávamos, deixando para trás latas rotuladas com os nomes de instituições de caridade inexistentes: FUNDO ALIMENTAR DOS BONS SAMARITANOS ou uma de nome mais extenso, ASSISTÊNCIA CRISTÃ: CRISTÃOS AJUDANDO CRISTÃOS EM NOME DA CARIDADE CRISTÃ (um golpe de gênio esse, inserir a palavra "cristão" quatro vezes numa única lata), assim como a estrangeira SOCIEDADE DE ÓRFÃOS & VIÚVAS e o igualmente eficiente FUNDO PARA BÍBLIAS & BOLACHAS.

"É preciso evitar o uso de instituições verdadeiras, Cruz Vermelha, Sally Ann", ele dizia. "Um de seus voluntários poderia notar."

Nós fizemos um giro em nosso retorno a Silver City para recolher as latas. Virgil me enviava para recolhê-las. "Faça um ar de tédio", ele disse. "Como se fosse apenas um emprego. Se alguém perguntar, você ergue o ombro e diz: 'A diretoria me mandou'. E se ele continuar pressionando, você..."

Isso mesmo. Um recibo. A resposta de Virgil para tudo.

Ninguém prestou a menor atenção em mim, contudo. Eles simplesmente imaginaram que eu devia fazer aquilo. Mesmo assim, foi um fiasco. Em uma das melhores cidades, fizemos um total de oito dólares em trocados.

"Mal dá para uma fatia!", Virgil se queixou. "Para não falar numa colher de sorvete. Filhos da puta mesquinhos. Que espécie de cidade não daria mais de oito dólares de caridade? Será que ninguém se importa mais com ninguém?"

Virgil estava errado nos seus cálculos. Oito dólares nos comprariam vinte e duas fatias de torta, com uma colherada de sorvete no topo e troco de quebra.

"Relaxe", disse Rose. "Nem todo golpe dá certo."

"Claro, eles soltam vinte mangos por uma porra de cupom, mas e quando se trata de ajudar seu semelhante? Que tal essa? Oito malditos dólares numa cidade tão grande? Vou dizer para vocês, é de perder a fé na humanidade."

Virgil atirou suas latas de volta no porta-malas, mas não tinha desistido totalmente delas.

"Os feriados", ele disse. "É aí que realmente se faz uma limpeza. Nascimento de Nosso Senhor. Espírito de doar e tudo aquilo."

Virgil vivia falando sobre a cupidez de nossas vítimas, mas não havia cupidez em jogo num golpe da lata, ao menos nenhum que eu pudesse perceber. Mas Virgil dizia: "Não há nenhuma diferença entre alguém enganar por uma recompensa monetária e alguém querendo dar tapinhas nas próprias costas. Eles fazem isso para poderem se olhar no espelho no fim do dia e dizer: 'Eu fiz uma diferença!'. Como se atirar um punhado de moedas num problema fosse fazê-lo desaparecer. Como o velho Rockefeller, distribuindo moedas de dez centavos pra moleques de rua. Eles recolhiam aqueles centavos depois que as fotografias tinham sido tiradas, foi o que eu ouvi".

Mesmo?

"É o que eles dizem."

"Eles quem?"

"*Eles.*" E ele me fitava como se eu não estivesse cumprindo minha participação na conversa.

Não insisti no assunto, mas não estava certo da razão de Virgil nesse caso, o de não fazer nenhuma diferença no esquema geral.

Isso me fez pensar de novo no efeito propagatório das coisas: sobre como alguém poderia atravessar a América de carro, largando dinheiro nas mãos dos pobres quebrados ao passar, largando-o quase ao acaso, e o efeito inaudito que aquilo poderia ter nas pessoas. As vidas que isso poderia salvar. A história que poderia mudar. Quem atira uma pedra num lago, e não tem ideia de até aonde aquelas reverberações chegarão.

28.

Virgil podia ler uma cidade pelo simples tamanho de suas árvores. Descobri isso quando seguimos para o oeste, por morros mais altos. As planícies eram vastas e desertas, sem nada para quebrar o vento e conter a poeira, e as cidades pelas quais passávamos tinham se aglomerado atrás de grupos esparsos de árvores, raquíticas e ineficazes. Os morros dali também eram calvos, mas além deles os anteparos se tornavam maiores e mais frondosos.

Nós estávamos rodando devagar pelas ruas de Cuthbert, uma zona de abastecimento regional com construções de tijolos vermelhos rodeada por carvalhos imponentes. "Árvores maiores ali", disse Virgil. "Viram?"

De fato, as daqui eram maiores que a maioria, mas eu não conseguia ver aonde ele queria chegar.

"Cada árvore do sudoeste foi plantada pelo homem. Antes de os colonos chegarem, isso eram apenas pastagens e búfalos. Cada árvore daqui foi plantada. Quanto maiores as árvores, mais velha a cidade. Quanto mais velha a cidade, mais velho o dinheiro."

"Ou maior a chuva", eu disse.

"Melhor ainda", disse Virgil. "Mais chuva, mais colheitas. Mais colheitas e tem de haver uma quantia muito maior que a usual de dinheiro dando sopa. Para árvores maiores, precisamos de um golpe maior."

Virgil tinha notado outra curiosidade. "Somente duas instituições financeiras. Viram isso?" Ele fez a volta com o carro para olharmos de novo. De fato, havia somente uma Co-Op Savings e a peça central, o First National, uma combinação imponente de tijolo e hera. Havia umas duas descontadoras de cheques e um escritório de empréstimos mais adiante, mas nenhum banco *banco* afora o First National. Não havia outro lugar além daquele para se deixar a poupança marinando.

"Uma cidade deste tamanho, com somente dois bancos?"

"Isso é tudo que Paradise Flats tem", eu disse.

"Mesmo? Porra, se eu soubesse..."

Ele fez a volta de novo, e o First National tornou a passar sob o olhar *cobiçoso* de Virgil. "Todas essas contas bancárias concentradas num mesmo lugar", murmurou.

"Você não está pensando em...", eu disse.

Rose e Virgil riram. Alto. E cruelmente também. "Pensando o quê? Entrar com as armas disparando? Picotando o lugar como Clyde Barrow?", gozou Virgil. "O que acha, Rose, está afim disso?"

"Eu estaria", ela respondeu. "Mas acabei de fazer meu cabelo. Se receber os cérebros de vocês, isso vai arruinar os cachos."

"Ha! O Wheaties acha que somos uma dupla de bandidos, Rose! E eu aqui que nem gosto de atirar em Bíblias."

E eles riram mais um pouco, apesar de serem, de fato. Bandidos, quero dizer.

Virgil estacionou ao lado de uma loja, de frente para o sombreado parque central da cidade. Caramba, a fonte até tinha água. Um verdadeiro sinal de riqueza, esse: a capacidade de esbanjar.

Virgil virou-se para a srta. Rose. "O que acha? A jogada do inspetor de banco?"

"Não sei, Virg. Nós geralmente nos preparamos para esse. Não me sinto exatamente confortável em fazê-lo às pressas."

"Bem", disse ele. "Vamos deixar de lado o retorno telefônico, apenas dar o golpe simples."

"Sem retorno telefônico?" Ela riu disso também. "Você está amolecendo, Virg. Antigamente, quando você os agarrava, não largava mais. O que aconteceu? A prisão assustou você?"

O sorriso sumiu do rosto de Virgil. Se ela estava esperando bravata, não conseguiu. "Assustado não é a palavra, Rose. Eu não vou voltar para a fazenda Eastham, você sabe."

"Sei."

"Não posso."

"Eu sei."

Rose estava se sentindo mal por ter estragado a brincadeira. Dava para dizer pela maneira como o silêncio encheu o carro depois disso. E, quando ela finalmente falou, foi com uma suavidade que eu nunca ouvira antes da parte dela. "Está bem, então, Virgil. Vamos fazer diretamente. Sem retorno telefônico."

"Você esteve em Eastham?", eu perguntei, mas Virgil ignorou a pergunta.

Ele engrenou a marcha do Nash e prosseguiu seu lento arrastar pela rua principal. "Fique atento", ele disse.

"Ao quê?", perguntei.

"Um campanário. Uma cabine telefônica."

Passamos por uma cabine diante da Cervejaria & Botica do Walt. O campanário nós descobrimos logo depois. Era uma torre batista, afilada como uma lança com uma cruz no topo quase invisível de tão fina. Mas Virgil estava olhando para o que estava ao lado dela: a residência do pastor.

"Sem canteiros de flores", ele disse. "Isso não é bom."

Encostada na porta da frente estava uma bicicleta, inclinada descuidadamente. Uma bicicleta masculina pintada de vermelho vivo, com enfeites laranjas.

"Vamos", Virgil se afastou. "Continue olhando", disse ele.

Eu tive que perguntar. "Por que você..."

"Um solteiro está pregando na batista, eu apostaria minha Bíblia de família nisso — com ou sem furo de bala. Ele é jovem, também, pelo jeito das coisas. Pouca ou nenhuma poupança. Está fora de questão seguir em frente."

Mais adiante, acima da copa de carvalho da cidade, localizamos um campanário de topo quadrado dos presbiterianos. Igreja maior. Residência maior. Flores na frente, amores-perfeitos compactos e bem regados. Cortinas rendadas, corridas, mas com um espaço para se espiar para fora. Havia até algumas calçolas antigas no varal dos fundos. Ocultas atrás de uma discreta parede de lençóis, é verdade, mas bastante visíveis quando o vento agitava as roupas.

"Bingo!", disse Virgil. Ele leu o nome no quadro de avisos da frente da igreja. O sermão da semana era sobre pecado, original e outros, e o nome do pastor era W. Pegler.

"O reverendo Pegler, por favor. Presbiteriano Knox. Obrigado, telefonista. Sim, eu posso esperar."

Estávamos na cabine telefônica, e Virgil estava sendo conectado com a residência Pegler. Obter o número foi tão fácil como estalar os dedos. Assim como o que se seguiu.

"Senhora Pegler, aqui é o agente Grimes, destacamento especial, fraudes bancárias. Tenho algumas... notícias desconcertantes com respeito a sua conta no First National. A senhora tem uma conta de poupança lá, certo? Essa mesma, madame. Acho melhor a senhora me ligar numa linha segura. Vou desligar agora. A senhora ligue para a delegacia de polícia, peça meu número confidencial." Ele deu-lhe um código: "Fico aguardando a sua ligação".

A sra. Pegler desligou, mas Virgil não. Ele cobriu o receptor, escutou enquanto a senhora levantava o fone e cuidadosamente discava para a polícia, e aí entregou o receptor para a srta. Rose.

"Departamento de Polícia de Cuthbert", disse ela. "Em que posso ajudá-la? Qual foi o número? Mas... mas essa é a linha particular do agente Grimes! Sim, madame! Vou transferir imediatamente!" Rose devolveu o telefone para Virgil.

"Aqui é o Grimes. Eu disse para manterem esta linha desimpedida! Estou pouco ligando para qual é a emergência, tenho uma ligação importante chegando com respeito ao First National — Ah. Senhora Pegler? É a senhora? Obrigado por me retornar tão rapidamente. Eu me lembrarei disso no meu relatório. E então, senhora Pegler? A senhora está sentada para isto?"

O que Virgil passou foi uma história de corrupção e cobiça — de pecado se quiserem — correndo solta e galopante no First National. Uma velha senhora? A esposa de um reverendo? Eles procuram o pior nas pessoas, e têm o hábito de encontrá-lo.

"Eu sabia", ela falou, ofegante, pela linha. "É aquele novo gerente, não é? Aquele rapaz ianque."

Quando eles alimentam a nossa informação desse jeito, a coisa fica muito mais fácil.

"Infelizmente, sim", disse Virgil. "Acreditamos que ele está movimentando dinheiro sujo através da sua conta. Pense no escândalo que poderá ocorrer se a notícia se espalhar. Por isso, nem um pio nem para o seu esposo, está ouvindo? Ele é um bom homem, e não queremos que seja envolvido nisso. A senhora tem luvas à mão? Precisamos tomar cuidado para não contaminar as evidências. Não quando estamos lidando com... dinheiro sujo."

A beleza disso era que "dinheiro sujo" podia significar qualquer coisa de ópio a jogatina, de bordéis a escravas brancas, a instituições de caridade católicas. Podia significar o que bem se quisesse. Virgil deixou isso à imaginação dela.

Ele havia batido o gongo do medo; agora era a hora de balançar a isca da recompensa. "A senhora nos ajuda a pegar este... este rapaz nortista" — ele jogou essa expressão para o benefício dela, colocando o desprezo em cada sílaba de *rapaz nortista* — "a senhora nos ajuda a pôr esse ianque imprestável onde ele merece, e posso lhe assegurar que haverá uma citação à sua espera no jantar anual de fim de ano da cidade. Mais um lugar ao lado do prefeito." Um lugar na cabeceira da mesa do jantar da cidade numa data a ser marcada! Para todos verem! Como ela poderia dizer não?

Era fascinante observar Virgil jogar com as pessoas desse jeito, como se elas fossem um violino e ele um homem com doze dedos. Isso me fazia pensar em como alguém jamais saberia que estava sendo enganado. Fazia-me pensar se eu saberia.

A sra. Pegler era uma matrona corpulenta que se reuniu a nós no parque num turbilhão frenético, seu peito chegando cinco batidas antes do resto dela. Ela estava usando suas luvas brancas e apertando a bolsa com força.

"A senhora tem o dinheiro?", Virgil perguntou.

Ela fez que sim. Sem fôlego.Vigilante. Pronta para cumprir seu dever cívico.

Virgil (ou melhor, o agente Grimes) tinha lhe pedido que resgatasse suas poupanças pessoais, mais de quinhentos dólares no total, para que seu dinheiro pudesse ser "empoado atrás de evidências" e depois depositado de novo na conta junto com um "pagamento de reconhecimento federal" de vinte por cento. De algum modo — isso nunca me ficou claro — por ter empoado seu dinheiro e depois o depositado de novo, nós conseguiríamos apanhar aquele ianque nortista de uma vez por todas. Empoar? Para quê? Por quê? Nunca foi explicado.

Virgil me apresentou como um agente federal júnior. "Uma das melhores mentes jovens que temos no campo da polinização química com sódio. Se alguém pode apanhar um banqueiro escroque, é ele."

Eu assenti com a cabeça e fiquei em silêncio, tentando parecer competente em qualquer "polinização química com sódio" que fosse preciso.

"Nosso rapaz aqui vai correr com seu dinheiro ao laboratório", explicou Virgil, enquanto ela lhe entregava um envelope estufado de notas.

Ele tirou seu caderno e olhou de soslaio para ela. "Notou alguma coisa suspeita quando estava no banco?"

"Notei! Quando eu... quando eu fui ao... caixa... eu, eu..." Ela estava começando a desmaiar sobre nós.

"Madame? A senhora precisa respirar fundo, rejuvenescer a respiração. Esqueça seus medos. Eu estou aqui agora. Está tudo sob controle." Virgil era a voz da calma num mundo louco.

"Bom", ela disse. "Bom, quando eu... quando eu retirei o dinheiro, o funcionário, um jovem, metodista eu creio, me perguntou: 'A senhora está bem, senhora Pegler?'. *Como se soubesse que alguma coisa estava errada.*"

"Hum. O caixa pode estar na jogada, também", disse Virgil. "Mancomunado com o gerente."

"E ele me pediu para eu soletrar o meu nome. Duas vezes!"

"Duas vezes?" Virgil vacilou diante dessa notícia. "*Duas vezes*, senhora Pegler?"

"Foi! E… e quando o gerente se aproximou... ah, tão inocente, agindo como se não estivesse aprontando... aquele caixa olhou para ele. *E eles fizeram que sim um para o outro.*"

Virgil fechou o caderno com um estalo. Virou-se para mim. "Ouviu o que ela disse?"

Eu franzi a testa de um jeito adequadamente sério.

"Isso é pior do que pensávamos", disse Virgil. "Madame, a senhora vá para casa. Espere ao lado do telefone. Nosso rapaz aqui" — ele me indicou com um gesto de cabeça — "vai deixar tocar uma vez e depois desligar. Depois duas vezes e desligar. Depois três. A senhora não deve atender o telefone em nenhum momento antes disso. Eles podem tentar contatá-la, senhora Pegler. Podem tentar comprá-la com... dinheiro sujo."

"Nunca!", ela ofegou.

"Espere ao lado do telefone, madame. Assim que o seu dinheiro estiver depositado e aquele rapaz nortista algemado, nós vamos ligar para a senhora. E espero que goste de cordeiro, porque creio que é o que está no cardápio do jantar da prefeitura deste ano."

Ela fez que sim, orgulhosa de fazer a sua parte. Ela realmente gostava de cordeiro.

"Deixe só eu lhe entregar um recibo por esse dinheiro", disse Virgil, "e a senhora poderá partir."

E foi isso.

Nós saímos com mais de quinhentos mangos. Nossa maior pilhagem isolada até ali.

Voltamos de carro para Silver. As luzes da cidade reluziam como contas na extremidade do céu, e eu me inclinei do banco de trás e perguntei a Virgil o que era um "retorno telefônico".

"Um retorno?", ele disse. "Ah. Isso? É quando você limpa os ossos e depois vai atrás do tutano. Você tira cada décimo, cada centavo, cada dólar deles. Suga cada conta, cada plano de poupança, cada fundo de seguro a que eles têm acesso, uma linha de crédito... tudo. Você fica ligando de novo, de novo e de novo, mandando-os buscar mais, aumentando a parada a cada vez com ameaças, promessas, o que for preciso. Você os espreme e continua espremendo como faria com um limão velho, até que não sobre nada além de casca e bagaço, até que eles não tenham mais nada pra dar."

"E depois?"

"Você descarta eles."

29.

Toda vez que retornávamos a Silver City, carregados de dinheiro, Rose e Virgil caíam na farra, engolindo filés inteiros de dez dólares, entornando vinhos de vinte dólares e distribuindo gorjetas generosas como loucos. Eles espalhavam seu saque como folhas num ciclone.

A melhor coisa do fim da Proibição? A proliferação de clubes noturnos que se seguiu. Cerveja e música ao vivo estavam sempre à mão. Rose e Virgil dormiam até tarde, depois iam aos salões de dança ao entardecer, arrastando-me com eles como uma piñata. "Você tem isso no sangue, rapaz! Sei que tem."

"Vamos, Wheaties", dizia Rose rindo. "Divirta-se!"

Silver City tinha uma vida noturna vibrante. O jazz se enraizara ali, e cada salão de baile ou de estar de um hotel digno de nota tinha sua própria orquestra. Em Paradise Flats, os acompanhantes prefeririam morrer a ver o que nós aprontávamos quando nos entregávamos a um agito desses, Virgil girando Rose por trás das costas, ombro contra ombro, e passando-a por baixo de suas pernas — uma façanha e tanto considerando que Virgil não era muito maior que Rose.

Era suingue de big band, e enquanto a música estrondeava com trompetistas e clarinetistas se levantando um de cada vez para tocar de pé, e com o baixo e a bateria mantendo um ritmo contínuo de suingue, Rose e Virgil partiam para queimar o chão com um *shim-sham-shammy*, com uma batida de pé, sapateado e deslizamento, as mãos para cima como se eles estivessem cercados, girando uma perna e depois a outra como se alguma coisa houvesse grudado nas solas de seus pés. Esses eram passos de dança que eles haviam tentado me ensinar explicando um de cada vez. Eu conseguia separá-los em partes menores e memorizar os movimentos, mas costurá-los revelou-se impraticável. Eram variáveis demais.

"Não é preciso memorizar, é preciso vivê-los", gritava Virgil.

Jive e *hot jazz*. Os passos eram estabelecidos, mas a dança em si era improvisada. Rose e Virgil deslizavam de um padrão para outro, com dicas não faladas, as faces aquecidas e sorrindo, Rose girando Virgil e Virgil girando Rose. Jitterbug e *Lindy Hop* fluíam uma dentro da outra como líquido derramado para trás e para a frente. Quase a mesma coisa, mas não totalmente.

Nós começávamos a noitada num dos maiores hotéis da cidade, vivamente iluminado, onde uma orquestra big band mandava um ritmo acelerado de chacoalhar as costelas, ou escorregava suavemente para um número mais lento estilo "Stompin' at the Savoy". Mas Virgil logo se cansaria disso. "Ele não é nenhum Benny Goodman", ele gritava. "Vamos embora", e ele nos puxava para as ruas estreitas e becos escuros nos confins da cidade — "o *lado errado* do lado errado dos trilhos", como Virgil dizia.

Embora os salões de baile de brancos pudessem cobrar cinquenta centavos de entrada, nos locais para gente de cor de Silver City podia-se entrar por dez centavos, às vezes até de graça desde que se trouxesse bebida. A música pulsava como o sangue nas veias. De jazz a fast blues. A música espessa como fumaça, quente como suor. Não havia regras estabelecidas aqui sobre até onde a mão de um acompanhante poderia descer pelas costas de uma dama, nenhuma advertência sobre passos que poderiam convidar variações imorais. Não. Apenas movimento e música, e música em movimento, e o gosto de rum na língua.

Eu observava o negro ao piano desfiar um boogie-woogie no teclado, a mão esquerda mantendo um ritmo persistente enquanto a direita tocava livre e solta. E com o líder da banda convocando os pares a vir para o centro do salão para "agitar", Virgil e Rose dançariam a Big Apple com um beijinho e uma pose — cotovelos para fora, cabeças se tocando como frangos se alimentando das bochechas um do outro — e isso se transformaria num duplo Charleston ou um Suzy-Q, um Eggbeater ou um rodopio repentino. Eles dançavam como se o tempo estivesse se esgotando. Muitas vezes, caíam num passo Cockney, batendo os joelhos e sacudindo os polegares sobre os ombros para um grito de "Oi!". Era uma dança que Virgil dissera ter aprendido no teto do St. Regis em Nova York. Era uma das que ele havia ensinado a Rosalind.

"Rose se ligou nela como um francês a uma foda", ele disse, sorrindo.

Jive, suingue ou jazz: pouco importava qual fosse o agito, Virgil e Rose estavam prontos. E se o salão estivesse muito cheio, Virgil a puxaria para dançar a Balboa, os corpos colados, peito contra peito com passos rápidos: os dois se movimentando rapidamente sem ir a lugar nenhum. Eles dançavam até ficarem lustrosos de suor. Dançavam mergulhados em alegria. Muitas vezes nós éramos as únicas faces rosadas na multidão, mas Virgil e Rose se movimentavam tão à vontade e tão bem que ninguém nos lançava olhares maldosos. As outras pessoas até os encorajavam, batendo palmas e vibrando quando a banda atacava "Flat-Foot Floogie with the Floy Floy". Eles viviam se exibindo, Virgil e Rose, e as multidões os adoravam por isso. As bandas eram recebidas com entusiasmo ali, e quando aquelas negras retintas de cabelo loiro subiam no palco, bem, elas transpassavam o coração da gente com seu canto.

Eu não havia tido muito contato com o lado dos negros da vida, exceto de passagem. Ouvira falar que eles eram todos drogados e vagabundos, mas nunca dei muita fé a isso. Eles tinham sido atingidos mais duramente pelos tempos, sem dúvida. Estavam se deslocando para o norte, agora. Para Nova York e outras cidades da costa leste. Seguindo para as ruas mais ensolaradas do Harlem. Meeiros e arrendatários, expulsos da terra que tinham trabalhado, mas nunca possuído. Nos pátios ferroviários do sul, trabalhadores negros eram regularmente mortos por gente da Ku Klux Klan para abrir empregos para brancos. Sete foram mortos a tiro no Mississipi, em um ano apenas. Era como se vivessem numa América completamente diferente. Como se morressem nela, também.

Antes de sairmos para uma noitada de jazz, Virgil vestia um chapéu macio de copa redonda e abandonava seus fedoras e panamás. O traje que ele usava — bem, eu nunca tinha visto algo assim. Última moda, direto de Nova York, segundo Virgil. Um *zoot*, ele o chamava. "Estilo Harlem", dizia. Calças altas, quase até as axilas, estufadas como balões, e apertadas nos tornozelos. O paletó descendo até abaixo dos joelhos, praticamente. O mais estufado dos lenços enfiado no bolso, suspensórios, uma gravata-borboleta de nó frouxo e uma corrente de chaveiro pendente completando o conjunto. E tudo isso com listras brilhantes e cores contrastantes, laranja, verde e mostarda, como um luminoso de neon transformado em tecido. Deve ter consumido acres de tecido para produzir aquele terno, e a ideia era essa, eu suponho. Vestir riqueza. É difícil ataviar-se desse jeito e não parecer um tolo, e justiça seja feita, Virgil conseguia.

E Rose? Bem, seus vestidos nunca paravam de se agitar, mesmo quando ela se sentava. Rosa-pastel e amarelo-claro. Dobras e babados. Bainhas como rendas esfarrapadas apanhadas pelo vento. Quando ela dava um rodopio no salão, suas contas e bainha farfalhavam e giravam. E aí um lampejo de joelho, apenas um vislumbre mas o bastante para um homem faminto jantar por uma semana.

"Ela tem uns passos que deixariam Gypsy Lee morrendo de inveja!", brincava Virgil.

Num jazz suave como um doce de alcaçuz, a srta. Rose e Virgil estavam no apogeu, movendo-se num calmo frenesi com Virgil curvado bem para baixo em seu *zoot*, os dedos estalando, olhos fechados, pedindo: "Manda ver, rapazes!". E Rose — bem, ela realmente se agitava quando a música fervia. Quadris rebolando, joelhos se expondo para cima, mais descarados a cada minuto, e a moçada de cor da banda tocando alto e solto, o ar condimentado de sal e açúcar e improvisação alucinante até a gente se sentir afogada nele, delirante, exultante à medida que os sentidos vacilavam, e começava a pensar que talvez fosse ali que estivesse a salvação, no jazz e no suingue, numa certa liberdade desesperada, uma sede.

Muitas vezes eu ficava me perguntando por que Virgil e Rose haviam me aceitado. Eles precisavam de um olheiro, é fato. Mas ao vê-los sair cambaleando do salão para um gole de rum, rindo, os rostos afogueados antes de voltar para mais, eu pensava que eles talvez precisassem simplesmente de alguém para vê-los dançar. Alguém que não fosse um estranho.

30.

O truque era ficar no jitterbug até o fim, até exaurir os trompetistas e ser varrido para fora com os últimos farrapos da noite.

Calculando bem o tempo, nós só precisávamos andar uma hora pelas ruas até as luzes dos primeiros botecos brilharem, depois de Virgil e Rose despacharem a noite dançando. A maioria desses botecos atendia à multidão de marmiteiros, alimentando trabalhadores com acordos de tíquete-refeição. Os homens faziam fila por um pouco de rango antes de saírem caminhando pesadamente para mais um dia de trabalho honesto. Um de nossos pontos era um boteco na esquina da Devlin com a Faust, numa área industrial de armazéns e fábricas em pandarecos.

Nós nos aboletávamos numa mesa nos fundos, com a srta. Rose encostada na parede enquanto terminava seu último cigarro da noite. (Ela imediatamente pegava mais um, fazendo dele seu "primeiro cigarro do dia".) Como de costume, eles me colocavam de costas para a porta. "Aqui, Jack. Sente." Não pensem que eu não notei.

Virgil estava atacando um prato de ovos mexidos e mergulhando sua torrada com manteiga no café, com o chapéu tão inclinado para trás na cabeça que era um espanto não cair.

"Você é um jogador?", ele me perguntou, "Acredita em sorte?"

“Não.”

Ele enfiou o último pedaço de torrada empapada na boca, fez um gesto de aprovação. “Bom.”

Rose me fitou. “Por que não?”, perguntou. “Todo golpe envolve uma aposta. O mesmo que tirar cartas, máquinas de moedas, jogos de pote ou bingo, socar pranchas, letras em cadeia ou loteria irlandesa.”

“Um golpe é um risco calculado”, eu disse. “As chances estão a nosso favor. Mas jogos de azar? Não dá para vencer o azar.” Era como tentar vencer um funcionário de parque de diversões no seu próprio jogo. Como tentar ser mais esperto que Deus.

“É verdade”, disse Virgil. “O jogo é a maneira mais garantida de obter nada por alguma coisa.”

Rose concordou com um gesto de cabeça ante essa verdade evangélica.

“No momento certo, no lugar certo, qualquer um de nós pode ser enganado”, disse Virgil. “Pegue alguém como o Yellow Kid Weil. Um dos grandes. Até ele foi engambelado. Sangrado por uma dona em apuros a bordo de um vapor com destino à Europa. O cretino se apaixonou e isso foi o fim de tudo. Quando um cara fica caído por uma dona, ele pode ser tocado como uma harpa. Não é assim, Rose?”

“Não que eu saiba”, disse ela.

“Ha! Ouviu essa, Jack? Ela está me enrolando.”

“Claro”, disse ela, a voz monótona. “Uma caça-fortuna contumaz, é o que eu sou.”

“Bom, não pode ser minha boa aparência e meu charme.”

“Não? O que mais você tem?”

Virgil batucou um compasso de oito tempos na mesa, como se estivesse tocando numa bateria. “Eu tenho sonhos”, disse ele.

“Bem, nesse caso você tem mais que eu”, disse Rose.

Um trabalhador passou com passos pesados perto da nossa mesa, e Virgil ficou em silêncio até ele se afastar. “No meu caso”, ele prosseguiu quando ficou seguro falar, “eu comecei pequeno. Comecei como funcionário de almoxarifado, dando golpes em estações e terminais de trem e de ônibus. Qualquer lugar onde houvesse pessoas em trânsito, apanhadas entre pontos de partida e chegada. São pontos de reunião de otários. Carteiras recheadas como sanduíches de clube. Todo o mundo cansado, aborrecido, facilmente enganado. Cofrinhos ambulantes, e eu os aliviava alegremente das moedas quando elas passavam. Vendia artigos para vendedores ambulantes. Alcovitava para padres. Ludibriava os espertalhões, depenava os ingênuos. Foi ali que eu aperfeiçoei a troca da mala."

Em seu estoque de ferramentas — as latas de sociedades beneficentes, as faturas, os intermináveis recibos —, Virgil possuía três valises combinando: valises de couro macio, verdes, idênticas em estilo, com alças idênticas e até marcas de arrasto idênticas (um cuidado com os detalhes que achei absolutamente admirável). Ele podia trocar valises bem na frente de um trouxa, soltando uma alça na largada, segurando a outra ao levantar, e até trocando-a por uma terceira se quisesse, enquanto distraía seu alvo com bajulação e conversa adulatória. Era uma trapaça que ele até então evitara me ensinar.

"Aprendi com o melhor", disse Virgil. "O Valise Simpson, lá em Omaha. Ninguém conseguia fazer uma troca como ele. Era um artista."

"O Valise Simpson era um pau-d'água com predileção por rapazes", disse Rose.

"Um artista *impecável*", emendou Virgil.

"E um jogador", disse Rose.

"É fato", disse Virgil. "O Valise perdia no jogo tudo que ganhava. Era quase como se estivesse tentando perder. Mas a Rose aqui o conheceu no fim da carreira. Ela não o viu quando estava no apogeu. A questão é: foi quando eu estava trabalhando no circuito ferroviário que topei pela primeira vez com jogadores. Fui preparado por um grupo de batoteiros. Foi também ali que imaginei uma maneira de vencer o rasgamento. Sem brincadeira! Foi em Nova York..."

"Você me disse Albany", disse Rose.

"O garoto não sabe onde fica Albany", disse Virgil, impaciente. "Nova York impressiona mais."

Eu não sabia o que era um rasgamento, ou como se poderia vencê-lo... mas era claramente um motivo de orgulho para Virgil tê-lo imaginado.

"Eu vinha me passando por um herdeiro de Rockefeller", disse Virgil. "Um primo distante, mas ainda sustentado pela fortuna familiar. Circulando por lá como um bezerro cevado. Isso foi em Nova York — Albany, melhor dizendo — e eu vinha preparando tanto os caipiras como os garotos da cidade com histórias de um Rolls quebrado e bons títulos de propriedade que seriam bem lembrados e altamente proveitosos. Estava parado num hotel, e esse empresário local — um sujeito amigável e muito animado — me convida para um jogo de pôquer. Mal cruzei a porta eu percebi do que se tratava: uma mesa armada. Uma mesa inteira preparada para limpar um único jogador. Eu."

Virgil debruçou-se sobre a mesa, fitou-me com aqueles seus estranhos olhos sem pupilas: "Jack, meu chapa, se você se encontrar algum dia num jogo, olhe em volta da mesa. Se não conseguir identificar o trouxa, saia. Porque isso significa que o trouxa é você". Ele empurrou o chapéu ainda mais para trás. "Percebe, camarada, o empresário era um laçador, e ele e seus capangas me pegaram pra trouxa. Eles tinham preparado uma armadilha para me apanhar com o rasgamento."

"Mas o que é isso exatamente?"

"O rasgamento? É quando um trouxa recebe o que parece ser uma mão vencedora. As apostas são elevadas cada vez mais, até que o trouxa, exultante com sua fortuna iminente, preenche um gordo cheque como aval. No seu íntimo, ele está pensando: 'Na pior hipótese, eu posso me antecipar, e a primeira coisa da manhã será sustar o pagamento'. As apostas sobem sem parar, e o trouxa perde a mão — o que aumenta tanto o seu pânico como o alívio que se segue. Porque justo nesse momento o laçador retorna de uma ida ao balde de gelo, vê o que se passou e faz um escarcéu, acusando os outros jogadores de tentar engambelar seu amigo. Ele insiste para lhe entregarem o cheque. Ele o pica em pedaços e joga os pedaços no vaso sanitário e dá a descarga, 'Pronto', ele diz. 'Nós jogamos por níqueis apenas!' A essa altura, o trouxa está exultante. Escapou por pouco, nessa! E, pelo resto da noite, os outros o cumulam de bebida e histórias obscenas, e dão tapinhas nas suas costas e o levam para seu quarto e o colocam na cama. Na manhã seguinte, ele caminha cambaleando pelo quarto de hotel, agradecendo a todos os astros e santos do céu. Só mais tarde ele descobre que seu cheque foi sacado mal os bancos abriram, que ele nunca foi rasgado, que centenas, até milhares de dólares foram tirados de sua conta, e tudo isso com o mais simples truque de prestidigitação. É isso o rasgamento."

Era magia, então. Magia negra, é claro, mas ainda assim magia.

"Eu sabia que eles iam me colocar na cadeira quente", disse Virgil. "E colocaram mesmo. Colocaram um baralho maceteado em jogo e me deram quatro ases, de cara. Essa é uma mão que nunca se vê fora de jogos de baralho trapaceados e filmes de Hollywood. Convencidos de que tinham me fisgado, eles foram aumentando as paradas cada vez mais... Nesse momento, meu laçador tinha se escafedido e as apostas tinham dobrado e, de repente, eles estavam pedindo um cheque de cinco mil — como garantia, percebe? Aí, que diabos, eu preenchi um por conta do papai. E quem diria? Não é que alguém tinha um straight flush? Duas das três maiores mãos no pôquer, na mesma jogada. Quais são as chances? É engraçado, não é, quantas pessoas acham que quatro ases ganham todas? Mas ases podem ser batidos. E batidos eles foram. Bem. Aí entra meu defensor, estrilando: 'Isto é só um jogo amistoso!', ele berra. Aí eles rasgam meu cheque, jogam os pedaços na privada — e é aí que a coisa fica boa. Eles me deixam ganhar a mão seguinte porque eu tinha prometido pagar uma rodada se ganhasse. Eles queriam me embebedar, então me deixaram ganhar. Foi uma mão de duzentos, bem ali."

Virgil me contou como ele foi ao banheiro, fechou a porta, e enfiou os dedos na garganta até vomitar o álcool. "Você tem que permanecer sóbrio", advertiu. "Nunca deixe um trouxa embriagar você." O mais difícil, disse ele, era aprender a vomitar em silêncio.

"Eu fui bebendo e eles me incentivando a continuar", disse Virgil. "Terminei a noite tomando dinheiro emprestado deles, com histórias sobre ter esbanjado tudo e precisar alugar uma limusine para ir para casa no dia seguinte. 'Quero evitar as filas de banco amanhã', eu disse a eles. 'Posso mandar o dinheiro que peguei emprestado diretamente pra vocês.' Isso era ainda melhor, eu nem mesmo iria ao banco. Assim, eles cuspiram *outros* cem dólares. E foi nesse exato momento que eu comecei a me queixar, disse que estava ficando tonto e queria dormir. Eles me levaram ao meu quarto, me trancaram. Eu escapei pela janela e a escada de incêndio. Dormi no parque com a intenção de pegar o primeiro ônibus Greyhound que saísse. Quando o cheque se revelasse absolutamente fictício — tanto em nome como em número — eu sabia que eles viriam atirando." Ele riu. "E vieram mesmo."

"O que foi que aconteceu?"

"Quatro costelas deste lado, duas do outro, e um polegar que ainda não fecha direito. A entrega do leite matinal estava atrasada, e o ônibus seguinte só saiu às oito e dez. Foram dez minutos fatídicos. Eles me pegaram na estação rodoviária." Ele estava rindo desbragadamente agora. "A estação rodoviária! Foi um pandemônio, cara! O que eu estava pensando? É preciso planejar a fuga, filho. Garantir que o caminho esteja limpo. Na estação rodoviária, imagine. A *estação rodoviária!*"

Rose não estava rindo. Aparentemente ela não via a graça em golpes fracassados e na pancadaria subsequente.

"Aprendi minha lição em Albany", disse Virgil. "Eu precisava de minhas próprias rodas para futuras escapadas, mesmo que isso significasse comprar uma lata velha de um carro. Comprei um Bearcat de segunda mão, uma verdadeira relíquia, precisava girar a manivela uma hora para o carro pegar. Troquei-o dois anos depois por um Model A. Puro Niagara Blue, saído da linha de montagem. Um conversível quatro cilindros, três marchas. Uma bela barganha, trocar um calhambeque como esse por um Model A. Imaginei que o revendedor com quem fizera a troca fosse um absoluto pateta, e mais tarde descobri que o meu modelo em particular do Stutz era altamente considerado por colecionadores do exterior. O revendedor com quem troquei o carro poliu meu velho Bearcat e o vendeu por uma montanha de dinheiro para os pretensiosos de Paris. Eu fui enganado! Claro, isso foi quando as pessoas tinham dinheiro para esbanjar. Eu ainda dirigia aquele Model A anos depois, quando conheci Rose."

"Eu detestava aquele carro", disse ela. "Só solavancos e quebras."

"A Rose aqui foi a última das melindrosas. Quando nos conhecemos, seus peitos ainda eram amarrados como se fossem cavalos selvagens tentando escapar. Angulosidade masculina, era a jogada dela."

"O visual achatado", disse ela, à guisa de explicação. "Muitas contas. Um busto teria arruinado as linhas."

"E não foi uma satisfação mundial quando os seios voltaram à moda?", exclamou Virgil.

Rose deu-lhe um peteleco com o dorso da mão. Olhou para os outros fregueses do jantar. "As pessoas podem ouvir."

"Dê uma olhada, Rose. Só tem uns trabalhadores furrecas pendurados no balcão", disse ele. "Não foram escolhidos na seleção de trabalho pelo jeito, poderiam gostar de um pouco de diversão. Não é, rapazes?"

Virgil tinha se dirigido aos homens com botas e macacões de trabalho no balcão, mas nenhum se virou. "Bem, ao diabo com eles. Jack, quando aqueles novos sutiãs surgiram, projetados para levantar e sustentar em vez de achatar e conter, vou te contar, eles elevaram os peitos das mulheres e o espírito dos homens. Um belo salto para a frente no progresso humano o dia em que a Maidenform lançou o sutiã, começou a alfabetizar seios. Eu fiquei contente quando elas pararam de achatá-los. Repare, sinto falta daquelas bainhas de melindrosas, onde elas deviam ficar, para um homem poder admirar apropriadamente os joelhos de uma garota."

"Não era muito divertido para nós, tampouco", disse Rose. "Amarradas daquele jeito." Depois, com um sorriso: "Em especial quando se é naturalmente curvilínea".

"Você era uma melindrosa?", perguntei a Rose. "Quando conheceu Virgil?"

"Não era uma melindrosa", disse Rose. "Era uma ex-melindrosa. Há uma grande diferença."

"Conheci Rose na malandragem", disse ele. "Rowena, Texas."

"Beaumont", disse ela. "Rowena é de onde eu sou. Conte as coisas direito."

"Beaumont, tudo bem. Num pequeno bar clandestino chique. Eu estava aplicando o truque de Murphy."

"Teria sido legal se você tivesse me dito", disse ela.

Virgil sorriu. "A Rose aqui foi o que se pode chamar de um 'acessório involuntário'. Golpes sem ajuda são difíceis de aplicar. Eu estava no bar, ruminando a coisa. Estava pensando em deixar cair uma carteira, quando olhei em volta, vi todos aqueles homens bêbados, excitados... e Rose num canto, bebendo álcool numa xícara de chá, se fazendo de recatada, parecendo radiante. Um petisco como esse, e completamente só? Então, eu disse para mim..."

Rose o interrompeu. "Eu estava esperando umas pessoas, e elas não apareceram", explicou. "Não quero que o Jack fique pensando que eu costumava ficar zanzando pelos bares sozinha."

"Você estava esperando por mim, boneca! Você só não sabia", disse Virgil. "Enquanto Rose bebericava seu chá, desatenta ao que estava se passando, comecei a me aproximar dos homens do bar, discretamente e um de cada vez, apontando o queixo na direção de Rose e dizendo: 'Garota apetitosa. Sou o tutor dela'. O que eles quisessem, ela toparia. Querem espancá-la? Ela topa. Ah, querem que ela espanque *vocês*? Sem problema. Um sujeito, eu juro, queria que a Rose urinasse no seu chapéu. 'Isso é extra', eu disse, 'mas pode ser arranjado.' Eu trabalhei aquela sala lentamente, enviei cada homem ao outro lado da cidade, o mais longe possível, para um endereço que não existia.

Dizia que Rose seguiria em seguida assim que tudo estivesse em ordem. O truque é pedir apenas uma 'parte' como entrada, dizendo que você receberá o resto 'se agradar'. Não é que isso aguçava o apetite? *Se agradar*. Eu garfei de alguns deles dez dólares. Outros, a depender da roupa que estivessem usando, até catorze. Eu lentamente esvaziei aquela sala de otários, e, para o último, eu disse: 'Quando ela sair, espere dez minutos e siga'. Devia haver uma dúzia de homens errando pela periferia àquela altura perguntando pela Rose. Imagino que alguns devem ter trombado com outros. Eu adoraria ter ouvido aquelas conversas! Continuando. Era hora de cair fora, por isso eu finalmente fui até a Rose, disse..."

"Vou lhe contar o que ele disse. Ele disse: 'O meu amigo ali fez uma aposta comigo. Ele imagina que não há nenhuma maneira de eu convencer uma linda garota como você a mostrar o mais ínfimo interesse por um homem como eu. Não estou me aproveitando de sua virtude, madame. É só que esse meu amigo é um falastrão' — e Virgil se virou, fez um aceno para o trouxa, e o trouxa, sorrindo como o pervertido que era, acenou para nós em resposta — 'e eu gostaria muito de ganhar seu dinheiro. Senhorita, tudo que precisa fazer é me dar um beijo inocente na face, talvez um sorriso e uma piscadela se estiver disposta. Fazer um aceno para meu amigo ao sair daqui, e eu pagarei sua despesa e depois a encontrarei no restaurante, virando a esquina, em cinco minutos, onde ficarei igualmente feliz de lhe dar uma parte da aposta e seguir meu caminho, sem mais nenhum incômodo ou confusão. Desde que você não volte aqui esta noite, para ele não perceber que estamos rindo às custas dele'. Foi esse o papo que o Virgil me deu."

"E funcionou?", perguntei.

"Funcionou."

"E eu mantive minha palavra, também", disse Virgil. "Encontrei-a no restaurante, paguei sua parte. E acabei saindo com a garota também! Uma ótima noite, tudo por tudo. *How're you gonna keep her down on the farm, after she's seen Paree?*".*

"Nunca vi Paris", disse Rose.

* Trecho de uma canção de sucesso de 1918 com letra de Joe Young e Sam M. Lewis e música de Walter Donaldson: "Como você vai conseguir mantê-la na fazenda, depois que ela viu Paris?". (N. T.)

"Claro que viu", disse ele. "Paris, Texas. No ano passado ainda, lembra?" Depois, para mim: "Nós levantamos poeira, Rose e eu. Estivemos por toda parte e voltamos. De Paris à Terra Prometida".

"A Terra Prometida?"

"Palestina."

Rose deu um pequeno latido à guisa de risada: "Palestina, *Texas*".

"Foi o que eu disse. Jesus, garota, o que está aborrecendo você? *Senhorita!*"

Virgil estivera acenando para uma renovação da bebida mas vinha sendo solenemente ignorado — suspeito que fosse o terno drapejado que usava. "Eu mesmo vou buscar a cafeteira", ele disse. Quando se esgueirou para fora da nossa mesa, Rose me fitou.

O silêncio na ausência de Virgil era quase estrondoso.

"Por que eu me liguei a ele?", ela disse após uma longa pausa, respondendo a uma pergunta que eu não tinha feito. "Por que eu larguei tudo para trás e fui? Pela mesma razão que você, imagino. A pessoa olha para a frente, vê a vida que está lhe chegando como uma fileira de postes telefônicos, cada um igual ao anterior. Você vê isso e anseia por uma curva na estrada." Ela deu uma tragada no seu cigarro; a brasa cintilava como um rebite. Ela soprou a fumaça por cima da minha cabeça. "Por quê? Pela mesma razão que você."

Virgil apareceu com a cafeteira, nos serviu, um de cada vez, pondo um pouco de açúcar no seu, deixando o de Rose puro.

Os olhos dela continuavam fixos em mim. "Uma enfermeira, uma professora ou uma estenógrafa. Eram essas as minhas opções."

"Poderiam ter sido piores", disse Virgil, enquanto enchia a minha caneca. "Poderia ter terminado num bordel."

"Ah. Correto", disse Rose, sem uma centelha de humor. "Uma quarta opção. Esqueça."

Uma coisa me intrigava, porém. "Mas... por que *você* voltou, Virgil? Ao restaurante, depois de dar o golpe. Podia ter ficado com a parte de Rose. Por que não ficou?"

"Por quê?", Rose riu, outro ronco áspero. "Porque o maldito tolo estava apaixonado por mim, foi por isso. Fulminado ao primeiro olhar. Não é verdade, Virgil?"

Virgil sorriu. Não disse nada.

"Me dê", disse ela com uma risada, mais suave agora. "Vou levar o café de volta."

Virgil a observou se afastar, depois se inclinou e disse num sussurro: "Eu tinha de me encontrar com ela. Garantir que ela não voltaria à minha procura no bar. Isso teria arruinado o golpe. Precisava de tempo para tirar os trouxas do caminho e cair fora. Foi por isso que voltei. O golpe exigia".

Rose retornou então à nossa mesa e Virgil se endireitou e disse com a voz carregada: "Aí vem ela! Peitos e tudo!".

"Psssiu", fez ela, "as pessoas vão olhar", e Virgil me lançou um olhar que dizia: "*Não diga nada, está ouvindo?*".

Nunca disse. Não na ocasião. Nem nunca.

De volta à despensa que era o 1-B, eu abria a porta para o lado deles apenas o suficiente para receber um pouco de luz. Observava a sombra de Rose se movimentando, preparando-se para a cama, cantarolando suave, penteando o cabelo, e me afastava assim, meus pés desajeitados pendendo sobre a beira do catre e a srta. Rose no quarto ao lado — e nesses momentos estava tudo bem. Aí a sombra de Virgil aparecia para um último giro e os dois dançariam e Rose riria e isso era bom também.

31.

Calor seco. Nem um murmúrio de chuva. Mal havíamos nos instalado em Silver, e Virgil decidiu nos levar para a estrada de novo. Nós fizemos uma incursão cruzando a divisa estadual até o interior profundo do Novo México. Foi um único golpe, encenado para a minha edificação, e suficientemente longe da base doméstica para podermos nos retirar tranquilamente se fosse preciso. Virgil queria me ensinar uma coisa que chamava de "cachorro com pedigree".

"Era uma das peças de assinatura de Yellow Kid Weil", disse Virgil, atrás do volante, comigo no banco de trás e Rose no da frente enquanto os platôs e planaltos rodavam na nossa direção em vermelhos terrosos e marrons ferruginosos. Estávamos a caminho de Gran Quivira, onde fora supostamente encontrado um veio de minério de prata. Um "progresso relâmpago", como Virgil chamava aquilo.

"O problema do cachorro de pedigree", disse Virgil, "é que já foi muito explorado, em especial aqui no grande sudoeste. Yellow Kid e seus rapazes arrasaram com ele. Por isso é preciso ter cuidado para os garçons ainda não terem sido atingidos — ou ouvido falar dele. É por isso que é preciso um lugar que esteja apenas começando a se expandir. Um que ainda não tenha sido chamuscado." Gran Quivira se encaixava no modelo, explicou. "Recém-chegados entrando e saindo aos magotes. Pessoas em trânsito, famintas por mais. A cidade estará estourando todas as costuras. Ela terá cantinas e tavernas, alguns hotéis finos e alguns empresários pretensiosos. Dinheiro correndo a rodo."

Dividindo o banco de trás comigo estava uma caixa cheia de cachorros. Havíamos parado no canil municipal antes de deixarmos Silver City. Os canis ficavam num edifício de blocos de cimento sem janelas depois dos trilhos, e logo ao entrar podiam-se ouvir os latidos nervosos e os tristes *uofs* abafados. "Me faz lembrar da penitenciária de Eastham", Virgil tinha murmurado. "Cheira igual, também."

A zeladora do abrigo deve ter imaginado que Virgil era uma boa alma, salvando de uma agulha comprida toda uma ninhada de cãezinhos, e saímos com um punhado deles numa caixa de papelão. Os cachorrinhos eram de cor marrom-avermelhada, com as barriguinhas quentes e macias como feltro, e todos cheiravam a urina. Urina de cachorrinho. Eles se amontoavam uns sobre os outros na caixa, se mordiscando, e se contorcendo e brigando como se tivessem algum lugar importante para ir. Levantei o maior deles e fiz cócegas atrás de suas orelhas felpudas. Ele lambeu minha mão e latiu, contente de ser segurado.

"Não se apegue demais", disse Virgil, olhando pelo espelho retrovisor. Os cachorros eram um meio para um fim, aparentemente.

Montanhas dilaceradas erguiam-se contra o céu. O sol estava se pondo por trás delas, como se em algum lugar distante os campos ainda estivessem ardendo. Gran Quivira ficava nas planícies abaixo delas — no espaço aberto, e a cidade parecia maior por isso, as construções aglomeradas como um amontoado de engradados cujos lados recebiam os últimos raios de sol. Nós entramos durante o crepúsculo, com as lâmpadas de iluminação pública tremeluzindo ao acender, luzes voltaicas embranquecendo com estalidos, pessoas risonhas caminhando pelas ruas. Elas ainda não sabiam, mas o parque de diversões tinha chegado à cidade.

"Nós entramos, nós saímos", explicou Virgil. "Tiramos seu dinheiro e caímos fora daqui. Nada de pernoite desta vez. Estaremos de volta ao Texas e a nossas camas pela manhã. É um longo percurso de carro, mas necessário. Não quero ser apanhado de surpresa em Gran Quivira."

Os hotéis de Gran Quivira estavam lotados, com hóspedes chegando e porteiros empurrando montanhas de bagagens de um lado para outro. Nós desaceleramos o carro, passando por um desses estabelecimentos para estudar o ambiente. Virg estacionou o Nash e nós entramos para fazer uma ronda no saguão. O lugar tinha uma magnificência descuidada. Lustres de pingentes de vidro lapidado. Colunas redondas enormes. Apertei a mão contra uma delas. Era de madeira, pintada com veios verdes para sugerir mármore — um truque arquitetônico reconhecido por um simples toque. E, por toda parte, crianças crescidas num torvelinho, jogando o jogo de esquecer, refazendo-se como heroínas e heróis em histórias de sua própria invenção.

"No entanto", disse Virgil, do lado de fora quando circulávamos a pé por calçadas de madeira em meio ao alvoroço, "esse progresso relâmpago vai fracassar também. Já vi isso por todo o sudoeste. Cidadezinhas fuleiras que sucumbiram, deixadas com nada além de fachadas falsas e quartos de hotéis vazios."

Além dos lustres de vidro e do mármore pintado, Gran Quivira era ainda uma espécie de cidade de Tom Mix. Algumas das lojas mais velhas ainda tinham postes para amarrar cavalos na frente.

"A fronteira está apenas uma ou duas gerações atrás", preveniu Virgil. "Por isso, não se engane. Eles não bebem salsaparrilha por aqui, isso eu posso dizer. Mas onde há dinheiro há cobiça, e onde há cobiça há oportunidades."

No Nash, os cachorrinhos tinham caído em sono profundo, empilhados uns sobre os outros, patas sobre barrigas, focinhos sobre nádegas.

"Me passe um deles", pediu Virgil.

"Qual?"

"Qualquer um."

A noite estava apenas começando, e nós cruzamos lentamente Gran Quivira, procurando um bar calmo para fazer nossa jogada. Encontramos um, e Virgil entrou, assobiando uma melodia de apresentação, com um cachorrinho embaixo do braço.

Ele explicou a mecânica da coisa no carro. Antes de o barman poder reclamar, Virgil depositaria o cachorro sobre o balcão, atiraria uma nota de dez dólares, e pediria um copo de água tônica.

"Guarde o troco", ele diria. "A vida é bela."

O barman encontraria uma caixa para o cachorrinho, e Virgil regalaria o homem com histórias. Como ele vira a luz e mudara sua vida, como tinha parado de beber e de jogar, e como estava a caminho de Tucumcari para se reconciliar com a mulher e a filhinha.

Virgil levantaria seu copo de tônica pela saúde eterna do barman e lhe diria: "Eu sempre prometia um cachorro para a minha filha. Mas nunca atendi a suas expectativas. Ah, eu era um branco caído, isso eu posso lhe garantir. Gastando o dinheiro do aluguel de minha família em uísque e apostas imprudentes com agenciadores, bebendo até a cegueira. E meu pequeno anjo, ela esperava, noite após noite, por um cachorrinho que nunca vinha. Bem, senhor", e Virgil irradiaria para ele como um holofote varrendo um pátio de prisão, "eu finalmente vou cumprir minha promessa".

Ele tinha passado por uma loja de cachorros a caminho da cidade, percebem? Ela estava falindo, e Virgil tinha comprado aquele cãozinho por uma ninharia.

"O dono estava em lágrimas por ter que vender", disse ele. "Falou que era um raro puro-sangue albino. Com os diabos, eu conheço albinos. Esse cachorro parece esbranquiçado e de olhos azuis para você?"

Virgil riria, e ele e o barman concordariam em que o dono da loja de animais domésticos estava tentando enganá-lo. "Queria que eu pagasse mais", disse Virgil. "Mas eu fiquei firme. Escute! Posso usar seu telefone? Devia encontrar um chapa meu na loja de apostas — vai ter uma corrida transmitida pelo telégrafo sobre a qual ele queria me falar —, mas eu não vou." E ressurgiria, aquele facho de luz varrendo o pátio. "Eu percebi a natureza equivocada do meu modo de ser. Um dia eu estive perdido, mas agora me encontrei."

Com frequência o barman se prepararia para uma explosão de evangelho ou um testemunho sobre a redenção das almas. Mas nada disso ocorria. Virgil usaria o telefone, falaria em voz alta... e aí, com a voz repentinamente acalmada: "Mesmo? Quando? Tem certeza? *Uuuuu*". E ele encheria as bochechas e sopraria o ar da boca e empurraria o chapéu para trás e alisaria o bigode, e, quando encerrasse o telefonema para o amigo imaginário, todo o comportamento de Virgil teria mudado.

"Recebi a barbada sobre uma coisa certa", ele diria. "Meu chapa ficou sabendo... e está pagando cinquenta por um."

Virgil deixaria o silêncio se aprofundar enquanto avaliava as chances, então continuaria: "Senhor, cuide do meu cachorro. Tem cinco dólares na jogada para você. Tenho que correr até o apostador, fazer essa aposta final. Se tudo correr bem", ele diria, "vou voltar um homem rico, e talvez esses cinco seus virem cem. O que diz?"

E antes que o barman pudesse responder, Virgil teria saído, às pressas, pela porta.

E essa era a nossa deixa.

Rose e eu estávamos estacionados no beco, e quando Virgil subia no Nash, nós descíamos.

A srta. Rose e eu havíamos trocado nossas roupas no banheiro de um hotel. Ela estava com um vestido de cetim que cintilava quando se movia, e eu usando meu terno e uma das melhores gravatas de Virgil. Juntos, nós parecíamos o retrato da riqueza. Era a primeira vez que eu via Rose em plena ação, e era impressionante. Realmente. Ela era uma atriz de verdade, uma diva da tela caída em desgraça e apanhada numa existência mundana. E eu? Eu simplesmente acompanhava tentando não atrapalhar.

Nós entramos no bar num estado de agitada ansiedade. Estávamos procurando a casa de um certo criador de cachorros, precisávamos chegar lá antes que fosse tarde demais. Tínhamos vindo a Gran Quivira só por farra — "*Mon dieu!*", Rose exclamaria, usando todo seu vocabulário de francês em uma tacada, olhos arregalados à vista do cãozinho nos fundos do bar.

"O truque é não falar com sotaque", ela disse, "mas com atitude. Apenas algumas vogais arredondadas aqui e ali, e as pessoas ouvirão o que quiserem."

"*Mon dieu!*" E ela pediria para ver o cachorrinho e o levantaria para eu admirar. E eu o faria.

"É, é", eu murmuraria, suficientemente alto para o barman ouvir. "Não acredito."

"Um filhote de albanês!" Ela viraria o cãozinho para um lado e para outro. "Que raro!"

O barman estaria grudado em cada palavra nossa, e quando Rose virou sua atenção para ele, e pediu — com um muxoxo e o ar altivo — para comprar o cachorro, naquela hora ele foi obrigado a confessar: "Ele não é meu para vender".

"Oh", disse Rose, semicerrando os olhos. "Percebo o seu jogo. Maurice! O talão de cheques!"

Eu o colocaria em sua mão, e num impulso determinado ela preencheria um cheque de mil dólares.

A visão de todos aqueles zeros pode ferir os olhos de um homem. "Madame", ele diria, "por mais que eu gostasse..."

"Ótimo. Vocês americanos. Tão gananciosos. Dois mil — e essa é nossa oferta final!"

Eu cruzava os braços por trás dela, olhava para ele com esnobe desdém. "Final", eu dizia, salientando o ponto.

"Os senhores não compreendem", o barman diria, implorando, quase balindo. "Eu só estou guardando o cãozinho."

Nesse ponto Rose geralmente faria uma pausa, uma piteira segura entre dois dedos desdenhosamente, como se ela estivesse pensando seriamente em bater a cinza nele. "Ótimo, nós estamos no..." — e ela daria o nome do hotel mais fino da cidade, aquele por onde tínhamos passado antes, onde abundavam os ricaços — "Suíte Executiva. Pergunte pelo casal Chevalier. Tome." Ela rabiscaria o número do quarto do hotel no verso do cheque, e depois escreveria INVÁLIDO na frente. Um poderoso motivador, segurar a promessa de mil dólares na mão. "Quando o dono voltar, diga a este... a este seu sujeito que estamos dispostos a abrir mão de..." — ela olhava para mim, eu franzia os lábios como se estivesse considerando a soma — "... dois mil dólares", disse ela. "Faça isso, e nós lhe pagaremos, como vocês dizem, uma *comissão*. Acredito que cem dólares cobrirão seus serviços, não? Maurice!"

E ela saía intempestivamente do bar num farfalhar de seda, e eu saía atrás apressando o passo para acompanhá-la.

Cem dólares para dar um recado? O que poderia ser melhor que isso?

Eu lhes digo o que poderia ser melhor: jantar com a miséria alheia. Porque não é que o velho Virgil voltaria arrastando os pés, os olhos vermelhos de lágrimas (com a ajuda de uma pitada de pimenta), e não é que ele parecia exausto e com o estômago embrulhado, e não é que ele falaria com uma voz sufocada e rouca, e não é que ele atiraria umas notas amarfanhadas no balcão e diria: "Hum, aí estão os cinco que eu lhe devo... por cuidar do cachorrinho de minha filhinha. Só vim pegá-lo e seguir meu caminho".

A corrida de cavalo tinha sido uma tremenda armação, percebem? Ah, que miséria! Uma armação das mais odiosas, e Virgil aliviado de todo o dinheiro que tinha. Ele nem mesmo poderia ir à polícia porque era uma corrida supostamente trapaceada para a qual fora levado. Um homem quebrado, é o que ele era, e sem saber o que dizer a sua mulher ou a sua filhinha.

E quem diria, enquanto Virgil arrastaria os pés na direção da porta o barman chamaria: "Espere aí, senhor. Talvez eu possa ajudá-lo".

E não é que o barman graciosamente se ofereceria para comprar o cão.

"Eu lhe dou... vinte dólares pelo cãozinho", ele diria. "Isso deve ajudá-lo a se erguer novamente. Detesto ver um homem alquebrado desse jeito." Sempre o máximo da caridade cristã, esses barmans.

Mas Virgil agarraria aquele cãozinho com os dois braços. "Esse cachorrinho é tudo que me restou."

"Bem, que tal cinquenta?"

Virgil se viraria para sair e o barman, vendo dinheiro fácil sumir, quase se atiraria na sua direção.

"Duzentos e cinquenta!", o barman gritava. "Eu lhe dou duzentos e cinquenta dólares pelo cachorro."

Isso era geralmente o máximo que o caixa permitiria, porque eles em geral tinham de assaltar o cofre para obtê-los. Alguns tinham somente cinquenta ou sessenta à sua disposição. Mas outros iam mais longe. Um sujeito, os olhos praticamente retinindo os signos de dólar, chegara a trezentos.

E cada um deles destinado à decepção.

Rose e eu havíamos dito a eles que estaríamos fora toda a tarde — uma jogada para impedi-los de rumar imediatamente para o hotel. E quando o faziam? Bem, aquilo lhes ensinaria.

"Apenas uma vez", disse Virgil, "desejaria que alguém me dissesse, ao me ver acabado: 'Rapaz! Tenho boas novas para você. Corra até o Hotel Grace. Tem um casal de estrangeiros lá que vai comprar esse cãozinho por dois mil!'. Mas isso nunca aconteceu."

Nós demos o fora de Gran Quivira sem cachorrinhos e às pressas, adentrando numa noite tão escura que parecia que estávamos percorrendo um túnel. Eu estava no volante agora, inclinado para a frente, enquanto a estrada serpenteava na nossa direção em longos e preguiçosos esses e lentas curvas abertas. Rose estava dormindo no banco de trás, e nosso rádio captava apenas fragmentos de vozes e melodias entrecortadas por estática. Virgil desligou o rádio e nós ficamos envolvidos no silêncio.

Em poucas ocasiões isoladas, outros faróis apareceriam à distância e se aproximavam lentamente para depois passarem voando numa súbita explosão — ônibus de passageiros e caminhões de carga interestaduais, sobretudo, ou o estranho calhambeque caolho carregado de gente de Oklahoma que evitava o calor do dia. Eu atingia oitenta por hora nas retas, mas Virgil mesmo assim me considerava tímido.

"Pise fundo", ele dizia. E eu pisava, mas não o suficiente na sua medida.

Ele punha a mão sobre o meu joelho, empurrava com força para baixo, forçando meu pé sobre o acelerador. "Não seja tímido", ele falava.

Chega um momento em todo golpe em que o trouxa *percebe*. Isso foi uma coisa que aprendi com Virgil. Quando se tem sorte, é apenas um lampejo, uma dúvida fugaz, de que o trouxa conseguirá se desfazer. Mas às vezes ele nos fitará direto no olho — *e saberá*. Esse é o momento em que os dois lados compreendem o que realmente está se passando. É um momento que todo golpista precisa encarar.

"Nosso trabalho", disse Virgil, "é vencê-los com o olhar. Fitá-los sem vacilar, e obrigá-los a negar o que intimamente sabem. É preciso devolver-lhes diretamente. Nosso trabalho é fazê-los *ignorar* seus instintos. E isso exige garra."

Para Virgil, garra era o valor mais alto: uma mistura de destreza, confiança jovial e charme inabalável. O objetivo, imagino, era ficar tão bom que não se conseguiria dizer a diferença.

Virgil tornou a colocar a mão sobre o meu joelho, empurrando com mais força.

32.

De volta a Silver. Dia seguinte. Sentados no Café do Wong. Tomando refrigerante e chupando cubos de gelo. Rose estava dormindo depois da fuga de Gran Quivira, de modo que "éramos apenas nós camaradas", como Virgil dizia. Nós tínhamos tomado nossas posições costumeiras, eu com as costas expostas.

Charley Wong estava na cozinha, picando velozmente as cebolas para a sopa da tarde, e uma garçonete que já tínhamos visto antes estava pondo os pratos e passando um pano nas mesas. Uma garota curvilínea com cabelos oxigenados e modos de quem masca goma.

"O que vão querer?", ela perguntou.

"Torta!", disse Virgil. "A maior fatia que tiver, com uma colherada de chantilly e malte em cima."

Ela se virou para mim. "Vai querer torta, também?"

Virgil exclamou: "Ah, ele quer torta, claro! O garoto está morrendo de vontade. Acha que pode ajudá-lo?"

Como Virgil conseguia se safar com as coisas que dizia era um mistério. Em vez de despejar o conteúdo de sua cafeteira na cabeça dele, ela simplesmente estourou mais uma vez sua bola de goma e disse, com um sorriso irônico: "Vocês não prestam".

"Estou satisfeito", eu disse. "Talvez mais tarde."

Enquanto ela passava para trás do balcão para cortar uma fatia para Virgil — e não é que ela cortou uma extralarga —, ele se inclinou para mim, mal contendo o riso: "Que tal, Wheaties? Ela tem um certo charme. Você devia dar em cima dela. Tem de montar em uma potranca algum dia".

"As chances não são boas", eu disse. "De sair com vida."

"Do que está falando?"

"Seu dedo anular", eu disse. "Tem uma faixa mais clara, onde estava uma aliança. Quando vejo isso, penso num marido desprezado chegando de sopetão." Isso me trazia lembranças de Joe Imprestável, na minha terra, e como, quando Henrietta foi chorando para sua mãe, Joe ficava do lado de fora da sua janela durante a noite toda, tomado por uma raiva reprimida. E como bastava um homem olhar para Henrietta para Joe saltar.

"Você notou isso?", perguntou Virgil. "Uma aliança ausente?"

A garçonete trouxe a torta de Virgil. De fato, a marca clara onde estivera uma aliança era tenuemente visível.

"Você tem bom olho, garoto", disse Virgil depois que ela se afastou. Ele mergulhou na sua fatia com o apetite habitual. Entre bocadas, ele me atirou seu chapéu. "Está vendo isto? Panamá, certo? Tope de linha. Me custou vinte dólares porque é cem por cento genuíno. Feito à mão, na água, para ter a trama mais adequada. Olhe a etiqueta dentro. Vê? *Made in Ecuador*. É como eu sei que é genuíno. Os chapéus panamá não são feitos no Panamá. Se o chapéu panamá for feito no Panamá ele não é um verdadeiro panamá. Percebe? Nada neste mundo é correto, garoto. Tudo é jogado conforme o ângulo."

Ele engoliu a torta com a ajuda do café, e gritou para a cozinha.

"Ei, Charley! Como é que você se chama?"

Charley afastou-se da tábua de cortar. Estava suando por causa do calor. Enxugou o rosto com um lenço.

"Meu nome é Charley."

"Charley o quê?"

"Charley Wong. É o que diz na placa."

"E essa placa estava ali quando eu passei por Silver há quinze anos. Era um Charley Wong diferente atrás do balcão naquela época. E um outro quando voltei oito anos depois. Pelos meus cálculos, você é o terceiro Charley Wong a operar este café."

Charley lançou um olhar fixo e demorado para Virgil. "Você é do governo?"

"Verificando papéis? Eu? Vamos lá, Charley. Eu conheço você há uns dois anos. Se fosse te encanar, já teria feito a esta altura. Só queria saber o seu nome, Charley. Seu nome verdadeiro."

Ele era pronunciado *Fo' Xing Chao*, ou algo do gênero. Quando Virgil lhe pediu para soletrá-lo, havia um X e um Q, mas nenhum U.

"Viu?", disse Virgil, virando-se para mim enquanto Charley recomeçava a picar. "Até o Charley está dando uma de esperto. Pegue os figurões da De Valu Amalgamated Enterprises. Desenvolvendo compostos químicos, celulose, plásticos e o que quiser. Eles sempre montam filiais em países mais pobres, onde há um certo relaxamento na aplicação de regulamentos federais. A De Valu é praticamente dona do sudoeste. Metade dos postos de gasolina e farmácias, das refinarias de petróleo, a maioria dos jornais e das estações de rádio. É um jogo de esconde-esconde, a coisa toda, sob diferentes nomes, mas voltando tudo diretamente para a família De Valu. Os Rockefeller, os Morgan, os Cabot e os De Valu. Os sofisticados da classe capitalista. Exceto que não existe uma família De Valu. Esse 'de' é uma afetação, puro engodo. Eles chegaram como Valutinis. Um bando de carcamanos saído de Filadélfia. Eles tiraram o 'tini', aplicaram o 'de' na frente para dar pompa, e *bingo*! Você conseguiu um nome opulento. O engraçado é que outros Valutinis começaram a fazer o mesmo. De modo que agora existem os De Valu de Nova York e os De Valu de Baltimore tentando compartilhar a glória. Não dá para distinguir as imitações verdadeiras das falsas. Não é uma piada?"

A corporação De Valu operava uma fábrica nos arredores da cidade. O que havia de mais moderno em engenharia química estava sendo fermentado aqui em Silver, toda sorte de produtos novos e maravilhosos, com nomes que enrolavam a língua, cheios de promessas: pyralin, poliestireno e plastecele. A borracha sintética duprene, as maravilhas de vinylite e fabrikoid. Ia muito além dos nitratos de outrora.

"A fábrica da De Valu é gerida por um bohunk* alpinista social que se acha alinhado com a aristocracia", disse Virgil. "Ha! Ele nem percebe que

* Designação de caráter pejorativo para imigrantes oriundos da Europa central e oriental nos Estados Unidos. (N. T.)

está na folha de pagamento de carcamanos, há três gerações apenas de sicilianos indigentes. Eles até trouxeram um durão de Filadélfia, um tal Joey Dicannti, um bate-pau de sindicato, para manter os trabalhadores locais na linha."

Dicannti tinha ajudado a esmagar os piquetes na Republic Steel, disse Virgil. Tinha lutado ao lado de Tom Girdler, quebrando ossos dos melhores deles. Eles o chamavam de Dicannti Bolas de Ferro pela maneira como ele tinha enfrentado grevistas numa refinaria da Flint. Quando um dos trabalhadores chutou os testículos de Dicannti com uma bota com ponteira de aço, Dicannti nem se esquivou. Depois disso ele ganhou a lealdade da família.

"Não vai demorar muito para ele acrescentar um 'de' também", disse Virgil. "Começar a se passar por lorde Joseph Percival de Chanti, ou algo assim."

Eu tinha visto a fábrica da De Valu, as colunas de fumaça, as tubulações, o brilho metálico. Corria que eles estavam desenvolvendo produtos químicos para os militares. "Como gás mostarda, só que melhor", foi como um lojista se expressou — e com orgulho.

"Deslumbramento e entusiasmo, Jack. Para onde ia o Bib-Label Lithiated Lemon-Lime Soda? Para lugar nenhum até eles mudarem seu nome para Seven-Up. São as borbulhas que vendem a bebida, não o lítio." Ele acenou para a garçonete. "Senhorita, pode trazer uma Bib-Label Lithiated Soda, por favor?"

Ela olhou estupefata para ele.

"Você deve conhecer mais como Seven-Up."

Ela estourou seu chiclete. "Espertinho!"

"Só estava defendendo um ponto de vista. De onde é esse sotaque? Boston?"

"De toda parte", disse ela.

"Toda parte? Manda, eu estive lá."

Ela atirou um sorriso para o meu lado. "Quer um pouco de torta agora?"

Pensei em Joe Imprestável parado no escuro, os punhos fechados, e retribuí o sorriso, fechado.

"Passo", eu disse.

33.

O ângulo, o tom, a conclusão e a escapada.

Havia uma qualidade musical em cada golpe, um ritmo que parecia se impor por si mesmo. Até os mais curtos golpes de rua a possuíam. Golpes mais demorados eram arranjos orquestrais, trapaças de esquina eram pequenas melodias rápidas, mas cada um era musical por natureza, fosse um golpe de casa de apostas ou um simples golpe do porteiro.

Num golpe de casa de apostas, cria-se um estabelecimento completamente falso. “Pode ser um cassino, um bordel, uma taverna ou uma casa de apostas fajuta”, disse Virgil. “Pouco importa. A operação é armada desde o começo.”

Virgil e eu estávamos sentados à mesa de jogo na cozinha do 1-A, com a janela da frente aberta, esperando a noite chegar e o calor arrefecer na cidade. Ele estava de cueca e prendedor de meia, abanando-se com um chapéu panamá enquanto seu terno passado estava pronto e pendurado na porta. Eu suava mesmo com o colarinho aberto, mas não me parecera correto começar a me despir, especialmente não com a srta. Rose no quarto. Não que isso a perturbasse. Ela circulava por ali de camisola e meias, sem o menor embaraço. Eu tentava não olhar, mas meus olhos tinham ideia própria, em especial em recintos tão apertados.

Se Virgil notava meus olhares furtivos para a srta. Rose em roupas de baixo, ele nunca demonstrou. Estava ocupado demais construindo castelos no ar.

"Se eu tivesse bastante dinheiro", dizia, "construiria uma cidade no deserto com luzes brilhantes até onde a vista pudesse alcançar, uma espécie de parque de diversões permanente, mas *classudo*. Uma cidade inteira exclusivamente destinada à extração habilidosa de dólares dos trouxas. Seria feito com tanto jeito que eles mal perceberiam. Eles voltariam para mais, com um sorriso na cara."

O golpe da casa de apostas era o suprassumo da malandragem, aparentemente. O do porteiro? Bem, esse era o outro lado. "Um golpe menor", disse Virgil. "Apenas uma variação elaborada do roubo de bolsa comum." Virgil sonhava grande, mas mantinha seu apreço pelos golpes menores da vida.

Num golpe do porteiro, os golpistas se vestiam como porteiros, apareciam num escritório e levavam o que pudesse ser surrupiado em latas de lixo. Dinheiro miúdo e equipamento de escritório eram ótimos, mas o verdadeiro saque estava nos talões de cheque, faturas em branco, livros contábeis.

"Ele funciona porque o golpista está disfarçado como um dos Grandes Invisíveis", disse Virgil, o panamá abanando o ar. "Porteiros. Criadas. Lavadores de janelas. Vagabundos. São pessoas transparentes para outras pessoas. Ninguém as vê. Se algum dia precisar de uma fuga rápida, garoto, vista farrapos ensebados por baixo. Henry, o Cavalo — era chamado assim por ser bem-dotado, ele gostava de alardear, embora as garotas no Sal diziam que era pelo seu hábito de relinchar quando montava uma potranca. Outros diziam que era por causa dos seus grandes dentes amarelos. Enfim. O velho Henry aplicou um impressionante golpe do porteiro numa joalheria, esvaziando toda uma vitrine embaixo do nariz deles. Infelizmente para Henry, alguém notou as bandejas vazias no momento em que ele estava saindo. Fugiu dali com metade do pessoal no seu encalço. Henry os perdeu num beco, tirou seu traje de porteiro e o meteu numa lata de lixo. Estava usando roupas de vagabundo por baixo. Enfiou as joias num saco de papel e se atirou sobre uma pilha de lixo quando os guardas e funcionários entraram correndo, todos frenéticos para encontrá-lo. Henry fingiu estar dormindo, e ninguém se deu ao trabalho de olhar na sua direção. Alguns dizem que Henry chegou a ponto de se cagar, intencionalmente, e que ficou ali deitado no meio do fedor da própria sujeira. Isso manteria qualquer bando de perseguição a alguma distância. Eu topei com Henry em Kansas City, anos depois, e perguntei se aquilo era verdade. Ele disse: 'Claro que não. Eu me mijei. Não me caguei. Tenho meu orgulho. E, de qualquer forma, quem consegue se cagar de propósito?'."

"Um Príncipe dos Ladrões, nosso Henry", disse Rose, segurando um de seus vestidos para ver se servia, usando a janela como espelho. "Um verdadeiro aristocrata."

"Aqueles que se acham espertos demais para serem enganados são os que se deve mirar", disse Virgil. "É um bufê escandinavo por aí, Jack. Você tem bisbilhoteiros e garotas enjeitadas, empresários medíocres sonhando alto e as donas de casa que se conformaram com menos; tem os gananciosos e os carentes, os por cima e os por baixo, os que sonham acordados e os verdadeiros crentes, os maricas nervosos, e os jogadores barrigudos. Você tem as socialites, os rufiões decadentes e os cidadãos honrados — com pouca coisa separando uns dos outros às vezes. E cada um deles maduro para ser colhido. Dá para pensar que Deus decidiu criar um mundo de otários pelo tanto de fé cega e cobiça que Ele injetou nas pessoas. Todo o mundo tem pelo menos um golpe em que pode cair, um golpe com seu nome escrito."

"Melhor ainda", disse Virgil, "é o homem que acha que não tem nada a perder."

"Todo o mundo tem alguma coisa a perder. Nós só precisamos descobrir qual. Orgulho. Posses. Um ponto de vista. Um homem pode perder todos os três num único golpe. Nós somos agentes educacionais, à nossa maneira."

Rose deslizou o vestido por cima da cabeça.

"Educacionais?", ela perguntou.

"Por que não?", disse Virgil. "Nós prestamos um serviço. Somos instrutores letivos na Escola da Vida. Cobiça e carência, Jack. Esse é o gancho. Eles querem alguma coisa — eles *precisam* de alguma coisa —, anseiam de tal forma por ela que isso os deixa cegos de fome. Nós revolvemos a borra, levantamos seus desejos ocultos. Introduzimos um pouco de excitação em sua vida. São promessas e sorrisos tímidos e olhares simpáticos. Uma dança burlesca, com aquelas plumas de avestruz sempre prometendo revelar mais do que revelam. Essa é a essência de um bom golpe: é uma dança do leque."

"Excitação", disse Rose, abotoando a frente. "É assim que estamos chamando agora?"

Excitação requeria garra, e garra requeria uma certa ousadia. Mas, no topo da lista do inventário de qualquer golpista, estava aquilo a que Virgil se referia como "uma consciência maleável".

"Você tem de se perguntar quem está no comando", disse Virgil. "Você? Ou sua consciência? É preciso ser firme. Mostrar à sua consciência quem é o chefe. Todo esse mundo é velhaco, Jack. Todos estamos na jogada, dizendo mentiras. Eu apenas sou mais honesto a esse respeito."

Rose experimentou um de seus chapéus, inclinou-o para o lado. "Mais honesto?", ela perguntou. "Você?"

"Sou", disse Virgil. "Sou honesto sobre a minha desonestidade."

"Caramba, Virg, colocado assim eles teriam que dar uma medalha para você."

Virgil tirou sua cigarreira de prata e a abriu com um movimento fluido, bateu duas vezes para enfatizar, e me fitou. "Sinceridade. Honestidade. Convicção", ele disse. "Se conseguir simular isso, você está no caminho. Lembre-se disso, Jack. Um golpista jamais conhece um estranho." Ele fez uma pausa. "Exceto, talvez, em seu próprio espelho."

Todo o mundo era um amigo, e todo amigo era um otário em potencial. Esse era o truque. Aprender a ver todo o mundo que se conhecia como o otário em potencial que era.

Virgil acendeu o cigarro, encheu o peito de fumaça. "Se quiser entrar no jogo, precisa estudar sua presa. Cada detalhe. Suspensórios? Ou cinto? Ou ambos? Terno e gravata, bem passado ou todo amarfanhado? Feito sob medida ou comprado na loja? E como é o seu *cheiro*? Acabou de se barbear? Ou está com uma barba de uma semana? Suas unhas estão limpas? Ou totalmente roídas? Cabelos aparados nas orelhas? Esse é o melhor — cabelo aparado nas orelhas —, esse é alguém com dinheiro sobrando. E os sapatos? Lustrados recentemente? Ou lustrado com cuspe? É preciso pegar o seu ritmo e falar como ele. Ele pragueja? Ou fala corretamente? Pegue as pistas de seus trouxas. Eles devem ver em você um homem de gostos parecidos. Ele cospe. Você cospe. Ele se coça. Você se coça. Ele professa uma fé no Deus metodista, por Deus, você é um metodista também. Ele é batista, você é batista. Ele é um membro bem posicionado da Liga Antibares da América? Você lamenta o fim da Proibição e oferece um sorriso de abstêmio. Ele olha lubricamente para mulheres, você o encoraja. Ele vota nos democratas, você também. Ele considera Franklin Delano um comunista e um tirano, bem, com os diabos, você também. Se estiver falando com um operador de máquina esperando trabalho numa linha de montagem quebrada, você vira um vermelho, deixa escapar que é um defensor do Partido Proletário e um adepto do Trabalhismo Socialista. Se estiver falando para Henry Ford, vira fascista. Você diz que alguém devia assassinar Franklin Traidor Roosevelt. Você fala sobre como o 'pobre ocioso' é mais culpado que o rico ocioso, e como não podemos mimar os vadios, e como o New Deal está sendo jogado com cartas marcadas. Mas se ele se manifestar favoravelmente a Roosevelt? Você diz: 'Claro! Deviam colocar o rosto do velho Franklin Delano no Rushmore, ao lado do primo Teddy'. Trabalhe do geral ao particular. Pesque algumas pistas. Descubra quem eles precisam que você seja, e aí seja essa pessoa. Dê-lhes o que eles querem ouvir, e extrairá um preço disso mais tarde. Se estiver preparando um pequeno empresário urbano, jogue com o fato de que ele imagina que os graúdos são velhacos. Você lhes diz: 'Realmente me confrange a alma ver o pequeno tratado injustamente'."

Tudo confrangia a alma de Virgil; era uma maneira de colocar pessoas a bordo.

"Confirme o universo tal como eles o veem", disse Virgil, "e em pouco tempo eles estarão lhe permitindo alegremente saquear suas carteiras. Evite os fumadores de cachimbo. E nunca — *nunca* — enfrente alguém mais esperto que você."

Fumadores de cachimbo?

"Eles pensam demais. A última coisa de que você precisa é um otário que para e *pensa*."

Virgil alegava que podia conhecer um homem pelo chapéu que ele usava. Os Homburgs, ele dizia, com suas copas vincadas e abas rígidas, eram preferidos pelos banqueiros, advogados, corretores da Bolsa. Homens demasiadamente espertos para ser otários, o que, é claro, fazia deles otários excelentes. Os Derbys, com suas copas perfeitamente esféricas, eram diferentes. Derbys brancos sinalizavam bufões suscetíveis à bajulação, especialmente se os mencionados Derbys exibissem uma pluma lateral proeminente. Os Derbys marrons, com abas retas curtas e um ajuste mais apertado, eram ligeiramente mais sinistros. Elegantes, mas não muito formais, esses Derbys pretendiam projetar um halo de jocosidade respeitável. "Mas não se deixe enganar", disse

Virgil. "Nunca conheci um Derby que não fosse usado por um homem de sangue ruim."

E os panamás?

"Charme e boa aparência", ele disse com um sorriso. "Mais ainda quando trocado por um porkpie de copa achatada. Isso sim é que é *garboso*."

Rose tinha escolhido um chapéu azul-claro em forma de sino com um laço enorme num lado, como um presente esperando para ser desembrulhado. Ela me apanhou olhando para ele.

"Aprumo e graça", ela disse. "Se quer saber."

"E um tigre na sacola!", exclamou Virgil.

Era possível aprender um bocado com um simples laço.

"Agora, precisamos trabalhar teu sorriso", disse Virgil.

"Ele sorri?", perguntou Rose.

"Ele é torto", disse Virgil. "Sorrisos tortos são sorrisos falsos. São forçados. As pessoas sabem disso. Você precisa aprender a sorrir francamente — e com os olhos, para ele parecer genuíno. Pratique na frente de um espelho se precisar, até o fingimento vir naturalmente. E não segure por muito tempo. As expressões verdadeiras mudam o tempo todo. Não pode deixar um único sorriso estampado no rosto por mais que uma batida ou duas. Isso também é uma evidência."

Eu dei um sorriso para a srta. Rose, o mais largo que pude.

"É isso aí", ela disse com uma risada. "Quase acreditei em você. Ainda um pouco torto, porém."

Virgil esmagou o cigarro num pires, levantou-se e retirou seu terno da maçaneta da porta. Ele sorriu. "Hora de um pouco de jitterbug, garoto."

34.

Foi somente quando compareci a uma matinê no Silver City Aztec que eu compreendi o que estava realmente acontecendo na Alemanha nazista. E na Itália. Rússia. Espanha. Japão.

Eu tinha ido assistir a *Vitória amarga* com Bette Davis — quer dizer, ela estava nele. Fora sozinho; Rose e Virgil ainda estavam enganchados na sua cama retrátil. Os cinejornais no Aztec mostraram um desfile de soldados nazistas sob uma chuva de confetes digna de um retorno de Lindbergh. Era a Alemanha retirando suas tropas da Espanha — o general Franco, amigo de Adolf e Benito, agora seguro de sua autoridade. Os soldados passavam apressados, fileira após fileira, como brinquedos de corda, e os aviões da Luftwaffe disparavam em perfeita formação no alto.

As fogueiras aumentavam. Livros eram queimados por toda a Europa, e da queima de livros à queima de corpos parecia um pequeno passo. Mas livros já era bastante ruim. Não era preciso esperar os cadáveres serem empilhados; no fogo que iluminava as faces da multidão, eu vi o que estava acontecendo por lá. Sabia o que estava se passando. Eles tinham convidado Drácula para sua casa. Eu vi aqueles livros queimando e me perguntei se Ovídio estaria entre eles.

A matinê terminou, mas fiquei relutante de voltar para o 1-A. Eu nunca entreouvira Virgil e a srta. Rose na intimidade; imaginava que eles esperavam eu sair. Algumas manhãs, eu não me dava ao trabalho de passar na ponta dos pés por suas formas adormecidas, prefrindo me esgueirar para fora pela escada de incêndio. Eu guardava meu dinheiro num rolo dentro de uma lata de fumo, que eu usava para manter a janela aberta. Escondido à plena vista, eu imaginava, e ademais, a despensa em que eu dormia — 1-B — estava ficando cada vez mais insuportável no calor.

Enquanto dava a Virgil e Rose o tempo de que precisavam, eu perambulei pelas ruas de Silver. Pratiquei meu sorriso. Eu me aperfeiçoei em ver pessoas como otários em potencial e nada mais. Eu avaliava todas as pessoas com quem cruzava, tentando identificar suas fraquezas, tentado imaginar o que podia aplicar nelas, que ângulo eu adotaria. Tentava não pensar em cadáveres e livros, queimando ou não.

Uma coisa me incomodava, porém, nas lições que Virgil me dava. Era uma coisa à qual ele sempre parecia voltar. "Nunca conheci um golpista que não acabasse sendo tapeado por seu parceiro", ele dizia. "Você precisa tomar cuidado com ratos fujões, Jack — golpistas que pilham por conta própria. Este mundo está cheio de bisbilhoteiros, alcaguetes e tapados. Mas os ratos fujões são os piores. Tem de ficar de olho nos seus comparsas de golpes, Jack. Sempre."

Eu não compreendia então por que Virgil vivia trazendo à baila aquele ponto em particular. Agora eu acho que compreendo. Era para afugentar alguma coisa ruim falando sobre ela, como condes com bico de viúva são mantidos à distância com amuletos e sortilégios. Ou como algumas pessoas acreditavam na sorte.

Não havia sorte envolvida no que nós estávamos fazendo. Um golpe é um crime com inteligência adicionada. Pode-se sacar uma Dillinger, roubar de um único banco dez mil dólares — ou se pode garfar cem de uma centena de pessoas diferentes. O segundo método leva mais tempo, é fato, e é menos espalhafatoso, mas não se terminará na Lista dos Mais Procurados de alguém. Nenhum promotor público iria insistir no caso de algum pobre coitado que foi garfado numa nota de cem. Aos olhos de muitos promotores, o que Virgil, Rose e eu fazíamos nem sequer era um delito criminoso, conforme aprendi, mas civil. Nós nos esgueirávamos por entre malhas da rede que a lei lançava sobre nós, e o fazíamos com um sorriso. Um sorriso praticado, no meu caso.

Quando voltei ao café do Charley Wong, Virgil estava na mesa dos fundos com a edição vespertina aberta em mais uma história de gângsteres abatidos com uma rajada de balas.

"Publicidade", disse Virgil, mal desviando o olhar quando eu me acomodei na sua frente. "Beijo da morte."

Acenei para a garçonete — Susie, não era? — e pedi um café. Dispensei a torta. De novo.

"Toda vez que um criminoso se torna uma estrela", disse Virgil, "ele está condenado. Veja a Bonnie e o Clyde, em fuga, mas sempre felizes de posar para fotos. Eles estavam se esbaldando. Não espanta que tenham terminado os dias cheios de buracos. Ou Dillinger, fazendo pouco da lei, provocando os caras com telefonemas e cartões-postais. Um campônio de Indiana, se pavoneando desse jeito? Ele estava pedindo aquilo. Pombas, o cara chegou a tomar um posto de polícia em certa altura. Não se pode fazer isso. Não dá para chegar com estardalhaço, chamando a atenção, falando alto. Não dá pra sair por aí cantando '*Nós estamos forrados de grana!*' tampouco. Não se pode circular com alfinetes de gravata de brilhante e abotoaduras com joias. Guarde o brilho para os salões de dança. Dillinger? Eles o mataram na saída de um cinema, quando sua guarda estava abaixada." Virgil olhou para mim. "Por isso, trate de ser cuidadoso."

"Quem ia querer me emboscar?", perguntei.

"Só tenha cuidado, certo? Você não vai querer terminar como Dillinger, o cadáver exposto no necrotério, as pessoas fazendo fila em torno do quarteirão para uma espiada. A fama de Dillinger não o protegeu das balas, não é?"

Virgil sorveu um pouco do seu café e me fitou. "E você. Já foi acertado? Por uma bala?"

Isso me pegou de surpresa. "Não posso dizer que sim."

"Não é algo de que se esqueceria logo", disse ele. "Só um homem forte pode levar uma bala e não se alterar com isso."

Rose tinha se juntado a nós a essa altura para um café e um cigarro, o que Virgil chamava de "um café da manhã de puta". Ela suspirou. "Não seja tão mórbido, Virg. Você vai deixar o garoto nervoso."

"O caso é", disse Virgil, "o ciclo de vida de um assaltante de banco é sabidamente curto. Mas artistas do golpe têm uma longevidade natural. Tome o Sigmund Engel. Lembra dele, Rose?"

"Como poderia esquecer?", disse ela. "O homem era um banco de charme ambulante."

"Velho, careca e baixinho", disse Virgil. "Mas aplicava o melhor golpe do baú do país. Ele se casou com sua primeira garota em 1909 e ainda estava forte quando tentou dar em cima da Rose..."

"Quase funcionou", disse ela.

"Percebe, *nós* achávamos que estávamos dando um golpe no Sigmund. Ele achava que estava dando um golpe em nós. Ele se passou por um viúvo abonado. Rose estava se passando por uma rica herdeira. Foi muito divertido. Demos boas risadas juntos, quando percebemos."

"O segredo era o contato visual", disse Rose. "Contato visual *profundo*. Sigmund olhava para as donas com seus grandes olhos de cachorrinho, sustentava o olhar apenas um pouco além do normal, e, de repente, dava um suspiro e se virava. 'O que é?', elas perguntavam. 'Nada. É apenas... é apenas que a senhora se parece exatamente com minha esposa... parecia.'"

"O que provavelmente era verdade", disse Virgil. "Sigmund tinha se casado quase oitenta vezes pela última contagem. Algumas delas provavelmente se pareciam com uma esposa anterior. Ou três. Agora, muitas das donas que o Sigmund limpava eram mais estúpidas que um barril de cabelos, mas a maioria não. Ele visava viúvas, solteironas. Se fazia passar por uma alma solitária, um viúvo procurando companhia — e rapaz! Não é que aquelas donas precisavam ser precisadas. Ele foi apanhado uma vez em Iowa, mas a mulher em questão se recusou a mover uma ação. Ela até pagou a fiança dele. Nunca tornei a vê-lo. Um tipo estranho, o Sigmund. Sempre comia nos melhores restaurantes. Mas era calmo. Despretensioso. Ele gravitava em torno de clubes sociais e arrecadadores de donativos. Chegava na cidade e examinava atentamente os obituários à procura de maridos falecidos com riqueza apreciável, depois arranjava um encontro acidental com a viúva enlutada. Nem sempre triste, porém, como ele assinalava. Algumas pareciam totalmente revigoradas por sua perda recente. Sigmund sempre carregava um livro consigo. Enfiado debaixo do braço. De algum poeta grego..."

"Ovídio", eu disse, e soltei uma risada. "Não grego", eu disse. "Romano. O livro se chama A *arte de amar*. Estou certo?"

Isso os deixou espantados. "Acredito que sim. Como você..."

E eu continuei rindo, pela primeira vez depois de muito tempo.

"Esse!", disse Rose. "Esse é um sorriso."

"Nós devíamos aplicar um golpe do namorado", disse Virgil. "O que acha, Rose? O Wheaties aqui conquista a filha de um ricaço. Casa com ela. Limpa o papaizinho. Sai da cidade. Desde que se fique esperto, quem sabe?"

Mas nós sabíamos que isso não ia acontecer. Eu finalmente parei de rir, e enquanto enxugava os olhos, disse:

> Tantos são nos corações os modos, quanto no mundo os rostos; Aqui, apanham-se os peixes com tarrafa, ali com anzol, acolá as redes fundas os arrastam puxadas por cordas retesadas.

Isso é Ovídio". Um guia para avaliar otários. É assim o tempo todo.

Virgil me contou que ele e Rose certa vez aplicaram uma espécie de golpe do suadouro, sendo a diferença entre um golpe do baú e um suadouro a mesma diferença entre lábia e chantagem. No golpe do baú você as sugava lentamente, falando manso em tons melífluos. No suadouro, agarrava-se um homem diretamente. Quanto mais respeitável, melhor. Um conselheiro municipal ou um figurão da Câmara de Comércio em viagem de negócios era ideal, seguido de perto por um pastor (com família) e um pastor (sem). Rose tinha o tipo de olhos capazes de tirar um homem do sério. Ela se fazia passar por ingênua, permitia-se ser convencida a ir ao quarto de hotel dele... para depois Virgil entrar intempestivamente como seu irmão superprotetor, gritando ameaças e prometendo escândalo e ruína. Muitas vezes, e como um extra, Virgil entrava com clarão de flash, como se tivesse acabado de tirar uma foto — Rose sempre dava um jeito de se atirar no colo do otário para isso. Às vezes, Virgil ameaçava contar para o pai deles, que acontecia de ser... bom, pegue o nome do maior gângster da vizinhança, e esse era o papaizinho deles. O que fosse preciso para incutir o temor de Deus naqueles pobres otários.

Virgil pressionou demais um sujeito, porém. Eles resolveram espremê-lo até o bagaço com telefonema após telefonema, mas aconteceu que o otário tinha *coisas demais* para perder. Ele rastreou Virgil e Rose, destruiu o quarto deles quando eles estavam fora e mandou um par de gorilas reclamar seu carro.

"Foi assim que perdemos o Model A", disse Virgil.

"E já foi tarde", disse Rose. "Eu *detestava* aquele carro."

"Tudo que nós possuíamos estava em nosso quarto ou naquele carro. Tivemos que cair fora rapidamente, e a Rose aqui... bem, você conta."

"Eu convenci um cara a roubar um automóvel pra mim", ela disse, e se permitiu um pequeno sorriso. "Virgil se escondeu e eu me aproximei de um passante, com lágrimas nos olhos, contando como eu tinha perdido as minhas chaves e precisava desesperadamente chegar em casa antes de meu marido saber que eu estava fora. Excessivamente galante, o cara arrombou a porta, fez ligação direta para mim, e depois pediu um número para poder me ligar. Discretamente, é claro. Eu rabisquei alguma coisa num pedaço de papel, tomei vinte dólares emprestados, e depois apanhei o Virgil dobrando a esquina. Até onde eu sei, o cara jamais percebeu que foi convencido a cometer um crime. Eu lhe dei um Ha! Ha! e lá fomos nós."

"Foi o fim do suadouro para nós", disse Virgil. "E ainda bem. Nunca gostei dele. Não conseguia aguentar a choradeira. 'Ah, minha mulher, meus filhos.' Nunca parece incomodar as mulheres, porém. Num suadouro, é sempre o homem que acaba sentindo as dores."

"As dores?"

"Da culpa. E isso é um beijo da morte, também, quando se está aplicando um golpe."

"É uma boa para os adúlteros", disse Rose.

"Ah, nós pegamos aqueles puladores de cerca, não foi", exclamou Virgil. "Nós os pegamos direitinho!"

Lancei um olhar por cima do ombro, embora o lugar estivesse vazio. Ficava nervoso quando Virgil falava muito alto. Ele era cuidadoso quando entravam fregueses e não falava de negócios, mas mesmo assim. Fiz um gesto com a mão para ele abaixar a voz, mas ele descartou meu nervosismo com outro.

"Relaxe", disse. "Quem vai nos ouvir? Charley? Ele está na cozinha. Agora, outra versão do suadouro é mais rápida e mais brilhante ainda. Aplicada em bordéis e quartos de hotéis preparados. Chamam de 'golpe do painel'. A garota leva um homem para o seu quarto. Seu comparsa entra por um painel lateral..."

"Daí o nome", disse Rose.

"Daí o nome", disse Virgil. "Enquanto o otário está sendo habilmente distraído — ou melhor ainda, está cochilando — a coleta é fácil. Roupas amontoadas, calças no alto, carteira recheada. Talvez um relógio. Até um belo chapéu. A Lila Bauchenmier dirigia um prostíbulo nos arredores de Baton Rouge e tinha uns truques ótimos na sua bolsa. Podia vencer um cavalo de corrida, a nossa Lila. Sempre deixava seus homens felizes — e exaustos. Dava pra tirar as obturações de ouro deles e eles estariam dormindo profundamente demais para notar. Era uma das garotas mais lindas que já sentou num penico, a Lila. Tinha dedos longos, esbeltos, o tipo que descansa naturalmente nos bolsos alheios, e seus lençóis guardavam mais segredos que um confessionário católico. O sexo para ela não era mais sério que um espirro. Você devia procurá-la algum dia, Jack. Diga à velha Li-Bach que o Virgil te mandou. Ela saberá o que fazer."

Eu disse que o faria, se algum dia fosse a Baton Rouge.

"Só apliquei o painel com a Lila uma ou duas vezes", disse Virgil. "Dar golpe em amor desse jeito não parecia muito direito."

"Amor?", disse Rose. "É assim que você chama?"

E talvez fosse isso mesmo o amor, aliás, um golpe mútuo. Rebecca estaria saindo da escola nesse momento. Estávamos em meados de junho, e fazia dez semanas que eu partira. Quem sabe? Ela podia estar pensando em mim nesse momento. Ou. Talvez não. Olhei para minha mão, mais macia agora e sem calosidades. O bolsão de calor que eu antes sentia na palma da mão havia muito que sumira.

"Alguma coisa errada?", perguntou Rose.

Eu estava sentado ali fazia algum tempo. Não tinha notado a interrupção da conversa.

"Perdeu alguma coisa?"

Eu quis dizer: "Sim, acho que sim", mas tudo que consegui foi um abano da cabeça, não, e um sorriso largo, sereno.

35.

Virgil decidiu que já era hora de eu tentar lançar dados. Dados viciados com um lançamento correto, ou dados corretos com um lançamento viciado.

"Dados viciados só funcionam com pessoas broncas", advertiu Virgil. "Qualquer jogador que mereça esse nome sabe que um conjunto está viciado só pelo tato da mão — e jogadores profissionais não são nada condescendentes nesses assuntos. Melhor aprender a lançar."

O lançamento de um par de dados para que as chances trabalhassem em nosso favor requeria um lançamento plano. Era preciso girá-los para que eles se movessem somente em um plano, sem cair. Chacoalhava-se a mão como um louco, mas só para fazer cena, segurando os dados entre os dedos fechados, com os números que se queria virados para cima. A ideia era arremessá-los como pedras para ricochetear na superfície, sem que eles virassem. Isso não era possível de obter em todo arremesso, e não em cassinos muito iluminados. Mas num beco de fundos ou sobre uma mesa de bilhar, quando as paradas estivessem suficientemente altas? Uma torcida de pulso, um deslizamento dos dados, e bam! Duplo seis.

Difícil de fazer.

A ideia era bastante simples. Mas lançar dados se mostrou bem mais espinhoso que atirar argolas sobre uma garrafa, e quando eu finalmente consegui que aquele giro horizontal funcionasse, Virgil resmungou. "Você poderia perfeitamente os ter largado sobre a mesa com os seis para cima, de tão óbvio. É preciso impingir um pouco de *malícia* na coisa."

Os dados requeriam mãos mais rápidas que as minhas, dedos mais finos. Virgil lançou cinco vezes. Cinco vezes bem-sucedidas. Eu precisei de bons trinta arremessos para produzir um resultado decente, o que era aproximadamente a mesma probabilidade de um lançamento honesto. Então, qual era a vantagem?

Nós aplicamos pequenos golpes durante o mês de junho, circulando por uma cidade, caindo fora rapidamente. Virgil sempre se preocupava em ficar tempo demais num lugar, e o pernoite o deixava nervoso. Às vezes nós partíamos pela manhã antes mesmo de as meias de Rose terem secado. Pernas nuas pela janela dos fundos, vestido formando paraquedas, ela diria: "Não há ninguém nos caçando, Virg. Qual é a pressa?".

As festividades regionais estavam se multiplicando àquela altura: concursos de culinária, imitação de porcos, a celebração de conservas de alimentos locais e a degustação pública de picles, esse tipo de coisas. Homens de cintos e suspensórios levantando argolas de ferro, garotos correndo de um lado para outro como gatos vadios enquanto mulheres se atarefavam em volta das mesas, as mãos empoeiradas de farinha ou pegajosas de geleia. Jovens enamorados andando sem destino em meio à poeira picante, os olhos úmidos e abismados, lançando galanteios como se fossem ferraduras. Tudo muito inocente e em pequena escala. Caseiro. O que significa um lugar perfeito para um golpe. Virgil decidiu que nós devíamos atacar as feiras em torno de Silver City. "Viagens de um dia", disse ele. "Rápido e fácil."

Virgil sustentou que nós poderíamos convencer um caipira entediado a fazer simplesmente qualquer coisa, e feiras rurais eram um preparado tão tedioso quanto se poderia desejar. Ele originalmente queria lançar dados tendo a mim como sócio apostador. Mas isso requereria que eu ganhasse algumas vezes, para atrair pessoas. Teria sido um papel pouco feminino para Rose, por isso lançar dados estava fora.

"Vamos com o golpe do monte", disse ele. "Venha cá. Vou mostrar como funciona."

No beco atrás do café do Wong, Virgil virou um engradado de madeira de cabeça para baixo e deitou três cartas, uma rainha de copas e dois ases. A ideia era seguir a rainha. Virgil moveu as cartas, um pouco rigidamente eu achei, várias vezes, enquanto mantinha uma provocação verbal interminável. "Ache a dama! Faça sua aposta e dobre seu dinheiro. Mantenha os olhos na rainha. Olhos na rainha. Sempre a rainha. A rainha é rei. A rainha é rei."

Nós o praticamos, com Rose fazendo o otário e eu atuando como apostador. Meu trabalho era bloquear qualquer tentativa que ela fizesse de escolher a carta certa.

"A primeira regra e a mais importante do golpe do monte", disse Virgil, "é esta: o *otário nunca ganha*. O sócio apostador sim, mas o otário, jamais."

A mim me pareceu que poderíamos jogar honestamente. Mover as cartas com suficiente velocidade, deixar o apostador fazer uma escolha honesta, e ainda teríamos uma vantagem de dois para um. Com chances assim a nosso favor, sairíamos ganhando no longo prazo. Mas dois para um não era bom o bastante para Virgil. Ele queria chances melhores. "Três para zero, de preferência."

Esse golpe não era como outros em que se poderia deixar passar algumas rodadas para inflar o ego do otário. No pôquer, por exemplo, se deixava o otário ganhar algumas mãos: era o elemento de persuasão. Dava-se aquilo a eles para incentivar, e eles eram fisgados. Não era assim num golpe do monte, explicou Virgil, porque este era um golpe de esquina, e o otário podia simplesmente pegar seus ganhos e ir embora.

Havia algumas estratégias para garantir que isso jamais acontecesse.

Na condição de sócio apostador, eu escolheria carta vencedora após carta vencedora. Faria parecer fácil, porque era. As mãos de Virgil se moveriam com lentidão suficiente para qualquer um acompanhar. "Melhor ainda", disse Virgil, "quando alguém de chapéu-coco e colete está observando por trás, é fazer o sócio apostador *perder*. De novo e de novo e de novo."

O otário que se acha demasiado esperto para ser enganado aí pensa: "Não posso acreditar que esse sujeito não acertou! Eu poderia ter ganhado todas". Convencido da própria superioridade, ele finalmente dá um passo adiante para fazer a sua aposta.

E é aí que alguma coisa mágica aconteceria. Mal o otário apostava, as habilidades de Virgil sofriam uma súbita e acentuada melhoria. Agora, as cartas começavam a voar. Virgil as levantava e pousava, rapidamente, suavemente. O movimento clássico era pegar duas cartas com a mão direita, uma em cima da outra, e aí — em vez de a de baixo primeiro, como era de esperar — fazer um gesto largo e deixar cair a carta de cima. Truque simples, mas funcionava. O otário agora estaria seguindo a carta errada. Um deslizamento lateral, em que uma carta passava por cima e a de baixo deslizava para fora, também era eficaz. Porém, Virgil tinha certa dificuldade com esse.

"O monte não é exatamente minha especialidade", ele confessou. "Não o aplico muito desde meus tempos de estação ferroviária. Estou um pouco enferrujado, mas bom o bastante para enganar os trouxas."

E se por pura sorte o otário escolhesse a carta certa? Bem, era aí que eu entrava — e tinha que agir rápido.

No instante em que o otário apostava na carta vencedora, fosse cinco ou dez dólares, Virgil atiraria o dinheiro para trás, gritando. "Mínimo vinte dólares!" Era minha dica para atirar imediatamente quarenta, bloqueando a aposta. Isso porque assim que eu o fazia, Virgil anunciaria com igual rapidez: "Máximo quarenta dólares", e viraria a carta.

Eu ganharia na escolha do otário, o que só alimentava o seu desejo. Se o otário escolhesse corretamente de novo — e isso se daria de vez em quando, Virgil disse — eu devia me adiantar e esbarrar no engradado, derrubando as cartas. Virgil então gritaria: "Aposta encerrada. Jogo novo".

E se o otário escolhesse corretamente uma terceira vez? Bem. Isso significava que Virgil não tinha feito seu trabalho. "Policiais!", ele gritaria. "Vamos cair fora!" E nós sairíamos correndo, deixando a caixa para trás. É por isso que não se usava uma banca de jogo formal, para o caso de se ter de fugir.

Nunca chegou a isso, porém, e ainda bem, porque não creio que alguém nessas feiras de condado percebesse que o jogo do monte era ilegal. Criadores de porcos se aglomeravam em torno do engradado de madeira de Virgil, empurravam seus bonés para trás, observariam um pouco, e depois tratariam de perder o valor de uma semana de produtos em duas ou três rodadas. Eles jamais suspeitavam de nada, porque "Ora! Então aquele jovem não tinha ganhado algumas antes?". Alguns sujeitos apostavam mais, esperando em vão "ficar em casa", atirando dinheiro sem parar com sombria determinação até ficarem completamente limpos.

Eu sempre ganhava uma grande rodada depois que isso ocorria, limpando a barra de Virgil, e me afastava me pavoneando enquanto Virgil afundava na derrota. Às vezes, a pessoa que tínhamos acabado de limpar manifestava sua pena. "Não dá para ganhar todas", ela diria a Virgil.

"Sábias palavras", ele dizia. "Sábias palavras."

O jogo de monte era apenas outra versão de um antigo jogo de conchas. "Tão velho quanto a América", disse Virgil. "O primeiro trapaceiro chegou no *Mayflower*. Isso é um fato. E pode-se ler sobre golpes de conchas sendo aplicados em piqueniques de igreja de peregrinos." Ele falava sobre isso como se tivesse sido uma testemunha ocular. "À nossa maneira, estamos mantendo viva uma tradição venerável", disse ele, ainda olhando de soslaio para a medalha que Rose imaginava que ele merecia.

"Generosidade sua", ela disse.

Golpe do monte. Manipuladores de dedais. O jogo das conchas. Ou mesmo aquelas três valises de couro verde macio que Virgil possuía. Tudo parte daquele ritmo 1-2-3. Quatro era demais. Dois, insuficiente. Era preciso um grupo de três para esconder a verdade, fosse uma troca de malas ou o toque leve e suave de uma carta caindo numa mesa. "A mão é mais rápida que o olho?", gritava Virgil. "Aproximem, façam sua aposta." E eles faziam. Como gado para uma prensa de hambúrgueres.

O trabalho de Rose era ficar por ali, nos fazer sinais com as mãos. Ela inspecionava a multidão, via quem puxava um dólar de uma carteira recheada e quem não. Quem consultava seu relógio — tinha de ir embora logo, por isso devia ser depenado primeiro — e quem estava com o horário mais folgado. Uma puxadela na orelha significava que um guarda estava se aproximando. Um esfregão na manga significava matar o jogo. Dois dedos para ajustar o chapéu significavam dobrar a parada. Três dedos significavam livrar-se daquele trouxa, pegar o seguinte. Quando ela examinava o pó de seu rosto no espelho isso significava cair fora. Se arrumava o cabelo, ajeitava-o atrás da orelha, por exemplo, isso geralmente significava que o otário era bom para o longo prazo. "*Preparem o cara e tirem tudo que ele vale.*"

As coisas correram perfeitamente até a quinta feira. Foi quando nos metemos em encrenca.

Tivéramos uma boa jornada e estávamos prontos para partir quando Virgil sentiu cheiro de torta assada. Frutas vermelhas, passas, ruibarbo. "Hum... Sinta esse cheiro!"

O cheiro vinha da barraca Cavaleiros de Colombo, e era de fato tão quente e tão rico que se podia senti-lo na língua.

Virgil comprou uma torta inteira. Ele foi na de frutas vermelhas.

Nós nos sentamos à sombra de uma barraca num canto da feira, comendo uma torta recém-assada com crostas tão folheadas que poderiam ter caído do próprio céu e bagas tão azedas que poderiam ter borbulhado de baixo.

Virgil me fitou. "Essa sua lata de fumo deve estar abarrotada. O que vai fazer com todo esse dinheiro? Deve ter mais de dois mil ali agora."

"Aproximadamente", eu disse. Na verdade, era bem mais de dois.

"E você nunca esbanja em roupas ou vinho", disse Virgil.

"Ou garotas", disse Rose.

Virgil limpou a boca de frutas vermelhas. "Para o que está economizando, garoto? Tempos chuvosos? Não vai ver muita chuva por aqui."

Verdade seja dita, eu não sabia que estava poupando para alguma coisa. Enviei cem dólares para papai, com uma nota que dizia COMPRE COMIDA. Mas, além disso, não havia gastado muito daquilo, em especial do modo como Virgil adorava gastar. O rum, os filés, o jazz, e os cafés da manhã não tinham me custado quase nada.

"Talvez eu coloque no banco", eu disse. "Guardar para mais tarde."

"Tem planos, não é?"

"Não. Não mesmo."

"Nada?", perguntou Rose.

"Bem, eu podia cair fora, imagino. Você sabe, ir para o norte. Me alistar no Exército britânico. Entrar na luta que todo o mundo diz que virá."

Bem. Era a coisa errada para dizer.

Virgil, conforme se revelou, não era o meu pai. "O quê?! Não me diga que é sério. Por Deus, garoto!"

"Virg...", disse Rose, mas ele não estava no clima.

"Eu estava lá, Jack, na última. Ah, em nossos uniformes cáqui, não é que nós parecíamos bacanas?! Cheios daquele Yankee Doodle-de-dum. Meio milhão de botas, garoto. Marchando direto para o inferno. Eles nunca contam essa parte, não é? *Caramba*, Jack! Achei que você fosse mais esperto. Será que não aprendemos nada com a Grande Guerra? Nós americanos vivemos numa casa à prova de incêndio, longe de materiais inflamáveis. O que estamos fazendo travando as batalhas alheias?"

"Virg..."

"Quer ser como um daqueles estúpidos que se alistaram para combater Franco, entrando numa brigada de voluntários, a cabeça cheia de absurdos românticos? E para quê? Estou contente que o velho Franco venceu e acabou com esse tipo de estupidez. Veteranos de Guerras Estrangeiras, *ha!* Eles deviam começar um grupo de apoio para Veteranos de Guerras Futuras, que são os que vão precisar disso."

"O garoto estava só pensando", disse Rose. "Não se exalte."

"Lei da Neutralidade? A coisa mais inteligente que o Congresso já aprovou", disse Virgil. "*Tornar o mundo seguro para a democracia.* Foi o que nos disseram sobre o motivo da guerra. Disseram que era uma cruzada. Mas eu pergunto, quando foi que nós concordamos em ser a polícia do mundo? Hein? Quer ver o sinal de um trouxa? Aqui. Eu vou te mostrar."

Ele desabotoou os botões da camisa, levantou a camiseta. Desde que Clarke Gable tinha exposto seu peito nu, as vendas de camisetas tinham despencado. Virgil era um dos poucos que eu conhecia que ainda as usava. Agora eu entendia o porquê.

Ali, no meio do peito, pouco abaixo do coração, havia uma cicatriz larga e enrugada, do tamanho aproximado de uma moeda de um quarto de dólar, como um buraco que tivesse sido perfurado e depois costurado. Mal.

"Olhe só. Bala chucrute, e pra quê? Você nem mesmo tinha nascido quando nós marchamos. A Guerra para Acabar com Todas as Guerras, como eu me lembro. *Doughboys* em parada, e eu correndo como se fosse o Cavaleiro Solitário para o salvamento. Ah, sim, o Tio Sam entrou, não foi? Entrou para o resgate, bem no fim, disparando revólveres de seis tiros e assustando o Huno. Não era no cinema, porém, era? Eu cheguei no front, vi um balão atolado no lixo. Mas não era um balão. Era um Tommy,* a barriga inchada, a pele cinza-defunto. Eles me entregaram uma Lee-Enfield, disseram 'A grande aventura apenas começou!'."

"Enfields?", perguntei. "Essas são britânicas."

"Exatamente! Não seja tolo como eu fui. Eis uma coisa que você talvez não saiba. Quando eles enviam você ao combate, você é atingido uma vez,

* *Doughboys* eram os soldados americanos da Primeira Guerra Mundial; Tommy é como os soldados britânicos eram chamados. (N. T.)

você espera isso. Duas vezes? Você está encrencado. Três vezes? Seria um milagre escapar. Jamais conheci alguém suficientemente grande para levar três balas e viver."

"E?"

"A quarta o matou. Agora eu, eu só fui atingido uma vez. Mas uma vez foi o bastante. Franco-atirador chucrute, bem no peito. Errou meu coração por um triz. É um milagre eu ter sobrevivido."

"Pensei que não acreditava na sorte", eu disse.

"Não acredito. Mas acredito pra caramba em milagres."

Ele meditou por alguns instantes, fitando-me com irritado desgosto.

"Foi só uma ideia", eu disse.

"Assim como o maldito Hindenburg também foi! Tenha um pouco de juízo, garoto. É uma coisa imprestável. Que raios se passa com você que não percebe? Escute." Ele se inclinou mais para perto, abaixou a voz. "Você tem um talento divino, Jack. Tem *autoconfiança*. Eu posso sentir. Não desperdice a vida em causas perdidas. Não deixe que eles façam você de otário."

Autoconfiança? Não. Era mais uma questão de rejeitar aquelas partes de quem se era que poderiam atrapalhar. Era uma questão de decidir o que tinha de ser feito e então fazer. Não era garra. Garra era a arte de embelezar, de acrescentar camadas como quando se enfeita um bolo. O que eu empregava era a arte da subtração.

Rose pousou a mão no meu braço. "Virgil não quer que você se perca, é tudo."

Virgil tocou na cicatriz no seu peito uma última vez. "É isso que se consegue com heroísmo."

Não sei como aquela bala errou seu coração.

Foi quando ele estava abotoando a camisa que notei Virgil olhando por cima do meu ombro para alguma coisa vindo na nossa direção. Ele sorriu. Um sorriso largo. Sustentou apenas um pouco demais.

"Tarde, policial", ele disse, e eu me virei para ver uma estrela de xerife presa a um homem grandalhão. Parecia um touro metido num uniforme. Sua cabeça ia das orelhas aos ombros sem o intervalo usual de pescoço. O rosto era bronzeado e áspero, e ele não sorriu.

A primeira regra do jogo do monte era que o otário jamais ganhava. A segunda era que o jogador e o sócio apostador nunca eram vistos juntos depois. Se não fosse por aquela torta, nós não teríamos sido.

O homem com o distintivo disse: "Entendo que os rapazes andaram praticando jogos de azar na minha jurisdição", e Rose sumira.

Foi impressionante. Não sei como ela fez aquilo. Num momento ela estava ali e no seguinte não estava, como uma dama desaparecendo.

"Jogos de azar?", perguntou Virgil. "Mas isso seria contra o regulamento 37-4 do condado, que claramente impede jogos privados em locais públicos."

Isso obrigou o xerife a fazer uma pausa. "Regulamento 37-4?"

"Exatamente", disse Virgil. "Proíbe todos esses jogos, exceto, é claro, para fins caritativos. Bingos de igreja. Esse tipo de coisa. Agora, em nosso caso, estamos arrecadando fundos para os Cavaleiros de Colombo, você provou as tortas deles? Caramba. Elas são espetaculares. Vá em frente, pegue uma fatia."

Mas o xerife não se mexeu. "Esta é a minha cidade. Vocês precisam resolver as coisas comigo primeiro."

Sempre que entrávamos numa feira, Virgil fazia questão de parar na cabine de avisos ao público para apertar a mão do homem atrás do microfone. *"Dale, não é? Dale Whitlock? Prazer. Excelente trabalho que você está fazendo. Quase sem nenhuma estática."*

Agora eu soube por quê.

"Bom, xerife", disse Virgil, inclinando-se um pouco, baixando a voz. "Se parar na cabine de avisos e falar com o senhor Whitlock... Conhece o senhor Whitlock?"

"Dale? Claro, eu conheço o Dale."

"Bom, ele tem um envelope ali para você. Enfiado embaixo da mesa. Um sinal do meu apreço pelo bom trabalho que vocês agentes da lei estão fazendo. É a nossa maneira de dizer obrigado."

O xerife fez que sim. Era para isso que ele tinha vindo. E assim que ele virava as costas e se dirigia para a cabine de transmissão, Virgil e eu corríamos. Rose estava de volta, com o motor funcionando, e nós mergulhávamos no carro. "Abaixe-se", disse Virgil, e ele atirou um cobertor sobre nós enquanto Rose acelerava. Ele não precisava ter se preocupado com o cobertor. Enquanto fugíamos, Rose disse que o xerife estava parado de um lado, esperando pacientemente Dale terminar um aviso.

Ela nos tirou dali, e tirou-nos depressa.

E, assim que ficamos livres, Virgil jogou o cobertor para trás, disse com voz pesarosa: "É uma vergonha. Uma vergonha! Ter de largar uma torta de frutas vermelhas perfeita como essa".

Ainda não sei como aquela bala errou seu coração.

36.

Na volta para Silver City, passamos por um parque de diversões.

Ele estava na borda arruinada de uma cidade maior; era possível ver os silos e caixas-d'água estremecendo ao longe no calor, parte miragem, parte não. O parque de diversões tinha sido montado fora do seu território, bandeiras drapejando, barracas arrumadas como o maior e mais elaborado jogo de conchas já visto. O cartaz na entrada dizia DIVERSÃO FAMILIAR! WHOLESOME ENTERTAINMENT PRODUCTIONS APRESENTA — e ali eu vi — IRMÃOS ROBBINS CIRCO & PARQUE DE DIVERSÕES.

"Encoste", eu disse. "Eles me devem um urso."

Mas Virgil não faria uma coisa dessas, apesar de estarmos falando de um luxuoso urso extragrande com óculos de Teddy Roosevelt.

"Quer ser *redlighted*?", perguntou. "Não se entra em briga com turmas de parque. É como arranjar uma briga em um ninho de cascavéis. Você pode surrar um ou dois, mas de qualquer modo vai ser derrubado, coberto de marcas de dentes e envenenado."

Redlighting, ele explicou, era a arte de atirar pessoas de um trem, assim chamada porque a última coisa que se via ao cair arrebentado sobre os trilhos era o tremeluzir vermelho do carro de passageiros quando ele desaparecia ao longe.

"Uns anos atrás, em Mobile, os funcionários atiraram vários trabalhadores de seu vagão de circo depois que os caras reclamaram seu pagamento. Dois ficaram aleijados para sempre. Um morreu. Todos foram *redlighted*."

Olhei para Virgil. "Você trabalhava no parque?"

"Trabalhava. E não vou parar."

Ele passou pela saída do parque sem diminuir a velocidade.

"Depois da guerra", ele disse, "provei as coisas que o mundo tinha a oferecer, tanto as amargas como as doces, e descobri que podia me assentar. Era como ter um joelho nervoso quando se está tentando ouvir um sermão sentado. Ele fica se agitando. Eu estava ansioso pra partir; tenho os ossos inquietos, Jack. E terminei no parque, trabalhando o circuito. Entre trambiqueiros, quem não esteve? É meio como servir num júri. Você cumpre seu tempo, e tenta sair inteiro. Entrar não é muito difícil. Difícil é sair. O parque ou o engole inteiro ou o cospe — alma quebrada e bem mastigada."

Foi no parque de diversões que Virgil tinha aprendido seus truques de estação ferroviária, aliás. Foi lá que ele trocou malas pela primeira vez e onde aprendeu a aplicar o golpe do monte, talentos que o acabaram levando a atravessar tranquilamente a América.

"O que significa o giz?", perguntei. "Nos parques de diversão. Sei apenas que ele indica um trouxa."

Virgil fez que sim. "Geralmente. Os batedores de carteira também usam. Têm um comparsa para marcar onde está a carteira, usando as costas do paletó como uma espécie de bússola, apontando para qual bolso. O centro se estiver numa corrente. Meio do ombro se ele já foi atacado. Quando algum desses caras chega no final do parque, ele está perfeitamente marcado", disse Virgil com uma risada.

"E o vermelho?", perguntei.

"Vermelho?"

"Giz. Foi o que eles marcaram com um tapinha no meu ombro", eu disse. "Achando que eu não tinha notado."

Virgil olhou para mim, *estupefato*. "Eles puseram giz vermelho no seu ombro?"

Fiz que sim. "Sim, senhor. Eu sabia que era um sinal", eu disse. "Imaginei que significava: 'O garoto está desconfiado, deixem ele em paz', porque depois disso ninguém me importunou."

"Não é bem isso", disse Virgil. "Não é bem isso. Perto, mas não é. Uma marca com giz vermelho significa 'Se esse porra der algum problema, *redlight* nele'. Algo como 'Acabaram-se as apostas, acabem com ele se for preciso'. Se você tivesse abusado da sorte, tivesse se recusado a sair ou tivesse voltado mais tarde naquela noite, eles o teriam convidado a embarcar no seu trem. Teriam manejado você com palavras reconfortantes e tapinhas nas costas. E assim que aquele trem começasse a rodar, teriam atirado você do último vagão. Giz vermelho? Você não sabe como chegou perto", Virgil olhou atravessado para mim. "Ainda quer voltar para aquele urso?"

Eu dei um sorriso, largo e torto. "Acho que vou dispensar."

Enquanto o parque Irmãos Robbins desaparecia na poeira e na distância, Virgil me disse para não me sentir mal por ter sido enganado pela turma do parque. Todo trambiqueiro era trapaceado em algum ponto.

"É geralmente como começa", disse ele. "Alguém passa a perna em você, acerta seus tornozelos por trás e você decide no livro-razão da vida que vai ser o enganador e não o *enganado*. O funcionário do parque, não o otário. Soapy Smith? Ele era apenas um garoto da Georgia trabalhando num rancho no Texas quando lhe tiraram todo o dinheiro numa trapaça. Em vez de ficar furioso, Soapy decidiu aprender o negócio. Foi para o Alasca na virada do século, terminou *possuindo* Skagway. É o que separa um malandro do resto da multidão. A maioria das pessoas que se queima cuida de suas feridas, choraminga um pouco. Aceita o merecido castigo. Mas algumas... Algumas se queimam e querem elas mesmas manejar os palitos de fósforo. Os nascidos de uma alma fraudulenta. Elas pensam com seus botões: 'Como foi que ele *fez* isso? Quero aprender a fazer também'. Todo o mundo pode ser apanhado, Jack. Dapper Dan Collins foi depenado pelo Conde Lustig. O Conde Lustig foi apanhado pelo Yellow Kid Weil. Acontece com os melhores entre os nossos. Pense nisso como educativo, uma lição aprendida. No meu caso, foi o Valise Simpson e suas três sacolas bastardamente iguais. Eu rastreei Simpson, mas em vez de arrebentar ele, eu disse: 'Me ensine'. Bem, eu logo aprendi a fazer aquela troca tão suavemente como seda de um cu de porca."

Há mais de um significado no termo *troca*, explicou Virgil, enquanto dirigia o carro, o sol baixo do outro lado da estrada. "A troca" também se referia àquele momento em que se transferia a responsabilidade pelo golpe para o otário. Quando o convencia de que a ideia fora dele o tempo todo.

"Quando eles forçam o esquema para você", disse Virgil. "Quando eles *fazem* você tirar o dinheiro deles. Esse é um momento lindo. Você diz a eles: 'Não, não, não, eu não poderia!' e eles dizem: 'Eu insisto!'." Ele estava sorrindo, um sorriso largo e solto. "Golpear o trouxa perfeito. Não é o máximo? Jogar um jogo em que as regras se acumulam a nosso favor. *Cara você ganha, coroa eles perdem*. Passar a perna no mundo, é disso que se trata. Eu? Eu passei do golpe da troca da mala para o truque das caixas de fósforos, e das caixas de fósforos para o truque do monte, e do monte para o paco. E aqui estou eu. Ainda vivo."

No mundo de Virgil Ray, não havia prêmios para segundos lugares. Cada um era ou um otário ou um rei. Não havia vigarista mediano tampouco, apenas artistas e mestres, grandes e maiores de todos os tempos. Fulano era o melhor no giro de cheques sem fundo, o melhor preparador de campo, o melhor chamariz a percorrer os terrenos de Deus. Alguém que ganhava a vida conseguindo reembolsos de grandes empresas por compras menores — e depois apagava a tinta e escrevia uma nova quantia: ele não era simplesmente um lavador de cheque, era "o maior lavador de cheque que já existiu. Ele devia estar trabalhando em pinturas a óleo, restaurando grandes obras de arte, ele era bom o bastante!".

"É isso que nós somos?", eu perguntei. "Artistas?"

"Oh, mais que isso", disse Virgil, me fitando. "O trapaceiro é o grande herói inteiramente americano, como Paul Bunyan ou Robin Hood."

Robin Hood?

"Nós traficamos com sonhos e falsas esperanças, Jack. E o que poderia ser mais americano que isso? Charley Fisher começou a Electrolytic Marine Salts Company perto de Passamaquoddy Bay. Ele vendia ações no oceano. No oceano, repare. Usava seu 'acumulador de ouro' patenteado para extrair quantidades minúsculas de minério do mar. Tudo muito verdadeiro. A água salgada contém vestígios de ouro. Mas seria preciso filtrar toda a baía para um único pedacinho. Estamos falando de moléculas, aqui."

Não que Fisher se importasse. Ele estava no negócio de vender ações, e as vendia.

"Tirou uma modesta fortuna daqueles ianques da Nova Inglaterra. Mas eu fiz uma melhor. Uma vez, vendi sete vezes uma porção de terra, a mil dólares cada. Quero isso na minha lápide — *Aqui jaz Virgil Ray: ele vendeu uma porção de terra sete vezes*. O melhor? Foi tudo legal. Refugos não processados de uma mina de ouro genuína."

"Refugos não processados?", perguntei.

"Terra. Eles me pagaram para me livrar dela. Eu decidi vendê-la, economizar o transporte. A papelada estava limpa. Os refugos continham ouro. Aproximadamente o mesmo tanto que se poderia encontrar na água do mar, e se ela fosse suficientemente bem peneirada seria possível recolher um ou dois pedacinhos, como encontrar uma pulga numa caixa de areia. Mas ainda era ouro, e ouro é como heroína para o ganancioso, Jack. A promessa dela alimenta o vício, nos deixa todos drogados. '*Solo contendo ouro, devidamente certificado como tal pelo Departamento de Ensaiadores dos Estados Unidos.*' Já ouviu falar de podre de pobre? Bem, eu estava podre de rico."

"Pare com isso, Virg", disse Rose, agitando-se no banco de trás. "Por que você tem que encher a cabeça do rapaz com histórias como essas?"

Eu encontrei o olhar de Rose no espelho retrovisor.

"Eu não conto mentiras", disse Virgil. "E nunca deixo os fatos complicarem a verdade de uma questão."

Rose devia ter me dado mais crédito. Eu sabia que havia lacunas nas histórias de Virgil. Sabia que tinha coisas que ele não estava me contando, detalhes que ele estava tentando confundir. Suas histórias não se encaixavam perfeitamente no tempo. Quando ele disse que estivera vendendo refugos de uma mina em Nevada, também estava aplicando o suadouro em Baton Rouge. Ele tinha me dado pelo menos quatro versões de onde estava quando o mercado acionário desabou. Virgil teria precisado de muitas vidas pregressas. Precisaria estar circulando por aí há vários séculos para ter acumulado as experiências que reivindicava para si. Depois de um tempo, eu parei de calcular e fiquei pensando se chegaria o dia em que eu estaria contando a alguém mais jovem que eu: "Virgil Ray? Caramba, trabalhei com ele em 1939. O homem era um artista. Ele foi um dos grandes". Fiquei imaginando se as pessoas fariam que sim, e sorririam e pensariam com seus botões: "É, claro que trabalhou".

Talvez Virgil estivesse certo, porém. Talvez a América fosse apenas um longo golpe, um esquema de pirâmide em que o pagamento nunca chegava e o retorno telefônico nunca terminava. Talvez o jogo fosse trapaceado e o trapaceiro fosse simplesmente um caolho na terra dos cegos.

Éramos parte da próxima grande onda, a se ouvir Virgil. A malandragem um dia se limitara a estradas de ferro e barcos fluviais, que tendiam a canalizar pessoas por rotas similares. Mal um grupo de mascates saía, chegava outro.

"Os otários estavam sendo depenados, e com mais e mais frequência os trapaceiros descobriam que seus golpes já tinham sido aplicados", disse Virgil. "Mas o automóvel abriu o grande interior americano para o nosso ofício. Antigamente, a gente era refém de um horário de trem. Agora se pode entrar e sair rapidamente num piscar de olhos. O automóvel torna as fugas uma barbada. É claro", ele me olhou, fixamente, "é preciso garantir que o motor não irá afogar."

Deixei passar.

"Artistas de barcos fluviais como Canada Bill abriram o caminho para o Conde Lustig e Yellow Kid Weil. Assim como o Weil e o Lustig limparam o caminho para Rose e para mim. Assim como Rose e eu estamos aplainando o caminho pra você, Jack. Quem sabe que maravilhas, que novos golpes você verá em seu tempo? O futuro está ficando cada vez mais brilhante."

Nós passamos por fazendas arruinadas e campos crestados onde não se cultivava havia anos. O sol estava inchado no horizonte. O céu estava vermelho. Virgil não parecia minimamente cansado, porém. Ele estava embalado e as histórias continuaram chegando tão certas como o asfalto.

Alguns dos melhores trapaceiros não tinham sido homens, disse ele. Donas, como Cassie Chadwick, que nascera numa fazenda no Canadá e descera para o sul, para a cidade de Nova York, onde se emaranhara na árvore genealógica de Andrew Carnegie. A srta. Chadwick, aparentemente, tinha se passado pela filha secreta e herdeira aparente do solteirão idoso. Ela transformou alguns rumores bem plantados numa fortuna considerável.

"Isso foi lá na virada do século", disse Virgil. "Ela tirou vinte milhões dos bancos — com pouco mais que fofoca."

Depois houve Chicago May — inquestionável Rainha das Trapaças, segundo Virgil.

"Quando tinha treze anos, May roubou dinheiro do cofre do seu pai na Irlanda e fugiu para um mundo melhor na América. Alguns dizem que ela rodou por algum tempo no oeste com a gangue de Dalton, embora eu não esteja certo sobre esse relato. Mais tarde, ela abriu um bordel que na verdade era apenas a fachada para um suadouro bem azeitado. Ela o dirigia como uma operação militar. Tinha a metade do departamento de polícia na sua folha de pagamento. Ela se especializou em continuações. Chantagem, melhor dizendo. Contatava os homens atormentados após o pagamento inicial, dizendo que estava ficando um pouco sem dinheiro naquele mês e se eles se importariam em ajudar. Se eles estrilassem, ela perguntava se podia falar com suas esposas por um momento. Um retorno de ligação altamente eficaz, aquele."

Mais tarde na vida, Chicago May alegou que tinha endireitado e "visto a luz". Mas Virgil soube de fontes seguras que ela não fizera uma coisa dessas.

"Os grandes nunca endireitam", disse ele. "Eles ficam no jogo, jogam até o fim. Qualquer coisa menos seria... bom, seria um sacrilégio."

Fred Buckminster? Somente o maior trapaceiro que já existiu.

Coronel Jim Porter? A mesma pessoa.

"Eles o chamavam de Fred Buckminster, 'O Diácono'", disse Virgil, "por causa de seus modos pesarosos, embora parecesse bastante alegre quando trabalhei com ele."

"Você conheceu Fred Buckminster?", perguntou Rose do banco de trás.

Raios, até eu tinha ouvido sobre Fred Buckminster.

"Conheci", disse Virgil. "Tanto o diácono como o coronel. O conde, também. Eu conheci todos eles." Aí, com um olhar e um sorriso na minha direção, "conheci até Jack McGreary, quando ele era jovem e estava apenas começando".

"Wheaties McGreary?", ela perguntou. "Conheceu-o, também?"

"Conheci", disse Virgil. "Conheci bem."

"Então, é verdade", perguntou Rose, "o que dizem sobre ele? Que ele tinha dois metros de altura e era feito de aço?"

Virgil jogou a cabeça para trás e soltou uma risada. Ele pisou fundo no acelerador do Nash e nós quase saímos voando pelo crepúsculo, a caminho de casa. Os olhos de Virgil brilhavam como bolas de gude polidas sob a luz do painel, e a estrada passava voando por nós, aproximando-se como um borrão.

Naquela noite, enquanto Virgil e a srta. Rose dormiam, eu fiz uma lista:

Valise Simpson
Henry, o Cavalo
Yellow Kid Weil
Canada Bill
Sigmund Engel

Kid Dropper
Soapy Smith
Conde Lustig
Charley Fisher
Coronel Jim
O Diácono
Cassie Chadwick
Chicago May
Virgil Ray
Rose Scheible

E bem no final, acrescentei:

Jack McGreary

E fiquei pensando se este nome pertencia àquela lista.

37.

Durante nossos dias em Silver, eu circulava um bocado pela cidade, ficava observando a partida dos trens. Eu levava minha roupa para lavar, geralmente em lavanderias, mas às vezes numa das novas lavanderias automáticas onde a própria pessoa operava as máquinas. Era uma ideia saída de Fort Worth que parecia estar pegando, embora eu não soubesse por quê. Economizar centavos, mas operando a própria secadora? Qual era o sentido comercial disso? De todo modo, era simpático fazer parte de uma coisa tão moderna.

Em algumas tardes, eu lavava o Ambassador no beco, com balde e esponja, limpava os insetos da grade e a poeira da cavidade das rodas. Eu polia os para-choques até eles brilharem. Noutros dias, jogava fliperama nos saguões de hotel e tabacarias, um níquel por jogo para observar as bolinhas cascatearem sobre os pinos. Algum tempo depois, porém, eu retornei aos meus antigos modos e minha velha obsessão: a biblioteca.

A Biblioteca de Silver City era maior que a de Paradise Flats, e não era *arcaica*, como aquela. Tinha livros novos e jornais correntes, e um pavimento superior abarrotado de arquivos e documentos variados. Eu me enchia de livros usando um cartão emitido em nome de "C. Tweed" (imaginei que se alguma coisa desse errado eles poderiam extorquir o Cyrus em meu lugar). Quando Virgil entrava no Charley Wong para um café da manhã tardio de torta com torta, se coçando e ainda bocejando, ele muitas vezes me encontrava na mesa dos fundos atrás de uma pilha de livros retirados da biblioteca — e suspirava.

"Você e os seus livros", ele diria, balançando a cabeça de leve, compungido. "Não há nada que mereça ser aprendido num livro."

Isso sempre me irritava. "Você não saberia, porém, não é?", eu dizia. "Não tendo lido nenhum."

Virgil folheava o jornal no Charley Wong — as edições matutina e vespertina — sobretudo para examinar os obituários na página social ou para ler seu horóscopo. "Toda essa besteira espiritual", como ele dizia. "Videntes e numerologistas. Inclinadores de mesa e ledores de bola de cristal. Pura lorota." Mas, mesmo assim, ali estava ele checando as previsões astrais de Belle Bart ou as previsões algorítmicas de Elaine. E ele podia ser encontrado folheando um livrinho de faroeste barato ou um exemplar amassado de *Skulhead, o pirata* que alguém havia largado, mas isso era tudo.

"Eu já li além da minha conta", ele disse. "Li muito. Posso pegar qualquer livro, ler as duas primeiras palavras e saber tudo que preciso sobre ele ali mesmo. Eu extrapolo." (Ele pronunciou *extra-pou-lo*, o que não achei inteiramente correto.)

"É um truque e tanto", eu disse, tentando ignorá-lo para poder me concentrar no Platão que estava explorando.

"Pegue um livro que está dividido em quatro partes", disse ele. "Mesma coisa. Posso ler as duas primeiras palavras no começo de cada parte, juntá-las, e dizer a moral da história toda."

"No princípio", eu disse.

Ele me fitou. "No princípio o quê?"

"No princípio."

"Que diabos você está..."

"Bíblia Sagrada", eu disse. "Primeiras duas palavras. Você pode extra-pou-lar toda uma religião disso, não pode?"

"Talvez não", ele disse. "Posso resumi-la em três: *Tu não poderás*. Aí está a sua religião num dedal. Susie!" Ele acenou para a garçonete. "Acho que vou querer de mirtilo, hoje."

Era a mesma garota mascando chiclete de antes, aquela com o sotaque de toda parte, e cordial como sempre.

"Para você, tudo."

A Biblioteca de Silver City era um repositório de segredos além de livros. Eu descobrira isso quando comecei a explorar os nichos mais escuros do pavimento superior que estava cheio de títulos de propriedade e escrituras, de testamentos e relatórios de pesquisa nacional, de listas de chamada militares.

Entre os muitos e variados esquemas da Administração de Projetos de Obras de Roosevelt havia uma coisa chamada Análise de Registros Históricos. Os projetos de trabalho manual da APO eram uma fonte de beneficência, é verdade. Mas nem todas as almas desempregadas ali eram adequadas para cavar valetas. Escritores espezinhados, desabituados de carregar qualquer coisa mais pesada que um prazo final, eram postos para trabalhar compilando guias de viagem de beira de estrada que mapeavam a América quilômetro a quilômetro — os mesmos guias de viagem que estávamos usando em nosso benefício para mapear nossas pilhagens. Almas de um pendor mais profissional haviam sido enviadas para vasculhar os sotãos e fichários da América. Equipes de pesquisadores catalogaram, correlacionaram e compilaram. Elas vasculharam porões de igrejas e porões de tribunais, armários de prefeituras e velhas bibliotecas bolorentas, arquivando artigos de jornais, obituários e atestados de nascimento, e selecionando registros tanto militares como judiciais. A APO chegara a enviar homens para palmilhar cemitérios verificando nomes e datas nas lápides. Com a maravilha do moderno microfilme, tudo estava sendo transferido agora para um registro fotográfico permanente.

Quando eu começava a fuçar na biblioteca, achava difícil parar. Virgil falava sobre os lendários trapaceiros, e aí eu vasculhava os registros e descobria que Canada Bill morrera sem um vintém e sozinho, e que seu corpo fora enterrado numa cova para indigentes.

Virgil me falava do glorioso golpe do tijolo de ouro, de como homens como Tom O'Brien e Reed Waddell o tinham refinado, pintando tijolos de chumbo — mas adicionando um pedaço de ouro sólido no meio, que eles então cinzelariam e passariam para os otários para que estes pudessem mandar avaliá-lo. Virgil contava essas histórias, mas ele se esquecera de mencionar como O'Brien e Reed tiveram uma briga, como eu descobrira, ou como O'Brien havia baleado e assassinado seu velho amigo.

Lustig? Ele estava numa prisão enquanto Virgil nos regalava com histórias das façanhas do Conde, cumprindo vinte anos de dureza sem chance de condicional. E Lustig não era nenhum jovem.

Henry, o Cavalo? Bebeu até morrer. Eles o acharam num beco. Ficou ali por três dias até alguém notar o fedor.

Valise Simpson? Tinha morrido em Sing Sing anos atrás. Ele tivera três condenações anteriores, todas pequenas, mas recebera prisão perpétua pela quarta reincidência.

Cassie Chadwick, a rústica canadense que se fizera passar por uma Carnegie? Dez anos na penitenciária estadual. Morrera ali.

Soapy Smith, em Skagway? Morto a tiros por vigilantes.

Um grande número dos heróis de Virgil havia terminado a vida pela própria mão. Como Philip Musica, que aplicou uma versão farmacêutica de vinte e um milhões de dólares do jogo de monte, movimentando estoques imaginários de um lado para outro entre armazéns imaginários. Ele manteve esse golpe particular até o Crash de 1929 e por vários anos depois, até finalmente desmoronar. Quando os agentes federais chegaram nele, Musica os convidou a entrar em sua casa elegante com muita dignidade, pediu desculpas por um momento, entrou no seu banheiro e polidamente meteu uma bala na cabeça.

E a golpista francesa, Marthe Hanau, rainha do golpe do monte financeiro? Encontrada morta em sua cela de prisão ao lado de um frasco de comprimidos para dormir e uma nota dizendo: "*Sou a senhora do meu destino*".

E Chicago May? Tudo que consegui descobrir sobre ela foi um recorte de jornal gasto de 1935, quando ela fora presa aos sessenta anos oferecendo-se a homens na rua. Seu preço: dois dólares. Não houve interessados.

Pareceria haver destinos piores que uma emboscada de rio e um automóvel crivado de balas.

38.

A única vez que vi Virgil parecer realmente assustado foi quando ele me contou sobre os Viajantes.

Eu ouvira falar deles pela primeira vez durante um golpe de rua em Wichita Falls. Nós estávamos aplicando um golpe do paco quando Virgil subitamente o abortou. Eu estava no melhor do meu caipira estúpido na cidade com uma carteira recheada de dinheiro. "Caramba", eu disse ao sujeito que Virgil tinha fisgado, um homem magro e sorridente que estava muito ansioso para se juntar a nós. "Se você segurar meus ganhos para mim, eu bem que ia gostar de um giro no salão de baile com a Ella May no Rio."

O golpe previa a entrada intempestiva de Virgil, dizendo que ele seguraria minha carteira forrada de dinheiro. "Eu vou dar uma volta no quarteirão com ela, como um teste de fé", ele diria, após o que eu devia declarar minha confiança nele e insistir para que o trouxa a guardasse. Nós mandaríamos o otário dar a volta no quarteirão com a minha carteira cheia de papel imprestável enquanto guardaríamos seu rolo de notas como garantia. Nesse ponto, nós sumiríamos. Essa era a ideia, de qualquer modo. Mas, quando Virgil voltou, ele me agarrou pelo braço sem diminuir a marcha e disse, bastante alto para o trouxa ouvir: "A única coisa segura a fazer é levar esse dinheiro a um banco, jovem". Aí, para o trouxa: "Bom dia, senhor".

Foi só depois que Rose nos tirou chispando dali que Virgil explicou o que havia se passado. "Eu estava contornando o quarteirão", ele disse, "quando vi uma caminhonete cheia de crianças de todos os tamanhos e uma dona esperando de um lado. Os garotos pareciam exatamente como o nosso trouxa."

"De Oklahoma?", perguntei.

"Ricos demais para Oklahoma", disse ele. "Aquilo não era nenhuma prole descalça saída do mato. Não. Eram Viajantes. Eu apostaria num lance de dados de olhos fechados."

E embora ele não soubesse qual era seu jogo particular, ou como eles fariam para vencer um golpe do paco, Virgil não estava muito ansioso para descobrir. "A gente sempre escuta aquela voz dentro da gente", ele disse. "Quando alguma coisa não parece muito certa — geralmente há uma razão."

Talvez fosse um certo torneio de frase que o homem tinha usado, ou o tênue eco de uma modulação no que ele dissera, mas *alguma coisa* tinha feito a nuca de Virgil formigar. E ver aquela caminhonete com sua família tamanho católica ao dobrar a esquina só confirmou isso.

Os Viajantes eram irlandeses, disse Virgil, principalmente da Carolina, embora eles também tivessem se enraizado em bolsões secretos por todo o sul profundo: Geórgia, Alabama, Mississipi, também. Havia algumas famílias escocesas também, e elas estavam estabelecidas em Cincinatti, onde eram conhecidas como os Terríveis Williamsons, por conta do sobrenome de sua família principal.

Enquanto Rose colocava cascalho entre nós e Wichita Falls, Virgil resumiu para mim. Eu me inclinei no assento traseiro.

"Eles são conhecidos como 'funileiros' na Irlanda", disse Virgil. "Por aqui eles são simplesmente Viajantes. Abandonaram suas casas durante um período de fome. Causada por uma praga da batata, eu acho. Fungos apodreceram os tubérculos de dentro para fora. E como nossos caipiras de Oklahoma, eles se viram expulsos da terra que tinham trabalhado sem nunca possuir. Uma boa parte veio para a América. Trabalharam como funileiros, vendedores, artesãos ambulantes. Mudavam de uma cidade para outra. Deram de roubar com muita facilidade, e se dedicaram ao comércio de cavalos e ao roubo de cavalos, e combinações dos dois. Eles se ramificaram do negócio de funilaria. Começaram a tocar barracas de leitura da sorte, visando a verdadeiros crentes e outros membros que tais dos facilmente enganados. Eles se especializaram na 'bênção' de dinheiro e na aplicação e remoção de maldições, esse tipo de coisa. Dizem que os Viajantes podem arrancar o olho da órbita da gente e *a gente nem vê eles fazerem isso*. Eles pertencem a clãs, falam em código, consideram-se uma raça à parte. Os Toogood. Os Gallagher. Os Carol. Gorman. Reilly. Só um punhado de sobrenomes para todos eles."

Não muito diferente de minhas ilhas de St. Kilda ancestrais, eu pensei, e os arrendatários que ali viviam. *Se não quiser ser as pegadas do cavalo, você tem de ser o casco*. Um velho ditado, esse.

Virgil preveniu que um ramo dos Viajantes de Carolina tinha se mudado para o oeste e assentado acampamento perto de Port Connor, no Golfo.

"Colônia O'Malley", disse ele. "Uma comunidade com duas mil casas espalhafatosas e *trailers*. Templos religiosos por toda parte. Eles são devotos, percebem. E tribais. Têm suas próprias leis, seus próprios costumes, suas próprias regras de comportamento que vêm completas com justiça severa. A pior punição é o exílio. Pior até que um tiro na rótula, me disseram, porque quem ficar fora do círculo jamais poderá entrar de novo."

Nos últimos tempos, disse Virgil, os Viajantes tinham se diversificado mais: falsos consertos de casa, golpes no comércio e, especialmente, chantagem.

Rose girou sobre o asfalto, na direção do Texas. O enfeite do capô do Nash era uma agulha de bússola apontando para casa.

"Quando estão aplicando um suadouro, eles nem se dão ao trabalho de primeiro agradar o otário", disse Virgil. "Mandam uma menina de dez anos e aí irrompem, brandindo cabos de machado e trovejando como o trouxa apavorado estava tentando profanar sua ovelha virginal. Eles espremem aquele trouxa até o bagaço. Um herdeiro de alto escalão da família De Valu? Lá em Baltimore, um homem com aspirações políticas? Faz sete anos que ele está no anzol dos Viajantes. Está quase quebrado. Dizem que metade das casas da Colônia O'Malley foi paga por uma única indiscrição de sua parte."

Corriam rumores de que Viajantes egressos da Colônia O'Malley estavam trabalhando nestas paragens agora, os Toogood e os Murphy, principalmente. Os sindicatos do crime se mantinham a distância, mesmo em Kansas City, onde a máfia era dona de tudo.

"Corre", disse Virgil, "que os Viajantes assentaram residência em Fayetteville. Corre que eles querem se apoderar de todo o sudoeste."

Ninguém desejava cruzar caminho com Viajantes de O'Malley. A maioria dos vigaristas evitava a violência desnecessária como imprópria para o ofício, isso eu sabia de Virgil. Viajantes eram diferentes.

"Eles trazem valentões à menor provocação", disse Virgil. "Raios, eles até subcontratam seus serviços. Têm um cardápio de preços: quinze dólares para um porrete na nuca de alguém, vinte e cinco para um saco de areia. Cinco dólares compram um soco direto na cara. Se o queixo quebrar, eles cobram dois mangos extras."

E quem quisesse alguém morto, bom, isso também estava aberto a negociações.

"Eles nasceram na vida", disse Virgil. "Treinaram para ela. Os Viajantes veem a gente, e não há papo que consiga nos livrar. Tudo que se pode fazer é pagar e rezar para não ofender seus melindres irlandeses. Eles matam um homem num jogo de cartas. Eles matam um homem por uma questão de orgulho. Roubar um centavo ou uma mala de cinquentas de um Viajante não faz nenhuma diferença, eles lhe arranjarão um encontro com seu Criador em qualquer caso. Aqueles jogadores profissionais que resolvi depenar em Albany? Se fossem Viajantes de O'Malley, eu estaria sentado aqui bem morto agora. Caramba, eles nem matam um homem decentemente. Fazem ele implorar pela sua vida primeiro, para que seus últimos momentos na Terra sejam despidos de qualquer dignidade."

Virgil disse que os Viajantes agora estavam comprando parques de diversão. "À estratégia *redlighting* de serviço ao cliente, eles acrescentaram a arte irlandesa de atirar no joelho." Difícil imaginar como o circuito de parques de diversão poderia ficar ainda mais pesado do que já era. Mas lá vamos nós. As coisas sempre podiam ficar piores.

39.

Por melhor que eu estivesse ficando em explorar todas as possibilidades, minha pretensa carreira como malandro de sinuca teve vida curta. Chegou e partiu no mesmo sopro de vento.

Tudo começou quando Virgil me atirou um taco, certo dia, e disse: "Vamos ver o que você sabe".

Estávamos numa taverna em Silver City, escapando do calor e matando tempo, e eu fechei a mesa.

"Onde foi que aprendeu a fazer isso?"

"Geometria de nona série", eu disse.

Virgil arrumou as bolas dentro do triângulo para outro jogo, para ter certeza de que não era sorte. Eu deixei que ele começasse. E aí, fechei a mesa. De novo.

Virgil jogava sinuca como se pudesse enfeitiçar as bolas para elas entrarem nas caçapas, como se *desejar* que uma bola caísse de alguma maneira a convenceria a cair. Mas a sinuca não é uma arte, é uma ciência. Nenhum elemento de jazz envolvido. Nada de ritmos improvisados. Apenas matemática bruta o tempo todo. Eu não dava nenhuma tacada mirabolante por trás das costas, nem eu-sou-o-tal, nem tabelas de olhos fechados. Mas podia detectar um ângulo com facilidade, e certamente sabia escolher as melhores chances. Não era preciso ser gênio.

Após nosso terceiro jogo seguido e a terceira derrota seguida de Virgil — e não é que eu lamentei não ter jogado a dinheiro —, ele disse: "Você devia estar jogando na malandragem".

Salões de bilhar deixavam Virgil nervoso. Eles geralmente ficavam num segundo andar, alcançados por escadas estreitas e com vias limitadas de fuga. Fica-se rodeado de inimigos — e eles estão armados. Armados com tacos. Tacos longos, pontudos. Eles até guardam uma seleção de projéteis duros e redondos à mão. Era perigoso sob todos os aspectos.

"É difícil sair com a grana e todos os principais ossos intactos", disse Virgil. Apesar disso, ele decidiu que valia a pena arriscar. Por mim.

"É preciso se afastar bastante de Silver, porém", ele disse. "Algum lugar grande o bastante para gerar dinheiro de verdade, mas não tão grande que os salões sejam trambiques."

Na manhã seguinte, ele abriu seus guias da APO e mapas de postos de gasolina e apontou para o lugar: Talmo, Kansas.

"Talmo?", comentou a srta. Rose com um suspiro. "Não poderíamos ir a algum lugar melhor para variar? Algum lugar com uma casa de ópera decente, talvez? Ou ao menos onde as pessoas ainda tenham a maioria de seus dentes?"

"É Talmo, então", disse Virgil.

Precisamos de um dia e parte da noite para chegar lá. Atravessamos todo o *panhandle* de Oklahoma, até aquele estado triste e saímos de novo, e ao longo do caminho passamos por uma paisagem notável. Uma floresta, criando raízes na borda de um deserto. Árvores pequenas, tentando crescer. Os morros estavam eriçados delas. Eu fiquei sentado, prestando atenção.

"O que é..."

"Cerca viva", disse Virgil. "Um maldito esquema estúpido se já houve um. Duzentos milhões de árvores a serem plantadas, cento e sessenta quilômetros de largura, mil e seiscentos quilômetros de comprimento. Maior programa de conservação já empreendido, é o que estão dizendo."

Uma faixa de árvores que se estenderia do Texas à fronteira canadense. Jamais houvera algo assim. A ideia era quebrar os ventos e conter a erosão, reter a água nas raízes para que as raízes retivessem o solo.

"Se Deus não consegue fazer uma árvore crescer aqui, como diabos Roosevelt vai conseguir?", perguntou Virgil. "Nada além de desperdício."

Virgil disse que isso não poderia ser feito. Mas foi. Bem na frente de nossos olhos.

Vi as árvores delgadas, eu as vi contendo os ventos, e soube... soube com absoluta certeza, que ia funcionar. Nós rodamos ao longo dela, a floresta do Dust Bowl, essa paisagem improvável. Parecia uma almofada de alfinetes virada do avesso.

Passamos por uma fileira de homens do Corpo de Conservação Civil plantando as árvores, as costas encurvadas pulverizadas pela poeira circulante.

"Vai ser choupo, sobretudo", disse Virgil. "Com uma fileira de salgueiros e freixos, alfarrobeiras ou olmeiros de cada lado. Conheci um cara que trabalhou num dos viveiros. Temerário é o que é. Sabe quanto tempo leva para uma árvore crescer por aqui?" Mas eu estava atônito diante da visão dessa empreitada, da sua escala, e do tolo heroísmo envolvido, a coragem e a ingenuidade. Sabia o que eles estavam fazendo, eu o reconheci pelo que era. Uma aposta, feita em face de enormes desvantagens.

Virgil me apanhou olhando pela janela enquanto as árvores passavam voando.

"Não tem nenhuma jogada aí", disse ele. "Confie em mim, eu tentei imaginar uma. Nenhum dinheiro para tirar daí."

Ele pisou no acelerador e seguimos em frente. A estrada fez um arco para o leste e a floresta desapareceu da vista novamente, como se tudo não passasse de uma miragem. Eu me peguei pensando que talvez *nós* fôssemos a miragem — fantasmas formados por partes iguais de fumaça e poeira — e a floresta, esforçada e pequena, é que fosse real.

Chegamos em Talmo bem depois da meia-noite, com Virgil escolhendo nosso hotel com base exclusivamente na banda que estava tocando: Ronnie and the Rockets, ou coisa assim. Pouco importava. Foi o tocador de sax/pianista na marquise do lado de fora que chamou a atenção de Virgil. "Billy Tipton? Cara! Se eu soubesse que ele estava tocando, teria saído de Silver mais cedo."

Virgil era ligado em Billy Tipton. "Devia ter sua própria banda", disse ele enquanto nós nos registrávamos. "O homem toca um suingue animal. Ele ataca de hot jazz como nenhum cara branco que eu conheça. Sax ou piano, pouco importa, Billy é o melhor que já existiu." Virgil nem nos deixou tirar as malas, e nos arrebanhou para o salão de baile para pegar os últimos improvisos. Tipton estava no palco, soprando quente e calmo ao mesmo tempo, como alguém apanhado entre os dois, e Virgil e a srta. Rose foram arrastados para longe.

O jazz é a arte do improviso, é como aplicar um golpe: movimentos estabelecidos executados em variações infinitas. *Jazz é arte, é mágica, é golpe.* Todos os aspectos do mesmo.

E, no entanto.

Havia momentos em que, confesso, eu ansiava pela música que deixara para trás — a sonoridade nasal de Slim William, por exemplo, ou as canções dolentes de Tom Phillips. Há muito que eu não tinha notícias dos Men of Constant Sorrow, me parecia.

No Hotel Talmo nós pegamos quartos adjacentes, por isso eu fui poupado do jogo de sombra de lençóis naquela noite. Mesmo assim, tive dificuldade para pegar no sono, com a pulsação de Billy Tipton ainda ecoando em algum lugar profundo do corpo, como um segredo tentando sair.

Esperamos até o anoitecer do dia seguinte para encontrar um salão de bilhar.

Rodamos até o fundo do lado miserável das coisas, depois da esqualidez de prédios de apartamentos — janelas abertas, mulheres com crianças nas ancas, o papel de parede manchado de água por trás, placas de gesso ruindo, as luzes reduzidas a lamparinas a óleo — e eu pensei: *Nós temos dinheiro suficiente, aqui conosco agora, para mudar suas vidas.* E mal tinha se formado o pensamento outra vinheta de lado de janela aparecia, como fotos numa tira de slides se movendo lentamente. Escadas de incêndio rastejavam pelas paredes abaixo com suas treliças enferrujadas. Algumas eram gaiolas pesadas de ferro batido, outras mais lembravam um emaranhado de molas de colchão que há muito tinham se distendido. Seria odioso ter de operar uma fuga por uma daquelas.

Virgil havia detectado um salão de bilhar que era decadente, mas não demais. Com uma escada de incêndio bastante sólida do lado, para o caso de uma saída rápida do segundo andar. Ele não deixaria Rose esperar no carro, não àquela hora e não naquela vizinhança. "Barras nas janelas", disse ele quando nós rodávamos por lá. "O que isso diz a você?"

"Me diz que os ladrões de Talmo não têm estilo. Me diz que eles são tão pouco sofisticados como são feios." Ela soprou fumaça no ar. Olhou irritada para Virgil por ter sido cortada do trambique.

"Espere por nós no hotel", disse ele. E depois: "Por que está zangada, aliás? Tudo vai dar certo".

"Não é com você que eu me preocupo", ela disse.

Rose não se abalaria com aquilo. Em vez de voltar para o hotel, ela estacionou num beco, as portas fechadas, o motor em ponto morto, enquanto eu e Virgil subíamos a escada.

Tanto melhor.

O salão estava parcamente ocupado pelo sortimento usual de ratos de sinuca usando camisas frouxas e chapéus moles. Virgil estava nitidamente bem-vestido demais, mas isso era bom. Ele era o tio. Eu era o seu sobrinho, e esta era minha lição de maioridade de salão de bilhar. "Primeira cerveja do garoto!"

Virgil gritava, incomodando o salão com seus modos espalhafatosos, como era sua intenção. "Só estou de passagem para algum lugar melhor. O que não exclui todo um lote, hein? Brincadeira, é claro. Linda cidade vocês têm por aqui."

Virgil estava barulhento e bêbado. Eu era grande e abobado, sempre errando minhas tacadas — mas por pouco.

À medida que o salão ia se enchendo lentamente, Virgil escolheu seu pato, um homem barrigudo com dentes de ouro e um coro de risadas atrás dele que tomava tudo que ele dizia como o máximo da hilaridade. O tipo de homem com um monte de orgulho tacanho da opinião dos amigos sobre ele. O tipo que se poderia encerrar num aperto mortal. O tipo que não se poderia descartar quando o jogo tivesse entrado na penumbra.

Virgil jogou uma partida com ele e perdeu. Aí, atirando umas moedas na mesa e berrando por mais bebida, ele gritou para mim: "Você joga com ele desta vez, Bucky, você é um bom garoto".

E eu joguei. Sempre errando por pouco. Sempre perdendo por pouco.

A noite avançou. O salão estava úmido de suor e do cheiro de sal, como se até as paredes estivessem perspirando. Eu tinha que passar giz na palma da mão depois de cada tacada.

Nós aumentávamos as apostas, mesmo quando perdíamos, até que Virgil de repente declarou que era o dobro ou nada, o vencedor levava tudo. "Tudo no garoto!", gritou. Ele parecia tão encharcado, com os olhos tão injetados e empapuçados, que o barman tentou dissuadi-lo, mas nosso amigo pançudo fez um gesto para o barman não se meter, deu um sorriso dourado para mim, e disse: "É hora de você virar homem. Não é, meus chapas?". Eles cacarejaram com isso como se fosse alguma coisa divertida. Isso me lembrou o gorgolejo de perus.

Nós estávamos muito acima da marca de duzentos dólares a essa altura, e nosso amigo teve que pedir dinheiro a seus gorgolejadores. Eles atiraram algumas notas, sabendo que seu campeão venceria esse caipira e o beberrão do seu tio.

E aí, quem diria, em vez de errar *por pouco*, eu simplesmente comecei a *acertar* as tacadas. Bolas que antes passavam roçando pela caçapa agora caíam. Tabelas que eu quase conseguia agora davam certo. O jogo pendia de um lado para outro, mas não é que eu meti aquela oito final e recolhi uma bolada de dinheiro?

"Se vamos tirar o seu cabaço, temos que ir agora", disse Virgil, a voz engrolada. "O melhor do bordel já estará ocupado quando a gente chegar lá. Não quero ficar com uma sobra desgrenhada, Buck." Aí, virando para a multidão com um sorriso largo: "Quero dar uma lição completa ao garoto da minha irmã".

Mas o homem de sorriso dourado barrou nosso caminho com seu taco. Atirando um comentário por cima do ombro, ele disse: "Arrumem as bolas, rapazes". E aí para Virgil. "Mais uma partida."

Virgil protestou contra a hora. "Se quiser levar o garoto para afogar o ganso, nós temos que sair agora mesmo."

"Arrumem elas", disse o homem com o sorriso metálico.

E lá fomos nós.

Mais três partidas, e eu ganhando cada uma delas pela mais mínima das margens. A jocosidade do homem tinha se transformado em bile. Ele acertava as bolas com mais força que o necessário. Eu simplesmente continuava enfiando-as de mansinho. Continuava ganhando. Continuava tirando o dinheiro do homem. Ele estava metido numa espiral nesse ponto, totalmente envolvido e tentando recuperar seu dinheiro. Ele mandou para dentro um pedaço de gelo da sua bebida, cuspiu-o de volta no copo. "Davey!", ele disse. "Me dê o seu relógio."

"Jesus, Roland, isso é do meu..."

"Me dê o relógio. Você me deve o que ele vale daquele empréstimo bancário."

"Mas Rolly, isso é do..."

Rolly olhou feio para ele. O relógio foi atirado na mesa. "Vale cem pelo menos", disse Rolly.

"Não posso aceitar o relógio do homem", eu disse. "Chega por hoje, Tio Tuck."

"O garoto está certo", disse Virgil.

Mas Rolly, com o ouro em sua boca, não quis saber. "Último jogo", ele disse. "Tacos diferentes." Como se eu tivesse algum tipo de taco mágico que o estivesse derrotando.

Ele me entregou o pedaço de castanheira mais torto que eu já tinha visto. Resolvi encrencar com isso, como se ele estivesse me passando a perna, apesar de não fazer diferença. Era o ângulo de contato do taco que contava no fim das contas. Desde que eu pegasse o jeito, continuaria ganhando.

"Não posso usar este taco", eu disse. "É uma merda."

Rolly estava passando giz no seu taco, sorriu diante disso como se tivesse me apanhado em algo. "Merda?", ele disse. "*Merda?* De onde você é, garoto?"

Eu rolei o taco sobre o feltro, observando-o oscilar para cima e para baixo. "Os joelhos da minha avó são mais retos que isso", eu disse.

"Apenas jogue com o homem, está bem?", disse Virgil. "Para a gente ir para o puteiro antes da última chamada."

"Eu fiz uma pergunta", disse Rolly. "Perguntei de onde você é."

"De toda parte", eu disse.

"Toda parte onde?"

"Abilene", menti.

"Quero dizer, sua gente. De onde ela é? Originalmente."

"Cape Breton", eu disse, e isso provocou um latido de riso de Rolly.

"Cape Oquê?" Ele estava fazendo graça para a plateia. "Nunca ouvi falar de nenhum Cape Oquê."

"Breton", eu disse. "É uma ilha, ou um estado, ou coisa assim no Canadá. O pai veio da Escócia. Minha mãe era escandinava."

"Escandalosa?"

"Finlandesa."

"Escocesa *e* escandalosa?" E aí, sorrindo em antecipação da piada que ia fazer, ele se aproximou de mim o bastante para eu sentir o malte no seu hálito. "Então, você é barato *e* chato?"

Ele foi para o chão.

"Não se levante", eu disse.

Ele se levantou.

E foi para o chão. Mais duro dessa vez. E, dessa vez, não se levantou.

Abri lentamente minha mão direita. O punho latejava. Olhei em volta. Ninguém disse uma palavra. "Ele estava tirando comigo", eu falei. "Todo o mundo viu."

O homem estava gemendo agora, como um gatinho. Seu nariz estava esmagado contra o rosto, o sangue escorrendo como se ele fosse uma torneira. Isso tinha sido o primeiro soco. O maxilar do homem parecia deslocado, ou pior. Isso teria sido o segundo. Dava para ver uma ou duas pepitas de ouro no chão, no meio do sangue. Estas seriam seus dentes.

Recolhi a pilha de dinheiro do lado da mesa. Dobrei-a cuidadosamente, coloquei no bolso, e empurrei bem para o fundo. Atirei o relógio de volta para o Davey. "Fique com o seu relógio", eu disse. "É um pedaço de merda."

Eles abriram caminho para eu passar, e Virgil veio atrás, petrificado com o que tinha acontecido.

Eu desci a escada. Saí pela porta.

Na rua, Virgil começou a acelerar o passo. "Devagar", eu falei. Eu tinha escutado a porta se abrir atrás de nós, por certo. "Não vire", falei para Virgil. "Não fique se fazendo de dobradiça, olhando para trás assim."

Era como com cachorros, como se a gente correr provocasse uma resposta de caça. Se tivéssemos fugido, eles viriam em perseguição. Em vez disso, eu parei. Deliberadamente. Parei embaixo de uma luz de rua e disse a Virgil: "Me dê uma bronca, como se nós realmente fôssemos uma família".

Virgil espetou então um dedo para mim. Eu pendi a cabeça. Nós dobramos a esquina — e aí disparamos pelo beco e para os braços abertos de um Nash Ambassador em ponto morto.

Nós aceleramos, com Virgil e eu no banco de trás. Ele me fitou, e pude perceber que continuava abalado com o que havia se passado. Transcorreu um longo silêncio entre nós antes de ele falar.

"Caramba, Jack. Você quebrou a cara daquele homem."

"Ele estava sacando", eu disse.

"Não sei se estava", disse Virgil.

"A coisa estava mudando", continuei. "Não sentiu começar a mudar? O jeito. A zombaria na voz dele. Eu estava me tornando motivo de chacota. Pode acreditar, a chacota vira desprezo, e o desprezo vira ataque. Se não o tivesse derrubado, nós não teríamos conseguido sair andando dali. Eles estavam em cinco. Iam cair em cima de nós com tacos de bilhar, e o que você planejava fazer então? Consegue encarar cinco? Eu não. Eles não teriam aberto o caminho para nós. Jamais teriam nos deixado sair. Eu podia sentir o salão mudando." Olhei para Virgil. "Você não?"

As luzes da rua e das lojas passavam voando. No rosto de Virgil havia um olhar que eu ainda não tinha visto, alguma coisa parecendo respeito, talvez medo até — e essas duas coisas muitas vezes não estão emaranhadas?

Virgil clareou a garganta, disse: "Vamos manter você fora de salões de bilhar daqui pra frente, se você concordar".

"Tudo bem pra mim", eu disse. "Acho que trinquei um osso."

O que significa que eu não tinha saído de lá completamente ileso tampouco.

40.

Ao sul de Talmo, estavam desviando os rios. Construindo reservatórios, armazenando a água para campos e pomares futuros ainda inexistentes. Estavam dobrando os riachos sobre si mesmos.

Onde um dia rios rasos haviam se espalhado formando riachos mais finos e os riachos haviam desaparecido numa paisagem árida, o fluxo tinha sido redirecionado, coletado em lagos e lagoas, como alguém juntaria água no bojo de suas mãos — como se fosse uma coisa preciosa.

Fosse ou não para fins eleitoreiros, eles estavam construindo pontes e viadutos, estavam drenando valetas e combatendo a febre tifoide, estavam instalando milhões de quilômetros de canalizações de esgoto e estradas asfaltadas por cima e por baixo e através dessa Grande Terra e voltando, nos conectando a uma rede de projetos para gerar empregos. Florestas nas planícies, água no deserto.

Em nosso caminho de volta para Silver, com o calor crescendo em lençóis ondulantes, Virgil parou numa dessas eclusas de irrigação. "Vamos dar um mergulho. Está quente como o inferno", disse ele, com o ar de alguém que já estivera ali.

Meu punho ainda estava latejando, apesar de Rose o ter envolvido com roupas para não inchar. Eu não estava muito a fim de nadar, mas Virgil foi em frente, despiu as roupas, menos a cueca, e caiu na água feito uma bomba do barranco mais alto. Emergiu no meio de um berro que ele deve ter começado quando ainda estava submerso.

"Rose! Jack!" Ele tentou espirrar água em nós, mas estávamos muito longe. Ele tornou a mergulhar, emergiu como um carburador arfando por combustível e sorrindo sem parar.

Rose arrepanhou seu vestido e mergulhou as pernas na água, mas não estava inclinada a um mergulho completo no frio. Ela tinha desabotoado os botões da frente, abrira o vestido para arejar, e agora estava se abanando com um jornal. Gotas de suor formavam pérolas na sua clavícula. Um filete escorreu pelo seu peito, contornando para dentro e desaparecendo no decote. Ela se abanou com mais força, eriçando os pelos. E na agitação de seu pulso, eu li a manchete do jornal.

ALEMANHA... MUSSOLINI... AÇO

O jornal parou de mexer, e eu vi Rose me fitando. Ela sorriu, tão de leve que poderia ter sido uma miragem.

"O que exatamente você está olhando?", ela perguntou.

"Eu? Essa manchete. No jornal."

"Ah." Ela continuou se abanando. "E eu aqui achando que você estava tentando dar uma espiada nos meus peitos." Depois: "Olha só você corando desse jeito. Tome". Ela me atirou o jornal. "Pode ler. Eu vou ficar aqui me afogando no meu próprio suor."

A manchete era de muitos dias atrás. Lembrei-me de Virgil comprando o jornal numa daquelas suas perambulações para coletar trocados. E agora ela ressurgia. Como um sonho ruim.

ALEMANHA NAZISTA ASSINA PACTO DO AÇO COM MUSSOLINI. EUA REAFIRMAM SUA NEUTRALIDADE MORAL.

Não precisei ler mais. Podia ver o que estava vindo.

Devolvi o jornal. "Detesto ver uma dona se derretendo desse jeito", eu disse.

Ela recomeçou a abanar o ar no rosto e no peito. "Se estivesse pouca coisa mais quente eu teria de tirar estas roupas, eu juro."

Virgil subiu para a borda, refrescado e revigorado. "Ha! Vocês não sabem o que estão perdendo! Tire a roupa, garoto. Vamos ver do que você é feito."

Quando eu declinei, ele se afastou de mim e começou a se enxugar com sua camiseta. Foi aí que eu vi: um segundo ferimento. Menor que o primeiro, e este nas suas costas: uma prega de pele redonda. Um buraco de bala.

"Achei que só tinha sido atingido uma vez", eu disse. Ele parou de secar o cabelo e olhou para mim.

"E fui."

Enquanto Virgil continuava esfregando vigorosamente o couro cabeludo para secar, eu me virei para Rose. Isso era verdade? Poderia ser?

"A bala atravessou completamente?", perguntei.

"Atravessou", disse ela. "Como se ele fosse oco."

Virgil escavou um pedaço de terra do tanque, veio na nossa direção. "Lama rejuvenescedora!", disse. "Bem aqui. Nós poderíamos vender ações dela."

Seu cabelo ainda estava úmido, e suas roupas também. Ele pegou um torrão de terra seca agora, esfarelou-o na mão. "As cinzas de meu falecido pai", disse, enquanto a poeira escorria por entre seus dedos. "Poderia perfeitamente ser. E talvez este fosse seu tanque de pesca favorito. Pode guardar o meu dinheiro — tome, vou embrulhar num lenço junto com o seu — para que eu possa espalhar seus restos atrás daquela árvore? Ou talvez essa poeira seja de anjos caídos. Os que caíram com Lúcifer. Talvez ela o ajude a enganar a morte e viver para sempre. Talvez seja a sorte em pó."

Ele me fitou. "Existem três maneiras de traçar uma linha através do peito de um homem e não atingir nenhum osso ou órgão vital. A bala que me atingiu seguiu uma dessas linhas. Ela passou pelo coração, errou as vértebras. Saiu numa explosão de massa. Se aquela bala tivesse passado um nadinha à esquerda, eu estaria morto. Um nadinha à direita na saída, eu ficaria aleijado para o resto da vida. Do jeito que foi, eu sangrei por muitos dias e quase morri. Passei três meses num hospital do Exército, recebi a extrema-unção oito vezes. E ainda estou aqui! Ninguém consegue matar Virgil Ray fácil assim, garoto. É preciso mais que um fuzil de cano longo a curta distância para fazer isso."

Rose se levantou, espanou a poeira do vestido. "Nós devíamos estar na estrada. Tem um longo caminho até Silver City ainda."

"Os chucrutes tomaram o hospital", disse Virgil, os olhos de bola de gude brilhando agora. "Eu terminei num campo de prisioneiros com rações de morrer de fome. Mas alguém que sobreviva a uma bala dessas imagina que consegue sobreviver a tudo."

Ele esperou que eu dissesse alguma coisa. "Então o que você..."

"Eu escapei! Ha! Foi o que eu fiz. Atravessando diretamente as linhas inimigas. Eles colocaram uma medalha no meu peito por isso, também."

"Escapou?"

"Não podem me matar, Jack. Podem me prender, mas não podem me matar."

"Vamos embora", disse Rose. "O sol está se pondo, há uma friagem chegando."

"Dividi uma cela com dois outros oficiais", disse Virgil enquanto descíamos a colina para o carro. "Um galês chamado Edward Jones, e um aviador australiano de nome Hill — Cedric Hill. Os dois tenentes do Exército britânico. Nós três estávamos decididos a fugir, e eu tinha notado uma coisa estranha no ângulo do sol. Em nosso destacamento de trabalho da tarde, ele brilhava através da janela do barracão de ferragens diretamente nos olhos de alguém que o estivesse inspecionando. Eu imaginei que se nós três nos agachássemos em plena vista, bem embaixo da janela, ficaríamos invisíveis. E assim foi. Enquanto os outros prisioneiros marchavam em fila para os alojamentos, nós nos escondemos no barracão. O guarda abriu a porta, enfiou a cabeça para dentro, a menos de três metros de nós, e depois se afastou. Nós corremos, e tínhamos penetrado fundo na mata quando a sirene do campo disparou."

Boa história. Gostaria que fosse verdade.

41.

No dia seguinte, enquanto Virgil e a srta. Rose dormiam com a luz apagada, desci para a Biblioteca de Silver City e comecei a consultar microfilmes de registros militares americanos. Eles tinham catálogos inteiros de pessoal, de prêmios concedidos, de honrarias retiradas. Minha mão direita ainda estava latejando, mas a esquerda estava boa, por isso eu rolei o material e tomei notas com ela. Ambidestro. É útil, às vezes.

Não havia um "V. Ray" lançado em nenhuma lista de chamada. Mergulhei fundo nos arquivos, vasculhei os registros britânicos, procurando americanos que tivessem se alistado com eles. Eram muitos nomes, mas nenhum "V. Ray", americano ou não. Encontrei "E. Jones" e "C. Hill". Havia muitos de ambos — aparentemente cada galês da terra se chamava Jones —, mas havia apenas um aviador australiano chamado *Cedric* Hill, e eu retracei seus passos até um campo de prisioneiros, não na Alemanha, mas na Turquia. Agora, o Cedric fora mantido na prisão Yozgat, um alojamento particularmente duro pelo jeito como soava. Também no campo, um tenente chamado E. Jones.

Jones e Hill haviam escapado, tudo bem, essa parte era verdadeira, mas não por algum truque de luz solar. Simularam loucura e foram transferidos para um hospital de doenças mentais em Constantinopla junto com um oficial subalterno chamado G. Bálsamo. Eles passaram seis meses ali. Jones e Hill foram soltos apenas algumas semanas antes do Armistício, e apresentaram imediatamente um relatório sobre como tinham enganado os turcos com sua farsa. Eles foram levantados nos ombros e aplaudidos com grande entusiasmo depois de sua soltura, mas ambos fizeram coisas maiores e melhores no futuro. Mas não Bálsamo.

Pesquisei os registros de solturas de prisioneiros, semana por semana, procurando por ele. Chequei os obituários também. Mas não. Bálsamo não havia morrido, ou feito o armistício. Diagnosticado com "distúrbios de ilusão no cérebro", ele foi mantido no asilo por *outros* seis meses e foi solto não para custódia militar, mas para os cuidados de médicos britânicos. Ele foi discretamente liberado alguns meses depois, sem qualquer fanfarra ou relatório final que eu pudesse encontrar.

Perdi a pista dele depois disso. Era como se houvesse desaparecido.

Saí da biblioteca para um calor comichoso como feno seco, e fiz a longa caminhada de volta ao Café do Wong, a cabeça cheia de perguntas. Eu estava quase lá — estava prestes a atravessar a rua — quando parei. Olhei em volta. As calçadas estavam vazias. Alguns transeuntes namoravam vitrines, caminhando lentamente. Um caminhão passou rugindo. Alguns motoristas. Crianças perseguindo um gato no lado da rua. Nada incomum, mas aí...

Na diagonal do Café do Wong, um sedã verde-escuro estava estacionado de um lado. Ele estava meio escondido atrás de uma banca de verduras, mas eu reconheceria o Graham Supercharger 1939 em qualquer lugar, com sua grade fortemente angulada inclinada para cima como um tubarão pronto para emergir da água, e aqueles faróis protuberantes olhando fixamente para a frente. Eu já tinha visto esse carro. Em algum lugar do Texas, no sul, talvez. Caminhei lentamente, sob a sombra de um toldo. Pude ver placas do Colorado e alguém atrás do volante. O motor estava funcionando. O Graham Supercharger que eu tinha visto — em Sweetwater? Plainview? — não tinha placa de fora do estado. Disso eu teria me lembrado. Então, deve ter sido um Supercharger diferente.

Eu estava ficando tenso, pensei, como Virgil. Não havia nenhum tubarão pronto para dar o bote, apenas um carro em ponto morto numa esquina de rua, esperando por alguém. E percebi como seria deixar os nervos nos arruinarem, como era fácil ficar apavorado.

Sabia que não havia nada com que me preocupar, mas mesmo assim. Quem estaciona tão perto de uma banca de verduras? E, sendo assim, para ficar seguro, e sabendo perfeitamente que estava me deixando levar pela imaginação, dei meia-volta, me esgueirei para o beco e entrei no café pela cozinha.

Charley estava na sua tábua de corte. Ele levantou a vista quando eu passei. "Jack", ele disse, com um aceno de cabeça.

"Charley", respondi.

Ele nunca fazia perguntas. Essa sempre foi uma de suas melhores qualidades.

Rose e Virgil estavam em seus postos, com uma ressaca um pouco acima do normal, e pude notar o amontoado de cigarros no cinzeiro.

"Wheaties", disse Rose com um sorriso.

Escorreguei para a mesa, pensei em mencionar o sedã que tinha visto lá fora para Virgil, mas rejeitei a ideia. Isso só alimentaria o nervosismo que já o afligia, e, de todo modo, eu sabia que não havia nada a temer.

Em vez disso, perguntei: "Quem é Bálsamo?".

Virgil ergueu a vista da xícara vazia. Ele me fitou, sem raiva, porém. Era quase como se estivesse esperando por isso. "Bálsamo?", perguntou. "Onde foi que ouviu um nome desses?"

"Eu estava nos arquivos. Lá na biblioteca. Topei com alguns registros militares."

"Topou?", disse Virgil. "Quanta casualidade."

"E aí, quem é ele?"

Virgil acendeu um cigarro, enevoou o ar com ele. "Bálsamo?", ele disse. "Apenas alguém que eu conheci. Morreu há muito tempo."

"Morreu?"

"Na Grande Guerra. Levou uma bala. Não se refez."

O sorriso de Rose tinha desaparecido. Ela me dirigiu um olhar de granito frio. "Acho que me cortei com papel", disse ela. "Aqui no meu dedo mindinho. Pode pingar um pouco de suco de limão nele, Jack?"

Eu poderia ter insistido no assunto, imagino — não havia nenhuma hostilidade no olhar de Virgil, apenas um certo cansaço, como se um cachorro vadio de que estivesse tentando se livrar houvesse ressurgido.

É preciso matar um monstro três vezes para ele ficar morto, como aprendi com Bela Lugosi. Quantas vezes é preciso enfiar uma estaca em seu passado para ele fazer o mesmo? Eu seria capaz de me livrar de Paradise Flats? Ou Paradise Flats me perseguiria pelas planícies também?

Isso me fez pensar em algumas cartas que vira no armário de Rose, amarradas com um barbante, sem abrir.

Eu tinha ajudado a colocar Rose na cama numa noite de bebedeira, Virgil roncando sobre a cama retrátil com os pés calçados, Rose chutando inutilmente o ar para tirar os sapatos. Eu os tirei para ela e levei ao armário. E ali, no canto, estava uma caixa de chapéu desbotada, e nessa caixa havia uma pilha de envelopes. Eu desatei o barbante, folheei-os, senti o peso deles na minha mão. Todas as cartas tinham sido enviadas do mesmo endereço em Beaumont, Texas, e tinham retornado marcadas "Devolver ao remetente", a/c Café Charley Wong. Nenhuma aberta. Mas não era o nome de Rose que estava gravado no canto superior esquerdo dos envelopes. E não era para Rose que aquelas cartas tinham retornado. Era para Avanna Sherrill. Era ela que vinha enviando cartas a Beaumont, e que vinha guardando essas mesmas cartas quando elas eram enviadas de volta.

Virgil Ray e Rose Scheible pareciam ser feitos de fumaça. Eles não existiam. Se G. Bálsamo ou Avanna Sherrill existiam, também era motivo de debate, imagino. Parecia que uma pessoa podia se meter naquela poeira esvoaçante, apanhada entre o entardecer e o anoitecer, entre fingir e ser, e nunca sair novamente — como alguém poderia se fingir de louco, se fingir tão bem que nem mesmo ele saberia se aquilo era real.

42.

Uma das primeiras coisas que os nazistas fizeram quando tomaram o poder na Alemanha foi proibir o jazz.

"E eles estavam certos quanto a isso!", disse Virgil. "O velho Hitler estava certo de temer o jazz. Porque o jazz — ele é incansável, sempre mudando, não pode ser contido. É preciso proibi-lo completamente se quiser que as pessoas marchem daquele jeito, como se tivessem uma vara enfiada no traseiro."

Nós estávamos caminhando ao longo dos trilhos após uma noitada de suingue, com Virgil ainda excitado e a srta. Rose caminhando na frente, os braços abertos para se equilibrar, como se estivesse caminhando numa corda bamba. Um gato aproximou-se saltitante com um rato pendendo frouxamente da boca. Virgil, o chapéu empurrado para trás e os suspensórios caídos, balançando, o rosto ainda suado e sorridente, começou a cantar "With plenty of money and you" num tom que ele mesmo inventara.

"Ô Virgil", eu disse. "Como foi que você nunca aplicou golpes nas zonas de cor das cidades?"

Ele parou de cantar, disse: "As zonas de cor?".

"Você sabe", eu disse. "Quando nós estamos na malandragem. Por que nós nunca damos o golpe em gente de cor? Eles têm vendas e lojas, e não faltam otários, eu imagino, como em qualquer outro lugar. Me parece que um golpe do paco ou um conto do vigário devem funcionar bem."

Virgil nem sequer aplicara uma troca de gavetas de caixa registradora num homem de cor. Numa loja, o funcionário havia dito: "Vou ter que chamar o senhor Rawls". Bem, lá vem o sr. Rawls, sorrindo de um modo "O que posso fazer pelos senhores, cavalheiros?". Ele é de cor e diz: "Claro, oficial. Vá em frente e troque as gavetas". Mas Virgil não pôde fazê-lo. Ele simplesmente gaguejou e disse que estava tudo bem, que não havia necessidade de retirar o dinheiro. De volta ao Nash, na saída da cidade, perguntei a Virgil por que ele não tinha prosseguido com a coisa.

"O homem já tinha uma montanha e tanto para subir", Virgil dissera. "Não precisava da nossa colaboração."

Mas eu não pude ver a importância que isso tinha, e o disse enquanto seguíamos ao longo dos trilhos. Um otário era um otário, um otário. Que diferença faria se ele tinha enfrentado muitas adversidades ou não?

Virgil parou. Rose prosseguiu, os braços abertos e balançando. Ele me fitou. "Nunca pensei que você fosse contra os negros", ele disse.

"Não sou", eu disse. "Pelo menos, não até onde eu sei."

Ele recomeçou a andar.

Eu o alcancei. "Me parece que a única coisa justa a fazer é roubar os caras de cor como faríamos com qualquer um."

Virgil se irritou com isso. "Nós não roubamos! Quantas vezes eu tenho que dizer? *Quando eles nos entregam o seu dinheiro, isso não conta como roubo.*" Ele continuou caminhando pesadamente, agora enfurecido.

A questão era que Virgil não tinha nenhum escrúpulo em ludibriar *chicanos*, e me parecia que eles também viviam na pior.

"É, mas ninguém está linchando *chicanos*", disse Virgil quando comentei isso. Ele continuou avançando em passadas grandes ao longo dos trilhos com o terno pendendo frouxo nele.

Virgil também excluía os muito, muito pobres. E os muito, muito velhos, a menos que fossem vergonhosamente ricos — caso este em que, de alguma forma, eles mereceriam a culpa pela própria credulidade. Mas, em geral, Virgil evitava o conjunto dos desdentados, comedores de ameixa. O que era curioso, me pareceu, porque eles davam ótimos trouxas: eram solitários, estavam ficando esquecidos, procurando alguém para conversar, vivendo de renda e excessivamente confiantes. E se nós fôssemos apanhados?

"Ponha um velho num banco de testemunha", dissera Virgil para si, "e ele fica atrapalhado e confuso."

Sendo assim, por que nós não os estávamos mirando também?

"Porque estou jogando com as probabilidades, é por isso. Purgatório, eu posso encarar. Posso pegar cem anos na cabeça, se precisar. Mas limpar a poupança da vida inteira de uma velhinha? Não tem como negociar essa sentença. É direto para o inferno."

A forma particular da aposta de Pascal de Virgil.

O purgatório era a antessala de Deus, conforme entendi. Um mundo intermediário, não exatamente o inferno, mas a coisa mais próxima dele. Espécie de curral crepuscular para almas perdidas, para ver se elas eram merecedoras do fogo do inferno. Agora, nós calvinistas não tínhamos nenhuma necessidade de um lugar assim, preferindo antes a beleza pura de Condenados ou Não Condenados. Não havia nada de limite de apostas para nós. Roubar um milionário ou roubar uma doce vovozinha envolta num xale, na fragilidade de sua velhice, não fazia diferença.

"Seja como for", disse Virgil. "É covardia. Terçar sagacidades contra alguém que está perdendo a sua."

Um de seus parceiros, ele me contou, havia limpado a poupança de toda a vida de um velho de oitenta anos que estava morrendo de um tipo de câncer. "Pegou sua casa. Tudo", disse Virgil. Nós caminhamos mais um pouco e aí ele disse: "Eu terminei a parceria".

"Mas o homem estava morrendo", eu disse. "Estava indo de toda maneira."

"Justo por isso", disse Virgil. "Ele não teve uma chance de reconstruir, de ficar mais esperto depois daquilo."

Era como tentar apanhar fumaça com uma rede, pegar Virgil de jeito.

"Não somos gângsteres e batedores de carteiras vulgares", ele insistiu pela centésima vez, como se a repetição frequente de uma coisa a tornasse verdadeira.

"Claro", disse, Rose, virando-se para nós. "Robin Hoods metódicos. É o que somos."

"Somos", disse Virgil. "Exceto que não nos limitamos aos ricos."

"E em vez de dar aos pobres, guardamos para nós", comentei.

"Certo, certo — mas afora esses detalhes", disse Virgil, "nós somos exatamente como Robin Hood."

Os trilhos serpentearam pelos pátios de manobras e docas de carregamento, e nós podíamos ver o brilho pastoso de fogueiras distantes, onde os vagabundos e maltrapilhos se agitavam. Homens que ainda podiam estar usando alianças ou relógios de bolsos ocultos em seus apetrechos de dormir, homens que ainda podiam ter algum dinheiro, homens que nós nunca escolheríamos como alvo.

Mesmo Virgil tinha regras. Mesmo Virgil tinha um código que ele seguia. Podia ser contraditório e inconsistente, mas ainda era um código. E se alguém como Virgil não podia viver uma vida que fosse amoral, então talvez isso fosse a prova de que eu precisava de que o amoral não existia.

A dor desaparecera da minha mão, mas nunca mais consegui fechar o punho direito.

43.

Geordie Dee era um homem de cor que sabia aplicar um golpe, disse Virgil. "Ele era de alguma cidade no fim do mundo, Asswipe, Kentucky ou Jonesboro, Arkansas. Ou coisa assim. Mas o homem era um artista."

Estávamos de volta a nossa mesa no Café do Charley Wong, planejando o futuro: Rose envolta em fumaça, Virgil com seus guias da APO e mapas de postos de gasolina abertos na sua frente. Tínhamos voltado de uma caçada esparsa ao longo do Rio Canadian, e Virgil estava explorando o mapa em busca de algum lugar esquecido por nós. Ele marcava com V os lugares por onde havíamos passado: Raton, Farmington, Clovis, Lubbock, Hugo, Great Bend, Goodland — um arco em constante alargamento que contornava as terras fronteiriças de Texas, de Oklahoma, e Kansas, do Novo México. Havíamos alcançado um ponto tão ao norte quanto Nebraska em certa altura, alcançando McCook à margem do rio Republican. Estávamos tendo de ir cada vez mais longe para alcançar uma região pela qual o Nash ainda não houvesse passado.

"Precisamos ir a um lugar melhor", disse Virgil. "Estou cansado de lidar com matutos e toupeiras. Sem ofensa, Jack."

"Sem problema."

"Um lugar mais urbano", disse a srta. Rose. "Um lugar com uma casa de ópera de verdade."

Enquanto estudávamos nossos mapas, um mendigo entrou no café. Um velho bêbado andrajoso, ele lançou um olhar tristonho e pedinte ao sr. Wong e foi despachado com algumas moedas e um pouco de pés de galinha cozidos que Charley usara num caldo.

Virgil se inclinou para nós, sussurrou: "Viram isso? O velho Charley acaba de ser ludibriado. Os sapatos do vagabundo estão amarrados com barbante torcido. Notaram isso? Mas as solas ainda estavam em bom estado. Então por que o barbante? Esse era um chorão profissional".

Virgil fez um círculo em volta de cidades que tínhamos pulado em nossa passagem anterior por Shawnee, depois pediu uma fatia de ruibarbo e açúcar mascavo. Susie, a garçonete, trouxe, flertando menos agora que Rose estava perto.

A conversa tinha derivado de casas de ópera e sua falta para ex-parceiros e as lições que eles poderiam oferecer.

"Geordie Dee era o melhor jogador de monte que já conheci", disse Virgil. "Foi um privilégio aplicar o golpe com o Geordie. Geralmente ele distribuía as cartas, mas muitas vezes fazia o sócio apostador, ganhando dinheiro tão limpo e tão fácil que deixava a rapaziada branca desesperada. *Se um negro pode ganhar, então, com os diabos, nós deveríamos ganhar também!*"

Geordie tinha o crédito de haver inventado um golpe, Virgil nos contou, uma coisa que o colocava na sagrada companhia do Conde Lustig e de Yellow Kid Weil.

"Eles chamam de golpe do Texas", disse Virgil. "Pelo lugar onde Geordie o aperfeiçoou."

O golpe jogava com sentimentos antirraciais, e isso nunca faltou no Texas.

"Era um golpe do monte *invertido*", explicou Virgil. "Um que Geordie cozinhou no Alabama, quando percebeu como tinha ficado difícil fisgar trouxas, por causa da quantidade de vigaristas e batoteiros que tinha queimado as cidades. Os tiras estavam reprimindo os golpistas de estação, e estava ficando duro ganhar a vida honestamente. Então o Geordie imagina: por que não atingir os caras que *sabem* que o jogo é trapaceado e acham que são espertos demais para cair? Eles sempre davam os melhores otários. Faça um apelo ao fanatismo branco, rapaz! Você conseguiu um golpe!"

Tal como Virgil o descreveu, Geordie fazia um simplório falastrão, um caipira de pés descalços e macacão exibindo um pacote de dinheiro fajuto que dizia que tinha arrancado com fraude de uma companhia de seguros "branca". Ele se aproximava do caipira branco mais bronco que pudesse encontrar, num posto de gasolina ou café, e lhe perguntaria se ele conhecia algum teatro local de má reputação. "Aí, enquanto eles estão conversando, eu apareço, digo: 'Ei, conheço a rua, mas... não tenho certeza se eles aceitam negros por lá'. Bom, o Geordie continua falando, como ele vai arranjar uma mulher branca, dizendo como ele prefere a carne branca da galinha, como ela é mais suculenta. Eu lanço um olhar para o trouxa. Geordie diz: 'Segure a minha grana para eu ir soltar o barro', fazendo o papel do estereótipo do negro. Eu seguraria o rolo de dinheiro do Geordie, murmuraria coisas para o otário, sondaria os seus sentimentos. Em raras ocasiões, o cara defenderia os negros, dizendo que o Geordie era apenas uma maçã podre e nós não deveríamos julgar todos eles por isso. Quando isso acontecia, nós eliminávamos o sujeito, e íamos pescar em algum outro. Na maioria das vezes, porém, os trouxas ferviam com a ideia de um homem de cor com uma moça branca. 'Então, por que não tirar todo o dinheiro desse negro?', eu diria. 'Já vi uns jogos do monte. Por que não passamos a perna nele? Eu distribuo e lanço uns sinais na sua direção.' Percebem?", disse Virgil. "Um golpe do Texas depende de usar o conhecimento do otário sobre o golpe — de virar esse conhecimento *contra o otário*. É uma trapaça dupla, e brilhante."

Quando o Geordie voltava, Virgil e o trouxa o seduziam para algumas rodadas de monte. A ideia era fazer o otário perder intencionalmente uma grande quantia, disse Virgil, para encorajar Geordie. Eles depenariam a bolada do Geordie, e se encontrariam mais tarde para dividir os ganhos. Exceto, é claro, que Virgil jamais apareceria no encontro. Às vezes eles aplicavam um golpe do paco invertido também, com Geordie insistindo para ele e o otário embrulharem seu dinheiro em dois lenços diferentes para Virgil segurar. Com uma piscadela para o trouxa, Virgil trocava os pacotes — e o trouxa pensando que estava soltando seu próprio dinheiro por uma bolada maior. A surpresa quando ele o desembrulhava mais tarde devia ser estarrecedora.

"Geordie foi um dos melhores parceiros que já tive", disse Virgil. "Nós formávamos uma ótima equipe preta e branca, os dois. Eu adorava aquele sujeito."

"E o que foi que aconteceu? Vocês brigaram?"

Virgil desviou o olhar para um lado, e para longe. "Geordie nunca ligou para jazz. Não é gozado? Ele sendo do sul e tudo. Era mais do tipo coro gospel."

"E?"

"Uma noite, enquanto eu estava comemorando, dançando jive, Geordie saiu à procura de um salão de renascimento tarde da noite para expurgar seus pecados cantando. Estava sempre preocupado com os pecados que tinha acumulado. Pecados da carne. Queria que eu fosse junto e fosse absolvido também, mas eu imaginei que tinha ido tão longe àquela altura que seria preciso uma intervenção divina para me salvar. Então o Geordie foi sozinho."

"E?"

Virgil não disse nada. Ficou tanto tempo em silêncio que achei que se esquecera do que eu tinha perguntado. Quando ele falou, sua voz estava distante, como se ele estivesse do outro lado da sala. "Alguns bons sujeitos o apanharam. Eles enforcaram o pobre Geordie numa árvore."

Depois disso o silêncio ficou ainda mais pesado. Luto, talvez. Ou alguma coisa ainda mais branda.

As histórias de ex-parceiros de Virgil sempre pareciam terminar em prisão, loucura, assassinato ou vala comum. E corpos regirando no vento.

Virgil empurrou os mapas para o lado e olhou para Rose. "O que acha de Oregon?"

"Não me atrai", disse ela. "Chove o tempo todo. Sou filha do Dry Belt. Costumo enferrujar."

"Combinado, então", disse ele. "Será Oregon. Vamos montar acampamento em Eugene, trabalhar a costa do Pacífico."

Rose foi riscada, mas tenho que admitir que fiquei contente com a perspectiva. Eu nunca tinha visto o oceano, e sempre quisera. E talvez tenha sido na contemplação daquela vastidão de água que meu esquema nasceu.

Virgil tinha voltado a contar casos de outros parceiros que tivera ao longo dos anos, atirando histórias ao nosso redor como uma fita telegráfica de cotações. Uma me incomodou, porém. Aguçou o meu interesse, no caso. Era a história de um ex-companheiro de Virgil, um sujeito que inventou um simples golpe do carro.

"Esse cara", disse Virgil, "decidiu passar a perna em dois revendedores de carros em Missouri usando um automóvel como garantia. Vestido na estica, ele aparece numa sexta-feira à tarde, pouco depois do fechamento dos bancos. Preenche um cheque por um Ford novo. Guia o carro através da cidade até outro revendedor e se oferece para vendê-lo pela metade do que pagou. Imagina que vai fazer seiscentos dólares rápidos num carro de mil e duzentos e estar bem longe quando a nota promissória voltar na segunda-feira de manhã. O problema é: para esse golpe funcionar, é preciso uma cidade suficientemente pequena para confiar num freguês passador de cheque. Cidades maiores não permitirão que um carro saia do lote até o cheque ser compensado. Pois era uma cidade pequena então."

Esse foi o furo do homem.

As cidades pequenas são não só mais confiantes — ou crédulas, se preferirem. São também, bom, *pequenas*. Todo o mundo se conhece, e quando o segundo revendedor estava preenchendo um comprovante de venda, ele notou que o veículo em questão tinha sido comprado naquele mesmo dia da loja do Bobby Joe no outro lado da cidade. Ele liga para o Bobby Joe, diz: "Bobby Joe? Aqui é o Billy Bob. Você vendeu um Ford para um cara chamado...". E esse era o fim de tudo.

"Eles atiraram meu amigo em cana, disseram: 'Vamos ver se aquele cheque é bom'. Quando não foi, o amigo ali pegou dez meses na cadeia do condado. Percebe?", disse Virgil. Como a maioria de suas histórias, essa tinha uma moral. "Só porque um golpe soa bom, isso não significa que ele funcione." Ele chamou Susie com um gesto.

Hum.

Eu revirei essa história na minha cabeça, olhei por ângulos diferentes enquanto Rose e Virgil discutiam os méritos de chuva contra sol, bolor contra pó. E eu pensava *e se*...

"Quando chegarmos em Oregon..."

"Nós não vamos para Oregon", disse Rose.

"Quando chegarmos em Oregon..."

Esse é o começo de qualquer história, não é? A pergunta: *E se?* E se Amelia Earhart ainda estivesse viva? E se ela estivesse por aí esperando por alguém para salvá-la? E se Tom Mix fosse real? E se Drácula não fosse? E neste caso: e se deixarmos a lei tomar o seu curso?

Eu pensava no golpe que o amigo de Virgil tinha tentado aplicar, e na facilidade com que ele fora apanhado. Mas e se os cheques fossem apenas um estratagema? E se a verdadeira intenção o tempo todo *fosse ser apanhado*? E se o verdadeiro golpe estivesse em ser apanhado?

E se a pessoa se preparasse? De propósito. E se ser preso fosse toda a questão?

Rose deu um tapa no braço de Virgil, gesticulando na minha direção. "Virg", disse ela. "Dê uma olhada no sorriso torto desse garoto."

PARTE 3

Gatos e ratos

44.

Quem eu era dependia do que era requerido pelo golpe. Geralmente um jovem bronco ou um astuto passador de notas, mas para este eu devia estar nadando em dinheiro. Ou dar essa ideia.

Virgil comprou um reluzente terno verde feito sob medida para mim. Ele encheu meus dedos de anéis e meteu um pesado relógio no bolso do meu colete. Um alfinete de gravata dourado, abotoaduras francesas e uma camisa de seis dólares com colarinho tão alto que eu teria de subir numa escada de mão para cuspir. Ele até me comprou um par de sapatos amarelos brilhantes.

Ele virou-se para Rose. "O que acha?"

"Bom", disse ela. "Ele é um rico herdeiro ou um aprendiz de vigarista aproveitador."

"Perfeito!", disse Virgil. Era atrás disso que nós íamos.

Escolhemos Louisiana como o lugar da minha prisão, raciocinando que era um estado suficientemente velhaco para cair no nosso golpe. Um estado onde as questões eram resolvidas localmente, sem recorrer às autoridades superiores. Assim, nós rodamos para leste acompanhando as ferrovias abandonadas que cruzavam as planícies, passando pela desolação e as torres de perfuração de petróleo de madeira do norte do Texas. Quando a artemísia virou luzes urbanas, nós fizemos um largo contorno em volta de Arlington, e seguimos em frente. Cruzamos o rio Angelina, o ar se adensando e umedecendo à medida que nos aproximávamos do Golfo. Não podíamos vê-lo, ou mesmo cheirá-lo, mas podíamos senti-lo, aquela vasta presença de umidade exatamente no lugar errado, onde ela não poderia fazer nenhum bem às plantações do sudoeste.

Estávamos à procura da cidade certa, e a encontramos em Boulaye, pouco além da fronteira estadual. Nós não entramos, porém, mas rodamos até Shreveport, que era a parada seguinte da ferrovia. Shreveport era o tipo de lugar triste e exaurido, e cheio de hortaliças úmidas, como se uma saladeira tivesse sido emborcada sobre o lugar. Shreveport fora escolhida por critérios exclusivamente geográficos: seria nossa base para investir sobre Boulaye. Shreveport, percebem, oferecia várias rotas de fuga. Rodando para oeste, estaríamos rapidamente de volta ao Texas. Para o norte, logo alcançaríamos o Arkansas. A leste, uma viagem pesada de um dia e estaríamos no Mississipi se fosse preciso.

Virgil abriu uma conta no Shreveport State Bank e guiou de volta até Boulaye para sua própria "patrulha de reconhecimento", como ele se exprimiu.

"Não deixe ninguém notar", disse-lhe Rose quando ele subia no Ambassador.

"Não deixarei os confortos de nosso Nash", ele prometeu.

Rose e eu aguardamos sua volta no quarto de papel de parede desbotado de uma suíte de segundo andar. "Não é exatamente o Waldorf-Astoria", disse Rose. Mas serviria. Cortinas esgarçadas e uma cômoda que havia muito perdera o brilho. Uma escrivaninha na sua frente. Um sofá de dois lugares ao lado. Devia ter sido um quarto bonito nos seus bons tempos. Do lado de fora, a cidade estava escurecendo, e sombras se insinuavam para dentro do quarto. Eu me sentei à janela, de vigia, sem saber bem do quê.

Rose tomou um longo banho de banheira. Deixou a porta entreaberta. Virgil quis um quarto mais barato, um sem banheiro privativo, mas Rose vetou. "Uma garota precisa relaxar", disse ela, "sem interrupções indesejadas." Eu não conseguiria dizer se a ênfase fora em "interrupções" ou em "indesejadas".

Eu podia ouvir seu relaxamento na água, podia ouvi-la suspirar, podia ouvir os rápidos afundamentos ocasionais — e depois ela se erguendo para fora de novo. Virando da janela, eu vi a luz do banheiro tremeluzindo enquanto ela se enxugava. Ela reapareceu logo em seguida trajando um roupão frouxo, disse que tinha sido como um lento e morno batismo. "Deixei um pouco para você", ela disse, mas eu recusei. Nunca fui de partilhar água alheia.

Rose passou se espremendo tão perto de mim que pude sentir a suavidade do sabonete Camay que emanava dela. Era o seu aroma íntimo, um aroma que eu só sentia de passagem, geralmente antes de ele ser encoberto por palitos de fósforo e o cheiro do tabaco da Virgínia. Os cigarros podem ter sido seu perfume preferido, mas foi o aroma daquele sabonete que eu sempre associei a Rose.

Ela se aboletou no sofá, estendeu os pés sobre um banquinho. O forro podia estar desbotado. Mas Rose? Ela resplandescia — ainda rosada do banho, limpa e sem os olhos delineados ou os lábios vermelhos e cerosos. Ela parecia estar saindo de uma fazenda.

"Nervoso?", ela disse.

"Com o quê?", perguntei.

Ela esticou os braços sobre a cabeça. "Estou me sentindo como um waffle belga", disse. "Quente e melada. Não tem nada igual a um bom banho num dia quente."

Rose acendeu um cigarro e soprou demoradamente, uma nuvem de azul que camuflou o que restava do Camay. "A maioria dos vigaristas passa a vida tentando não acabar na cadeia", disse ela. "E aí está você entrando voluntariamente numa."

"Virgil vai me tirar", eu disse.

"Você acha?"

"É essa a aposta que estou fazendo", eu disse.

Ela riu, aquele único rosnado áspero dela. "Lá na estrada", ela disse, "naquele primeiro dia. Quando você afogou o Nash. O Virgil queria largar você lá, naquela loja de ferragens. Queria sair rodando e abandonar você ao seu destino. Você sabe disso, não é?"

"Imaginei que sim."

"Eu o convenci a não fazer isso."

"Eu sei."

"Disse que nós devíamos lhe dar uma outra chance."

Fiz que sim.

Passos subindo as escada de dois em dois degraus, uma rápida batida três-quatro na porta, e Virgil estava de volta como um ciclone do Kansas. "Está tudo arrumado!", disse ele, sem fôlego e radiante. "Boulaye, quero dizer. O tribunal e a prisão do condado ficam perto da estação de trem. Os trens chegam na hora. Eles fazem conexão com a linha do ramal norte, de modo que uma chegada de Washington D.C. é perfeitamente plausível."

"Achei que você não ia sair do Nash", disse Rose.

"E não saí mesmo", disse ele.

"Então como conseguiu o horário dos trens?"

"Perguntei para o chefe da estação. Tive que apelar para *isso*. Seja como for", ele disse. "O último trem que sai para Washington é às quatro horas."

Virgil fez um croqui num pedaço de papel.

"Tem três revendedoras. Aqui, aqui e aqui. Esqueçam a última. É uma franquia, direto da fábrica. Vamos ficar com as independentes. Esta — ele bateu com o dedo. Começamos aqui. Depois vamos de carro até — *aqui* — a este terreno. É aqui que dá merda. Vi o dono quando ele estava fechando." Virgil sorriu. "Um homem gordo."

"Um homem gordo?"

"Se quisermos atingir um esquentado na revenda, alguém que fique furioso e imediatamente chame a polícia, então nós queremos um homem gordo para isso. Gordura é raiva congelada. Se acertar esse pateta na revenda, estará em cana num instante."

Ele tirou um envelope do bolso do paletó. "Parei na estação aqui de Shreveport. Comprei para você um bilhete para Boulaye. A primeira coisa amanhã de manhã, partir."

Ele o estendeu para mim, e eu fiquei pensando se era uma passagem para algum outro lugar, também — para a glória ou para a prisão. Ou, talvez, para ambas.

Não consegui pegar no sono naquela noite. Eu me virava e revirava, e tentava ficar confortável, mas meus pés ficavam vazando para fora do sofazinho e eu finalmente chutei as almofadas para o chão e me deitei ali.

Eu não conseguia dormir, e Rose tampouco. Eu a ouvia se mexendo embaixo das cobertas, suspirando entre os roncos de Virgil. Eu imaginei que fosse por preocupação comigo.

45.

O homem na primeira revendedora de Boulaye ficou felicíssimo de pegar o meu dinheiro.

Era um sujeito magricela de modos azedos, cara de crocodilo e sorumbático, mas forçou um sorriso quando eu puxei meu talão de cheque. O dinheiro tem esse efeito, mesmo no mais crocodilesco dos rostos, eu descobri.

Boulaye era um lugar encharcado. Um rio denso corria pela cidade, tão assoreado e lamacento que uma moeda flutuaria em sua superfície. A praça central ficava mais além, com uma fonte que gotejava sua própria água lamacenta e uma prefeitura presidindo. Ela era tão úmida que as próprias árvores pareciam estar se abanando. Como Virgil havia prometido, a estação de trem ficava a uma curta caminhada da prefeitura.

As fachadas das lojas de Boulaye formavam um conjunto lamentável. O Liberty Bank já estava fechado. O Hermitage Trust & Loan também. Parecia que todos andavam devagar por ali, como se estivessem meio adormecidos. A umidade estava deixando meu pescoço irritado e dava para torcer meu lenço de tanta água. Tudo bem. Mantive o passo mais alegre e o sorriso mais amistoso que pude, acenando com a cabeça para todo o mundo que passava por mim.

A Associação de Mulheres Sulistas para a Prevenção do Linchamento (um grupo tão eficaz quanto a União Feminina de Temperança Cristã, imagino) dividia uma fachada com a Comissão de Cooperação Inter-racial. Isso me deixou nervoso. Não queria uma cidade muito bondosa. Nós não precisávamos de clemência, precisávamos de *ressentimento*.

Ah, mas a sorte estava do meu lado, e mais adiante esbarrei em desgraceiras concorrentes se encarando raivosamente dos dois lados da rua: um Instituto Bíblico Moody numa esquina e uma Sociedade de Milenaristas na outra. Isso me animou consideravelmente — e as coisas ficaram ainda mais doces. Outra esquina e outro empate: a Igreja da Reforma Evangélica de um lado e a Evangélica Reformada do outro. Uma cidade com natureza argumentativa, e rápida em fazer julgamentos. Precisamente o que estávamos buscando.

Eu segui para aquela primeira revendedora, respirei fundo, e aí, com um sorriso largo e simétrico, entrei pisando firme no pátio. O dono saiu ao meu encontro — eu era o único cliente ali — e eu lhe dei um caloroso "Olá, meu chapa, qual é a pedida?".

Ele me sombreou como um papa-defunto esperando o primeiro sinal de uma tosse. Eu parei para admirar um La Salle conversível vermelho estacionado na frente.

Ele fez um sinal de assentimento com a cabeça. "Ele é uma beleza, não é?", disse.

Corri a mão pelo para-lama, assobiei baixinho. Empurrei meu chapéu para trás, disse: "É um ótimo automóvel. Se é".

Nós discutimos ventiladores e radiadores (ambos padrão e inclinados). Ponderamos sobre os benefícios do motor em ponto morto, os prós e contras de freios hidráulicos e câmbios hidramáticos.

"Tirar o pé do acelerador, rodar na banguela?", eu disse. "Não tem nada mais doce, não é?"

Ele concordou enfaticamente. "Você conhece mesmo os seus automóveis", disse ele, acrescentando sílabas extras sem cobrar nada: "mar-ra-vi-lhou-so".

Consultei meu relógio — fiz uma grande produção para dizer: "Hum. Ainda... um pouco... cedo", e então lhe desejei boa saúde e segui meu caminho.

Gastei o dia tomando uma bebida maltada numa loja de conveniência local seguida de um constitucional giro ocioso em volta da praça. Comi um ótimo sanduíche de carne de porco num balcão de bar, terminado com um

Seven-Up. Caminhei pelas ruas de Boulaye durante a tarde toda... e aí voltei apressado à loja.

Era sexta-feira. Três horas. Os bancos tinham acabado de fechar para o fim de semana e só abririam às oito da manhã de segunda-feira.

O vendedor saiu para me cumprimentar, mas desta vez eu fui rápido. Sem vacilação, sem conversa fiada.

"O Packard", eu disse. "O prateado lá da frente. Vou levá-lo."

Isso fez seu sorriso hesitar. Eu nem sequer tinha olhado o Packard, e ele exibia uma etiqueta dizendo US$ 1850. Era no La Salle conversível que eu estivera de olho. Eu tinha feito toda sorte de perguntas, assuntado abertamente sobre pegá-lo para um teste de direção, expressado meu entusiasmo inequívoco. E ali estava eu, preenchendo um cheque por um automóvel muito mais caro, sem nem sequer entrar no seu interior ou ligar o motor.

Eu havia largado insinuações sobre fortuna familiar durante minha visita anterior, e agora acrescentava mais cem dólares ao preço "como gorjeta".

"Uma gorjeta?"

Sorri para ele, um sorriso largo e uniforme. "Por tomar o tempo de fazer uma venda no fim do dia. Quando os bancos estão prestes a fechar."

Quem consegue dizer não a uma gorjeta de cem dólares? Ele telefonou para Shreveport para confirmar se o meu cheque tinha cobertura. Ele tinha, e eu preenchi o resto da papelada e saí do pátio guiando o Packard. Dei algumas voltas ao redor da praça para passar o tempo, e depois segui diretamente para a segunda revendedora.

Ela era mais afastada, depois de um campo de beisebol, e assinalada por uma placa pintada à mão que dizia FRENCHIE'S AUTOS. Ao som do Packard, um homem gordo saiu para fora, como Virgil tinha prometido. Ele estava rosado de suor, e fez um aceno gorducho quando eu estacionei.

"O que posso fazer por você?", perguntou.

"Preciso vender isto", eu disse. "Agora mesmo. Os bancos acabaram de fechar e eu preciso do dinheiro. Preciso pegar o próximo trem. Tenho uma... uma tia doente, carece de cuidados. O trem sai em vinte minutos."

Ele consultou seu relógio. "Vai ser apertado."

"Cavalheiro, estou disposto a lhe vender um Packard Eight por novecentos dólares, à vista. Tudo que você tem que fazer é me levar à estação. Tenho um trem para pegar."

Ele não gostava de ser apressado, mas como poderia recusar uma barganha dessas? "O carro parece novo em folha."

Eu comecei a ficar impertinente. "É, é. Chega de gastar meu tempo. Tenho um trem para pegar. Não posso esperar para sair daqui. Não há uma gatinha que valha uma paquera em toda cidade triste de vocês. Nunca vi tamanha coleção de garotas de joelho pra dentro e peito chato em toda minha vida. Aqui estou eu, um rapaz da cidade grande. Eu posso escolher a melhor da ninhada, mas a ninhada não vale a pena. Nem sei como vocês conseguem procriar nestes cantos. Só fechando os olhos e aguentando firme, imagino."

O sorriso do gordo havia desaparecido. O rosado de seu rosto escurecia.

Engraçado, não é? O orgulho proprietário que as pessoas investem em suas mulheres. Pode-se insultar a culinária de uma região, sua política, seu clima. Mas quem fizer comentários sarcásticos sobre como suas mulheres são horrorosas terá que agir com presteza. Talvez seja cavalheirismo ou apenas um senso de propriedade em jogo, mas para quem quiser deixar alguém enfurecido, esse é o caminho a seguir.

"Vamos separar seus formulários, então", disse o gordo.

Eu o segui até o escritório, atirei as chaves do carro sobre a sua escrivaninha, falei de novo para ele se apressar. Ele puxou a papelada — e foi aí que tudo explodiu.

"O que é isso?", ele disse, olhando para a nota fiscal. "Você acabou de comprar esse carro. Do outro lado da cidade e pelo dobro dessa quantia." Seus olhos porcinos se estreitaram para pequenas fendas porcinas. "Tentando dar um golpe, não é?"

"Eu comprei o Packard, limpamente", eu disse. "Agora me dê o meu dinheiro. Novecentos. Em dinheiro."

"Comprou limpamente, não é?" Seu rosto estava vermelho agora, beirando o púrpura. Ele pegou o receptor do telefone, chamou a operadora. "Me ligue para o escritório do xerife."

Eu me levantei, como se fosse fugir. "Me devolva minhas chaves."

Ele se recusou. Agora ele me tinha. O estúpido.

O xerife chegou impelido por bufos de raiva. Ali estava um homem aparentemente formado por partes avulsas: orelhas de morcego, olhos de toupeira, pescoço de peru. Ele escutou o gordo, e aí tirou as algemas para fora.

"Sob qual acusação?", eu quis saber.

"Deixemos o juiz decidir sobre qual."

O tribunal tinha uma bandeira do estado e uma cruz confederada desfraldadas, embora desfraldadas não fosse bem a palavra certa. Do jeito que elas pendiam, mais pareciam roupa lavada suspensa úmida no varal. O xerife e sua testemunha principal me levaram para dentro, passando por colunas e cruzando uma rotunda. O prédio tinha um cheiro de mofo, como se o próprio bolor tivesse escoado para o ar.

Eu tive que admitir, o caso contra mim parecia bastante ruim. O xerife acordara o juiz, e o juiz não ficou nem um pouco feliz com isso. Ele entrou intempestivamente, vestindo sua toga num gesto impensado, e ocupou seu posto. De suas alturas, ele me fitou carrancudo. Um homem meio calvo com sobrancelhas brancas, voz forte, e uma atitude de martelo de Deus — e lá fui eu no meu afã de provocar.

"Que espécie de justiça caipira é essa?", eu disse. "Podem me soltar, *agora mesmo*, eu exijo! Não fiz nada de errado."

"Nada de errado?", trovejou o juiz. Ele tomou alguns instantes para enxugar o rosto com um lenço. "*Nada de errado?* Escrever notas promissórias falsas? Tentar defraudar os cidadãos trabalhadores de Boulaye? Você cometeu um erro de julgamento grave e fatal, jovem."

"Não pode fazer isso comigo!"

"Não posso?" Ele estava rugindo agora. "*Não posso?* Insolência!"

"Aquele cheque vai ser compensado", eu disse. "O sujeito da revendedora ligou para o banco. Vocês não têm razão para me deter."

O juiz fez pouco disso. "Achou que ia dar um golpe, não é?" Ele virou-se para seu agente da lei de peças sobressalentes. "Xerife, tranque esse rapaz malcomportado. Segure-o até os bancos abrirem na segunda-feira de manhã. Vamos ver se o cheque tem fundos."

O primeiro dono tinha chegado agora, magro e com a cara de crocodilo, e fez questão de agradecer ao outro sujeito. "Deixe para lá", disse o gordo. "Você teria feito o mesmo por mim." Cidadezinhas. Não se pode vencer todas elas. Bem, até se poderia, mas de nada serviria.

Oh, eles estavam excitados, o grupo todo — o gordo, o circunspecto, o xerife e o juiz trovejante — eufóricos por terem agarrado um vigarista da cidade grande. Um dia excelente para todos os envolvidos. O mais difícil para mim foi não rir.

46.

O tempo na prisão é diferente do tempo real, como descobri. Ele avançava não mais devagar, necessariamente, mas mais *espesso*. Ele não tiquetaqueava quando se estava sentado atrás das grades, ele escoava e gotejava como lodo pelo cascalho, um pouco de cada vez.

A cadeia era ligada ao tribunal, e o juiz entrou para conversar com o xerife mais tarde. Ele me espiou como quem olha um coiote enjaulado, balançou a cabeça soturnamente, disse "Que isso lhe sirva de lição".

O juiz havia despido a toga, estava vestido com roupa de algodão recém-passada com um chapéu-coco com uma pluma no lado.

"Belo chapéu", eu disse.

"Obrigado", ele replicou, sem saber como tomar aquilo. Depois, lembrando-se de que era o juiz e eu o prisioneiro, disse com rabujice extra na voz: "Vejo você na segunda-feira de manhã. Para sentenciar".

Aparentemente, ele não estava esperando um julgamento demorado.

Assistentes se revezaram para me vigiar para o caso de eu tentar sumir. Eu era a única pessoa trancada naquele fim de semana, e enquanto jazia deitado no catre, estiquei os dois braços e descobri que não conseguia alcançar as paredes. O que quer dizer que minha cela de prisão era maior que a despensa que eu chamava de lar em Silver City. Mais confortável, também.

Dormi profundamente e acordei tarde, o sol sendo fatiado pelas grades numa enfiada de listras grossas. Eles me deram uma coisa cinzenta para comer. Carne, talvez. Junto com pão de milho e café frio.

No domingo de manhã, um morador local assumiu, um sujeito magrelo que se encolheu atrás de uma pilha de livros na escrivaninha diante da minha cela, rabiscando anotações com uma caneta.

Foram os livros que me chamaram a atenção. "Ei!", eu chamei. Ele fingiu que não ouvira. "Senhor!", eu disse. "O que é que está fazendo?"

"Planos de aula", ele disse, tentando parecer durão. "Isso não lhe diz respeito."

Ele parecia ser um mestre-escola fazendo um bico nos domingos como assistente de carcereiro para o condado. Um mestre-escola trabalhando no domingo? Isso me disse tudo.

"Ensina ciências, não é?"

"Ah, sim. Sim, ensino. Como foi que..."

"Tenho um primo", eu disse. "Lá no Tennessee. Ele ensinava ciências, e eles o prenderam injustamente, também. Como eu."

"Ele também era ladrão de carro?", perguntou o professor.

"Necas. Era um educador, como você." Nada disso era verdade, é claro, incluindo *Tenho um primo*. "Eles o agarraram por fazer seu trabalho."

"Eles o prenderam por ensinar?" Isso ele achou intrigante, a despeito de si.

"Isso mesmo. Macacos e coisas assim. Grande julgamento."

E, caramba, rapaz, não é que isso o fisgou?

"Certamente não o Scopes.", disse ele. "Não John Scopes."

"Esse mesmo. Ele perdeu o caso", eu disse. "Mas reclamou uma vitória moral."

Os olhos do professor estavam arregalados agora. "Você é parente de John Scopes?"

"Só por afinidade", eu disse.

"E o que o seu primo famoso acharia de você sentado na prisão, aguardando julgamento?", ele perguntou.

"Ele diria: 'falsamente acusado'. Do mesmo jeito que ele, senhor, sou inocente, essa é a verdade. E a verdade me libertará." Depois, casualmente: "Você leciona matemática também?".

Ele fez que sim.

"É um apostador? Matematicamente falando."

Ele não estava certo de ter ouvido direito.

"Está interessado numa aposta amigável?", perguntei.

"Uma aposta? Que tipo de aposta?"

"Ah, não sei, nada. Números, por exemplo. Por que não me dá uma quantia, do tamanho que quiser, e eu somarei imediatamente a ela, digamos, 98 ou 99? Aí você calcula num bloco para ver se eu acertei. Seriam apenas níqueis e centavos, para passar o tempo."

Ele hesitou, e naquele momento eu soube que o tinha.

"Você é mesmo primo de John Scopes?", ele perguntou enquanto tirava um bloco e lápis.

47.

O domingo foi uma morte prolongada, tornada menos intolerável somente pelo dinheiro que consegui colher daquele mestre-escola. Crédito a quem é devido, o professor era um homem de palavra. Ele pagou.

Chegou a segunda-feira, e com ela veio Virgil Ray.

Ele entrou pisando firme no escritório do xerife, apertou vigorosamente a mão do homem da lei, disse com um sorriso poderoso: “Godfrey Tanner. Advogado. Prazer”.

Ele entregou seu cartão ao xerife.

O xerife olhou para o cartão, para o cabeçalho com o timbre da empresa acima do nome. “De Valu?”, ele perguntou.

“Eu represento a família do rapaz.”

“Ele disse que seu nome era...”

“É. Sua mãe era Clarice de Valu, filha de Vincent. Ouviu falar dele?”

A voz do xerife hesitou ainda que ligeiramente. “Claro.”

“Traga o rapaz. Vamos encontrar o juiz no seu gabinete.”

Godfrey Tanner tinha sido enviado a Boulaye para localizar o filho desaparecido da alta sociedade de Washington, ele explicou ao juiz.

“Imagine meu choque”, disse Virgil, “ao encontrá-lo aqui.”

O juiz estava sentado atrás de uma ampla escrivaninha. O xerife estava de pé ao seu lado, os braços cruzados.

"Tudo não passou de um mal-entendido, tenho certeza", disse Virgil. "Que seja. Eis o que eu proponho: quinze mil, pago integralmente, e ninguém vai para a prisão."

O juiz e o xerife se entreolharam, mal conseguindo suprimir sua satisfação. Eles não tinham esperado tirar quinze mil de nós. Se fosse possível abrir suas cabeças, daria para ouvir o coro da Aleluia. Não durou muito, porém — não quando eles pereceberam o que Virgil estava realmente propondo.

"Quinze mil, mais custos legais. E nós iremos embora sem fazer nenhuma acusação contra você — e você — ou à municipalidade de Boulaye. Essa é nossa oferta final. Paguem, cavalheiros, ou a família De Valu vai rapelar vocês e este buraco estagnado de cidade de merda que vocês chamam lar de tudo que têm. E isso inclui o que vocês conseguem alugando sua irmã numa noite de sábado." Virgil sentou-se, sorrindo docemente. "Senhores? Alguma pergunta?"

O silêncio foi como uma bomba explodindo.

"Você... você quer que nós *lhe* paguemos?"

"Prisão falsa", disse Virgil. Ele escorregou um papel pela escrivaninha. "O cheque foi compensado esta manhã. O jovem Jonathan aqui comprou aquele veículo legalmente e com intenções honestas. Ele estava orginalmemte pensando em tirar um par de dias, guiar de volta a Washington, chegar em tempo para uma festa de caridade no Rose Garden. Então ele ficou sabendo que sua tia-avó estava morrendo. Essa mulher era como uma mãe para ele. Ele precisava absolutamente pegar o próximo trem. Os bancos estavam fechados e ele precisava de dinheiro vivo. Mas não pôde chegar em casa, pôde? E por quê? Porque vocês, suas bestas, o prenderam — ilegalmente e sem processo. Confinamento ilegal, é uma acusação muito séria." Virgil virou para mim, e disse em voz baixa. "Sua tia faleceu noite passada, Jonathan. Lamento que você não pudesse estar lá. Ela perguntou por você até o fim."

Eu abaixei a cabeça e fechei os olhos por alguns instantes.

Virgil tornou a fitar o juiz, e sua voz adquiriu uma súbita rispidez. "Quando eu acabar com você, Vossa Excelência, você será um bagaço. O próprio senhor De Valu expressou seu... ultraje pessoal sobre o que aconteceu com seu neto. Ele quer retribuição. Quer sangue. Pois bem. Podemos acertar isto aqui mesmo, agora mesmo, ou eu posso engrossar. Não vou parar até caçarem sua licença de advogado e cair em desgraça e seu arremedo de xerife aqui for mandado para a cadeia." Virgil inclinou-se e tratou de dissipar com o olhar qualquer dúvida que eles pudessem ter. "Senhores", disse ele. "Vocês não têm ideia do que podem enfrentar... ou talvez tenham."

O juiz e o xerife pareciam ter sido acertados com força por uma pá atrás da cabeça. O juiz abriu a boca, mas só deixou escapar o mais fraco dos guinchos. E aí — nada. Seu vigor estava exaurido.

"Amigos", disse Virgil, no embalo agora e com a corda toda. "Vocês podem tentar impingir esse tipo de extorsão aos caipiras daqui, mas agora estão contra o poder e a fúria da fortuna da família De Valu. Eu estava naquela apresentação no Rose Garden quando eles me chamaram para isto. Podia estar tomando chá com os Rockefeller neste momento. Em vez disso, estou aqui lidando com uns tipos como vocês. Não pretendo negociar. Essa é nossa oferta. Quinze, mais custos. Peguem ou danem-se. De um jeito ou de outro, a mim não faz diferença."

Virgil se levantou, alisou o paletó. "Meu trem parte dentro de uma hora. Eu estarei nele. E se o Jonathan aqui não estiver, vou abrir processo contra vocês e a prefeitura de Boulaye. Bom dia." Ele se virou, mas aí, quase como se lhe ocorresse sem pensar, disse: "Sabem, na prisão eles geralmente separam os tiras e juízes corruptos dos outros presos. Então não se preocupem. Vocês provavelmente vão se dar bem. As chances são de que vocês não terminarão com um canivete entre as costelas ou um arame em volta da garganta."

Virgil não tinha caminhado meio quarteirão quando o xerife saiu correndo, acenando para ele voltar. O rosto do xerife apresentava uma lividez fantasmagórica. O velho Juiz Trovejante teve que saquear os recursos de contingência da prefeitura para fazer o pagamento, mas foi com ordens judiciais, seladas e autorizadas, por isso não levou muito tempo. Isto era a Louisiana. Eles podiam fazer esse tipo de coisa. Virgil escolhera bem.

Nós saímos dali, Virgil e eu, com dezoito mil dólares. O cheque do carro tinha sido realmente compensado. O mesmo acontecera com o reembolso.

Na estação de Boulaye, o homem dentro do guichê olhou para Virgil e disse: "Não conheço você de algum lugar?".

"Acho que não", disse Virgil.

"Claro que conheço", disse o homem. "Você esteve aqui na última... quinta-feira, não foi? Perguntando sobre horários de trens. Claro, eu me lembro de você."

Virgil não disse nada. Apenas sorriu.

"Bom", disse o chefe da estação. "Tenha uma boa viagem." E com isso nós nos esquivamos de nossa última bala. O chefe da estação picotou nossos bilhetes. "Washington D. C., não é?"

"Isso mesmo", disse Virgil.

Nós havíamos comprado bilhetes para o percurso inteiro, mas saltamos do trem em Shreveport, onde Rose estava à nossa espera no Nash. Nós rodamos diretamente para o banco. O cheque de Boulaye era administrativo, de modo que entrou em nossa conta sem demora. Nós transferimos a quantia para um banco em Lubbock, Texas, e fechamos a conta de Shreveport. Nós sacaríamos o dinheiro quando passássemos por Lubbock no caminho de volta.

Dezoito mil. No seu auge, papai ganhava quatro mil dólares por ano na Southern Pacific. E isso havia caído para mil e novecentos dólares no fim, pouco antes de fecharem a linha. Só a minha parte era uma vez e meia seu melhor ano, e eu a ganhara num único fim de semana.

"Dezoito mil dólares num golpe. Ha!", berrou Virgil quando acelerávamos para longe, com Rose no volante e eu no banco de trás.

"Na verdade verdadeira", eu disse, "são dezoito mil... e doze." Eu desdobrei as notas que havia ganhado. Oito na aposta e quatro para mostrar ao professor o truque para ele poder enganar outros. Seu pagamento inteiro para me observar chegar lá, e mais um pouco.

Virgil não estava certo de ter ouvido direito. "Você fez uma grana quando estava na prisão? Como foi que saiu na segunda-feira com mais dinheiro no bolso do que quando entrou na sexta?"

Quando expliquei a aposta que fizera com o mestre-escola, Virgil deu para exultar ainda mais.

"Ele tirou dinheiro do carcereiro! Ouviu essa, Rose?"

"Ouvi."

"O garoto é um profissional!"

"Eu sei." Ela me olhou pelo espelho. Como se estivesse decepcionada ou algo assim.

Não entendi o olhar que ela me deu, não naquele momento, mas agora acho que entendo. Minha prisão em Louisiana tinha sido extremamente bem-sucedida. Não haveria volta atrás depois disso. Eu tinha provado que podia fazer aquilo, podia fazer bem.

48.

Nós demos o fora cruzando divisas estaduais, passando por Waco e depois em frente, parando em Lubbock para recolher nossos ganhos antes de seguir para Silver. Guiamos durante a noite toda, eu e Virgil nos revezando no volante, só parando para roubar gasolina de carros com um sifão em cidadezinhas por onde passávamos.

Em certo lugar, nas horas mais ermas da noite, nos vimos rodando ao lado de um trem de carga que seguia para o oeste deixando um rastro de cinzas nas planícies. Toda vez que eles alimentavam a caldeira, um clarão vermelho brilhava na fumaça. Dava para ver homens sentados no topo, as silhuetas recortadas e em silêncio, outros pendurados nas laterais ou entre vagões fechados pouco acima das faíscas lançadas pelas rodas. Nós o acompanhamos durante algum tempo até ele se afastar e ser engolido pela escuridão.

Chegamos em Silver City, zonzos de alegria, e no tempo justo para o café da manhã no Charley Wong. Cansados, mas eufóricos demais para dormir, fomos direto para lá.

O único estorvo em nosso retorno havia sido a visão de um certo carro com uma certa grade focinho de tubarão e faróis salientes se afastando quando chegamos. "Já vi esse carro antes", eu tinha dito. "Graham Supercharger, sedã 1939. Verde-escuro. Eu o vi no Kansas, talvez. Apareceu por aqui em

Silver City, na semana passada. Tinha placa do Colorado na ocasião." Eu dei uma olhada no carro enquanto ele se afastava. "Tem placa do Texas agora."

Virgil tinha olhado para mim como se estivesse preocupado com a minha sanidade mental. "E eu aqui pensando que eu é que estava nervoso", disse ele. "Aquele carro estava desembarcando alguém. Não estava exatamente à espreita por aí. A Graham-Paige vende seus automóveis por todos os Estados Unidos, e isso inclui o grande sudoeste." Depois, mais calmo agora. "Ele está pegando você? O jogo?"

"Eu? Neca."

"É assim que começa", disse Rose enquanto caminhávamos para o Wong. "A pele começa a coçar. Os pelos nas costas do pescoço começam a eriçar. Você começa a ver vultos em cada sombra, sombras em cada vulto. Começa a imaginar coisas. Começa a achar que está sendo seguido, sendo vigiado."

"Guiando muito tempo", eu disse. "É só isso."

"Provavelmente é isso", disse Virgil, segurando a porta aberta para Rose e para mim. "Vamos. Uma comida qualquer vai nos fazer bem." Mas eu não pude deixar de notar como ele lançou um último olhar sobre o ombro antes de entrarmos.

Durante o desjejum, Virgil tentou nos convencer a aplicar o golpe da revendedora de carros em outros condados, outros estados.

"Eles são igualmente velhacos no Mississipi", ele disse.

Mas Rose nem quis ouvir. "É perigoso", disse ela. "Colocar o Jack atrás das grades. Se algum dia eles chamarem o nosso blefe, ele não terá para onde correr."

"Não há nenhum crime cometido", disse Virgil. "Não se pode prender alguém por vender um carro de mil e oitocentos dólares por novecentos."

"Não é a venda", disse ela. "É a simulação. Fazer-se passar por gente De Valu da alta sociedade assim. O policial do lugar só precisa dar um ou dois telefonemas, e onde fica o seu plano de fuga aí?"

"Ótimo", disse Virgil. "Vamos usar o nome real de Jack e contratar para nós um advogado de verdade, tornar a coisa legal."

Mas Rose não mudou de posição, e, para dizer a verdade, eu não estava lá muito ansioso por fazer carreira sendo preso. Não que estivesse preocupado. Era só que, bom, parecia o tipo de coisa que poderia voltar para me assombrar se algum dia eu decidisse andar direito.

"Vamos, Rose", disse ele. "É uma barbada, coisa garantida."

"Não existe essa coisa de barbada, Virg. Você sabe disso."

"Oh", disse Virgil, a voz cheia de pena, como um pescador vendo uma truta se soltar da linha. "Mas foi um golpe tão bacana."

"Se gostou tanto, você faz a parte da cadeia", disse Rose — e não é que aquilo fechou a porta para qualquer nova discussão do assunto?

Imagino que eu também devia estar com medo da prisão, mas não posso dizer que estava. Dez a vinte? Era um espaço de tempo que eu nem sequer conseguia entender, como tentar imaginar como o oceano devia se sentir. Verdade seja dita, a visão do Graham Supercharger me havia assustado mais que o mundo imaginário da prisão.

Virgil estava determinado a transformar nossa boa sorte em algo mais grandioso, e nosso sucesso no fim de semana tinha revivido um antigo sonho seu.

"Se nós juntarmos nossso recursos", disse ele, "nós quase teríamos o suficiente para montar a coisa."

Montar o quê?

"Uma Grande Loja. Um estabelcimento todo nosso, onde cada jogo é trapaceado e ninguém sai sem ser depenado. Música. Garotas. Jogos de azar. Uma frota de chamarizes circulando pelo salão."

"Parece que venho ouvindo seus sonhos de Grande Loja desde que nos conhecemos", disse Rose.

Virgil a ignorou. "Você entende, Jack? Hoje nós estamos aplicando golpes. Mas eu tenho planos ambiciosos."

"Uma arapuca", disse Rose. "Belo sonho."

"Isso. Uma arapuca, mas nada — nada de mixaria. Estou falando de esplendor e classe. Roletas e candelabros. Uma dúzia de pianos — tudo grandioso, tudo branco, e garotas de lantejoulas dando em cima de cada um deles. Seria como uma produção teatral em ação. Nós teríamos mesas postas com porcelanas finas e pratarias com catorze garfos e três tipos de colheres. Porteiros em trajes de veludo. Jazz suave tocando no fundo, um sujeito de smoking marfim no saguão de entrada. Um esquema respeitável, onde nós os instalaríamos e atropelaríamos. Nós os convidaríamos a entrar — e depois espremeríamos até o bagaço."

"Espremeríamos até o bagaço?", perguntou Rose.

"Você sabe o que eu quero dizer", disse ele. "Nós depenaríamos aqueles trouxas tão suavemente que eles nem perceberiam que estavam sendo depenados e fatiados. O Wheaties aqui poderia contar cartas, trabalhar as mesas. Você poderia cuidar das garotas. Esta é a palavra que eu estou procurando: *luxuoso*."

"É um investimento de arromba, Virg."

"Mas, veja, agora nós temos os meios. O dinheiro está chovendo. O Jack aqui é nosso amuleto da sorte." Ele se debruçou apoiado nos dois cotovelos e falava como se estivesse tentando nos vender alguma coisa. "Estou pensando em Denver", disse. "Estou pensando em logo. Começamos pequenos. Reinvestimos os lucros na Loja."

Denver era a capital do trambique da América, segundo Virgil. "Lar da Grande Loja", ele a chamou.

"Ou talvez Webb City, Missouri. Ou Council Bluffs lá em Iowa. Cidades conhecidas pela flexibilidade de suas autoridades eleitas. Nós três montamos loja, nos estabelecemos. Em pouco tempo, estaremos bem assentados."

"Achei que você tinha aversão por golpes demorados", eu disse. "A lei, está lembrado?"

"Se fizermos a coisa direito, estaremos acima da lei. Você me perguntou se é de uma arapuca comum que eu estou falando? A resposta é não."

Virgil pediu mais um pedaço de bacon e depois se esticou, firmando os braços atrás da nuca. Ele tinha uma cabeça repleta de sonhos, mas notei que me dera o assento de costas para a porta de novo. Ainda não confiava em mim para olhar por cima do seu ombro e fazer uma avaliação correta.

Dormimos durante todo aquele dia e nos arrastamos de volta ao Charley Wong naquela noite. Eu estava caindo de novo na maneira de eles fazerem as coisas, perambulando pelas ruas de noite, evitando a luz do dia, ficando pálidos, em descompasso com o resto do mundo normal.

"O mais duro nisso de cair na estrada é ter de viver nas horas normais", disse Virgil. "É sempre um alívio voltar para casa, para os ritmos noturnos."

Nós havíamos perdido os festejos do 4 de Julho alguns dias antes; eu ouvi os tambores e apitos do desfile enquanto ainda estava no meu catre. Parecia um milhão de quilômetros distante. Antes de saírmos para os clubes, assistimos aos fogos de artifício do telhado atrás do 1-A: almofadas de alfinetes de vermelho, estrondos de pratos de branco, o *bum-bum-bum* de azul.

Naquela noite, ficamos no café do Charley até bem depois do fechamento. O sr. Wong não se importava de ficarmos por ali enquanto ele fazia a limpeza. Ele tinha um velho rádio Silvertone que deixava ligado durante a maior parte do tempo, um daqueles modelos de mesa parecido com uma lápide, seis válvulas, quatro botões, e difícil de sintonizar. Ele estava bem gasto e o som era roufenho. Mas pegava as principais estações, e era isso que importava.

A *Collier Magazine Radio Hour* estivera apresentando um seriado de Fu Manchu e suas "maquinações malignas".

"Vocês acham que Charlie Chan algum dia teve que enfrentar Fu Manchu?", perguntou Virgil.

Eu dei de ombros. "Não sei."

Ele ponderou um pouco sobre isso. "Porque você imagina que o Chan seria o homem para este serviço. Astúcia oriental contra astúcia oriental. Detetive esperto contra vilão igualmente esperto. Ei, Charley!", ele chamou. "Você que é chinês, o que acha?"

O sr. Wong esticou a cabeça para fora da cozinha. "Do quê?"

"Fu Manchu contra Charlie Chan. Quem venceria?"

"Quem venceria?", disse Wong. "Dick Tracy."

Virgil riu. "Ha! Falou como um verdadeiro americano."

O sr. Wong voltou à sua limpeza e Rose baixou o olhar para o tampo da mesa, para o cigarro em sua mão. "Chan", ela disse, mais para si mesma.

"Chan?", disse Virgil.

"A lei sempre ganha no fim, não é?"

Não era realmemente uma pergunta, da maneira que ela falou.

O debate sobre Fu Manchu e Charlie Chan poderia ter continuado não fosse por um boletim noticioso que se intrometeu. O governo americano estava reavaliando seu pacto comercial com o império japonês, disse o locutor, ameaçando revogar o tratado em protesto pelas ações do Japão em Manchukuo. Este era o regime títere que os japoneses haviam estabelecido na China, ou nas partes dela que haviam ocupado, de todo modo. O exército de Hiroito estava se concentrando ao longo de alguma fronteira distante, a meio mundo de distância.

Charley tinha saído da cozinha. Ele estava de pé, perfeitamente imóvel, um pano de prato numa mão, uma vasilha com sabão na outra. Parecia extremamente solitário.

Quando o noticiário terminou, Virgil me deu um cutucão. "Vire o dial, está bem? Ache alguma coisa melhor."

Olhei para Charley.

Ele fez que sim. Eu podia mudar de estação se quisesse. Ele retornou ao seu trabalho, pensativo, limpando a mesma tigela pela segunda vez e com olhar parado a meia distância.

"É de lá que você veio?", eu perguntei. "Manchúria?"

Ele abanou a cabeça. "Nanking", disse. "Minha família. Ainda lá."

"Caramba, Jack. Não vai achar alguma coisa melhor?" Virgil estava ficando impaciente. Talvez a voz soturna do locutor lhe tivesse trazido más recordações, de botas afundando no lodo. De franco-atiradores chucrutes. E celas de prisão turcas.

49.

Talvez se eu tivesse girado o dial no rádio de Wong no sentido inverso naquela noite nós teríamos terminado em Oregon ou Denver, os três administrando nossa Grande Loja, acendendo charutos com notas de cem dólares e vivendo à larga. Mas não girei. E nós não terminamos.

"Você é um homem másculo? Cheio de vigor? Ou sua virilidade juvenil começou a falhar?"

"Brinkley Glândula de Bode!", exclamou Virgil da mesa. "Ele ainda está no ar?"

Eu tinha ouvido falar no homem da glândula de bode, mas nunca ouvira seu programa antes.

"Doutor John Romulus Brinkley", disse Virgil. "O maior vendedor de óleo de cobra vivo. O maior que já existiu. Somente dois outros eram melhores que ele."

Segundo Virgil, Brinkley tinha começado como um "herbologista", vendendo produtos naturopáticos, e depois tinha conseguido um diploma de médico na Eclectic Medical University de Kansas City — "uma instituição não conhecida pelo rigor de seus padrões acadêmicos", nas palavras de Virgil.

Brinkley não era um homem de pouca ambição. Ele curava câncer, de cara, usando seu procedimento de "restauração eletromagnética". Envolvia, principalmente, jatos de luz na região afetada.

"O problema foi", disse Virgil, "que apesar de serem curados, os pacientes continuavam morrendo mesmo assim. Absoluta desconsideração da parte deles. Doutor Brinkley precisou encontrar uma doença mais fugidia para tratar, e conseguiu quase por acaso: o macho envelhecendo e sua libido frouxa."

Um velho fazendeiro do Kansas não conseguia satisfazer sua esposa de dezesseis anos. Ele precisava adquirir um impulso mais animalesco. Então, Brinkley imaginou, por que não adicionar a parte animalesca diretamente? Por que não transplantar gônadas de animais nas do próprio fazendeiro? E o que poderia ser mais chamativo que um bode no cio? Brinkley substituiu os testículos "gastos" do fazendeiro pelos de um bode jovem. Ele fez uma incisão na área testicular, introduziu gônadas de bode — e, quem diria, o fazendeiro rejuvenesceu. Foi pai de um filho no ano seguinte, que batizou de "Billy".

"*Com problemas para cumprir seus deveres maritais?*", perguntava o locutor, a voz rica como chocolate. "*Não consegue dar uma família à sua esposa? O que você precisa é de um bem-sucedido par de transplantes de glândulas de bode do Doutor Brinkley! Sucesso garantido!*"

O Dr. Brinkley foi em frente realizando milhares de seus transplantes patenteados, apesar de a comunidade médica em geral ter menosprezado aquilo como besteira. Pouco importava. Nem toda a refutação científica do mundo poderia dissuadir aqueles cujos deveres maritais estavam falhando. A fama de Brinkley se espalhou mundo afora. Um marajá da Índia fez uma peregrinação à clínica de Kansas do Dr. Brinkley, assim como um conde da Bavária e até o ministro das Finanças búlgaro. Produtores de cinema e editores, vieram todos chamando — procurando o vigor daquela glândula de bode. Ele estava cobrando até mil e quinhentos dólares por operação. Se era um charlatão, era um charlatão muito rico.

"O Doutor Brinkley estava ganhando milhões por ano àquela altura", disse Virgil. "Chegou a fundar seu próprio banco. Sem mentira. Montou sua própria emissora de rádio, também, a melhor para transmitir de casa sua Caixa de Perguntas Médicas."

As pessoas escreviam para ela sobre vários problemas e ele prescrevia curas, poções, patenteava compostos — todos eles, coincidentemente, estavam disponíveis para venda no seu programa de reembolso postal.

"Se veste um pouquinho como um bode, também", disse Virgil. "O homem até parece um bode!"

Brinkley inicialmente transmitia seu programa na hora do café da manhã, quando era mais provável que os fazendeiros estivessem ouvindo, mas depois o mudou para as noites, a discussão de testículos de bode não sendo talvez a melhor escolha para transmissões matinais.

Depois de algum tempo, a Associação Médica Americana lançou um ataque em escala total contra a Glândula de Bode Brinkley. Eles pressionaram o estado de Kansas para revogar sua licença médica e moveram acusações legais contra Brinkley por abusos e conduta imprópria na prática médica. Eles o obrigaram a fechar sua estação de rádio também. Assim, Glândula de Bode mudou sua operação para Del Rio, Texas, montou uma estação de rádio ainda maior, a XER, logo depois da fronteira com o México, e continuou mascateando seus produtos. A XER era a emissora de rádio mais poderosa do mundo, contou Virgil, com uma potência de cem mil watts, e alcançava até a fronteira canadense e além dela. Era na XER que eu tinha sintonizado.

"Deixe que o Doutor Brinkley pegue seu bode e você será o Senhor Bam-bam-bam de toda carneirinha."

Não eram bem os encantos líricos de Ovídio, poesia não sendo o forte do Dr. Bode.

A srta. Rose rosnou alguma coisa parecida com uma risada verdadeira quando o locutor explicou como uma operação simples poderia transformar um homem de "indiferente em licencioso".

"Ei, Virg", ela disse. "Talvez você pudesse usar algumas dessas glândulas, virar um homem de verdade, um homem macho, um bam-bam-bam regular com as carneirinhas!"

"Nunca gostei de carneirinhas", disse Virgil. "Fedem demais."

O fato é que o Dr. Brinkley tinha resmas de testemunhos de pacientes satisfeitos. Evidências anedóticas são sempre pouco significativas, é claro, mas os clientes de Brinkley eram inflexíveis. O procedimento tinha funcionado. Eles juravam por ele, e acho que eu soube por quê. Era o *efeito placebo* em ação. Se alguém decidisse que transplantes de testículos salvariam seu casamento, então, com os diabos, eles salvariam.

"Agora você veja o Roy Wells lá de Omaha", disse Virgil. "Maior homem óleo de cobra que já existiu. Sua especialidade era Tratamentos Genuínos

Detoxicolon. *Claro* que era genuíno. Ele o inventou. Era um enema ligado a uma mangueira de alta pressão, basicamente. Irrigação colônica: o velho preparado de suco-de-fígado-cru-com-café com um pouco mais de vigor. Os Tratamentos Detoxicolon de Roy eram conhecidos por endireitar olhos estrábicos e curar narcolepsia, expelir herpes e limpar tudo, de pilhas a má caligrafia. Ela curava pressão sanguínea — tanto alta como baixa — e câncer também, acredito. Eliminava as 'toxinas' do sistema, percebe? Ele fazia seus pacientes comerem fardos de fibra e depois aplicava seu aparelho Detoxicolon de alta pressão, e eles se cagavam até a boa saúde. Isso, ou o pronto-socorro mais próximo. A esposa dele vendia 'pulseiras magnetizadas'. A pessoa usava uma no pulso para curar artrite e asma, o que fosse. Mesma lavagem, balde diferente."

Virgil parou para saborear a vastidão do charlatanismo médico, a natureza peculiar dos golpes.

"Seja naturopatas ou homeopatas", disse ele, "Geleia Real ou óleo de tubarão, pólen de abelha, fórmulas milagrosas, cremes mágicos para rejuvenescimento, ou *dynaspheres* musicais. Aumentadores de bustos — para quando a natureza não favoreceu a pessoa tão bondosamente como poderia — e redutores de peso para quando a natureza a favoreceu em demasia. Tudo faz parte da mesma coisa, garoto: a promoção de falsas esperanças. E falsa esperança é uma mercadoria que nunca diminui em valor. Cite uma preocupação e existe uma panaceia, com preço razoável e num suprimento convenientemente embalado. Sangramento de úlceras, varizes, diabetes, inflamação hemorroidal crônica. Joanetes, calvície, dentes salientes ou pernas abauladas. Surdez ou miopia, orelhas de abano ou olhos estrábicos. Fígados cancerosos e vesículas biliares gelatinosas, cataratas e abatimento. Existe uma cura para tudo. É o abracadabra de charlatões e enganações científicas que não vemos iguais desde os tempos do Conde de Cagligostro e do Judeu Errante. Falsa esperança, Jack. Essa é a chave. Quando as pessoas querem acreditar em algo da pior maneira, elas acreditarão. Da pior maneira."

Virgil exibia um olhar sonhador; era o tipo de olhar que ele sempre adquiria quando contemplava dinheiro fácil. "Escute o que eu digo, Wheaties. As pessoas acreditarão em qualquer coisa estúpida que você lhes disser, desde que o diga com a autoridade correta e uma confiança absoluta e inabalável. Uma vergonha, não podermos explorar isso."

"O que nos impede?", perguntei.

"Bom", disse ele, "com respeito a charlatanice, proeza sexual é decididamente onde está o dinheiro. Mas enxertar glândulas de bode em gônadas de homens? Isso é sujeira."

"Não precisa ser glândulas de bode", eu disse. "Nós poderíamos vender... afrodisíacos."

"Afrodisíacos?"

"Poções", eu disse. "Misturas e compostos, para aumentar o desejo das pessoas. Para, hum, excitar sentimentos sexuais."

"Ostras, por exemplo?", perguntou Rose.

"Não vou abrir uma banca de peixe", disse Virgil.

"Não, ostras não", eu disse. "Mosca Espanhola. Não — não mosca espanhola *de verdade*. Esse besouro é um veneno. Queima quando a gente tenta urinar. Pode deixar uma pessoa terrivelmente doente. A venda é proibida nos Estados Unidos. Mas... mas nós poderíamos simplesmente vender... não sei, bicarbonato de sódio ou algo assim. Comprimidos de açúcar, talvez. E simplesmente chamar de Mosca Espanhola. Eles vendem todo tipo de coisa com anúncios nos almanaques e revistas. Por que não isso?"

"Fraude postal", disse Virgil. "É por isso. Foi assim que garfaram Charles Ponzi. Foi como eles pegaram o Oscar também."

"Oscar?"

"Hartzell. Oscar Hartzell. O homem por trás do golpe de Drake. Ouviu falar disso?"

"Ouvi."

"Bom, o velho Oscar foi cuidadoso. Fez seus tolos assinarem acordos confidencialmente. Proibiu qualquer uso dos serviços postais federais. As mensagens eram enviadas por telégrafo privado, ou mensageiros. Os pagamentos iam diretamente via bancos ou a Western Union. Infelizmente, alguns de seus representantes não eram tão meticulosos quanto deveriam ser. Vários trouxas do Drake — que se poderia chamar de 'investidores', imagino — mandaram seu dinheiro por correspondência convencional. *E representantes de Oscar aceitaram*. Foi aí que o governo reagiu. Usar o serviço postal americano para cometer fraude? Isso é um crime federal, rapaz. Não há meio de se safar dessa armadilha jurisdicional. O sujeito vai pegar uma cana braba numa penitenciária federal. O velho Oscar acabou pagando dez em Leavenworth. Ainda estava lá, na última vez que soube dele."

"Ele está", eu disse. "As pessoas continuam lhe enviando dinheiro, porém."

"Ha!", disse Virgil. "Isso não me surpreende nem um pouco. Um tolo e seu dinheiro não são apenas separados facilmente, eles na verdade têm muita sorte de ter se juntado." Ele tomou um gole de café frio. "Agora, os tipos de golpes que nós estamos aplicando são tratados principalmente por polícias locais. Esqueça divisas estaduais. Você dá o golpe, foge cruzando divisas de *condado* e está limpo. Golpes de rua podem fazer a gente ser metido na cadeia pelos tiras locais, mas dinheiro nos faz sair dali com a mesma facilidade. Perdi a conta de quantos tiras eu paguei ao longo dos anos, mas eles deveriam dar uma festa de agradecimento para mim por todas as doações para o fundo de aposentadoria que escorreguei para eles. Até lá na Louisiana", disse ele, "isso teria sido uma questão municipal, de condado, quando muito. E se sacassem o que estávamos fazendo, a gente ainda estaria numa cadeia local. Eu poderia ter subornado alguém para você sair de lá..."

"Não que você fosse fazer isso", eu disse.

"Não que eu tenha feito, imagina. Mas, mesmo assim, estamos falando de golpes altamente regionalizados. Assim que saímos de Louisiana e cruzamos a fronteira estadual para o Texas, estávamos salvos. Mas fraude postal? Isso é um bicho completamente diferente. Desde que Franklin Delano ampliou o Departamento Federal de Investigações e deu maior poder a J. Edgar, a coisa ficou de tal forma que um ladrão honesto não tem refresco. Maldita época para se viver."

"Mas nós não defraudaríamos as pessoas que encomendarem nossa Mosca Espanhola", eu disse. "Nós atenderíamos suas encomendas. Cada uma. Não é o mesmo que embolsar o dinheiro sem fornecer a mercadoria. Nós iríamos até o final."

"Não importa", disse Virgil. "Ninguém pode usar o serviço postal dos Estados Unidos para vender artigos falsos. No caso de Ponzi, nem mesmo era dinheiro que estava passando pelo correio. Eram cartões-postais, notificando investidores de que seus pagamentos de juros estavam prontos para serem resgatados. Com base apenas nisso, ele pegou cinco anos. Se nós apregoarmos remédios falsos pelos correios, a FDA toda cairia em cima de nós. Nesse jogo, há duas coisas em que não devemos nos meter: assassinato e fraude postal."

A essa altura, Charley Wong estava dormindo. A cabeça para trás e respirando devagar, um jornal chinês aberto na sua frente. As luzes do café estavam apagadas, exceto a da nossa mesa. Fora, as bandas de suingue estavam sussurrando para nós, o jazz estava chamando, mas eu não poderia deixar aquilo passar.

"E se *não fosse* fraude?", perguntei. "E se nós disséssemos a nossos clientes exatamente o que estamos fazendo?"

Olhares vazios de ambos, por isso eu segui em frente.

"E se nós nunca alegássemos que era real? Não ouviram falar do efeito placebo? É uma ocorrência médica genuína. Fato científico, mensurável, bem conhecido na comunidade médica. É o que você esteve dizendo o tempo todo, Virg, sobre como as pessoas decidem que alguma coisa é real porque elas querem que seja. Sobre como o pensamento faz isso. Pulseiras magnetizadas. Naturopatia e todo o resto. Afrodisíacos, também. Eles funcionam porque as pessoas decidem que funcionam. É o poder da sugestão, imagino. As pessoas encontram o que estão procurando. *Acreditar é ver.*"

Rose estava batucando um acompanhamento de fundo que só ela podia ouvir, ansiosa para se mexer. Mas Virgil mais ou menos onde eu queria chegar. Ele inclinou a cabeça para mim, como se estivesse tentando me focalizar melhor.

"O que é que você está dizendo?"

"Placebos", eu disse. "Nós não vendemos remédio a eles. Vendemos placebos. 'Placebos Autênticos 100% Genuínos.' Podemos até colocá-lo em letras pequenas: '*Efeito placebo medicamente comprovado e totalmente documentado*'."

Isso tudo era inteiramente verdadeiro. E foi por isso que nós ficamos ainda mais ricos e a razão porque permanecemos em Silver City.

O cachorro estava uivando e a lua estava girando.

50.

Passei alguns dias na Biblioteca de Silver City, conferindo novamente os regulamentos federais e diretrizes da FDA. Haviam circulado conversas sobre tornar crime a "intenção de enganar", e de acrescentar isso aos estatutos sobre fraudes postais. Até agora, porém, não fora aprovada nenhuma lei nesse sentido. Rotular alguma coisa de PLACEBO era perfeitamente legal.

Alugamos uma caixa postal e publicamos anúncios publicitários em diversos almanaques e revistas regionais mensais, e depois de uma semana chegaram os primeiros pedidos. Virgil ficou olhando, atônito, enquanto eu embrulhava colheradas de bicarbonato de sódio em papel de seda, selava com fita adesiva, escrevia PLACEBO na frente, em grandes letras maiúsculas, e depois as enviava de volta nos envelopes autoendereçados e selados que os clientes eram solicitados a fornecer, junto com as nossas instruções: "Adicione ao líquido de sua escolha. Uma colher de sopa, misture bem".

Dezesseis pedidos de Mosca Espanhola a US$ 6,50 cada davam US$ 104, contra o custo de publicar os anúncios para aquela semana: US$ 2 por anúncio, em oito diferentes publicações. Mais o custo do bicarbonato de sódio: US$ 0,24. E US$ 5 para o aluguel da caixa postal.

"Caramba, isso dá um lucro de..." Virgil tentou calcular de cabeça. Não conseguiu.

"Oitenta e dois dólares, setenta e seis centavos", eu disse.

Nós colocamos mais e mais anúncios, em tudo, de *Farm & Fireside* a *Southwestern Weekly Review* e *The Protestant Churchman*. Recebemos algumas encomendas pelo *Literary Digest* também, a classe professoral estando com especial necessidade de um reforço, ao que parecia. Recebemos mais pedidos vindos de um anúncio no *Literary Digest* do que o de três semanas em *True Story*. Começamos a publicar anúncios em folhetos de igreja e boletins de empresas, em revistas nacionais e pequenos jornais. Até revistas cômicas como *Ballyhoo*, repleta de piadas e gracejos, exibiu anúncios de nossos placebos. *Ballyhoo* amiúde publicava caricaturas obscenas, de modo que eles não ficaram desconcertados com os artigos que estávamos vendendo. Ninguém jamais nos contestou. Imagino que eles estavam sedentos por lucro como todos os demais. As únicas publicações nas quais não anunciamos foram *The New England Journal of Medicine*, *Scientific American* e outras do gênero — só por precaução, apesar de termos exibido alguns de seus nomes com destaque em nossos anúncios. (Elas realmente haviam publicado artigos sobre o efeito placebo, mas, nós pensamos, não era o caso de agitar a capa vermelha para ninguém.) *Popular Science* foi ótima, porém, sendo, como era, o reino dos apaixonados por consertos domésticos, e a Mosca Espanhola, uma maneira de azeitar uma dobradiça enferrujada, por assim dizer.

Nós atenuávamos alguns de nossos anúncios, apimentávamos outros, mas a mensagem era mais ou menos a mesma:

MOSCA ESPANHOLA
Enlouquece as mulheres!
100% PLACEBO genuíno
Efeito medicamente comprovado*

* conforme descrito em *The New England Journal of Medicine*,
Scientific American,
The Journal of the American Medical Association
e outros.
Ponha paixão na sua vida.

Foi Rose quem escreveu essa última linha. Virgil queria acrescentar "E transforme seu cordeirinho num leão! Sua ovelha num carneiro!", mas não fazia nenhum sentido, misturar ovelhas e carneiros desse jeito. Virgil não tinha exatamente jeito para publicidade impressa, mas admirava o dinheiro que estava entrando.

O que começou como uma correnteza lenta virou um dilúvio. Nós passávamos as noites recheando envelopes na mesa da cozinha do 1-A. Expandimos nossa seleção e começamos a oferecer três linhas diferentes de Mosca Espanhola: *Placebo* (por US$ 6,50 era ainda o carro-chefe de nossos pedidos), mais um tope de linha *Mosca Espanhola Espúria* (em comprimidos — comprimidos de açúcar, melhor dizendo — de fácil dissolução a US$ 14 o pacote e direcionado para nossos "clientes mais sagazes"), e *Mosca Espanhola Pseudo* (que vendíamos a granel, a um preço reduzido — mas só para encomendas mínimas de US$ 25).

Cada pacote de Mosca Espanhola que enviávamos ia com uma garantia "rígida" de noventa dias. Isso está certo. Se não tivesse funcionado em noventa dias, bastava as pessoas enviarem o recibo original (que de alguma forma nós sempre esquecíamos de incluir) e dentro de sessenta dias seria despachado por correio um reembolso total. "*Não conseguiu encontrar o recibo? Azar é seu.*" Recebemos algumas queixas diretas, é claro. Mas nem de longe tantas quantas esperávamos, o que Virgil atribuiu ao fato de as pessoas ficarem constrangidas demais para admitir que haviam fracassado em qualquer sedução que tivessem tentado orquestrar. Suspeitei que havia mais que isso. Imaginei que para muitos de nossos clientes, a coisa *funcionou*. Talvez incrementar seus refrigerantes preferidos com bicarbonato de sódio lhes tivesse dado a confiança de que precisavam para prosseguir.

O dinheiro chovia torrencialmente sobre nós, enchendo nossos bolsos e carteiras como se fossem barris para água de chuva, abertos, sedentos por ela. Eu enchi uma segunda lata de fumo com dinheiro, comecei uma terceira. Escondia-as na pequena cozinha do A-1 agora, acima do armário, embaixo de um painel solto. Eu conservava um maço razoável de notas à mão — "dinheiro para circular", Virgil o chamava — ainda que raramente recorresse a ele tampouco. Não tinha prazeres caros, e Virgil insistia em pagar a conta na maioria dos lugares onde entrávamos.

Embrulhado com o suor de todas as palmas de mão pelas quais haviam passado antes de ser colhido daquele jogo de trouxa de pagamento honesto por trabalho honesto, bem, meus rolos de dinheiro começaram a feder. Essa era uma coisa que eu notava sempre que socava mais notas dentro. O cheiro me parecia terrivelmente bom, mesmo assim. Era o tipo de catinga com o qual um cara podia se acostumar.

51.

Nós tínhamos virado *alquimistas*, convertendo bicarbonato de sódio em ouro, transmutando o tolo e miserável desejo dos homens — e mesmo de algumas mulheres, a julgar pelas encomendas que recebíamos — em dinheiro americano. Não havia mais nenhuma necessidade de sair na pilhagem e, mesmo assim, rapelamos a área circundante muito bem. Era ótimo ficar estabelecido em Silver e simplesmente recolher o dinheiro que flutuava corrente acima para nós.

Virgil, porém, estava inquieto como um cachorro preso a uma guia curta. Ele achava ruim rechear envelopes durante as noites e não aplicar golpes durante os dias. Não demorou para sugerir que nós voltássemos a atenção para nossa própria cidade. "Não dá para aplicar golpes de rua ou bater carteiras em Silver", disse ele. "As calçadas não seriam seguras para nós depois disso. Mas com nossos sonhos" — o sonho dele — "de uma Grande Loja tão fabulosamente perto, é uma vergonha não gastar esse nosso tempo livre aumentando a receita."

Já era hora, ele disse, hora para oportunidades de negócios. Essas "oportunidades de negócios" eram mais demoradas que golpes rápidos, mas não longas como golpes demorados, se conseguem entender.

"Nós vamos montar negócios — consertos domésticos, empresas de abastecimento, firmas de investimento. Vamos atrás de clientes no meio empresarial e donas de casa. Em vez de ludibriar funcionários menores, atingiremos os donos. Um pouco mais lento, mas as recompensas colhidas são de uma natureza superior."

Golpes de oportunidades de negócios eram mais difíceis de provar e mais fáceis de se esquivar caso se fosse encurralado. Exigia um investimento de nossa parte, porém, de tempo. Dinheiro. Era preciso abandonar um pouco de nosso anonimato também. Virgil encontrou um escritório de porão a menos de cinco quarteirões do Charley Wong, depois da Temple-Off Drugs e perto de uma tabacaria e de um salão de bilhar, num apartamento abaixo do nível da rua. Nós podíamos avistar qualquer pessoa na escada antes de ela entrar. Isso nos daria tempo de trancar a porta ou de nos preparar para impressionar. O escritório veio mobiliado com uma mesa de estenografia, alguns fichários vazios na frente, e um segundo quarto — o "refúgio sagrado", Virgil insisita em chamá-lo, mesmo depois que o corrigi — com uma escrivaninha de bom tamanho e um par de cadeiras para clientes estacionarem suas carteiras enquanto nós decídiamos quanto eles valiam.

Rose era a nossa recepcionista, mas seu verdadeiro trabalho era a avaliação dos otários em potencial quando eles entravam. O lugar tinha um cheiro de reboco velho e batalhas perdidas, mas Rose encheu a sala da frente de flores e saía para o poço da escada para fumar, para não interferir naquele sopro de aroma fresco que atingia a pessoa quando ela entrava. Ela usava saias mais curtas agora, até os joelhos, às vezes, e deu de cruzar as pernas e bater os cílios para os homens que vinham atrás de avaliações de seguro ou barganhas no atacado. Ela podia ser linda. Quando queria.

"Pode fumar no meu escritório, se quiser", Virgil disse a ela. "Vai dar um belo cheio viril."

Ele gostava de deixar um charuto embebido em vinho ou dois fumegando em seu cinzeiro de mesa também, para contribuir com aquele aroma de virilidade. Andar por aquela antessala florida para o "refúgio sagrado" era uma combinação infalível.

Virgil alugou um telefone e pagava para ter nove números diferentes conectados a ele. A companhia telefônica fornecera uma central de comutação com uma fileira de luzes que se acendiam, a depender do número que havia sido discado. Apertava-se o botão abaixo da luz, e a chamada era comutada.

Era mais barato que pagar por uma mesa telefônica da companhia e funcionava tão bem quanto ela. Ouvia-se um clique sempre que entrava uma ligação.

Virgil designou golpes diferentes para linhas diferentes, para ter a certeza de que alguém que procurasse um falso encanador, por exemplo, não recebesse um falso eletricista. Ele atendia pessoalmente às ligações. O telefone na mesa de Rose não estava conectado a nada. O primeiro que Virgil lhe dera era apenas uma casca que ele tinha desencavado de uma lata de lixo e dera uma limpadela rápida.

"Eu não vou levantar isso", disse Rose, quando Virgil lhe pediu para estar "na linha" sempre que um cliente entrasse. "Cheira a mijo."

"Tudo bem", disse Virgil com um bufo. Ele saiu pisando duro atrás de uma loja de usados para comprar um que não tivesse as marcas de um gato de beco, ou pior.

"Isso me faz pensar se Henry, o Cavalo, não esteve na cidade", eu disse, pegando cautelosamente o primeiro telefone para devolvê-o ao lixo.

Nós nos revezávamos ligando a esmo para clientes cujos nomes pegávamos na lista telefônica. Virgil tinha o melhor papo, naturalmente, mas Rose era igualmente eficiente como secretária do presidente da companhia. Ela começava "supondo" que a venda tinha sido feita e dizia que estava ligando só para confirmar o pedido. Os preços que oferecíamos eram sempre incrivelmente baixos. *Se parecer bom demais para ser verdade, geralmente é.* Esse era o Primeiro Mandamento Divino para identificar um golpe. Os agentes de compra e empresários que ligavam sabiam disso, nós todos sabíamos. Mas eles caíam assim mesmo.

As donas de casa não eram melhores. Golpes de empresas ou de reparos domésticos nos colocariam no lado errado dos conselhos de contratação estaduais, mas, como Virgil observou, o processo era gloriosamente moroso. Uma queixa formal tinha que passar por uma revisão, com uma porção de relatórios secundários e burocracia e — o mais importante — muito tempo para se sumir da cidade.

"Não existe essa coisa de prisões abruptas por serviços fajutos", disse Virgil com um certo orgulho deslocado. "Os tiras dirão aos queixosos que se trata de um assunto civil, não criminal. A polícia não gosta de pessoas que a usam como uma agência de coleta. Não quando ela tem seus próprios esquemas de achaques em jogo."

Desde que nós atendêssemos aos pedidos básicos, não havia muita coisa que as pessoas pudessem esperar exceto se irritar. O que era prometido e o que era entregue: será que o último estava à altura do primeiro? Não havia leis cobrindo percepção. Quem iria dizer qual interpretação dos fatos era a correta?

"Desde que nós cumpramos o texto da lei", disse Virgil, "o espírito da lei que se lixe."

Virgil comprou algumas ferramentas enferrujadas e uma caminhonete que parecia estar sofrendo de *delirium tremens*. Era uma Ford resfolegante que mal deixava engrenar a primeira marcha.

"A frota da nossa empresa", disse ele.

O primeiro contrato que obtivemos foi para podar árvores na frente de uma fábrica química. Dispensamos uma escada. Virgil simplesmente dirigiu a caminhonete, estacionou embaixo de uma árvore frondosa. Eu subi no teto, manejando a tesoura enferrujada e cortando os ramos de qualquer jeito. Depois, nós levamos os ramos que eu havia podado para a frente da fábrica, onde fôramos contratados para fazer um pouco de paisagismo. Plantamos os galhos folhudos no solo como se fossem mudas. Eles até pareciam com isso, também, não fosse pelo fato de não terem raízes. O preço que Virgil tinha orçado para a poda era impressionantemente baixo — até eles receberam nossa conta e perceberem que a estimativa fornecida era por *tronco*, não por árvore. Quando questionado, Virgil se indignava: "Quem poderia viver de podar árvores por esse valor?". Ele ameaçava com ações legais e muito barulho, até ficar claro que seria mais fácil pagá-lo que arrastar a coisa pelos tribunais.

Nós oferecíamos nossos serviços como reparadores de telhados, também. Se éramos contratados por um armazém ou elevador de grãos para impermeabilizar seu telhado contra vazamentos e podridão, nós saíamos em nossa Ford desregulada e aplicávamos de qualquer jeito uma camada de... bom, de água, realmente. Água, misturada com pasta de alumínio para dar uma cor. Brilhante e prateado: o ápice da modernidade, um telhado metálico daqueles. Ele detinha aproximadamente zero por cento da chuva, mas que importância isso tinha se parecia tão bonito?

Quando nos afastávamos de um armazém, perguntei a Virgil o que aconteceria se chovesse algum dia.

"Leia a garantia", ele disse. Ele tinha uma pilha delas impressa. Eram estritas, todas elas, e cobriam tudo, "até e excluindo desgastes e rupturas normais e Atos de Deus".

Tive de admitir, o fraseado "até e excluindo" era um adendo de puro brilho.

"Você podia ter sido advogado", eu disse, com admiração.

"Advogado?", replicou Virgil, estarrecido com a ideia. "Me respeite, rapaz."

Imaginei que um escritório de advocacia cairia bem para Virgil, porém — Fraudado, Ludibriado, Enganado & Golpeado —, especialmente ao ver a tranquilidade com que ele representara um jurisconsulto lá em Louisiana.

Nós vendemos para-raios também. Para igrejas. Isso foi ideia minha, embora eles não fossem para-raios novos. Eu tinha simplesmente galgado a escada da igreja — nunca tive medo de altura — e pintado os para-raios existentes com um pouco do alumínio que sobrara. Reluzia como pura prata ao sol, depois disso.

"Um revestimento científico recém-desenvolvido", Virgil explicava ao pastor. "Não só evita raios, como os redireciona para longe."

"Para longe?", eles perguntavam.

"Isso", ele dizia. "Geralmente para o próximo campanário mais alto."

Bom, não é que isso selava o negócio?

Os católicos pagavam para ter seus raios redirecionados para os metodistas. Os metodistas pagavam para ter os seus dirigidos para os luteranos. Os luteranos pagavam para enviá-los aos batistas. E os batistas os enviavam de volta aos papistas. Os presbiterianos recusavam, embora fosse mais por uma moratória nos gastos da igreja que por algum escrúpulo moral da parte deles. O jovem pastor presbiteriano olhou por sua janela para o pináculo pentescostal do outro lado da rua e suspirou, pensativo, eu achei, enquanto recusava nossa oferta.

Às vezes, nós simplesmente rodávamos pela cidade atrás de clientes. Virgil havia trocado recentemente o óleo do cárter do Nash, e misturou o óleo velho num balde de areia até aquilo formar um belo lodo arenoso. Nós rodávamos para os cantos mais abastados da cidade e, localizando um passeio de casa com buracos e rachaduras, fazíamos uma investida.

Virgil podia convencer um homem a abandonar sua sombra. Ele cumprimentava todos que atendiam à campainha da porta com um "Salve, vizinho" e uma explicação de como nós estávamos ali voltando da fábrica depois de terminar um serviço e tinha nos sobrado um pouco de asfalto e era uma pena jogar aquilo fora. Que tal se nós consertarmos sua propriedade, na moita? "Sem recibo, porém", Virgil sussurrava com uma piscadela e um sorriso. "Não quero que o patrão descubra."

Acontece que donas de casa respeitáveis não tinham nenhum problema em pagar por fora trabalhadores de uma empresa. Imaginei como elas se sentiriam quando, depois de bravatearem com seus vizinhos sobre o negócio esperto que tinham feito, alguns dias tivessem se passado e aquele maldito asfalto *ainda* não tivesse secado.

Outras vezes, Virgil se vestia num cinza engomado e se fazia passar por inspetor urbano. Ele calculava o momento para quando os maridos estivessem no trabalho. Aparecia com um sorriso e uma "lista de verificação padrão". Essa, e alguns adesivos de cinco centavos dizendo CONDENADO... mais um frasquinho que ele enchera de óleo. Enquanto a esposa fazia espaço na caixa de fusíveis, Virgil espirrava um pouco de óleo embaixo da caldeira. E, Bom Deus, não era uma sorte que ele tivesse localizado isso? E justo na hora H!

"A caldeira toda podia explodir!", ele dizia, e aplicava aquele adesivo no lado da caldeira e dizia à mulher para desligar todos os aquecedores e fogões. "A senhora precisa mandar consertar isso imediatamente", ele dizia. "Senão seu gás será fechado permanentemente." Aí, como se ele estivesse confiando nelas: "A burocracia envolvida é um pesadelo. Vou lhe dizer o quê. Não vou preencher meu relatório. Mas a senhora precisa conseguir alguém *imediatamente* — eis um cartão de uma empresa de reparos autorizada da cidade; dê uma ligada para eles, peça para eles consertarem a gaxeta principal, diga a eles que é uma emergência. Faça isso, e eu abro mão da proibição".

De volta a nosso quartel-general no porão, o telefone tocava, e Rose dizia pela linha que estava acendendo se estavam querendo um telhado impermeabilizado ou uma caldeira consertada. Ela respondia, dizendo que estava enviando alguém imediatamente. Eu não estava perto do escritório, é claro, estava na rua, esperando na caminhonete.

Virgil saía da casa, tirava o chapéu e se abanava com ele, um sinal de que tinha feito a venda. Nós geralmente conseguíamos. Pouquíssimas não caíam nessa. Uma senhora tinha um cunhado que era um reparador e preferiu ligar para ele. Virgil caiu fora dali às pressas. Outra tinha um marido na prefeitura e nem mesmo abriu a porta. "Inspetor de caldeira? Nunca ouvi falar disso."

Ao sinal de Virgil, eu esperava dez minutos e depois chegava na velha Ford. Eu carregava um saco de ferramentas cheio de pedras pela escada abaixo — nós só tínhamos uma chave inglesa e algumas tesouras de podar — e dava umas pancadas nos fundos da caldeira por algum tempo, e depois secava o óleo que Virgil tinha esguichado e declarava o serviço pronto. A mulher ficava tão grata — e tudo feito antes do maridinho chegar em casa, também! — que preencheria um cheque em quase qualquer quantia que eu mencionasse. Afinal, era um serviço de emergência. Pois nós não a tínhamos salvado de ter sua casa explodida por conta de uma caldeira defeituosa? Isso ninguém pode nos tirar.

Algumas vezes, Virgil espirrava água em vez de óleo, caso esse em que eram os canos que precisavam de conserto e a ligação telefônica era para o Serviço de Encanador Abe Honesto. Ou, se ele visse um fio minimamente descapado, era a Companhia Elétrica Confiança e um reparo que envolvia basicamente eu enrolar uma fita adesiva preta em torno do fio e cobrar a mais por "materiais". Ou ele podia jogar um pouco de serragem e descobrir cupins. Podia derramar algumas gotas de alcaçuz e descobrir camundongos, mas isso envolveria arrumar carcaças em algum momento. Era mais fácil secar água ou consertar um fio — embora eu devo dizer, a ameaça de explosão iminente dava um toque de excitação aos reparos de caldeiras que estava ausente num possível estouro de canos de uma tubulação de água.

Pouco depois de eu sair, Virgil voltaria para "inspecionar" meu trabalho. Ele balançava a cabeça aprovando, dizia: "Eles trabalham bem". Ele retirava o adesivo CONDENADO da caldeira e anotaria a dona de casa como "certificada e segura". E em seguida cobrava delas uma tarifa pela inspeção. Elas ficavam sempre tão aliviadas, pagavam sem piscar.

E recebiam um belo certificado, porém. E um recibo.

52.

Julho vazou para agosto, e agosto foi gasto numa labuta interminável. Da manhã ao entardecer, alguns dias, e com envelopes ainda para encher depois de escurecer. Nós estávamos "mais atarefados que um aplicador de papel de parede maneta", como dizia Virgil.

Era trabalho duro, evitar o trabalho duro. Havia noites em que Rose e Virgil estavam cansados demais para o jitterbug e eu cansado demais para observar. Nossa mudança para horários diurnos foi a parte mais dura — para Rose e Virgil, ao menos. Eu? Eu estava contente de ver o sol novamente. Se tivéssemos continuado seguindo de cidade em cidade, de golpe em golpe, poderiamos estar na estrada hoje, caçando o próximo nome no mapa, com Rose dormindo no banco de trás do Nash e Virgil falando em voz alta na frente. Mas os sonhos da Grande Loja de Virgil estavam tomando forma diante de seus olhos.

Às vezes, era um ato de equilibrismo na corda bamba manter nossos muitos golpes em ação. Enquanto um golpe estava pagando, o seguinte já estava sendo posto em ação. Era como equilibrar pratos girando num circo, ou um elaborado jogo de damas chinês, saltando de uma posição para a seguinte em ziguezagues e ângulos estranhos.

Quem já viu uma tropa de mulas terrivelmente sobrecarregadas, saberá como uma frigideira ou uma xícara de estanho a mais fará arriar os joelhos do animal derrubando a tralha toda. Para nós, essa xícara de estanho foi a descoberta por Virgil de um novo golpe de frente de loja: a investigação de infidelidade humana. Ele tropeçou nele durante um de seus golpes de inspetor municipal, quando um homem abriu a porta.

"Hum, a esposa está?", perguntou Virgil.

Os olhos do homem estavam inflamados e vermelhos. "Foi embora", ele disse. "Você não é da agência de investigação, é?"

"*Quer* que eu seja da agência de investigação?", perguntou Virgil.

Constata-se que não.

Um investigador havia arruinado o casamento do homem.

Percebem? Divórcio requeria bases apropriadas. E bases apropriadas geralmente requeriam ou agressão física ou infidelidade. Se a cara-metade não estivesse atirando louças diretamente na pessoa, ela precisava provar que estava sendo corneada. As leis de divórcio não deixavam muitos outros caminhos. A única outra opção, de fato, era tomar residência em Nevada, onde o divórcio sem agravos fora introduzido alguns anos antes. Era preciso morar lá no mínimo por seis semanas, porém, para ser considerado um morador, e quem tinha tempo para isso? Melhor contratar um investigador para seguir o outro infiel. Esse maridinho estava claramente na ponta receptora de uma indiscrição fatídica.

Quando Virgil ficou sabendo que detetives particulares recebem um *adiantamento* polpudo, isso resolveu a questão. Nós entramos no ramo da investigação também, nos intitulando em jornais como "A Agência de Detetives A-1! Satisfação garantida na Conclusão de Caso — ou Seu Dinheiro de Volta em Dobro!".

Concluir um caso, é claro, não era o objetivo. Tudo que nós queríamos era o adiantamento de cem dólares. Nós poderíamos arrastar a investigação pelo tempo que quiséssemos. Melhor ainda, ela nos permitia investir sobre mulherengos suspeitos.

"Uma esposa nos paga para reunir evidências incriminadoras contra seu marido, quanto você imagina que o mesmo marido nos pagará para *não* reunirmos evidências?", disse Virgil.

Virgil já estava calculando a pilhagem que nosso negócio de investigação privada traria. "Estou cansado de cortar galhos de árvore e pintar telhados", disse ele, apesar de ser eu que fazia o trabalho de verdade. "Precisamos de um pouco de agito. Um banho de glamour. Fazer detetives de aluguel nos dará isso."

Foi antevendo a inundação de chamadas que nós certamente receberíamos que Virgil foi a lojas de artigos fotográficos e casas de penhores de Silver City, à procura de "câmeras, Kodaks, e outros dispositivos fotográficos", como ele colocou. Ele voltou com uma câmera Leica especial, completa com lentes trocáveis e um elegante estojo de couro. A fina flor da habilidade artesanal alemã, aquela câmera: niquelada e com um corpo fundido sólido. Virgil pagou caro pelo kit numa loja de artigos fotográficos, e quando chegamos em casa, ele depositou as lentes e acessórios diversos sobre a mesa da cozinha para nos impressionar. No que dizia respeito a carros e câmeras, Virgil tinha bom gosto.

Ele garganteou. "Olhem só para isso. É lindo."

Seguiu-se uma longa pausa.

"Virg?", disse Rose. "Você sabe usar uma dessas?"

"Necas." Ele virou para mim. "Jack?"

Balancei a cabeça.

A ideia era que, se tínhamos de seguir uma esposa errante ou um marido mulherengo, poderíamos nos esconder nas sombras e fazer uns instantâneos deles, que poderíamos usar então para aumentar nosso prêmio. O problema, como acabávamos de descobrir, era que nenhum de nós sabia colocar o filme, para não falar de tirar uma foto.

Rose disse: "Eu tinha uma Brownie. Não era complicada como tudo isso".

Então eu ensinei a mim mesmo. Estava à altura do desafio, e não foi minimamente difícil como se poderia imaginar. A Leica G tinha alguns recursos ornamentais, mas a ideia básica — conforme recolhi no manual de instrução — era bastante direta. Uma câmera era apenas um mecanismo de jogar a luz do sol sobre celulose. Luz demais e o objeto borbulharia no vazio. De menos, e a imagem jamais surgiria do lodo. Havia somente três variáveis envolvidas, de fato: a velocidade do obturador — se ele seria aberto por um segundo ou 1/100º de segundo; o tamanho da abertura; e o tipo de filme que se bobinava nela. Alguns filmes eram mais sensíveis à luz, mas o resultado saía mais granulado. Outros davam uma melhor definição, mas requeriam exposições mais longas. Desde que se trabalhasse a combinação com base no gráfico que eles forneciam, tudo que era preciso fazer era focar e disparar. Simples.

Pratiquei com Rose, com ela fitando diretamente a câmera, às vezes sorrindo, geralmente não, com muita frequência atrás de uma nuvem de fumaça que tornava quase impossível focalizar. Tivemos que revelar nossas próprias fotos, é claro; não íamos querer levar fotos incriminadoras a um laboratório. Eu comprei os produtos químicos necessários e pintei de vermelho a lâmpada acima do meu catre, transformando o 1-B num quarto escuro. Foi um empreendimento caro. Precisei comprar um medidor de exposição, junto com um ampliador, que usei para aumentar as imagens a partir dos negativos. Eu as projetava sobre papel sensível à luz. Usei dezenas daqueles papéis tentando conseguir a duração correta — expondo demais alguns e de menos outros, mergulhando-os num banho para revelar a imagem e em outro para interromper o processo. Em seguida, eu os pendurava num cordão para secar: filas e mais filas de Rose, como se ela fosse apanhada numa sala de espelhos. Nunca consegui fazer os ajustes certos no ampliador. Por mais que ajustasse, ela nunca ficava totalmente em foco. O cheiro dos produtos químicos impregnava minhas roupas de cama e me toldou os olhos, provocando dores de cabeça e sonhos estranhos durante vários dias. Eu cheirava a Listerine e borracha quente, com um toque de gim.

Passei a maior parte de uma semana embaixo de uma luz vermelha, olhando para Rose, até desistir. Atirei um maço de fotos sobre a mesa do Charley Wong, onde Rose e Virgil estavam relaxando após mais um dia sem fazer nada.

"Não consigo", eu disse. A matemática envolvida era bastante simples, mas matemática não era a única coisa em jogo. Havia uma arte na coisa que eu não conseguia dominar.

"Estão perfeitas", disse Virgil.

"É assim que eu sou?", perguntou Rose, pegando uma das fotos. "Sou dura assim?"

"Estão perfeitas como?", eu quis saber. O otimismo de Virgil, sua insistência em ver as maiores oportunidades em tudo, podia irritar às vezes. E eu tinha passado noite após noite tentando deixar Rose direita, e mesmo assim não conseguia.

"Pense!", disse Virgil. "Nós somos detetives particulares, não fotógrafos de retrato. Elas *podem* ser borradas, podem ser furtivas. Esse é o ponto crucial." Depois: "Jesus, rapaz. Você está com o cheiro de quem caiu numa banheira de querosene. Já é ruim ter enchido nosso apartamento de fumaça, não pode tomar um banho ou algo assim? Você está fedendo".

Rose segurou outra foto, examinou-a. "Não posso acreditar que eu pareça tão triste."

"A câmera não mente!", disse Virgil. "Você precisa de um pouco de rum e um pouco de agito. Isso irá animar você."

"Vá você", disse ela, sem se dar ao trabalho de levantar os olhos das fotos. "Estou muito cansada."

E ele foi.

A srta. Rose olhou para mim. "É assim que eu sou, Jack? Sou realmente dura assim? Não costumava ser."

Eu a fitei — a palidez de seus olhos, e disse... "Não".

Ela não teve certeza se eu estava apenas dizendo aquilo para ela se sentir melhor, e eu tampouco.

53.

Teria sido impossível abrir uma conta bancária para cada uma de nossas empresas. Perigoso, também, deixar um rastro tão largo. A última coisa de que precisávamos era algum agente do Tesouro aparecer bisbilhotando. Melhor canalizar nossos cheques para uma única conta bancária, sem deixar que o saldo ficasse alto demais para causar suspeita. Um pouco para dentro, um pouco para fora. Esse era o plano. A conta era movimentada por Virgil, o que me deixava nervoso, mas ele sempre retirava minha parte imediatamente e me pagava em dinheiro, que eu enrolava e enfiava nas minhas latas de fumo, num aperto cada vez maior. Eu não confiava mais em bancos. Fáceis demais de enganar.

Não serviria ter um cheque frio devolvido em nossa própria agência, é claro, mas algumas vezes nós pescávamos uma nota promissória que estava escrita com tanto descuido que seria uma vergonha não alterar a quantia. Eu disse a Virgil: "Esta é uma, ele deixou um espaço entre o sinal de dólar e o vinte e nem se deu ao trabalho de escrever a quantia corretamente. Por que não enfiar, por exemplo, um seis entre os dois, e rabiscar 'seiscentos e vinte' em vez de 'vinte' na linha. Percebe? Há espaço. Ou nós poderíamos mudar nove por *noventa*; basta acrescentar um 'nta'. Depois nós poderíamos movimentar esses cheques num banco de outra cidade".

"Primeiro, você teria de apresentar toda sorte de documentos de identidade", disse Virgil. "O que não é insuperável. Mas qualquer quantia digna de uma fraude seria grande o bastante para o gerente do banco ter de liberá-la. Requeria a assinatura dele. E nenhum gerente de banco vai endossar um cheque de doze mil dólares de um estranho. Doze dólares, talvez. Mas isso nem paga a corrida de carro."

Virgil estava certo, mas mesmo assim. Eu continuei dando voltas na minha cabeça, pensando que devia haver um ângulo que não estávamos percebendo.

"Passar cheque sem fundo não é realmente um golpe, de qualquer modo", disse Virgil. "É uma compulsão. Conheci pessoas viciadas em preencher promissórias frias pelos três segundos eufóricos de alegria que isso traz. Elas são as viciadas do meio vigarista."

Com cada vez menos noites para jitterbug, Virgil se voltou para nosso apartamento do primeiro andar para se divertir. O dinheiro que teria gasto em salões de baile foram para um novo aparelho de rádio para o apartamento e uma geladeira elétrica, também. Nós ficamos ainda mais amontoados que antes, mas agora podíamos gozar de uma cerveja gelada e ouvir música enquanto atendíamos nossas encomendas. Eu preparava os pacotinhos de bicarbonato de sódio. Rose separava os envelopes, mantendo uma contagem contínua e assegurando que não havíamos deixado nenhum fio solto, fio que um procurador federal poderia agarrar.

Ela estava trabalhando duro, e Virgil fez-lhe um aceno de aprovação por isso. "Uma verdadeira Tillie the Toiler,* nossa Rose." Mas ele estava impaciente também por um pouco de arrasta-pé e jazz.

Cansada demais para os salões de baile, Rose o despachava com um gesto, e ele tinha que ir sozinho. Estava indo para lá cada vez mais cedo, parecia, e ficando até cada vez mais tarde. Muitas vezes, ele se mandava assim que os trambiques do dia haviam terminado, não ficando nem para nos ajudar a encher envelopes, e algumas noites ele não chegaria cambaleando antes da madrugada, dando um tapa no interruptor da luz e cantando uma versão mutilada de "I'm in the mood for fove" antes de desabar na cama e cair roncando num sono profundo.

* Tira de quadrinhos de Ross Westover, centrada na secretária e estenógrafa modelo Tillie Jones. (N. T.)

Eu fazia companhia à srta. Rose enquanto Virgil estava fora. Nós encurtávamos nossas noites jogando copas e ouvindo rádio.

Virgil quis comprar um rádio portátil, ou, no mínimo, um modelo de cabeceira, que teria ficado ótimo encostado, os controles em cima para um fácil acesso, mas sem chance. Rose queria um modelo catedral com aquele clássico formato de janela de igreja.

"Por que não comprar, em vez disso, um coberto de pano com tampa articulada e alça", disse Virgil. "Estilo bagagem, para uma fuga rápida. Nem precisa ser coberto de pano. A Sky Chief faz um ótimo, com imitação de couro de crocodilo, com uma alça *e* correias de ombro. Dá pra carregar um desses para qualquer lado ao menor alerta."

Rose não concordou com isso, e eles chegaram a um acordo num Audiola elegante, mas compacto, com dial com haste corrediça, acabamento em mogno e colunas caneladas.

Foi durante essas noites que eu adquiri o gosto por Southern Comfort. Rose comia Almond Joys e uvas passas e chupava cubos de gelo embebidos em Comfort tirado diretamente do zumbido refrigerado. O suor se formava na sua testa como condensação num vidro, e quando o dia havia sido excessivamente escaldante e nossa pele parecia rebocada com suor e brita, ela tomava um banho de imersão por algum tempo, e depois saia num roupão frouxo, cheirando a Camay como sempre, "o sabonete de beleza suave para uma pele mais macia".

Uma vez, quando ela estava esticando a mão por cima da mesa para pegar uma carta, seu roupão abriu e seu seio meio que vazou para fora numa súbita brancura macia. Quando ela me apanhou olhando, meu rosto ficou todo corado, e ela se recostou, acendeu um cigarro e me atirou um sorriso malicioso.

Ela ajeitou um cacho de cabelo atrás da orelha. "Você mostrou sua mão, Jack. Tem que cuidar disso." E aí, com um sopro de fumaça na minha direção: "Acho melhor eu me vestir. Detestaria desencaminhar um rapazinho". Ela apanhou seu pijama de seda, jogou-o sobre um ombro, e caminhou para o banheiro cantando a canção tema de *Jack Armstrong, All-American Boy*. O riso a seguiu como um convite. Eu já tinha ouvido esse tipo de riso antes. Era o riso de funcionários e aliciadores de clientes em parques de diversão, desafiando a pessoa a chamar seu próprio blefe.

Won't you try your Wheaties?
They're the best food known to man.

Eu podia ouvi-la cantando baixinho, a porta não completamente fechada.

They're crispy and they're crunchy, the whole year through,
Jack Armstrong never tires of them
And neither will you.
So make sure you eat your Wheaties,
The best food in the land.
For if you eat your Wheaties
*You'll grow up to be a man.**

Nas noites de sábado nós sintonizávamos o rádio em *Hit Parade* e tentávamos adivinhar qual seria a canção em primeiro lugar da semana, se era uma melodia de Maurice Chevalier ou (o mais provável) a mais recente cantada por Rudy Vallee. Rose sempre imaginava errado porque escolhia as canções de que gostava — as de Skinny Ennis ou Sammy Kaye — e não as que eram necessariamente as mais populares.

> Bem-vindos à Hit Parade, trazida para vocês por Lucky Strikes — os únicos cigarros que acalmam os nervos sem prejudicar sua condição física. Os cigarros preferidos de muitos atletas famosos que dependem deles para ficar em boa forma. E os médicos concordam! Acenda um Lucky e jamais deixará de comer os doces que engordam.

Enquanto Rose fumava seus Strikes e comia suas barras de chocolate, nós ouvíamos Glenn Miller e Tommy Dorsey, Duke Ellington, Count Basie, Ella Fitzgerald. Às vezes, nós pegávamos um programa humorístico, *Baby Snooks*, talvez, ou *Fibber McGee and Molly*, mas Rose geralmente preferia novelas.

* "Não vai provar seus Wheaties?/ São o melhor alimento que se conhece./ São sequinhos e são crocantes, durante o ano inteiro/ Jack Armstrong nunca se cansa deles/ E você não se cansará tampouco./ Então trate de comer seus Wheaties,/ O melhor alimento da terra,/ Porque se comer seus Wheaties,/ Você se tornará um homem." (N. T.)

Ela pegava as transmissões noturnas de programas como O *Direito à Felicidade*, que sempre começava com o mesmo anúncio: "*Felicidade é a soma total de muitas coisas, de saúde, segurança, amigos, seres amados*". Rose dizia que havia sintonizado só de gozação. "*Nossa Garota de Domingo! O programa que faz a pergunta, Pode uma garota de cidade pequena do meio-oeste americano encontrar a felicidade como a esposa de um rico e nobre inglês?*"

"Belo dilema", dizia Rose com desdém. E, depois, para o próprio rádio: "Detone a cabeça do inglês e faça reserva num cruzeiro com o dinheiro do seguro. Jesus, garota".

Eles sempre faziam perguntas como essa, geralmente acompanhados pelos trinados de um órgão. "Pode uma mulher...?" "Conseguirá nossa heroína...?" *Esposa dos Bastidores* pedia que os ouvintes considerassem as tribulações de uma moça simples de Iowa, casada com um ídolo de matinê da Broadway, "queridinho nos sonhos de um milhão de outras mulheres!". *A Outra Esposa de John* era sobre um homem chamado John Perry e, bom, sua "outra esposa". Sua secretária, neste caso. Para não ficar atrás, uma emissora concorrente transmitia *Segundo Esposo*, sobre uma mulher com dois maridos. Seu primeiro marido já havia morrido, porém, por isso ele não tinha o mesmo atrativo que John e sua secretária. (E eles realmente ajeitavam as coisas para ele, dando a John uma mulher ranzinza e uma gracinha de estenógrafa.) No rádio, eles sempre reagiam a infidelidades com música de órgão. Um homem descobriu que sua esposa estava tendo um caso, e em vez de pegar um revólver ou um machado, ele corria para o órgão, começava a tocar com todo vigor. Não fazia o menor sentido.

Um nova novela chamada *Quando uma Garota se Casa* havia começado recentemente, e Rose sintonizava nela com meticulosa religiosidade. "A *meiga história humana da vida de casado, jovem... dedicada a todos que já amaram um dia.*"

Rose resmungava para isso, também. "O oposto de amor é casamento", ela dizia. "O oposto de mulher é esposa."

Ela disse que escutava suas novelas só para rir delas. Mas escutava mesmo assim. Talvez porque, embora nada daquilo fosse ou tivesse sido verdade, ela não podia se impedir de fazê-lo, não inteiramente. Às vezes, ela chorava e ria ao mesmo tempo, enxugando os olhos com a ponta dobrada de um lenço.

"Olhe só para mim", ela dizia, "chorando como uma garotinha de escola".

Virgil chegou nesse ponto mais de uma vez, voltando de algum lugar para encontrar Rose sentada ao lado do rádio, chorando. Ele lançava um olhar na minha direção como se de alguma maneira eu fosse responsável, e dizia: "O que é isso?". E Rose ria de suas próprias lágrimas, e lhe dizia que era apenas ela sendo tola. Virgil se sentava ao lado dela e lhe dizia uma coisa. Ele não rolava os olhos para mim ou piscava. Apenas ficava ali sentado, em silêncio, esperando o programa de Rose terminar e ela voltar para ele.

54.

Se o Audiola de Rose era a fonte de música de órgão e dramas seriados, o Silvertone cheio de estática do sr. Wong era a de notícias. A maioria ruim.

Enquanto Susie me perguntava que tipo de torta eu queria, e eu respondia com "o de sempre" — querendo dizer nenhum —, o rádio tumular de Charley crepitava com notícias de outro pacto. A Alemanha nazista tinha forjado uma aliança com a Rússia comunista. Entre elas, tinham acertado rachar a Europa, era o que diziam os rumores. Era um casamento considerado impossível até acontecer — sendo os marxistas e os fascistas supostamente inimigos. Mas, verdade seja dita, eu não conseguia ver muita diferença entre Stálin e o velho Adolf, além do tamanho de seus bigodes, e quando se olhava de soslaio para suas fotos no jornal por tempo suficiente os dois pareciam se fundir. Eles estavam chamando sua nova aliança de Pacto Molotov-Ribbentrop, mas eu pensei nele como "o minueto do bigode". E havia o tio Joseph erguendo uma taça para o Führer, dizendo: "Eu bebo à sua saúde".

Em resposta às saudações de Stálin, a Grã-Bretanha e a França ordenaram a mobilização de suas tropas. No dia imediatamente seguinte, a Grã-Bretanha firmou um pacto com a Polônia, e o governo polonês começou a convocar reservistas. Apanhada entre o martelo e a bigorna, assim estava a

Polônia, mas aqui, nas planícies sulinas, isso pouco encrespava a superfície de nossas vidas.

Em Silver City, os céus estavam claros e o dinheiro era bom. Pessoas cantarolavam "Os dias felizes voltaram", e sem ironia. Era uma canção que eu ouvira pela primeira vez quando o estado de minha mãe piorara, e nunca consegui separá-la da visão de céus escurecendo ou do rodopio de enxames de gafanhotos. Até agora.

Os bons tempos chegaram para nós, e com cada árvore que precisava de poda agora podada e cada telhado que precisava de impermeabilização impermeabilizado, tudo que nós tínhamos que fazer era relaxar e deixar chover o dinheiro de nossos placebos por reembolso postal. Ninguém ligava para nossa agência de detetives, é fato, mas a Mosca Espanhola compensava isso com sobra. Era dinheiro fácil, aquilo com que sonhava qualquer vigarista, como Virgil sempre dizia. Mas Virgil, sendo Virgil, já estava dois saltos à frente no tabuleiro.

"Investidores", ele disse durante o café no Charley Wong. "É disso que precisamos."

"Investidores? No quê?", perguntei.

"Não importa", disse ele, "desde que eles invistam. O Yellow Kid? Ele podia encontrar um otário em qualquer parte. Cara, às vezes eles vinham até ele. Uma vez, o Weil estava saindo de um saguão de hotel em San Francisco quando um sujeito pediu um fósforo pra ele. O fósforo custou dez mil dólares àquele sujeito."

Não é que nós faturaríamos com algum fósforo de dez mil dólares . "Mas, mesmo assim", disse Virgil, "nós devíamos começar a alinhar algumas perspectivas de longo prazo. Começar a examinar as ordens fraternais, clubes de almoço de empresários, esse tipo de coisa. Se começarmos a fisgá-los agora, poderemos ordenhá-los já no Ano-Novo."

"Não se ordenha peixes", eu disse.

Virgil me lançou um olhar: "Que história é essa?".

"Você está misturando suas imagens", eu disse. "A gente fisga peixes. A gente ordenha vacas. Só estou dizendo."

"Ah, pelo amor de Deus. Deixe de ser tão chato. O que eu quero dizer, nós começamos a espalhar nosso queijo..."

"Agora você está falando de ratos", eu disse.

Ele me atirou um olhar paralisante. "Nós pegaremos peixes. Esfolaremos ratos. Ordenharemos vacas. Não crie caso. A questão é..."

Eu sabia qual era a questão. Dinheiro. O mesmo de sempre. Eu tinha que reconhecer, porém. Ninguém sabia impingir uma história melhor que Virgil.

A corporação De Valu havia acabado de anunciar que estava abrindo uma nova fábrica química, com dezenas de contratos para pesquisa militar. Dicannti Bolas de Ferro estava mantendo os sindicatos a rédea curta, e cientistas e administradores chegavam às pencas. Os hotéis estavam repletos de recém-chegados desorientados. Dava para ouvir o dinheiro dando sopa por ali, prestando a atenção, e ali estava Virgil, com os olhos — como sempre — no prêmio.

Ele começou a vasculhar os restaurantes e tavernas chiques, lançando um sorriso como um chapéu num ringue e depois seguindo atrás dele, estendendo a mão o tempo todo com um "Como vai?" e um "Cara, eu estive lá!".

Ele tinha um truque para esse último, também. Não importava de que cidade pequena ou grande a pessoa fosse, Virgil alegava que a conhecia. Aliás, ele quase havia comprado alguma propriedade lá, "na rua Crescent". Pouco importava se essa rua existisse; eles sempre davam corda depois disso. "O quê, perto da igreja?" "Esse é o lugar!" Ou "É aquela sobre o rio?". "Exatamente! Rua Cardinal."

Com o gelo bem quebrado, Virgil deixava escapar alguma coisa, *ai-ai-ai*, que ele supostamente não devia mencionar. Um investimento, tiro certo. Quando eu o observava tramar um negócio, ficava sempre impressionado com a maneira como fazia um uso estratégico de um silêncio sugestivo em momentos-chaves. Ele deixava o otário preencher as lacunas, fazer o trabalho por ele. Era uma habilidade da qual eu faria um bom uso em breve, embora não soubesse disso na época.

O esquema mais recente de Virgil envolveu a venda de fazendas de aranhas. Quando ele me falou pela primeira vez disso, imaginei que ele estava falando figurativamente, como um "saco de gatos" não tem gatos de verdade. Ou uma "corrida de ratos", ratos de verdade. Mas não. Ele estava realmente vendendo aranhas. Ou melhor, suas teias. Era um pouco como vender o orvalho de uma folha, mas Virgil estava à altura disso.

"Fazendas de aranhas na França estão fazendo um negócio fabuloso",

Virgil confidenciaria para seu trouxa. "Negociantes de vinho e *sommeliers* ricos — eu procurei essa palavra para ele. "Eles pagarão um bom dinheiro para ter suas adegas de porão enfeitadas com teias adequadas. Eles fazem isso para acrescentar um senso correto de história a seus produtos, para enganar pessoas a gastarem mais nas espremeduras do mês anterior. Você sabe como as pessoas podem ser crédulas."

Eles sempre sabiam.

Depois de compartilhar algumas risadinhas sobre a facilidade com que as pessoas — *outras* pessoas — podiam ser enganadas, Virgil deixava seus trouxas por dentro de um pequeno segredo. As paragens áridas das planícies americanas eram ideais tanto para o armazenamento de vinho — "Alguma coisa a ver com a acidez do ar e as qualidades absorvedoras da cortiça", diria Virgil, "embora eu confesso que a ciência da coisa está fora do meu alcance. Como diz o Todo-Poderoso Satchmo: *Não é preciso entrar nos aspectos rudimentares*" — e para a criação de aranhas mexicanas, que eram conhecidas por suas habilidades particularmente altas para produzir seda. "Um único ninho pode decorar uma caixa de garrafas de vinho em um mês. O custo? Centavos um ninho. O retorno? Bom..." Ele os fitaria com as sobrancelhas erguidas para eles terminarem a equação. Virgil estava criando toda uma série de fazendas de aranhas bem aqui em Silver, conforme disse a eles. Os grandes negociantes de vinho estavam enchendo vagões com engradados de vinho agora mesmo e os estariam despachando assim que as teias estivessem prontas.

As aranhas deviam supostamente chocar por sessenta e oito dias — um número que Virgil tirara do ar. Esse era todo tempo de que nós precisávamos, ele imaginou, para cair fora antes que os ovos imaginários começassem a produzir nadas muito reais.

"E se ainda estivermos por aí quando os ovos não chocarem?", perguntei.

Ele disse: "Bom, se não pudermos nos evadir deles, sempre podemos pagar-lhes dez por cento de seu dinheiro original como um 'retorno sobre o seu investimento'. A maioria vai reinvestir isso em suas carteiras de qualquer modo. A cupidez já provocou a falência de mais gente que a má sorte".

Virgil arremessou suas teias de aranha para vários investidores prospectivos e logo conseguiu fisgar um: um magnata de laticínios de Silver City — um "grande homem manteiga-e-ovo", como Virgil colocou. O tipo de sujeito esparramado, os moradores locais o chamavam de "gordo mahatma". Ele era conhecido por sua natureza astuta e seu agudo tino comercial. O homem dos laticínios mascava charutos apagados até as pontas ficarem empapadas, e era famoso por preencher seus cheques com um grande floreio teatral.

"Nós o fisgamos direitinho", disse Virgil a caminho do banco. Mas quando estávamos prestes a depositar o cheque, ele viu que era pagável a VÃO SE FODER.

"Merda", disse Virgil, engolindo o sapo. "Ele nos sacou."

Virgil mudou para vender futuros algodões e opções de tabaco, o que sempre me pareceu um pouco místico: vender o futuro desse jeito.

Notei também a frequência com que os investidores de Virgil se tornavam ameaçadores. Com que frequência eles achavam que podiam começar a ditar termos para nós. Apenas parte da natureza joelhaço na virilha e dedo no olho do negócio, imagino. Mas suspeito que havia mais alguma coisa em jogo, uma certa... *presunção* da parte deles.

Vamos dizer que a pessoa cultiva alguma coisa para viver, algodão ou fumo, ou vamos dizer que ela *cria* alguma coisa — escreve um livro, digamos. E outras pessoas vendem a coisa para ela, a vendem talvez em países por todo o mundo. Elas prestam um bom serviço, e a pessoa ganha dinheiro e elas ganham dinheiro, e tudo mundo fica feliz, correto?

"Devia ser", disse Virgil. "Mas não é assim que funciona."

Com certeza, não é que os caras que estão fazendo a venda começam a tomar ares, como se eles próprios tivessem escrito aquele livro ou cultivado aquele algodão. E não é que eles começam a sentir que a *pessoa* deve a *eles*?

"E quando isso acontece, eles começam a imaginar que possuem uma fatia da pessoa também", disse Virgil. E sorriu. "É sempre um prazer cortar as asinhas de gente assim."

Eu vi isso nos empresários com os quais lidávamos, como eles imaginavam que podiam comprar e vender nossos futuros, podiam ditar termos a nós. Eles pediriam gratidão, pediriam lealdade — enquanto eles próprios achavam que podiam escolher quais de seus compromissos iriam honrar, e quais não iriam. Engraçado, não? Como as pessoas que estão fazendo a venda sempre ficam com um senso inflado de sua própria importância. Como elas começam a se sentir mais importantes que as pessoas que cultivaram o algodão real ou escreveram os livros reais.

"Pedir gratidão a outros nunca é uma tática esperta", disse Virgil. Essa era uma lição que alguns precisavam aprender, mesmo que fosse da maneira mais dura.

Nós empurrávamos nossos negócios a rancheiros, produtores de petróleo e outros candidatos a figurão, com Virgil patrulhando os saguões de hotel e clubes de almoço atrás de investidores. Por vezes as coisas eram lentas, especialmente com nossos investidores em potencial sempre tentando renegociar os termos — e depois nos dizendo que nós devíamos ser gratos a eles por isso.

Às vezes, enquanto entrava num bar de hotel com um investidor, Virgil tropeçava em outro. Quando isso ocorria, ele sussurrava para o primeiro: "Lembra do senhor Ricaço? O cavalheiro de que lhe falei? Bom, é o próprio. E parece que ele está dentro!". Ele pediria desculpa e correria atrás do outro sujeito para dizer exatamente a mesma coisa.

Com tantos esquemas em ação — golpes de investidor e golpes de reparos em segunda rodada e golpes de oportunidades de negócio — Virgil tinha assumido uma lista crescente de nomes falsos: Godfrey Tanner, Eulen Spiegel, Arthur Orton, Nathaniel Pyke, Talbot Green, John Mount, Charley Urschel, John Philip Quinn, e assim por diante. Ele tinha cartões de visitas impressos, e os escondia em lugares diferentes de sua pessoa — no paletó, no bolso de trás das calças, alguns até na aba do chapéu. Ele podia tirar qualquer nome instantaneamente, e sob encomenda. Não sei como ele conseguia manter tudo sob controle, ou como sabia quem realmente era no fim do dia.

"Eulen Spiegel, prazer em conhecê-lo", e ele tirava um cartão de visita sem quebrar o embalo. E se tivesse de ser Arthur Orton, a mesma coisa: "Meu cartão". Cada um tinha um número diferente, mas todos remetiam àquele mesmo painel de linhas telefônicas.

Virgil praticava diante do espelho, como um pistoleiro. Ele se defrontava consigo mesmo — fitava seu reflexo morto no olho — e dizia "Nathaniel Pike, inventor em geral", e estendia o cartão com o nome correspondente. "Charley Urschel, produtor de petróleo", ou "John Philip Quinn, ajustador de demandas", ou simplesmente "John Mount, Esquire", e *zap!*, ele apresentaria um cartão — e depois verificaria para ter certeza de ter escolhido a identidade certa.

Ele sempre tinha.

55.

Depois que teias de aranha e futuros não pegaram, a srta. Rose quis que Virgil desistisse. Mas Virgil — como Virgil estava acostumado a fazer — mudou para uma coisa ainda mais bizarra: uma coisinha que ele chamava "gatos e ratos".

Normalmente, em um de nossos golpes do investidor, meu trabalho era zanzar por perto enquanto Virgil estava passando a lábia, e ser instantaneamente cativado. Eu fazia as perguntas óbvias —*Está dizendo que não tem o menor risco e um retorno garantido?* — para que Virgil e o otário compartilhassem um sorriso e um olhar que dizia: "A juventude, como é imatura. Não tão esperta como você e eu, hein, amigo?".

Mas com "gatos e ratos", eu era escalado como um idiota pouco além de falastrão.

O primeiro otário que Virgil cercou foi um cientista pesquisador, num almoço de domingo promovido pelo Comitê Feminino de Boas-vindas. Homens de ciência davam trouxas particularmente bons, porque viam o mundo em termos diretos de causa e efeito. (Os otários mais duros de enganar? Mágicos. "Nem tente", dizia Virgil.) Esse sujeito era de uma palidez às raias da transparência, com um bigode loiro penugento e olhos que saltavam quando ele ficava entusiasmado — uma dica tão grande como um homem com bandeiras de sinalização.

Depois de muita insistência por parte de Olhos de Besouro, Virgil baixou a voz e compartilhou seu maravilhoso segredo. "Gatos", ele disse. "A maioria das senhoras já não consegue comprar uma estola de visom adequada. Mas pele de gato? É luxuosa."

Pouco importava que a srta. Rose tivesse dito que nenhuma dama jamais seria apanhada usando gato. Virgil não estava enrolando uma dama, estava falando com um sujeito pálido cujas experiências com mulheres eram, eu imaginei, puramente teóricas. Mesmo com meus encontros limitados, eu podia apostar que provavelmente adquirira mais evidências empíricas que o cientista no dobro de tempo.

"Estou começando uma fazenda de gatos", disse Virgil. "A ciência da coisa é fascinante. Começamos com cinco mil gatas importadas do México. Mais uma seleção saudável de machos locais para usar como reprodutores. Cada gata produz uma ninhada média de oito gatinhos. Até o fim do ano, cada um desses gatinhos terá gatinhos. E assim por diante. Nós esfolamos a primeira ninhada. Vendemos as peles — elas saem por dois dólares cada —, de modo que mesmo contratando homens para esfolar os gatos a vinte e cinco centavos cada, ainda estamos falando de um lucro de, digamos, cinquenta mil dólares depois do primeiro ano."

"Setenta mil, na verdade", disse o cientista.

"Bom, multiplique isso por oito com cada ninhada sucessiva."

Os olhos do outro saltaram. "Aumentaria exponencialmente."

Virgil piscou. "Correto. Agora, com o que alimentamos os gatos?"

Os olhos do homem desestufaram um pouco. Ele não tinha pensado nisso.

"Bom", disse Virgil, a voz se reduzindo a um ronronar. "É aí que fica bom. Nós abrimos um racho de ratos — bem ao lado. Os ratos procriam doze vezes mais rápido que os gatos. Nós damos os ratos de comer aos gatos. Mas o que damos de comer aos ratos?"

O cientista se inclinou ainda para mais perto, os olhos começando a inchar na antecipação.

"Carcaças de gato!", disse Virgil. "Depois de esfolarmos os gatos, nós os moemos e damos os corpos aos ratos. Damos os ratos de comer aos gatos, e os gatos aos ratos, e conseguimos as peles de graça."

Aqueles olhos quase saltaram para fora da cabeça. "Caramba, é um moto-contínuo", disse ele, com um leve suspiro.

"Exatamente!", disse Virgil. "Uma máquina de fazer dinheiro em moto-perpétuo de rato e gato. É só uma questão de aplicar os princípios científicos apropriados ao mundo dos negócios. Vou lhe dizer, se ouvíssemos mais os cientistas não estaríamos nessa confusão em que estamos."

O outro balançou a cabeça concordando sinceramente.

"Vou lhe contar um pequeno segredo", disse Virgil. "O Jack aqui é simplesmente o melhor apanhador de ratos do Texas. Não é, garoto?"

"Sinsinhor", eu disse, a boca frouxa, ombros caídos, olhos ligeiramente desfocados.

"Ele vai chefiar nossa operação de criação de ratos."

"Capturou uma grande quantidade de roedores?", o homem perguntou.

"Sinsinhor", eu disse. "Tudo que se arrasta e rasteja, de tamanduás a arganazes. Eu peguei tudo eles."

O cientista, um homem mais da química que das buscas zoológicas, ficou devidamente impressionado. Afinal, quantas pessoas já viram um tamanduá, para não falar de capturar um?

Quando Virgil terminou, nós tínhamos o nosso primeiro — mas não o último — investidor na Fazenda de Gatos e Rancho de Ratos de Silver City.

Virgil voltou a esse cientista sete vezes na semana seguinte, ampliando as coisas a cada vez. Houve despesas adicionais, imprevistas, é claro, que seriam plenamente reembolsadas e com um retorno maior para os lucros futuros de nosso amigo. Depois houve o custo adicional de uma "tarifa municipal de criação de animais". Mais mourões de cerca. Tela de arame. Havia leis secundárias que precisavam ser contornadas. Mãos que precisavam ser engraxadas. E, em cada estágio, Virgil preenchia um recibo para ele. Virgil sempre dizia, um recibo é como uma garantia de Deus. Ele lhe garante que tudo está no seu devido lugar e bem. Não é como se alguém pudesse simplesmente sair e comprar uma pilha de blocos de recibos de qualquer fornecedor de escritórios, certo?

Quando ele terminou a papelada, a mão de Virgil estava começando a ter câimbras. Vinte e um recibos separados, e cada um cuidadosamente datado, selado e assinado.

"Nós chamamos esses de 'custos operacionais'", ele explicou ao cientista, com um aceno de cabeça e uma obrigatória piscadela, uma que dizia: "Aqui só tem cara esperto".

O outro devolvia a piscadela. "Sei como é", ele disse.

Algumas vezes o tiro quase saiu pela culatra para Virgil, porém. A pior foi quando ele tropeçou num dos seus investidores em potencial no Café do Charley Wong. Charley havia criado um "coma tudo o que conseguir por três dólares" que estava se revelando muito popular no meio empresarial. Virgil e eu estávamos entrando e o outro sujeito estava na caixa registradora. Virgil tentou passar batido por ele, e estava seguindo direto para a porta dos fundos quando o sujeito o avistou.

"Ei, você!", ele disse, saudando Virgil como um irmão havia muito desaparecido voltando para casa com um canhoto de bilhete de loteria vencedor no bolso.

"Davey, meu velho, o que é que você manda?", disse Virgil com uma pirueta e um braço sobre o cotovelo do homem, tentando guiar o cara para fora.

"É Frederick."

"Frederick, claro!" Virgil guardava bem os seus próprios nomes; ele nunca se preocupava com os nomes de seus otários. Às vezes, juro que ele os dizia errado intencionalmente, só para deixar os trouxas inquietos e numa posição ligeiramente inferior. É uma questão de status, não é, quem se lembra de quem.

"Vou pegar um trem", disse Freddy. "Mas vou estar de volta na próxima semana, e gostaria de falar mais sobre os seus futuros."

"Com certeza", disse Virgil. "O futuro está sempre à venda."

Charley entregou o troco ao cara, e aí, com um aceno de cabeça, disse: "Oi, Virgil".

Os olhos do outro se estreitaram. "Achei que o seu nome era Godfrey."

Virgil o puxou para longe da caixa. "Coitado do velho Charley", ele disse, abaixando a voz. "Não ligue pra ele. Tem sugado um bambu lascado ultimamente. Não tem sido o mesmo desde aquele lote de ópio ruim. Se confunde à toa. Sabe, Virgil era o nome do gato dele." Depois, em voz mais alta: "Você não distingue Wong de branco, hein, Charley? Nós todos parecemos iguais pra você, certo?".

Frederick sorriu. Virgil deu um tapa nas suas costas e o despachou. Charley observava confuso, sem dizer nada.

"Uma longa história", disse Virgil. "Mas, de agora em diante, vamos evitar usar nomes, certo?"

Charley deu de ombros.

Virgil deu um passo e parou. "Não quis dizer isso, você sabe. Sobre o ópio ou distinguir Wong de branco, essas coisas."

"Sem problema", disse Charley, mas eu não fiquei certo disso.

As coisas com Virgil eram assim. Ele sempre dizia que o trouxa devia encontrar em nós um espírito amigável, mas havia momentos em que isso parecia errado a despeito de como se dissesse. Se um dos investidores de Virgil começava a se queixar sobre como os negros estavam arruinando a América, como eles eram uma mancha sobre a terra, ou se alguém falava amargamente sobre como os escurinhos tinham cruzado a linha e estavam tentando viver entre cidadãos respeitáveis, Virgil assentiria e diria: "Sei o que está dizendo".

Um sujeito arengou o ar por uma boa meia hora sobre clubes de jazz e salões de baile. "Essa música de crioulo — é vodu e pecado! Vodu e pecado, é o que ela é."

"Sinsinhor!", disse Virgil, agindo como um coro de igreja de um só homem. "Esse crioléu está dançando com o Diabo."

Eu sei, eu sei. Se eles odeiam os democratas, a gente também odeia. Se insultam o partido republicano, a gente vai atrás. Se estão escorrendo bondade cristã, bem, é melhor aprendermos a escorrê-la também. Vale tudo para tirar o dinheiro do otário.

"Os Micks e os mockies* estão destruindo este país", gaguejaria o trouxa, e Virgil levantaria as mãos e atestaria.

Era tudo parte do golpe, mas mesmo assim. Dançar jitterbug pela noite adentro e de manhã agir como se não tivesse dançado? Muitas vezes, Virgil encontraria um cara da Ku Klux Klan, ainda quente da passagem na noite

* "Micks" e "mockies" são designações de cunho pejorativo para irlandeses e judeus, respectivamente. (N. T.)

anterior pelos decrépitos salões de baile onde sujeitos de cor tocavam jazz. Suas lealdades pareciam terrivelmente fluidas. E quando alguém começava a mentir desse jeito, tanto para si como para os outros, eu tinha dúvidas se ele poderia parar.

Por vezes, durante um golpe, Virgil me atirava uma frase sobre os hebreus conspirando com os banqueiros e como o velho Adolf estava certo de começar a conter os mockies. Eu fixava o olhar no tampo da mesa ou balcão da taverna enquanto o trouxa seguia em frente numa arenga sobre os sábios de Sião e como os judeus eram culpados de tudo, inclusive de nosso último período de mau tempo.

Mesmo em meu silêncio, eu pensei, sabia que era igualmente culpado. Porque o silêncio nunca é realmente neutro, não é?

56.

Quando a srta. Rose decidia se embonecar, as chances de sucesso se inclinavam pesadamente em nosso favor.

Houve dias em que tudo que ela queria era ficar deitada na cama, ouvindo rádio e bebendo Comfort, mas aí, de repente, ela se enchia de entusiasmo e falsa brejeirice, e saia num rompante com Virgil, colhendo trouxas como se fossem frutos numa videira. E com Rose ao seu lado, quem poderia dizer não a Virgil?

Ela tinha um lindo chapéu Imperatriz Eugenie de veludo preto. Era um chapéu-coco para damas, essencialmente, com um véu parcial e uma pluma de avestruz de um lado. Rose o usava abaixado sobre um olho quando queria ser misteriosa, empurrava-o para a horizontal quando queria ser elegante. O visual estava com algumas temporadas de atraso, ela confessou, mas era de parar o trânsito nesses nossos estados do sudoeste.

Com a ajuda de Rose, nós vendemos mais alguns futuros, e estávamos comemorando entre as folhas de palmeira e mármore pintado do Silver City Regency Hotel. Eu estava admirando o chapéu de Rose e pensando em como os Panamás não eram feitos no Panamá e como certas moscas eram de fato besouros. E como as folhas de palmeiras eram, na verdade, papel recortado.

Esse é o desafio, não é? Saber se somos um besouro ou uma mosca. Folha de palmeira ou papel recortado.

"Isso é avestruz de verdade?", eu perguntei. "A pluma."

"Isso?", ela disse com uma risada. "Ah, é real. Arrancada do traseiro de Virgil enquanto ele estava circulando por aí."

Virgil deu um tapa na mesa e soltou uma gargalhada. "Um pavão! Eu? Caramba, querida, depois de todo esse tempo e você ainda me entende errado."

"Entendo?", ela disse.

"Eu não sou nenhum pavão. Sou uma ave de rapina." E ele arrulhou baixo, como um falcão encontrando sua altura. Eu pude ver sua mão deslizar pela coxa dela, por baixo da toalha de mesa. Ela riu, mas não afastou a mão dele. Isso me incomodou, não a maneira como ele a estava bolinando, mas como eles nem sequer se importavam com a minha presença.

"Você andou mergulhando na Mosca Espanhola?", ela perguntou.

"Venho tomando às carradas", disse ele. "O que diz, Rose? Vai dar um giro pelos clubes comigo esta noite? Já faz tempo."

E sua mão deslizou ainda mais para cima, começou a se mover como se ele estivesse amassando massa.

"Você sabia", eu disse, "que a maioria das aves de rapina vivem de carniça? Dá para vê-las circulando sobre o lixão lá em Paradise Flats, comendo lixo e carcaças podres."

Virgil parou seu avanço, virou a cabeça. "Não diga!"

Eu fiz que sim. "É verdade. Elas vivem de refugos, as aves de rapina. São comedoras de lixo."

Seus olhos se estreitaram, bem de leve, como se estivesse tentando me entender. "Que tal essa?", ele disse. "O garoto está ficando valente. Quer arranjar uma briga."

O sorriso de Rose mudou, mas não desapareceu completamente. Era como se ela também estivesse tentando me entender.

Virgil se inclinou sobre a mesa enquanto um piano desfiava suas melodias suavemente à distância. "O que você imagina que aconteceria se eu derrubasse o chapéu do Wheaties? Ele nem sabe que deve tirá-lo quando se senta num restaurante fino como este. O que me diz se eu derrubá-lo, garoto? O que imagina que aconteceria então? Acha que está com tudo? Eu sei catorze maneiras de derrubar um cara. Quantas você sabe?"

Senti meu maxilar enrijecer, e maldisse a bandeira. Eu estava fazendo um grande esforço para não ser o primeiro a piscar.

O sorriso de Rose sumira agora, se evaporara como as borbulhas no copo em que estava bebendo. O único som presente era o murmúrio de vozes distantes, a música tênue do piano, e eu — não respirando.

Aí, aquele gargalhada maluca de Virgil e um "Eeeeia!" tão alto que pessoas olharam.

"Peguei você nessa, não foi?", ele disse. "Estava esperando uma briga, achou que eu estava falando para valer. Peguei você, garoto! Bebida para todo o mundo." Ele fez um aceno para o garçom no outro lado da sala. "Acha que eles têm torta?"

Foi só aí que exalei o ar.

Eu sabia que podia vencer Virgil, podia bater até derrubá-lo. Mas mesmo assim não ganharia necessariamente.

57.

Nos boletins de cinejornais e de rádio, o futuro estava caindo inflexível sobre nós. Em 27 de agosto, o avião turbojato Heinkel 178 decolou sobre as florestas verdes da Alemanha.

Uma nova geração de voo era o que eles estavam dizendo. O primeiro avião a jato do mundo. Em vez de hélices agitando o ar como uma batedeira de ovos, o turbo o sugava por uma abertura, para um compressor, e depois o inflamava impelindo o avião para a frente. Brilhante e rápido, com um arrojado piloto da Luftwaffe nos controles, o Heinkel 178 rompeu os seiscentos quilômetros por hora em seu voo inaugural. Era de fazer Flash Gordon chorar de alegria.

Virgil, Rose e eu ficamos entusiasmados naquele verão, alimentados pelo dinheiro sugado tão seguramente como o ar para um turbo. "Nós estamos voando alto agora!" Virgil gostava de bravatear. Seu sonho de uma Grande Loja estava à vista — na mira do avião de caça, por assim dizer. Mas aí não é que nosso motor falhou e morreu, e não é que nós caímos rodopiando na Terra? Eu nunca tinha voado de avião, mas acho que conheço a sensação de vertigem que deve vir quando se perde a sustentação — e depois cai.

De volta à nossa mesa no Charley Wong, tomando um café da manhã de panquecas com xarope de milho, e eu com minhas sempre adoráveis costas viradas para a porta. Eu estava tentando imaginar uma maneira de contornar a assinatura do gerente de banco num cheque frio. Virgil estava estudando um golpe chique. "A vaidade é sempre um terreno fértil. Nós podíamos criar uma agência de talentos, seduzir jovenzinhas com a possibilidade de testes de cinema."

Desde aquela badalada "busca por Scarlett", a ideia de agentes de Hollywood vasculhando cidadezinhas da América atrás de estrelas não descobertas, espiando por baixo de cestos de grãos atrás de beleza oculta, tinha fincado raízes na imaginação popular. E Virgil estava sempre pronto para mascatear o imaginário.

"Vamos espalhar rumores", disse Virgil. "Pequenos no começo, e depois abaná-los como uma fogueira. Avivar esse fogo direitinho até termos um bando de garotas fazendo fila em nossa porta, talões de cheque prontos, as cabeças reviradas por sonhos de fama e fortuna fácil. Construa uma mentira melhor e o mundo vai bater um caminho até sua porta. Não vai demorar muito para termos uma porção de mães corujas arrastando suas garotinhas para dentro, arrumadas com caracóis de Shirley Temple, com covinhas para combinar. Me mostre uma mãe que não pensa na sua queridinha como uma estrela! E não é que nós vamos arrulhar e entusiasmar até deixar seus corações girando com um oba e um *Viva Hollywood*?"

Rose desdenhava o tipo de trouxas que esse golpe iria laçar, porém. "Estrelinhas. Fantástico."

"Ou nós podíamos tocar um golpe da caridade", disse Virgil, e depois rapidamente: "Não algum golpe barato de latinha, mas uma verdadeira coleta de fundos. Trapaceando com a consciência, um golpe golpe como dizem. Nós pediremos doações de empresas para nossas muitas e altruísticas missões no estrangeiro. Casas para mulheres caídas. Recuperar pagãos. Epilépticos excêntricos. Orfanatos para crianças cegas com pólio. Ou leprosas. Ou crianças órfãs cegas com pólio que também são leprosas — um bando particularmente maltratado. Nós podemos pôr a Rose aqui vestida de freira".

"Freira?", disse Rose. "Eu não vou me vestir de freira."

"Faça isso pelos órfãos", disse ele. "Se não por mim, faça por eles."

"Eu passo", ela disse. "Coletar para organizações de caridade, isso é como mendigar de porta em porta. Achei que você tinha mais orgulho que isso, Virg."

"Certo", disse ele. "Que tal um golpe de propriedade? Eu compro uma casa velha carcomida — um verdadeiro lixo. Há muitas dessas por aí. Assim que eu tomo posse, você e a Rose chegam, uma viúva enlutada e o seu filho jovem..."

"Eu não vou fazer a mãe de ninguém", disse Rose. "Quantas vezes eu tenho que te dizer?"

"E essa casa não é a imagem cuspida e escarrada daquela em que o Wheaties foi criado? A gente faz uma oferta enormemente inflada pelo lugar, e quando ele queimar antes da venda ser concluída — lá vamos nós: *valor de mercado*. A companhia de seguro cospe o que ela vale, não o que eu paguei por ela." Ele sorriu. "Uma coisa linda, valor de mercado. É qualquer coisa que a gente tenha acertado."

Rose atirou um olhar duro na sua direção. "*Eu disse* que não vou fazer a viúva, e não vou ser a mãe de ninguém. Não fui feita pra isso. E com toda certeza não vou arrebanhar um bando de estrelinhas Shirley Temple com a fama nos olhos."

Virgil engoliu o resto da pilha de panquecas com xarope de milho, disse: "Então, está acertado. Vamos dar o golpe do glamour. Nós não exploramos as mulheres trouxas tanto quanto deveríamos. É absoluta falta de cavalheirismo, negligenciar as damas desse jeito".

De volta ao nosso escritório no porão, Virgil nos ensaiou para a coisa.

"Vamos pregar um cartaz — A AGÊNCIA DE TALENTOS 100% CONFIÁVEL realiza 'audições limitadas'. O Wheaties pode ser o nosso fotógrafo de moda. Ele é o único que sabe operar a Leica; vamos finalmente conseguir algum uso para isso. E a Rose vai ser, sei lá, a 'treinadora de postura' das garotas. Nós as deixaremos esperando aqui" — ele fez um gesto para a sala de recepção, onde a escrivaninha de Rose estava estacionada — "para criar expectativa. Faremos elas preencherem um pouco de papelada, recolhemos seus cheques, e aí as introduzimos, uma a uma, ao encontro do Senhor Grande Produtor." Ele nos conduziu ao escritório principal. "Serei eu... Hum. É preciso uma escrivaninha maior. Alguns charutos mais grossos. Enfim. Depois de cada audição, eu apanho o telefone e digo: 'Me ponha o Samuel Goldwyn na linha. Descobri uma estrela!'."

Virgil pegou o telefone, estava a ponto de gritar nele quando...

"É estranho", ele disse. "A linha está muda."

58.

Virgil era capaz de conhecer um trouxa pelo chapéu que ele usava, mas Rose ia além: ela identificava um funcionário público pelas suas meias, num único vislumbre de tornozelo descendo a escada.

Eu tinha ido aos fundos do prédio, ao beco, para tentar localizar o problema com a nossa linha telefônica. Nós tínhamos recebido várias notificações de contas vencidas, sem nunca pagar uma única, mas a cada vez Virgil ia até a companhia telefônica e passava a lábia para uma "extensão temporária de serviços". Desta vez não houve nenhum aviso, porém. O telefone estava completamente mudo.

Eu localizei qual cabo era o nosso e o acompanhei pela lateral do prédio, vi onde ele saltava para o poste. Eu pude ver um plugue de metal enfiado em uma espécie de painel de controle no alto. Era uma junta universal, o tipo usado para separar contatos num circuito. Nós usávamos a mesma coisa nas minas quando tínhamos de fechar uma unidade de carregamento para reparo e queríamos ter certeza que ninguém seria esmagado no processo. Fazia sentido aqui; era um desligamento temporário. Tão logo nós pagássemos, a companhia telefônica enviaria alguém para removê-la. Do jeito que imaginei, eu só tinha que subir no poste e arrancar aquele plugue e nossa linha religaria.

A possibilidade de eletrocussão estava presente, imagino, mas Virgil sempre dizia que qualquer coisa era melhor que pagar contas por serviços prestados.

Tornei a entrar para pedir um incentivo a Virgil. Ele ainda estava na linha, levantando e baixando o receptor como se isso pudesse resolver o problema. E foi aí que o inspetor municipal — o *verdadeiro* inspetor municipal — apareceu.

Nossa janela da frente ficava baixa, quase ao nível da rua. Rose viu um par de sapatos surgir. Parar. E depois iniciar a descida. Meias com padrão de losangos. Tartã marrom sobre marrom. Sapatos combinando.

Virgil e eu estávamos no escritório principal. "Governo", Rose sussurrou. "Ele vai entrar", e ela rapidamente fechou a porta para nós.

Nós podíamos ver a sombra do homem através do vidro fosco enquanto Rose o encantava e retardava. Ela acabou abrindo a porta e disse para Virgil: "Senhor Orton, o senhor tem uma visita". O sr. Orton era o nosso encanador.

"Mande-o entrar", disse Virgil, recolocando o receptor na orelha e me fitando com cara feia.

Enquanto o homem do município entrava, Virgil começou a me repreender.

"Isso é verdade?", ele perguntou. "É?"

Eu pendi a cabeça. Não disse nada, sabiamente.

Virgil voltou sua atenção para o telefone. "Minha senhora, pode ficar tranquila que aqui na Honest Abraham nós levamos o atendimento aos clientes muito a sério. Se a senhora não ficar satisfeita, nós não ficamos satisfeitos. E se o nosso encanador esqueceu de polir as torneiras exatamente como fora pedido, nós daremos um desconto na instalação toda. É nossa garantia à senhora!"

O homem da prefeitura se aproximou, colocou um dedo sobre o receptor, terminando a ligação. Era um homem magro com feições alongadas, e ele sorriu um sorriso gélido para nós.

"O telefone foi desligado", ele disse. "Por falta de pagamento. Eu mesmo assinei a ordem."

Virgil olhou para o receptor. "E eu aqui pensando que era apenas uma ligação ruim."

"Senhor... Orton, não é?", disse o funcionário, com o sorriso inabalável em seus lábios finos. "Ficamos sabendo que o senhor está tocando um serviço de reparos de encanamentos em nossa linda cidade."

"Satisfação garantida!", disse Virgil.

"E contudo não conseguimos encontrar nenhum registro de o senhor ter obtido uma licença comercial válida. O senhor J. J. McCormick também opera um negócio neste endereço." Ele examinou um pedaço de papel, "A Companhia Elétrica Confiança."

"Isso mesmo", disse Virgil. "J. J. e eu dividimos o escritório. O senhor o perdeu por pouco. Ele estava aqui não faz cinco minutos. Uma pessoa excelente, o senhor McCormick. Cidadão honrado."

"Pode ser, mas temo que não encontramos nenhum registro de um senhor McCormick ter sido algum dia treinado como eletricista tampouco, ou de ter recebido qualquer credenciamento em seu campo escolhido." O homem olhou para as várias licenças, certificados e diplomas que estavam enquadrados em vidro atrás da escrivaninha de Virgil. "O que me faz pensar nessas."

"Essas?", disse Virgil. Ele soltou uma exclamação de desprezo. "Itens decorativos apenas. Presentes de amigos. Presentes de gozação e sei lá o quê."

O inspetor municipal checou a sua lista. "Também estou procurando por... um senhor Weiss, ele conserta telhados, acredito. E um senhor Green e um senhor Leach, ambos empreiteiros. E Jeeves, o inspetor de cupim."

"Ótimos cavalheiros, cada um deles. Posso atestar pessoalmente por cada um e por todos..."

"Senhor Orton", disse o funcionário enquanto tirava uma pilha de envelopes selados do bolso interno do paletó. "Estou aqui para apresentar ao senhor e a seus colegas uma citação cívica." Ele começou a espalhar envelopes sobre a escrivaninha. "Intimações, de fato. O senhor deve comparecer ao departamento de licenciamento da prefeitura na primeira hora da segunda-feira de manhã, com todos seus documentos comprobatórios em ordem."

"Segunda?", disse Virgil. "Jesus. Já estamos na quinta-feira. Fim de agosto. Amanhã é o primeiro do mês e nós temos nossa folha de pagamentos para finalizar, nossos relatórios mensais estão atrasados. O senhor não está me dando muito tempo para..."

"Segunda-feira, senhor Orton. Primeira coisa."

Virgil rolou sua cadeira para trás e soltou um suspiro nobre. "Escute", ele disse. "Eu sou apenas um cara normal tentando ganhar um salário honesto, exatamente como o senhor." Ele abriu a gaveta lateral e tirou um grosso rolo de notas. "Agora, senhor... não guardei o seu nome", ele disse.

"Peabody", disse o homem. "E afaste isso. O senhor já tem problemas de sobra do jeito que as coisas estão."

Um homem local não quer aceitar sua propina? Isso me fez pensar em há quanto tempo eles estavam de olho em nós, quantas camadas de governo estavam envolvidas. Me fez pensar se o sr. Peabody trabalhava para o serviço postal ou para o Departamento Federal de Investigação, e se ele dirigia um Graham Supercharger com grade focinho de tubarão patenteada.

Nosso visitante nos deu um aceno de "bom dia para vocês". Ele virou-se abruptamente como um oficial prussiano e saiu, não se esquecendo de tocar a ponta do seu chapéu Homburg para Rose na passagem. Um cavalheiro, o nosso sr. Peabody.

Rose entrou, os olhos perguntando: "Então?".

Virgil atirou a pilha de intimações no cesto de lixo, puxou uma caixa de papelão de baixo da sua escrivaninha, começou a retirar os certificados enquadrados da parede. "Foi uma jogada fantástica, foi mesmo", ele disse. "Mas todas as coisas boas. O que dizem? Colorado ou Oregon? Denver ou Eugene?"

Eu votei por Oregon. "Quero ver o oceano", eu disse. Eu queria saber como era mergulhar de cabeça na água salgada. Rose votou por uma terceira opção: o Cinturão do Milho, Iowa ou Indiana.

"Então, que seja Denver", disse Virgil. "Vamos ter que despachar o rádio e a geladeira. E o resto da tranqueira que acumulamos em nossa parada em Silver City. Quantos rádios nós já não abandonamos ao longo dos anos, hein, Rose? Quantos aparelhos nós não largamos quando caímos fora no meio da noite?" Ele parecia absolutamente nostálgico.

"Seria ótimo ter tempo de fazer as malas", disse ela. "Não ter de fugir só com o que conseguirmos apanhar."

"Uma fuga ordeira", disse Virgil. "O melhor tipo. Jack, faça uma ligação para a companhia de ônibus, sim, e arranje o despacho."

Olhei para ele.

"Ah. Está bem", ele disse.

No beco, Virgil me deu um empurrão para cima — "Caramba, garoto, você tem ossos de concreto?" — e eu me alcei até as travas que o reparador da telefônica havia usado.

"Tente não ficar frito", foi o conselho útil de Virgil, gritado para mim enquanto eu me alçava até a caixa de relés. Deu algum trabalho, mas consegui desconectar a junta universal, e quando retornamos ao escritório, tínhamos com certeza um tom de discar. Rose já estava embalando seus objetos de secretária, já estava pensando em Iowa.

"Ouvi dizer que eles são crédulos em Iowa", ela disse. "Ainda acreditam na bondade da natureza humana, as caipiras de lá e seus homens."

Eu estava pronto para ligar para a operadora, obter a linha direta para uma companhia de transporte — estava com a mão sobre o receptor, *sobre o receptor, reparem* — quando recuei subitamente.

"Peguei", eu disse. "Sei como vencer a assinatura de gerente de banco num cheque forjado."

E foi aí que o telefone tocou.

Sempre que tínhamos que ligar para fora, usávamos a linha número sete, que era o número de nossa agência de detetives. Fazíamos assim porque ninguém ligava para esse número, e não queríamos prender uma linha que poderia trazer algum negócio. Por hábito, eu sempre pressionava a linha sete para ligar para fora. Se tivesse levantado o receptor apenas alguns momentos antes — segundos, até — a linha daria sinal de ocupado, e eu poderia estar em Denver ou Iowa agora.

Mas o telefone tocou, e nós paramos o que estávamos fazendo e ficamos olhando. A luz que nunca piscava estava piscando.

Ele tocou, e tocou. Virgil e Rose se entreolharam. Ela fez-lhe um pequeno aceno de cabeça e ele se sentou, limpou a garganta e atendeu à chamada.

"A-1 Agência de Detetives", ele quase gritou no receptor. "E. D. Biggers, ao seu dispor."

O uso desse nome para nosso detetive era uma brincadeira interna, já que E. D. Biggers era o nome do homem que escrevera as histórias de Charlie Chan. Quem sabe, nós havíamos imaginado, isso poderia nos trazer sorte. Se acreditássemos em sorte. O que não era verdade.

Há momentos em que eu fico pensando, porém.

Sorte? *Você faz a sua*, como dizem. Mas isso se refere à *boa* sorte, à *boa* fortuna. E quanto à má? Porque, assim como eu vejo, a má sorte tem uma maneira de acontecer. Se eu não houvesse subido naquele poste e religado a linha telefônica, e se não houvesse hesitado antes de pegar o receptor para ligar para o depósito de despacho, e se aquela ligação não tivesse entrado...

A voz na outra ponta era sofrida e abafada. "Como se estivesse tentando conter um soluço", é como Virgil a descreveu.

"*Acho que a minha esposa está tendo um caso...*"

59.

Virgil não ficou nem cinco minutos no telefone, mas foram cinco minutos gloriosos. Ele pegou seu chapéu e saiu apressado para encontrar o homem.

"Tímido de dar dó", Virgil relatou mais tarde. Nosso novo cliente era um marido atormentado pelo espectro da infidelidade, pelas sombras à espreita no coração humano. Sua jovem esposa, o amor de sua vida, vinha sumindo às tardes quando ela achava que o marido estava no trabalho. O homem ouvira rumores, vira como os vizinhos olhavam para ele.

"Ele ficou muito abalado. Deu de ficar rondando a própria casa de carro", Virgil nos contou. "Como se estivesse vigiando o local. Sua esposa estava sempre fora. E ele soube — simplesmemte soube, no fundo do seu ser, que ela estava se desviando do caminho matrimonial."

"Como ele está lidando com isso?", perguntou Rose.

"Com a choradeira habitual, ora. *Como poderei viver sem ela. Ela é tudo para mim.* Ele está com um bocado de autocomiseração. Ainda estava chorando quando eu saí."

O que era uma tremenda boa sorte, no que nos dizia respeito.

Virgil puxou um maço de notas de vinte. "Ele pagou cem adiantados. Mais cem no encerramento. E outros cem se conseguirmos fotos — mais se elas se sustentarem no tribunal."

Nós já nos sentíamos embolsando o dinheiro. Era o dia 31, afinal. O aluguel venceria no dia seguinte. Pareceu justo sair de Silver City quando setembro chegasse. Cem dólares do marido atormentado com uma jovem esposa perdida? Era como um presente de despedida da cidade.

Mas a cidade não estaria batendo à nossa porta antes da segunda-feira seguinte, no mínimo, e eles não teriam de fazer fila atrás de nosso senhorio e da companhia telefônica.

"Você ainda tem aqueles químicos?", Virgil me perguntou. "Os que usava para revelar fotos."

"Embaixo do catre", eu disse. "Ainda não joguei fora."

"Bem, pegue a câmera, então. Temos umas fotos pra tirar."

Nós nos instalamos no outro lado da rua um pouco afastados da casa de nosso cliente. Era uma casinha simples, desbotada pelo sol, perto da borda da cidade, com um gramado irregular coberto de mato. Dentes-de-leão, já florindo cinza. As cortinas estavam cerradas. Nós vigiávamos quando a mulher saiu, olhando para os dois lados, furtiva, de óculos escuros, um lenço na cabeça, cabelo tão escuro que parecia pintado.

"Já parece culpada", disse Virgil, abaixado no assento do passageiro.

Rose estava ao volante, sendo a melhor motorista de todos nós — ou ao menos a mais discreta. Virgil tendia a forçar o motor, eu tendia a arranhar as marchas.

A mulher seguiu apressada pela calçada e depois se esgueirou para um beco. Rose avançou em primeira e nós a seguimos à distância até o Bluebird Inn. Isso, em si, já era comprometedor. Os hotéis perto dos trilhos lidavam com viajantes — vendedores, na maioria — e variavam de decrépito a muito decrépito. No centro da cidade havia alguns hotéis elegantes com belas salas de jantar, e o Regency era um bom exemplo. Mas, por aqui, no lado maltrapilho da vida, lugares como o Bluebird Inn só serviam para "roceiros e fornicadores", como dizia Virgil. Ela não parecia nenhuma roceira.

Um dia quente e poeirento. Quando baixei a janela de trás do Nash e levantei a câmera, o ar entrou quente e horrível, como se houvesse aberto a porta de um forno.

Virgil estava me pressionando para agir rápido, e eu focalizei a Leica G na esposa. Ela estava muito nervosa, olhando para um lado e para outro quando bati uma foto. Eu captei QUARTOS PARA ALUGAR acima do seu ombro. Um homem de roupa cinza-clara se aproximou, colarinho erguido e chapéu abaixado, caminhando apressado como se não quisesse ser visto. Ele tentou beijá-la — peguei isso em filme —, mas ela o empurrou para trás — isso eu perdi. O sujeito colocou o braço em torno da cintura dela, escoltou-a na direção da porta. *Clique*-avanço-*clique*-avanço-*clique*. A última os pegou quando estavam desaparecendo na escuridão interna.

"Na mosca", disse Virgil. "Ela está aprontando. De todas as maneiras possíveis, imagino."

Rose concordou. "Ela sabe que o marido está desconfiado, também. Está com medo. Não está agindo de maneira precipitada, como se não ligasse de ser apanhada. Ela se preocupa."

"Medo?", disse Virgil. "Do quê? Do ratinho do marido?"

"Apenas medo", disse Rose.

Virgil empurrou o panamá para trás da cabeça. "É uma pena termos de partir", ele disse. "Uma mulher assustada assim? Nós poderíamos extorqui-la direitinho. Quanto ela não nos pagaria para relatar ao maridinho, dizer a ele que não encontramos nenhuma evidência de peraltice? Uma dona com um segredo desses, garanto a vocês que ela tem umas poupanças que nem o marido sabe. Um colchão bem recheado, sem dúvida. Caramba."

Bem, nós tínhamos nossas fotos. Isso renderia mais alguns dólares.

De volta a nosso "refúlgio" no telhado (como Virgil o pronunciava), eu abri a minha janela e fechei a porta. Em seguida, misturei os químicos e acendi a luz vermelha.

"Jesus, garoto", disse Virgil, tapando o nariz com um braço quando espiou para dentro. "Cheira pior que uma puta depois de uma noite de muita sacanagem."

"A gente se acostuma", eu disse.

Eu tornei a me trancar, enfiei roupas nas frestas para impedir a infiltração da luz externa, fechei as venezianas da janela. Isso ainda deixava entrar alguma luz, de modo que pendurei o meu cobertor também.

"O que está fazendo aí?", gritou Virgil.

"Desça lá no Charley", eu gritei de volta. "Eu encontro você lá."

Eu acabei com três fotos boas. A esposa sozinha. Ela abraçando o amante. Os dois entrando juntos no hotel. Eles estavam visíveis apenas nesta, mas o contraste entre a escuridão interior e a luminosidade externa foi compensado erradamente por mim. A foto final era apenas um instantâneo da entrada, como uma órbita ocular vazia, e pouco mais.

Quando eu finalmente desci ao café, a cabeça latejando das fumaças e as fotos ainda úmidas na mão, será que Virgil me saudou com um aperto de mão caloroso, e igual apreço? Não. Ele apenas berrou sobre o tempo que eu tinha demorado, e quando lhe entreguei as fotos, ele franziu o cenho para elas.

"Mal dá para ver o rosto", ele disse. "Nada de muito incriminador, mas serve. Vale uma nota de cem, imagino. Um homem assim aflito com seu casamento? Ele não vai pechinchar."

Nossa garçonete Susie entrou, amarrou seu avental, encheu a xícara de Virgil e me serviu um pouco de café requentado também. Rose acendeu um cigarro e eu pedi farinha de milho e biscoitos.

Depois que Susie se afastou da nossa mesa, Virgil tornou a olhar as fotos, disse: "É uma pena que não pudemos ver melhor o seu rosto. Ou talvez fotografá-la no ato. Eu devia ter mandado você subir pela escada de incêndio. Você podia ter espiado pela janela, flagrado as indiscrições dela em pleno ato. Nós poderíamos arrancar muito mais dinheiro com essas".

Eu misturei leite no meu café. "Ainda podemos", eu disse.

Virgil riu. "Você imagina que eles estão no Bluebird, ainda transando? Seria preciso uma boa dose de Mosca Espanhola para isso."

"Não precisamos voltar ao hotel", eu disse. "As fotos — elas ficariam borradas de qualquer maneira, certo?"

"Imagino que sim." Virgil apertou seu olhar sobre mim, como um nó corrediço. "No que está pensando?"

Ele sabia no que eu estava pensando.

"Nós poderíamos simplesmente imitar", eu disse. "Tudo que precisamos é de dois corpos nus."

Virgil ficou em silêncio. Ele olhou para Rose. E Rose olhou para ele.

Eu estava pensando em livros de arte. Chegar à biblioteca antes que ela fechasse. Procurar nus. Estava pensando em mulheres sabinas, estava pensando em Vênus em meia concha. Estava pensando em livros — como aqueles que eu deixava aberto para Rebecca encontrar em Flats. Ou talvez eu pudesse tirar fotos de cartas de baralho burlescas. A iluminação delas seria espinhosa, e eu teria que imaginar as regulagens do ampliador para isso, mas poderia conseguir.

Virgil e a srta. Rose estavam pensando em outra coisa. Uma coisa completamente distinta.

Virgil respirou fundo, disse: "Bom, Rose, o que acha?".

"Tenho o mesmo tamanho que ela", disse Rose. "Mais ou menos. Tenho uma peruca preta. Podia apará-la no estilo dela."

Eu ia dizer alguma coisa, mas eles estavam certos. As fotos mais fáceis de falsificar seriam as de Virgil e a srta. Rose. Desde que eu os enquadrasse bem de perto, ocultasse qualquer feição reveladora, eu poderia produzir imagens turvas de corpos nus que — quando colocadas lado a lado às de sua esposa entrando no hotel — funcionariam à perfeição. Olhei para Rose. "Tem certeza?"

Ela olhou para mim. Assentiu.

Virgil deu um tapa na mesa e gritou: "*Uau!* Se ela topa, eu também".

E foi assim que eu me vi de novo no 1-A, as mãos tremendo tanto que mal consegui mudar a lente. As palmas da mão estavam pegajosas a ponto de deixar as coisas escorregarem. Precisei me lembrar de respirar.

As cortinas estava cerradas, e a luz difusa. Ela filtrava para dentro, iluminando pedaços arbitrários da parede. Isso é de A: *arbitrário*. A maneira como algumas coisas simplesmente ocorrem e não há nenhuma real razão por quê. A maneira como um aeroplano desaparecerá num oceano, ou uma moeda cairá de uma maneira e não de outra. Virei a câmera um pouco para baixo para criar uma escuridão mais profunda.

Rose saiu do banheiro trajando um pijama de cetim, as calças frouxas. Era um que eu nunca tinha visto ela usar antes, apenas amarrado, parecia. As mulheres andavam usando pijamas em todas as ocasiões naquela época, na praia, como traje de noite até. Mas eles haviam nascido no quarto de dormir, e ver Rose ali, parada, o cetim captando todo o brilho que houvesse disponível, seu verdadeiro propósito estava claro. Convidar ao toque. E cair.

Rose colocou a peruca. Ela a havia aparado e estava ajustando sua posição. "Como estou?"

"Fantástica", eu disse.

"Por que está sussurrando?"

Virgil entrou de cueca, sua voz batendo na mobília praticamente. "Você está fabulosa, Rose! A imagem escarrada. Então. Está pronto, Wheaties?"

Eu assenti. Virgil abaixou a cueca, estendeu os braços, disse: "Lá vou eu, Jack. Chega de segredos. Não há nada para esconder, agora".

Virgil se jogou na cama. Rose desatou o cordão da calça do pijama, e ela caiu num poço aos seus pés. Ela deu um passo para fora da calça como se estivesse saindo da água. Livrou-se da camisa, e um silêncio desceu sobre nós, como se um vento que não tivéssemos notado de repente parasse de soprar. Eu podia ouvir os estrépitos dos bondes passando na rua, e uma voz chamando de algum lugar, mas dentro do quarto o ar estava carregado de silêncio.

Trabalhei o mais rápido que pude. O *clique* e o avanço pareceram especialmente ruidosos, minha mão tremendo tanto que provavelmente borrou as imagens. Eu os estava enquadrando pelo visor, assegurando que seus rostos não ficassem visíveis. Nós queríamos apenas membros e corpos nus, enlaçados, bem apertados e escorregando um pelo outro.

Rose estava embaixo de Virgil com as pernas enroladas em volta dele, depois estava de lado com as costas para mim, e depois estava em cima dele e segurando as mãos dele para baixo. E depois ela estava enterrando seu rosto no peito dele, puxando-o contra si, virando de um lado, escondendo-se atrás da peruca que estava usando.

Os dois tinham ferimentos que precisavam ser escondidos, cicatrizes que precisavam ser cobertas. Virgil colocou a mão de Rose sobre o seu peito para cobrir o lugar onde a bala entrara, e quando Virgil virou Rose para a câmera, ela puxou um pedaço de lençol para cobrir seu estômago.

"A minha barriga não", ela disse. "As estrias não."

Eu terminei o rolo e Rose se desvencilhou de Virgil e desapareceu no banheiro. Virgil me fitou, sorrindo. "Bom", ele disse. "O que acha?"

"Pode se vestir", eu disse. "Já tenho o bastante para trabalhar." E comecei a rebobinar o filme na câmera.

Virgil vestiu as roupas e saiu. Ele marcaria um encontro com o marido para mais tarde, naquela noite. Eu fui para o meu quarto revelar o filme. Estava banhado de vermelho e enrolando o filme no revelador quando Rose parou na entrada.

Ela estava usando um roupão agora, mas não se dera ao trabalho de amarrá-lo. Ele pendia aberto, solto como cortinas que não fecham bem. A peruca sumira, e um cigarro apagado pendia de seus lábios. Ela segurava um isqueiro numa mão.

"Como está se saindo, senhor De Mille?", ela perguntou.

"É melhor não", eu disse, referindo-me ao cigarro. "Pode nos explodir."

Ela ergueu os ombros. "Podia ser divertido." Mas não acendeu o isqueiro. Em vez disso, acomodou o cigarro atrás da orelha, como fazia com aquele cacho rebelde de cabelo que estava sempre caindo.

Era difícil me concentrar sob o olhar dela. Eu passei o filme pelo revelador, vi as imagens se formarem, a escuridão e a luz invertidas. O corpo pálido de Rose agora estava escuro como uma mancha de tinta. A peruca totalmente branca. O quarto escurecido de um brilho leitoso.

Eu movi o ampliador para o lugar. Teria que eliminar qualquer traço de rosto, até de lobos de orelha. Deixar apenas a peruca. E seus corpos.

Eu podia sentir Rose ao meu lado, espiando as imagens enquanto elas flutuavam para a superfície. Ela observou enquanto eu enfiava os negativos entre as placas de vidro do ampliador. Eles ainda estavam úmidos, mas eu não me preocupei de eles ficarem arranhados. Era para parecerem furtivos. Na luz vermelha do 1-B, os corpos surgiram como memórias, espontâneas, tomando forma lentamente, inelutavelmente.

"Virgil fotografa bem", ela disse.

Eu concordei.

"Ele gosta de você", ela disse.

"Eu sei."

"Acha que você é o próximo Yellow Kid Weil."

Eu mergulhei o primeiro positivo usável no banho de interrupção, movimentei-o para cima e para baixo. "Bom", eu disse. "Aprendi com o melhor."

"Quem? Virgil?", ela disse, e soltou um daqueles roncos seus, aquele riso amalucado a meio caminho entre um deboche e uma zombaria. "Eu não ficaria tão enamorado do velho Virgil se fosse você. Ele é um velhaco. Como eu."

"Ele pagou sua dívida", eu disse. "Levou uma bala — levou-a bem no centro de quem ele é." Comecei a pendurar as fotos no cordão. "Do jeito que eu vejo, um cara que enfrenta algo assim quitou suas contas. Não deve nada a ninguém depois disso."

Ela estava tentando encontrar os meus olhos, mas eu não lhe permitia.

"Onde estão as medalhas, Jack?"

"As medalhas?"

"Desde que eu conheço o Virgil, nunca vi nenhuma medalha. Estranho, não acha? Ele ser um herói de guerra e tudo?"

Eu enfiei a foto seguinte na bandeja. "Talvez ele tenha empenhado", eu disse. "Talvez tenha usado num golpe. Vendido a um otário por aí. Ou deixado para trás na fuga de alguma cidade."

"Ou talvez nunca tenha recebido nenhuma."

"Eu vi as cicatrizes, na frente e atrás", eu disse. "Isso vale mais que qualquer medalha."

"É fato", ela disse. "Já notou uma coisa nesses ferimentos, porém? Aquela cicatriz nas costas de Virgil — ela é menor que a da frente. Já notou isso?"

Eu me virei, olhei para ela.

"O que está dizendo?"

Eu sabia o que ela estava dizendo.

"Seria maior saindo do que entrando, não seria?", disse ela.

Ela estava certa. Eu me orgulhava de notar coisas que passavam despercebidas para outros, mas tinha perdido essa. O ferimento era maior na frente, onde a bala havia saído. Virgil fora baleado nas costas — e por mais que eu quisesse acreditar que havia sido um ataque covardemente sorrateiro por trás, sabia o que significava. Ele estava correndo. Fugindo.

"Sabe como eles executam desertores?", perguntou Rose. "Eles não usam um pelotão de fuzilamento correto. Não lá nas linhas do front, com morteiros caindo. Não. Eles simplesmente os vendam. Eles os ajoelham na beira de seu próprio túmulo..."

"Não preciso ouvir isso", eu disse. "Porque não importa." Mas importava. Eu levantei a foto seguinte. Ela estava borrada e turva, sem ferimentos de saída ou estrias à vista.

"Eles atiram neles pelas costas com um rifle potente, deixam cair de cabeça no buraco. Poupa de ter de carregar os cadáveres", disse ela. "Foi o que ouvi dizer. Pode ser apenas uma história que eles espalham para coagir os soldados a agirem direito."

Pendurei a foto seguinte para secar, enxuguei minhas mãos. Quando olhei para Rose, seu sorriso, tênue para começar, tinha sumido completamente. Ela me fitava diretamente.

"Você escolheu o pior conjunto possível de pegadas para seguir. Um homem oco e uma mulher fugitiva." Ela tentou rir, não conseguiu. "Quer saber o que acontece com uma melindrosa quando ela cresce? Bom, eis a sua resposta."

E aí, com uma espiada nas fotos que eu havia pendurado no cordão, ela disse: "Você deve estar precisando de fotos individuais, imagino. Para segurança. Fotos só dela".

"Talvez."

Ela ficou ali parada, enchendo o quarto de embaraço por tanto tempo que achei que ela havia mudado de ideia. Mas não havia. Rose se virou, afastou-se, largando o roupão no caminho.

Ela estava esperando por mim na cama retrátil, a luz do meu quarto escuro improvisado lançando em tudo um tênue clarão vermelho-rosado.

Ela se reclinou na cama, disse: "Não vou precisar da peruca se você tirar de perto".

Concordei. Não conseguia dizer nada, porque minha voz tinha parado no meio da garganta. Peguei a Leica, mexi nos ajustes de abertura, olhei para Rose através daquele estreito enquadramento meu, observei-a entrar e sair de foco enquanto ajustava a lente. Apesar de não haver um filme na câmera, eu a congelei no tempo com uma série de *cliques*.

"Chegue mais perto", ela disse, e eu cheguei.

Tirei diversas outras numa câmera vazia, e aí ela levantou a perna, prendeu as costas do meu joelho e me puxou. Eu deixei a câmera cair na cama. Ela afrouxou o meu cinto e tirou a minha camisa — e me puxou para ela, seus lábios nos meus como se ela estivesse se afogando e o gosto de fumaça na sua lígua e o cheiro de Camay em seu cabelo e ela sussurrando na minha orelha: "*Shhh.* Devagar, devagar. Temos tempo de sobra".

E tudo que eu pude pensar, enquanto ela me puxava, foi: "Qual é a dela? Qual é o golpe?".

60.

Lá fora a noite estava toda estrelada.

Virgil estava sentado na saída de incêndio, observando a lua observá-lo. Eu tinha ido ao telhado para encher o peito de ar fresco e o encontrara ali, seu cigarro aceso como um vaga-lume adejando no escuro.

"Rose está dormindo", eu disse, e ele assentiu.

O brilho das luzes da rua e dos luminosos das lojas formava uma névoa suave sobre a cidade, como se os próprios telhados estivessem emitindo luz.

"É uma linda vista", disse Virgil, correndo os olhos. "Você podia subir numa montanha e jamais ver uma vista como esta."

Concordei com ele.

Ele disse: "Ela é mesmo uma coisa, não é? A nossa Rose. Ela pode lhe ensinar coisas que você nem mesmo sabia que não sabia".

Virgil sempre dizia que sabia catorze maneiras de derrubar um homem. Eu próprio conhecia algumas das minhas.

"As freiras costumavam nos contar a história de Lúcifer", disse Virgil. "E como ele caiu do céu. Conhece a história? Por que ele caiu?"

"Orgulho?", perguntei.

"Não", disse Virgil. "Foi amor. Lúcifer amava demasiado o Senhor para se curvar ao homem, e por isso foi mandado para as profundezas. Essa é uma versão. Mas existe outra. É uma desautorizada pela Igreja, mas as freiras mesmo assim a sussurravam para nós. Lúcifer era um anjo, veja, só perdia em beleza e esplendor para o próprio Deus. Isso é o que elas diziam."

Ele deu uma tragada profunda no cigarro, observou o resplendor da cidade. "Um bando desses anjos, os Observadores, como eram conhecidos, foi enviado à terra para estudar o homem e conhecer seus modos. Eles deviam prestar contas ao anjo Lúcifer e não deviam interagir com os humanos. Mas os Observadores ficaram fascinados pelo que viram, as falhas e fraquezas da humanidade, e começaram a partilhar seus segredos com os filhos de Adão e as filhas de Eva — segredos de amor e guerra e outras mágicas. Com isso, eles atraíram a ira de Deus sobre eles. Esse grupo de elite de anjos um dia vivera no Palácio de Luz, à direita de Deus, e agora fora atirado às profundezas do inferno. Lúcifer entre eles. Tinha se apaixonado por uma humana, é o que eles diziam. Uma mulher que capturou sua alma, espetou-o como se ele fosse uma borboleta. Quando Deus descobriu essas transgressões, Lúcifer foi expulso do céu. E assim ele vive. Até hoje. Esquecido e exilado. Mas sabe de uma coisa?", disse Virgil com um sorriso. "Quando eu finalmente o encontrar, e imagino que encontrarei, vou perguntar ao velho Tinhoso se valeu a pena. E sabe de uma coisa? Espero que ele diga que sim."

Virgil deu uma última tragada no cigarro, atirou-o para o lado e ficou observando ele despencar e se desfazer em fagulhas na calçada abaixo. A cinza tremeluziu, e depois apagou.

Foi nesse momento que eu vi o sedan Graham Supercharger estacionado atrás da lata de lixo, escondido em sombras azuladas, os faróis apagados, mas com o motor funcionando.

"Virgil?", eu disse.

"Eu vi." Ele se levantou, se esticou, e disse: "Se quiser passar aquelas fotos, é melhor eu ir agora".

61.

Virgil conseguiu se livrar de qualquer um que porventura o estivesse seguindo. Agentes do governo, imaginei. "Deixei-os mais perdidos que um gato num milharal", vangloriou-se Virgil. "E colhi duzentos mangos bem legais pelas fotos."

Rose estava dormindo na cama retrátil. Eu estava no meu catre, e Virgil havia enfiado a cabeça pela porta para passar as boas-novas.

"O maridinho parecia que tinha levado um soco no estômago, mas pagou", disse Virgil. "Simplesmente abriu a carteira e me deixou mergulhar." Depois: "Como consegue dormir com todo este fedor?".

Mesmo com a minha janela lateral aberta, o cheiro dos produtos químicos estava forte. "A gente se acostuma com ele", eu disse. "Vamos partir amanhã?"

"Vamos." Ele deu um passo e depois voltou. "Escute, se quiser dormir aqui com a gente..."

"Estou bem", eu disse, e fiquei fitando o teto até ele sair.

Virgil e Rose ainda estavam dormindo quando o sol bateu no topo dos telhados de Silver City. Eu saí para uma longa caminhada e depois voltei ao Charley Wong. Fiquei observando as pessoas entrarem e saírem. Não vi nenhum otário entre elas. Somente pessoas. Havia passado do meio-dia quando Virgil e Rose finalmente apareceram.

"Aí, rapaziada!", disse Virgil, falando para uma plateia mais ampla que só ele conseguia ver. "Qual é a jogada?"

Fitei Rose por cima da mesa e ela encontrou meu olhar sem piscar.

"Torta para o café da manhã!", gritou Virgil. "Maçã e canela, se tiver. Ou canela e maçã, se não."

Susie estalou o seu chiclete e sorriu. Slim William estava cantando triste na transmissão da tarde de Grand Ole Opry, e Virgil grunhiu ao som daquilo. "Mude o programa, sim, queridinha? Não suporto música de caipira sulista. Sem ofensa, Jack." Ele me fitou. Eu não disse nada.

"Vou dar um giro no dial", disse ela. "Ver o que encontro."

Eu lancei olhares furtivos a Rose, querendo manter meu rosto nos seus seios, querendo entrar o mais fundo possível naquela maciez, mas Virgil já estava se metendo por outra história. "E então, eu tinha esse cachorro maluco tentando arrancar um naco da minha perna, e aí sai o Rei dos Crackers, os dois canos levantados, e aqui estou eu lutando com o porra do Cão Maravilha, Rin Tin Tin, e tentando me safar de uma saraivada de chumbos no peito, quando quem é que aparece senão..."

Enquanto Susie girava o dial principal saindo da música, ela pegou um sinal diferente: uma voz, entrecortada por estática, falando alemão de uma maneira que não era mais cômica. Os exércitos da Pátria tinham invadido a Polônia. Divisões inteiras de tanques Panzer estavam cruzando fronteiras a meio mundo de distância.

"Ah, pelo amor de Deus", disse Virgil, e ele se levantou e voltou o dial para a posição inicial. "Que seja caipira sulista, então. O porra do Slim William."

Susie trouxe a fatia de torta. "Só a torta?"

"Só a torta", disse Virgil. "Vamos pegar a estrada, hoje. Charley!", ele gritou. "Vamos cair fora, desta vez pra sempre."

Charley apareceu. "Você vai voltar."

"Não, meu amigo, receio que não."

Ainda tínhamos muito que fazer. Já tínhamos arranjado para despachar o rádio e a geladeira COD para um endereço inexistente em Denver. Virgil tinha marcado um X em "Manter no depósito de despacho" no espaço embaixo de Entrega Impossível. Ele passaria um cheque sem fundos quando nós chegássemos. Íamos redirecionar nosso correio também, para algum hotel em Denver, onde apareceríamos no balcão da recepção como hóspedes para apanhar algum dinheiro de Mosca Espanhola que tivesse entrado.

Eu ainda tinha uma porção de coisas para fazer, e Virgil queria deixar o Nash regulado antes de pegar o asfalto. Ele se levantou para apertar a mão de Charley e escorregou-lhe algumas notas altas ao fazê-lo.

"Você nunca nos conheceu", disse Virgil. Charley fez que sim. Ele nunca nos conhecera.

Enquanto Virgil estava compartilhando uma risada final com o sr. Wong, Rose pegou a cigarreira de prata de Virgil que estava em cima da mesa, e bateu um cigarro para si. Eu estendi a mão, tentei alcançar a dela, mas ela a retirou, me atirando um olhar frio. Era um olhar que dizia: "Não fique todo inseguro sobre mim. Não agora".

Virgil voltou à mesa e jogou o paletó nas costas. "Hora das despedidas."

"Você já está indo?", disse Susie, espantando moscas com a mão. "Você não terminou sua torta."

"Tenho que pegar a estrada", disse Virgil.

"Mas o Charley disse que você voltaria." Ela parecia desapontada. Quem sabe? Talvez eu devesse ter dado em cima dela quando tive a chance.

"Não, madame", disse Virgil. "Embora para sempre."

Susie foi buscar a nossa conta. Ela estava conversando com Charley quando Virgil subitamente congelou. Ele deu um giro — e seu sorriso havia desaparecido.

"O que foi que disse?", perguntou a ela.

A garçonete olhou para ele, intrigada.

"Nesse instante", disse Virgil. "Você estava dizendo alguma coisa ao Charley. Alguma coisa sobre o Bluebird Inn."

"Ah, isso", ela disse. "Não ouviu?"

"Ouviu o quê?"

"Encontraram uma dona, num dos quartos."

"Uma dona?"

"Massacrada, ao lado do seu irmão mais novo. Como ele tinha acabado de sair da cadeia e de outro estado, eles estão imaginando que tem a ver com crime. Foi horrível ao que parece. As tripas para fora, gargantas cortadas, e eles ali deitados no meio das próprias entranhas. Olhe aqui."

Ela trouxe o jornal, abanando-se mais forte agora, limpando o ar de moscas.

Ela o atirou na nossa frente. Primeiro de setembro de 1939. A primeira página estampava TROPAS ALEMÃS SE ACUMULANDO AO LONGO DA FRONTEIRA: POLÔNIA DE PRONTIDÃO, GUERRA IMINENTE.

"Dentro", ela disse. "Em 'Últimas Notícias'."

E lá estava.

ASSASSINATO NO BLUEBIRD INN.

"Dizem que o assassino escreveu uma mensagem na parede com o sangue deles", disse Susie, os olhos brilhando. Ela estava gostando da coisa. "Dizem que era um código ou algo assim: *A-1*. É o que eles dizem." Seu sorriso diminuiu um pouco em face do nossos rostos silenciosos, sisudos. Ela deve ter se perguntado por que não achamos a natureza violenta do crime mais divertida.

Aí o telefone do Charley Wong tocou.

Nós provavelmente deveríamos ter corrido, naquele momento, dali mesmo. Mas ficamos arrasados com a notícia, e não sabíamos realmente o que fazer. Até mesmo Virgil não encontrava as palavras. Ficamos ali, na caixa do Charley, tentando não deixar nossos joelhos fraquejarem.

Mas o telefone tocou e foi isso. Não me lembro do sr. Wong pegando o receptor, apesar de ele estar bem ao lado da caixa registradora.

"Lamento, número errado", disse o sr. Wong. "Não, tenho certeza... Certo, certo... Vou verificar, mas não tem ninguém aqui com esse nome."

A correria do almoço havia terminado, e nós estávamos de saída. Não havia mais ninguém no local.

Charley aninhou o receptor no peito e nos perguntou: "Conhecem alguém chamado Giuseppe? Giuseppe Bálsamo?".

PARTE 4

A aposta de Jack

62.

Sou um caubói solitário,
Sou uma estrela cadente,
Sou um estranho pesaroso,
Querendo saber onde estás...

Enquanto Slim William cantava uma canção lenta e triste, Virgil estava no balcão, parecendo arrasado como qualquer marido apanhado no lado errado do amor, com o receptor do telefone colado na orelha e ele sem dizer uma palavra. O silêncio de Virgil era sempre enervante.

Sou um marinheiro naufragado,
Numa praia estrangeira,
Sou um soldado solitário,
Numa guerra solitária...

Eu sempre amei música country. Beber, trapacear e zoar por aí e não desfrutar de nada disso. É a melancolia do homem branco.

"Se eles sabem o meu nome, sabem tudo", disse Virgil.

De volta ao nosso apartamento enrustido em cima do café do Wong com as cortinas cerradas, Virgil andava de um lado para outro — ou tentava andar. A exiguidade de nosso quarto o obrigava a dar dois passos e virar, como um rato preso numa gaiola.

Ele passou a mão pelo cabelo, os olhos se enchendo de pânico e medo.

"Não posso voltar, Rose."

"Ninguém está dizendo que você vai."

"A penitenciária de Eastham não é o lugar para um homem como eu. Eles podem sentir isso. É como se eu estivesse marcado com sangue ou algo assim. Já cumpri três penas. A quarta é perpétua. Olha só o pobre George Parker, tudo que ele fez foi vender a Ponte do Brooklyn a uns tolos crédulos, e o juiz o trancafiou pelo resto de sua vida. Parker morreu em Sing Sing, e por quê? Porque tinha três condenações menores anteriores. E elas não eram nada. O que eles vão fazer comigo, metido nisso tudo?"

"Metido no quê?", eu quis saber. "Você não puxou o gatilho. Nenhum de nós puxou."

"Ela foi morta com um machado", ele disse, e depois: "Você não pegou a coisa, pegou? Ajudar alguém a cometer um assassinato em primeiro grau...".

"Involuntariamente."

"*Mesmo* involuntariamente — é pena pesada, garoto. Pouco importa que eu já tenha quebrado a condicional. Pouco importa personificar um investigador particular. Do jeito que você olhar, é assassinato, e nós estamos envolvidos." Ele se virou para Rose. "Eles sabem o meu nome. Se eles sabem o meu nome..." Ele parou. "E se forem Viajantes, Rose?"

"Eles não são Viajantes."

"Poderiam ser."

"Você ouviu algum sotaque?", ela perguntou.

"E se forem? E se for o clã Toogood da Colônia O'Malley? Ou os Reilly de Fayetteville?"

"Você ouviu um sotaque? No telefone. Qualquer tipo de sotaque?"

"Eles matam um homem pelas moedas no seu bolso. Eles atiram nele pelas costas mesmo que esteja de joelhos implorando pela vida. Você sabe disso, Rose. Eles metem uma bala e dão risada enquanto estão metendo. E largam a gente ali para morrer."

A origem das cicatrizes, uma coisa interessante.

"Eles tinham algum sotaque?"

"Não posso enfrentar Viajantes, Rose. Não posso. Eu... eu..."

"*Virgil!*", ela disse. "Componha-se."

"Não posso voltar. Não para Eastham. Não posso."

"Eles tinham sotaque?"

"Não", ele disse. "Não tinham." Ele silenciou, reduziu o ritmo para um simples meio passo e meia volta. "Você tem razão. Preciso me acalmar. É que... fazia muito tempo que eu não ouvia esse nome."

"Wheaties conseguiu encontrá-lo", disse ela. "Que dificuldade acha que ele teve? Isso não prova nada, Virg. Eles só estão tentando assustar você."

"Bom, está funcionando", disse ele.

"Então, o que eles querem?", eu perguntei, embora já soubesse. A mesma coisa que todos: dinheiro.

"Eles querem setenta mil dólares amanhã à noite, oito horas. Setenta graúdas ou vão procurar os federais."

"Os federais?", perguntei. "Por que os federais?"

"O irmão da moça estava em condicional, por isso a jurisdição cruza divisas estaduais. Eles querem em dinheiro, amanhã à noite. Me disseram para não me fazer de esperto. '*Nem pense em passar dinheiro fajuto. Vamos contar cada nota. Procurar as falsas.*'"

"Eles conhecem você bem", disse Rose, e imediatamente lamentou.

"É o que eu estou dizendo!", gritou Virgil. Eles conseguiram meu número — o seu também. Eu aposto nisso."

"Setenta mil", disse Rose. "Isso é grana pesada."

"Mixaria é que não é, com certeza." Ele correu a mão pelo cabelo de novo. "Eles vêm vigiando a gente. Foi o que eles me disseram. Vigiando. Esperando a gente cometer um erro. Bom, nós cometemos, não foi? Pra valer."

Fraude postal e assassinato. Tínhamos evitado sermos apanhados pelo primeiro.

Virgil virou-se para nós, sua confiança bastante abalada. "O que vamos fazer?", perguntou.

"Nós fugimos", disse Rose. "É o que vamos fazer. O que sempre fizemos."

"Não podemos", disse ele. "Não desta vez. Isso não é algum golpe merreca que ajudamos a dar. É assassinato na dura. Dois corpos. Marido à solta. Querem ser retratados em *Gangbusters?*"

Gangbusters era uma recapitulação semanal dos Mais Procurados da nação, em que os ouvintes telefonavam com pistas para prenderem criminosos. Patrocinado pelo Creme de Barbear Palmolive. Eu costumava ouvir *Gang-busters* toda semana em Paradise Flats. Nunca pensei que ia acabar nele.

"Nós não vamos cair em nenhum resplendor de glória", disse Virgil. "Não como Bonnie. Não como Clyde. O papa-defunto estadual? Na autópsia? Ele tirou vinte e cinco balas de Clyde Barrow. Vinte e três de Bonnie. Disse: 'Acho que descobri a causa da morte deles'."

No curso de sua orgia matadora, Bonnie e Clyde só tinham conseguido juntar cerca de vinte mil dólares — sua maior contagem isolada foi menos de quatro mil — e eles tiveram de roubar uma porção de bancos e levar uma porção de balas para chegar lá. Eu já tinha mais de vinte mil em minhas latas, e não levara nenhuma bala.

Virgil me fitou. "Quando eles mataram Bonnie e Clyde, sabe o que encontraram na mão dela?"

"Um revólver?"

"Um sanduíche. Meio comido."

"Ninguém vai ser baleado", disse Rose. "Nós já embalamos quase tudo. Vamos fugir."

"Não podemos", disse ele. "Não disso. Não podemos cair fora disso, não desta vez. É grande demais."

"Mesmo que pudéssemos pagar", eu disse, "como vamos saber que eles não vão continuar nos achacando. Ou nos transformar em trouxas?"

"Eles não podem", disse Virgil. "Assim que pegarem o nosso dinheiro, eles são tão cúmplices quanto nós. Não vai haver um novo achaque. Eles sabem disso, é por isso que querem tanto de uma vez."

Eu não estava totalmente convencido. Conhecia o que tinha ocorrido com a política de apaziguamento britânica: a noção de que continuar atirando migalhas a um tigre — uma fatia da Renânia aqui, uma nação tcheca inteira ali —, ele nos comeria por último. E agora os Panzers estavam entrando na Polônia, a guerra estava próxima, e todas as conferências e tratados de paz do mundo não a haviam impedido. Pagar Drácula com canecas de sangue não me pareceu uma coisa particularmente esperta de se fazer. É um apetite que aumenta quando alimentado.

Mas, neste caso, Virgil tinha razão. Setenta mil era uma quantia imensa por qualquer padrão; era o sinal de uma extorsão única. Ou assim esperávamos.

Virgil olhou para Rose. "Quanto nós temos?"

"Menos que o suficiente", disse ela.

Ele se virou para mim. "Eles estão nos seguindo desde Wichita, imagino. Esperando para dar o bote. Eles me sacaram, e a Rose também. Mas não sabem muito sobre você, Jack. Pegue o seu dinheiro e fuja. Vá."

Eu olhei para Rose. Nossos olhos se encontraram, apenas um segundo, e depois se separaram.

"Fuja", disse Virgil. "Enquanto ainda pode."

"Não", eu disse. "Não vou fugir. Não disso."

"Você não quer ser apanhado nisso, Jack."

"Já estou", eu disse.

"Não", ele disse. Sua voz estava mais firme agora. "Não podemos lhe pedir isso."

"Eu insisto."

Virgil me olhou com aquelas bolinhas de gude polidas dele. Assentiu. "Obrigado", ele disse.

Foi o que ele havia dito quando nos conhecemos, em Paradise Flats, quando lhe contei que Tweed valia uns cinquenta. "*Obrigado.*" Foi o que ele disse. Ele queria dizer isso então, e acredito que queria dizer agora.

Rose tinha sacado o dinheiro das contas bancárias deles antes de nossa mudança para Denver, e fez as contas. Chegou a pouco menos de trinta e um mil dólares para os dois. Eu tinha pouco mais de vinte. O que ainda nos deixava com a falta de dezenove mil.

"Não há jeito de levantarmos tudo isso até amanhã", disse Virgil.

Eu consultei meu relógio. Era a tarde de sexta-feira e ainda cedo.

"Eu sei como", falei.

63.

Era minha própria variante do golpe da mala, só que usando talões de cheque em vez de bolsas.

Se nos apressássemos, poderíamos pegar vários dos maiores bancos de Silver City antes do fechamento. Nós atacaríamos Union Trust, Chase National e a Guaranty Loan Company. Se desse tempo, iríamos atrás do City Merchant também.

O truque para vencer a assinatura do gerente do banco, eu percebi, estava em criar duas histórias paralelas: uma para o caixa e uma para o gerente. Faça os dois suporem que sabiam o que o outro estava fazendo, e pode sacar um cheque muito grande baseado inteiramente na instrução errada.

Virgil entrava primeiro em cada banco para pegar um formulário para uma ordem de pagamento. Em seguida nós mandávamos Rose para sacá-las, uma a uma, a doze dólares cada. Ela tagarelava sobre a venda de assados da igreja e como eles precisavam de troco. Um caixa ficou tão desarmado que quase pagou a ordem ali mesmo no guichê, mas Rose, zelosa com as regras, insistiu para ele pegar a assinatura do gerente "para ter certeza de que tudo está nos conformes". Um a um, os gerentes de cada agência as assinaram devidamente. Ela não sacava realmente nenhuma ordem de pagamento, mas saía dali com as assinaturas dos gerentes.

Voltando ao Nash, ela me entregou a ordem de pagamento do primeiro banco. "Wallace", ela disse. "Ira. Sujeito afável. Disse que daria uma passada para provar meus produtos na venda de assados mais tarde. Disse que gosta particularmente de tâmaras."

Para cada banco, eu tinha preparado dois cheques de seis mil e quatrocentos dólares cada. Peguei o primeiro par de cheques agora. Eles eram duplicatas precisas, e quero dizer *precisas* mesmo. Tinham de ser para o golpe funcionar. Eu cheguei a aplicar um borrão de tinta num canto de cada um deles, assim como Virgil fazia arranhões idênticos naquelas três valises verdes que possuía.

Os dois cheques que eu segurava na mão eram perfeitamente intercambiáveis. Aí eu acrescentei uma diferença-chave. Apoiando a ordem de pagamento na janela do carro, assinei o endosso do gerente do banco em cada um deles. Não o imitei, exatamente; não serviria ela parecer uma tentativa cuidadosa de desenho. Usei a assinatura original mais como um guia, assinando o segundo nome em cima do primeiro.

Em seguida, enfiei a ordem de pagamento original de doze dólares na minha carteira, junto com o cheque assinado de seis mil e quatrocentos. Conservei o outro cheque, o sem assinatura, na minha mão, preparado.

O Union Trust era um edifício pesado de tijolo. Era de um estilo chamado gótico bancário: sólido e pesado, com colunas grossas alinhadas com a calçada e uma fachada romana, ou talvez grega. A ideia era evocar grandes civilizações, imagino, tranquilizar os clientes de que seu dinheiro estava seguro, que ninguém simplesmente entraria e o pegaria. Era apenas mais um truque arquitetônico, mas funcionava. Embora não confiasse meu dinheiro a bancos, sempre me parecia que estava entrando num lugar sagrado quando ia a um deles. Não era a presença de todo aquele dinheiro, era a certeza, a ilusão daquilo que me pegava.

Respirei fundo para me acalmar, e entrei.

O sol vazava do oeste para dentro, aquecendo os painéis de madeira, dando ao interior um brilho de mel. Os funcionários pareciam atarefados, sendo uma tarde de sexta-feira com uma porção de papelada para separar, e eu pude ver a escrivaninha do gerente, uma larga faixa de nogueira nos fundos, sobre uma plataforma elevada, supervisionando a operação toda. Escolhi o guichê mais afastado e estendi o enorme cheque sem assinatura. Disse ao caixa: "Contrato com De Valu. Me disseram para vir aqui, sacar da conta dela. Vou precisar de um recibo para levar comigo".

Era uma aposta segura que uma companhia grande como a De Valu tinha contas em todos os bancos da cidade, fosse diretamente, fosse por uma de suas sucursais.

O funcionário, um jovem de feições jovens, me fitou e disse: "Da conta de Ryder?".

"Dessa mesma", eu disse.

"Conta-corrente ou poupança? Corrente tem um teto."

"Poupança."

Fiquei pensando se era assim que os espiritualistas operavam, fazendo os otários lhes passarem a informação e depois agindo como se eles a tivessem fornecido. Eu não tinha ideia do que era a conta Ryder, e tampouco me importava. Eu poderia perfeitamente estar contatando os mortos. "*Vejo a letra... J... Ou talvez um... K.*" "Minha avó! Seu nome era Catherine! Soletrado com C, mas mesmo assim."

O caixa virou o cheque na mão. "Nosso gerente, o senhor Wallace, terá de dar uma olhada nisto, endossar."

Eu olhei para o cheque. "Mesmo? Achei que o Ira já tivesse endossado. Vou levar até ele." Era importante estar segurando o cheque nesta hora senão o caixa decidiria ele mesmo levá-lo. O cliente normalmente encontraria o gerente em pessoa, para que ele verificasse a identidade, e coisas assim, mas eu não queria correr nenhum risco.

"Conhece o senhor Wallace?", perguntou o caixa.

"Claro. Ele e meu pai são bons amigos. Só vai levar um instante."

Assim o caixa abria a portinhola do balcão e eu caminhava até a mesa do gerente. Enquanto andava, eu deslizava o cheque sem assinatura na carteira e sacava dali a ordem de pagamento original de doze dólares de Rose. "Senhor Wallace!", eu gritava, atraindo a atenção de todos os lados. "Como vai essa força?"

Ele se levantou, um pouco perplexo com meus modos excessivamente confiados, e estendeu a mão. "O que posso fazer por você?"

Pode me dar dinheiro por nada, é o que pode fazer. "É a minha tia", eu disse abaixando a voz para um tom normal. "Ela é muito acanhada." Eu puxei uma cadeira e mostrei ao gerente a ordem de pagamento, a que Rose assinara menos de dez minutos antes. "Ela estava com tanta pressa para pegar a venda de assados que se esqueceu completamente de sacar isto. Ela está cuidando da banca. Disse para lhe dizer que está reservando uma forma de tâmaras só para o senhor, mesmo que tenha que enxotar as pessoas com um garfo. De qualquer modo, eles precisam de troco lá na igreja e o caixa não estava certo se eu poderia sacar. Disse que eu devia vê-lo para ter certeza. Minha tia o assinou pra mim e tudo."

Ele sorriu. "Claro que pode. E diga à sua tia que vou aparecer para aquelas tâmaras."

Eu me levantei, apertei sua mão e disse, minha voz subitamente alta de novo. "Bacana! Eu sabia que não teria problema. Obrigado, Ira." E o deixava mais intrigado que nunca com meus modos familiares.

Enquanto andava de volta, enfiei a ordem de pagamento de doze dólares na carteira e tirei o outro cheque. Aquele em que tínhamos inserido a assinatura do gerente antes.

"Aí está", eu disse. "Assinado e autorizado. Eu sabia que não teria problema."

E não teve.

O funcionário me havia visto andar até a escrivaninha do gerente e voltar. Ira Wallace dera até um aceno de cabeça de aprovação ao caixa quando este olhara para ele.

Eu saí de lá com uma grossa pilha de cinquentas. O caixa as tinha contado embaixo do balcão e as enfiado discretamente num envelope de papel pardo a meu pedido.

"Não quero que ninguém veja quanto dinheiro estou carregando", eu sussurrei. "Tem uma porção de delinquentes por aí."

Ele entendeu perfeitamente e com isso eliminou a última chance que o banco teria de me apanhar. A escrivaninha do gerente ficava do outro lado de uma sala abarrotada. Não imagino que ele poderia ter notado o funcionário contar uma pilha de notas numa ordem de pagamento de doze dólares, mas não se pode correr nenhum risco. Eu não tinha realmente pensado nisso até o funcionário estar prestes a me dar o dinheiro, mas em qualquer golpe é preciso pensar nos pés. Eu entrara e saíra daquele banco em menos de doze minutos. Isso era mais rápido que a maioria dos assaltos, imaginei. Tinha seis mil e quatrocentos dólares no bolso e nem um único tiro disparado.

Se Virgil estivesse de pé, teria caído. No caso, estava no banco de trás do Nash, e mesmo assim se jogou para trás no assento com um suspiro. "Que beleza, Jack! Você tem peito mesmo. Muito peito mesmo!"

Rose também ficou impressionada, e ela não era uma alma fácil de impressionar. Raios, até eu fiquei impressionado com o que fizera. O golpe descera suave como mel em chá quente. Pouco importava se o que estivéssemos fazendo fosse agora absolutamente criminoso. Nada de se livrar dele cruzando limites de condado.

O banco seguinte foi ainda melhor. O gerente se levantou e gritou para o caixa, dando-lhe sinal verde com um gesto de mão. Sua mesa estava parcialmente bloqueada por uma coluna, de modo que não tive que me preocupar se ele veria o funcionário contar nossa grossa pilha de notas tampouco.

Mas no terceiro banco entrou areia.

Eu tinha começado bem, o funcionário me enviado sem problema. Mas o gerente ali era um tirano de terno listrado, e não gostava muito do funcionário em questão, uma possibilidade que eu não havia considerado. Homem corpulento, com a cabeça empoleirada em cima de um colarinho engomado, ele me fitou através de óculos de meia lente e disse: "Ele não devia me enviar você com uma coisa dessas. O rapaz é um incompetente. Claro que pode sacar essa ordem de pagamento, com a sua tia esperando por isso e tudo o mais. Minhas desculpas, senhor".

E ele me acompanhou de volta ao guichê. "Vou junto, dar um corretivo", ele disse, levantando-se.

"Não, não, não", eu disse. "Não é preciso. Mesmo."

Mas ele insistiu, e nós caminhamos juntos até o guichê, onde o gerente do banco disse ao caixa: "Dê a esse jovem o seu dinheiro e não me aborreça mais com esse tipo de trivialidade".

Dois enredos tinham se chocado de frente. O funcionário olhou para mim e depois para o gerente, tentando imaginar o que ele fizera de errado. Ele oscilava entre confuso e intimidado. "Mas..." disse ele. "Mas... é por causa da quantia, e a política do banco estipula que..."

"Apenas faça", disse o gerente, o rosto cheio de desdém. "Você não precisa de meu aval para algo assim."

"Sim, senhor Kerr", disse o funcionário, obediente como todo cretino.

O gerente tornou a se desculpar comigo, e já ia se afastar — tinha se virado para partir, eu estava *perto assim* de cair fora — quando o caixa me perguntou: "Vai querer em notas de cem, senhor? Ou de cinquenta?".

E o gerente parou. Virou-se, sem saber se tinha ouvido direito.

Como alguém seria pago em notas de cem por uma ordem de pagamento de doze dólares era tão paradoxal que o deixou confuso por alguns instantes, e esse era todo o tempo de que eu precisava.

"É melhor eu verificar com a minha tia", eu disse — e me mandei.

Eles nem me viram sumir. Não, senhor. Eu saí correndo por aquela porta, disparei como um raio pela rua e pelo beco. Atirei-me ao banco de trás e embaixo do cobertor enquanto Rose engrenava a marcha. Ela passou ao lado deles. Eles estavam parados na esquina, o caixa e o gerente do banco, ainda atônitos com o que havia se passado. Sabiam que tinham frustrado alguma coisa, mas ainda não sabiam bem *o quê*.

Daria para pensar que Virgil me concederia algum crédito por ter levantado doze mil e oitocentos dólares numa única tarde, mas não. Ainda nos faltavam mais de seis mil, e ele me censurou por não ter segurado as pontas no banco.

Enquanto Rose dirigia por ruas transversais, Virgil maldizia.

"Porra, Jack. Eu lhe disse. Sempre vai haver momentos em que o trouxa sabe. Quando ele olha pra você, e ele *sabe*. E quando isso acontece, seu trabalho é encarar o momento — olhar o trouxa no olho e obrigá-lo a acreditar em você. Você não pode entrar em pânico ao primeiro sinal de dúvida. *Porra*."

"Obrigado", eu disse. "Pelos doze mil e trocados que acabei de arranjar."

Virgil resmungou. Eu não falei mais no assunto, apenas fiquei olhando pela janela para os gramados aparados que passavam flutuando, mal regados, mas bem cuidados e tentando fazer o melhor que podiam para crescer. Não percebi o significado deles na ocasião, mas era a chave de tudo. A manutenção de gramados. O ciclo de vida de dentes-de-leão. E as moscas do Charley Wong — aquelas sem a persuasão de uma espanhola. Os sinais estiveram bem diante de mim o tempo todo, mas eu não sabia disso.

"Agora, o que fazemos?", perguntou Rose. "É hora do fechamento. Não podemos atacar outro banco, e amanhã é sábado."

"Não acredito que eles abandonaram a semana de seis dias", disse Virgil. "Já não há mais nenhuma ética do trabalho na América hoje. Este é o problema deste país. O que fazemos? Vou dizer o que fazemos. Como o Wheaties aqui não conseguiu, vamos levantar os últimos seis mil da velha maneira. Dando golpes de rua e batendo carteiras. Vamos queimar esta cidade como ela nunca foi queimada antes."

Seis mil. Isso era mais que a maioria dos homens ganhava em um ano. E nós tínhamos que arrumá-los até a noite seguinte.

"Podíamos vender mais alguns cachorrinhos", eu disse.

Rose nos havia levado de volta ao centro da cidade, e havia parado num semáforo ao lado de uma casa de penhores. A loja me lembrou a de Cyrus Tweed em Paradise Flats. E não foi uma boa lembrança. Artigos miseráveis pendiam na janela empoeirados e desbotados pelo sol. Um velho trombone empenado. Um manequim. Uma máquina de escrever. Um violino.

Na diagonal da esquina havia uma casa de penhores concorrente, com um mostruário triste similar por detrás das janelas gradeadas e manchadas. Um violão. Alguns vestidos estampados. Outro violino, mais derrubado que o primeiro.

Sacaram essa?

Eu não. Mas Virgil certamente sim.

"Espere!", ele disse quando a luz mudou para verde. "Estacione."

Virgil desceu e ficou parado na calçada com os punhos nas ilhargas, como um general examinando o traçado do terreno. Ele olhou para uma casa de penhores e depois para a outra no outro lado da rua.

Ele me chamou.

"Tire o paletó", ele disse. "Dobre as mangas da camisa, afunde o vinco do chapéu. E procure parecer choroso."

"Choroso?", perguntei.

"Quem precisa de cachorrinhos?", ele disse. "Nós vamos vender rabecas. Vamos vender aquele violino, ali, para aquela casa de penhores lá. E vamos vender *aquele* violino de lá, nesta loja de penhores aqui." Virgil fitou Rose. "O coronel Jim e o Diácono costumavam aplicar este. Como é que eles o chamavam? Aquelas rabecas especiais carcamanas?"

"Stradivarius", disse ela. "Feitos em Cremona, de onde é sua gente."

"Cremona? Foi isso que eu disse? Achei que tinha sido Nápoles. Ou era Palermo? Está tudo tão confuso agora."

Esse era o eterno problema de Virgil. Ele conseguia manter suas histórias de curto prazo, mas tinha problemas com as de prazo mais longo. Como quem era ele, ou de onde ele viera.

"Jack, meu rapaz", disse ele. "Você está olhando para um par de violinos feitos à mão, de raros Stradi..."

"Varius", disse Rose.

"... varius. E que pena você ser um jovem músico atingido pela pobreza, tendo que empenhar a relíquia de família de seu avô desse jeito. Não acha?"

Concordei. "Muito."

Virgil entrou na primeira loja e comprou o violino que eles tinham na janela por oito dólares. Ele saiu e o entregou a mim, e eu atravessei a rua com ele e entrei na segunda loja parecendo o mais abatido e desolado que pude. Eu o empenhei por um bilhete de quatro dólares. "O violino do meu avozinho", eu disse. "Ele trouxe da Europa quando veio para este Novo Mundo. Vale pelo menos cem." Mas o homenzinho perverso atrás do balcão não cedeu. "Pode ir ao outro lado da rua, se quiser", disse ele. "Mas o preço aqui é quatro dólares. Você pode resgatá-lo por seis, desde que seja dentro de uma semana."

Peguei o tíquete e caí fora dali. Virgil entrou, menos de cinco minutos depois. Ele fuçou um pouco e aí comprou o violino que estava em exposição na janela. Pagou por ele com uma fungada desdenhosa, dizendo que "só prestava para tocar partes". Mas aí seus olhos caíram sobre o violino que eu havia acabado de empenhar, que estava em cima do balcão. Ele o levantou, segurou-o reverentemente nas mãos, soprou a poeira das cordas e aí, notando que ele ainda não estava à venda, proclamou: "Meu bom homem, este é um genuíno Stradivarius, vindo diretamente de Nápoles e vale muitos milhares de dólares". Ele puxou um cartão de visitas do bolso — um que dizia, simplesmente, *Talbot Green Esq*. "Sou um negociante de antiguidades finas", explicou. E quem diria, não é que ele estava alojado no melhor hotel da cidade? "Peça para o sujeito que trouxe isto ligar para mim. Eu lhe pagarei uma taxa de descoberta — vamos dizer, cinquenta dólares. Mas não deve dizer a ele o valor real. Não gostaria que alguém tirasse vantagem da minha riqueza."

E assim que Virgil saiu, não é que eu volto dizendo: "Senhor, não posso fazer isto. Meu avozinho me deu esse violino. Ele é tudo que eu tenho dele. Aqui está o seu tíquete, e o seu dinheiro". Atirei algumas moedas e notas amarrotadas no balcão. "Isso inteira seis. Me devolva o violino do meu avozinho."

E, caramba, não é que o homenzinho perverso se ofereceu para comprá-lo de mim, quatrocentos e cinquenta dólares sendo o preço vigente para tesouros de família, aparentemente. Eu tive que manobrá-lo para ele chegar a isso, mas ele imaginou um lucro fácil de muitos milhares, de modo que limpou seu cofre. Eu peguei o dinheiro — com muita relutância, compreendem, aquele violino sendo uma relíquia de família, afinal.

Fiz a mesma coisa de novo, pendurando o segundo violino na primeira loja, com Virgil me seguindo novamente. Ao atravessar a rua com um violino de oito dólares e trazer um violino de doze dólares de volta, nós tínhamos, como intermediários — ou "corretores", como são chamados — auferido um lucro de quase quinhentos dólares em cada. É isso que eu chamo de um "lucro saudável".

Nós estávamos progredindo lentamente, estávamos trabalhando para nos livrar de um achaque, mas Silver City estava ficando quente. Teríamos de sair logo, antes que nossos otários começassem a fechar o cerco sobre nós. Cada vez que expúnhamos nossos rostos, aumentava o risco de alguém nos reconhecer.

Imagino que deveríamos ter nos sentido piores sobre aquela jovem esposa, massacrada num quarto de hotel daquele jeito, e seu infeliz irmão, retalhado da mesma maneira. Mas, verdade seja dita, nós estávamos mais preocupados com seu marido, ainda à solta até onde sabíamos. Ele estava por lá em algum lugar, e nós estávamos ficando nervosos.

Rose havia me prevenido, havia dito que o jogo podia nos apanhar. "*Você começa a ver vultos em cada sombra, sombra em cada vulto. Começa a imaginar coisas. Começa a achar que está sendo seguido, sendo vigiado.*" Mas esses medos haviam se provado reais. Havia mesmo vultos nas sombras. Às vezes, parecia que o mundo inteiro ia ser sugado para aquela escuridão. E talvez fosse esta a verdadeira maldição do caolho: ver o mundo como ele era, ver a própria escuridão que o cego não poderia.

Nós nos entocamos para a noite em cima do Charley Wong com o rádio ligado, contando e recontando nosso dinheiro, enquanto os exércitos de Hitler marchavam sempre em frente. Virgil acabou ficando limpo e tirou outros quinhentos que havia escondido no forro do paletó. Rose fez o mesmo de uma de suas caixas de chapéu. Eles me fitaram, mas eu não tinha mais nada para dar. Minhas latas de tabaco continham a soma total de minha educação até ali. Não me havia ocorrido guardar alguma coisa.

O rádio foi abaixado, murmurando suave sobre ataques aéreos da Luftwaffe. Bombas estavam caindo em Varsóvia. Do lado de fora, na rua abaixo, um realejo tocava uma melodia mecânica e o cheiro de almíscar se espalhava. E lá estava Franklin Delano, no ar, tranquilizando os americanos de que "os Estados Unidos permanecerão uma nação neutra".

Virgil levantou o rosto. "Ainda falta", ele disse.

"Podíamos vender a frota da companhia", eu falei, referindo-me à caminhonete carcomida estacionada atrás do Charley Wong.

"Boa sorte", disse Virgil. "Teríamos que pagar alguém para tirá-la das nossas mãos."

"Que tal o Nash, então? Nós poderíamos vendê-lo facilmente", eu disse. "Comprar alguma coisa mais barata. Talvez um De Soto, ou um Model A. Tem um aviso pregado no quadro de cortiça do Charley. Um cara, aí de fora da cidade, ele tem um bólido Bantam à venda. Trezentos dólares. Transmissão nova. Ele poderia nos tirar daqui como o Nash. Um pouco mais amontoados, mas enfim."

"Não posso", disse Virgil. "O Ambassador não é meu para vender. Eu o peguei como uma espécie de adiantamento, se posso dizer, num negócio que azedou em Arlington. Se alguém rastrear o registro ou os números de série, eu vou ter muita coisa para explicar." Ele me fitou. "Eu não roubei, porém. Não exatamente."

A única razão para ele me dizer que *não* tinha roubado era me fazer pensar que tinha. Ele olhou para Rose, apenas um movimento rápido dos olhos, mas bastou. Era uma invenção, com certeza. Eu sabia que ele estava mentindo. O carro era dele; ele simplesmente não queria se desfazer dele, isso era tudo, ficara apegado a ele. Eu podia perceber isso. O Nash Ambassador era um lindo automóvel.

Virgil se endireitou. "Amanhã", ele disse. "Vamos usar todos os truques."

O dia tinha sido longo. Virgil subiu na cama e não demorou em adormecer.

Eu teria feito o mesmo se Rose não tivesse entrado no meu quarto, empurrando a porta para o lado e deslizando para o meu lado. "Não consigo dormir", disse ela.

64.

Manhã, e a luz inundava o meu quarto.

A janela da saída lateral de incêndio estava meio aberta e os sons da rua entravam filtrados, estranhamente abafados, como vozes no fundo de um poço. Era tanta poeira suspensa nos raios de sol que o ar parecia faiscar. Isso me fez pensar na água do mar e em como tentaram colher ouro no fluxo e refluxo das marés. Se ouro de verdade podia ser filtrado do mar, por que ouro de tolo não podia ser capturado no ar? Bastava uma peneira suficientemente fina...

Virgil enfiou a cabeça para dentro. "Jack, é hora. Temos de começar cedo."

Rose estava ao meu lado. Nós dois estávamos enfiados naquele catre estreito. Difícil não a ver ali deitada, mas Virgil? Ele não disse nada. Nem eu. Era uma situação que não fora coberta por Ovídio.

Descemos para o Charley Wong, e nós três comemos às pressas.

"Eu falei que vocês voltariam", disse Charley com um sorriso satisfeito.

O jornal matinal não trazia nenhuma notícia nova sobre o duplo assassinato no Bluebird, o que nós tomamos como um bom sinal. Talvez a coisa houvesse terminando. Mas não seria assim. A sorte, se é que existia, com certeza tinha se virado contra nós como qualquer maré.

Nossa garçonete não estava ali para partilhar os rumores escabrosos mais recentes do massacre de ontem. Um homem ao balcão contava a Charley sobre ele, porém. O cliente estava de costas para nós, mas pudemos entreouvir o que dizia.

"A polícia cercou o local. Toda a área em torno do hotel. Estão inspecionando carros que chegam perto. Um time de agentes do FBI chegou tarde da noite ontem, foi o que eu ouvi. Sem falar com a imprensa nem nada. Eles estão sabendo de alguma coisa, eu acho."

Charley veio com o bule de café, mas Virgil o afastou com um gesto.

"Preciso ir embora", ele disse.

"Você está bem?", perguntou Charley. "Parece pálido."

Nós atravessamos Silver City numa espécie de pânico contido, trabalhando rapidamente, atacando um bairro de cada vez. Aplicamos trocas de caixa registradora principalmente. Nós as usamos para nos livrar das últimas notas falsas de Virgil. Varremos as áreas de cor também, e se Virgil se sentiu mal quanto a isso, não deixou transparecer.

Só paramos uma vez para um sanduíche rápido no jantar — e mesmo então, levantamos alguns trocados na saída. Havia uma exaustão aturdida em jogo. O tipo que nos oprime quando estamos tentando correr de uma tempestade de areia.

A noite baixou sobre a cidade.

Nós voltamos ao nosso apartamento — nosso "refúlgio", nas circunstâncias — e contamos a féria do dia. Somando tudo — os violinos, o dinheiro extra que Virgil e Rose haviam soltado e as trocas de gavetas de caixas registradoras que aplicamos —, tínhamos conseguido. Depois de pagar os caras, ficaríamos com menos de cem. Menos de cem para começar de novo quando chegássemos no Colorado.

A Grã-Bretanha e a França tinham concedido doze horas para os alemães retirarem suas tropas da Polônia ou então seria feita uma declaração de guerra. Eu mal consegui acompanhar os acontecimentos daquele dia à medida que eles saíam do Audiola de tão perturbada que minha cabeça ficara. Nós estávamos vazios. Rose tinha olheiras, Virgil estava cansado demais para seus cacoetes e a tagarelagem habituais, e bocejava sem parar.

Ele acomodou sua parte e a de Rose, cinquenta mil, num grande saco de lona. Eu me aferrei aos meus vinte, mais por falta de hábito que por qualquer outra razão. Virgil consultou o relógio. Ele ia se encontrar com nossos algozes face a face para jantar no outro lado da cidade. Assim que os tivesse pago, nós jogaríamos o resto de nossas coisas no Nash e daríamos no pé à toda. Se viajássemos durante a noite e parte do dia, chegaríamos em Denver na segunda-feira.

"Vamos esquecer tudo isso", Virgil prometeu. "Como um sonho ruim."

"Existe algum outro tipo?", perguntou Rose.

Saímos em fila do apartamento, pelo telhado, com Virgil na frente, eu nos fundos, minhas latas de tabaco balançando com o peso na fronha do meu travesseiro.

Enquanto Virgil descia a escada para o beco dos fundos, Rose hesitou e disse para mim: "Você podia ter ido embora. Podia ter pegado sua parte e caído fora, podia ter fugido disso. Por que não foi? E não me diga que foi por minha causa".

"Não foi", eu disse. "Não só."

Para dizer a verdade, eu mesmo não sabia muito bem por que não tinha fugido com a minha parte. Talvez porque, quando tudo havia sido dito e feito, fosse apenas dinheiro.

Nós estávamos na metade da escada de metal, Rose e eu, quando um vulto saiu da sombra abaixo e se aproximou de Virgil.

Virgil estava ao lado do Nash, com a chave na porta do carro. Ele não o viu se aproximar. Não sentiu o sopro do taco de beisebol até ser tarde demais. O taco o atingiu com toda força no lado do tórax. Deu para ouvir o estalo da madeira no osso de onde nós estávamos.

"*Virg!*", gritou Rose, mas a essa altura ele já havia caído. Duro.

Eu passei me esgueirando por Rose, descendo de três em três degraus, a fronha balançando loucamente no meu pulso. O homem com o taco recolheu o dinheiro de Virgil e correu. Procurei um tijolo solto ou alguma pedra para atirar nele, mas não confiei na minha mira. Beisebol nunca fora o meu jogo. Saí no seu encalço o mais depressa que pude, mas o perdi numa rua lateral. Girei o corpo, olhando em todas as direções — para o beco, para os telhados. Estava sem fôlego, sentindo em mim uma raiva desconhecida. Se o pegasse, teria matado. Um latido, e eu me virei, mas era apenas um gato perseguindo alguma outra coisa. Outro som, e eu girei para encará-lo. Nada. Apenas eu e minhas latas de tabaco.

Eu tirei uma delas, abri e agarrei um punhado de notas.

"Você quer dinheiro?", gritei. "Eu tenho dinheiro! Venha pegar."

Nada. Somente a minha voz ecoando no vazio. Ninguém aceitou minha oferta.

De volta ao beco atrás do Wong, Rose estava com Virgil aninhado em seus braços. Eu podia ouvir a respiração dele, ofegante, e o que parecia o gorgolejar de bolhas.

"*Rosa, Rosa, mi Seraphina...*"

"Não fale", disse ela.

"Minha boca", ele perguntou. "Algum... algum sangue?"

"Não", disse ela, e pude notar que ela estava chorando.

"Então eles... eles não estouraram meu pulmão. Bom."

Ajudamos Virgil a ficar de pé, e Rose o enfaixou ali mesmo no beco. Ela tirou ataduras e gaze do porta-luvas e trabalhou rapidamente. Parecia que já fizera esse tipo de coisa antes.

Virgil teve um espasmo. "O cara me disse... quando pegou o dinheiro, disse que o penhorista da Sétima... manda seus cumprimentos." Ele tentou sorrir, mas seu rosto fez uma careta. "Pelo menos alguém ficará... feliz."

De fato: mandar um gorila para cobrar uma dívida e receber o gorila com cinquenta mil? Um belo reembolso.

Virgil disse: "Jack. Suba... a escada. Abra o guarda-roupa. Tire tudo."

Um olhar veio de Rose. "Virgil, não."

"Mande-o buscar o baú, Rose. Faça ele... puxar o fundo."

65.

Eu não estava certo do que esperava encontrar. Um revólver talvez. Balas de prata. Ouro espanhol, até.

Mas não uma caixa de madeira e uma pilha de papéis em branco, cortados no tamanho certo. Não isso. Virei o baú de cabeça para baixo, largando roupas e pilhas de recibos que se espalharam pelo chão. Chapéus se distenderam para fora e latas de donativos rolaram pelo linóleo. Usei uma faca de cozinha para forçar o fundo, e a caixa que estava escondida embaixo era do tamanho e da altura de um livro grande. Era de pau-rosa, e de tão polida brilhava. Ela tinha uma dobradiça de um lado e um fecho, por isso abria como um livro também. Parafusos pesados no topo e no fundo mantinham as laterais firmes no lugar.

Ao lado do papel cortado estava uma lata metálica achatada com as palavras PROPRIEDADE DA CASA DA MOEDA DOS EUA estampadas em cima. Eu girei a tampa, dei uma cheirada. Parecia fluido de revelação.

Um kit de falsificação, pela aparência. Eu nunca vira nenhum, porém, não estava cem por cento seguro disso.

"É uma... máquina de dinheiro", disse Virgil quando eu a trouxe para baixo.

Estávamos no Nash, rodando para o encontro. O lado de seu corpo doía, isso se podia ouvir em cada solavanco e cada curva. Sua respiração estava curta, como alguém com um peso sobre o peito. "Comprei... duas delas. Só tenho... uma agora."

"Você precisa de um médico", disse Rose.

"Eu comprei... do próprio Lustig. O Conde." O rosto de Virgil estava pegajoso com a dor perspirada. "Eu vou ficar... bem. Só preciso de morfina para injetar."

A srta. Rose cuidara bem de Virgil enquanto eu estava lá no alto. Eu vi um pequeno frasco de vidro largado sobre o para-lama. Imaginei que fizesse parte de sua caixa de primeiros socorros.

Rose diminuiu a velocidade, passou pelo boteco onde Virgil deveria se encontrar com nossos chantagistas. Ela fez a volta. "Dois homens", disse ela. "Mesa dos fundos."

Achei que Virgil ia tentar pechinchar com eles. Entregar-lhes os vinte mil que eu ainda tinha e dar a máquina de dinheiro pelo resto, mas não.

"Eles não vão cair... nessa", disse ele.

"Não gosto disso", falou Rose. "Você não está em forma. Lembra a última vez? Lembra o que aconteceu?"

"Encontre... um beco", disse Virgil.

Ela olhou pelo retrovisor, e quando teve certeza que não havia ninguém nos seguindo, entrou num beco alguns quarteirões adiante, fazendo os gatos em busca de ratos miarem alto e fugirem. Ela apagou os faróis, mas manteve o motor funcionando, as mãos firmes no volante. Virgil me pediu para acender a luz do teto.

No banco de trás, ele afrouxou as porcas borboletas que mantinham a caixa de pau-rosa fechada. Ele a abriu. Dentro estavam duas placas de metal, gravadas com a imagem de uma nota de cem dólares. A placa de cima era a frente da nota, a placa de trás era o verso.

O número de série tinha linhas riscadas ao seu redor e no intervalo entre os caracteres.

"Os números de série são soltos", disse Virgil. "Você só precisa... remontá-los... para combinar com qualquer... qualquer nota que coloque dentro."

Ele desparafusou a tampa da lata de metal, molhou um pouco de seu lenço no líquido. "Esfregue as placas. Assim. Depois coloque... um pedaço de papel... em branco dentro."

Ele colocou uma única folha entre as placas gravadas e depois fechou a caixa, apertando os parafusos e travando os lados.

"Os produtos químicos precisam de tempo... para serem absorvidos. Têm que ser pressionados para dentro. Isso dá... dá a textura de um... tecido de algodão. Realça as tinturas."

"Quanto tempo fica ali?", perguntei.

"Seis horas. Doze. Oito. O tempo que for preciso... para uma fuga limpa."

Neste caso, ele não esperou. Afrouxou os parafusos. Destravou a caixa e abriu-a de novo. A folha em branco tinha se transformado numa cédula de cem dólares. Eu a segurei.

"Incrível", eu disse. "Parece real."

"Porque é", disse Rose.

"A placa superior", disse Virgil. "Desce. A nota verdadeira... está escondida atrás dela. Quando você... quando você soltar os parafusos, vai... vai ouvir... ouvir um..."

"Um clique", disse Rose. "Você dá mais meio giro e a segunda placa cai no lugar. Eles nunca saberão."

O segundo jogo de placas estava gravado como o primeiro. Quando a placa desceu, ela revelou a nota que havia sido plantada, cobrindo ao mesmo tempo o papel em branco.

"Como vocês obtiveram os clichês?", perguntei. "Roubaram da Casa da Moeda?"

Virgil tentou rir, mas a coisa virou um gemido.

"São apenas clichês baratos", disse Rose. "O Conde Lustig riscou uma nota de cem dólares em folhas de cobre. Mandou alguém trabalhar nela com uma sovela."

"Quando você... quando você plantar a nota... mergulhe em água primeiro. Ajuda se ela sair... úmida."

"O que tem na lata?"

"Álcool isopropílico. Um pouco de óleo de alcaçuz. Um tanto de iodo."

Birita feita em casa, basicamente.

Olhei para o relógio no painel. Estava ficando tarde. "Por que está me contando isso?"

"Porque", disse Virgil. "Você... meu amigo... vai vender isto — esta máquina — por cinquenta mil."

"Vou?"

Rose estava abanando a cabeça. "Não gosto disso, Virgil. Não mesmo."

"Não tem escolha", disse Virgil. "Nós não podemos."

"A máquina de dinheiro pode matar alguém", disse ela. "Não é nenhum golpe do paco ou Bíblia com uma bala. Já se esqueceu de como fizeram você se ajoelhar? Você desabou em cima de mim, Virgil. Lembra?"

"Eu aprendi... minha lição", disse ele. "Desta vez, não vou vendê-la... a nenhum Viajante."

66.

Viajantes, não.

Eles rastreariam o cara por vários estados se precisassem. Meteriam um buraco no sujeito, mesmo que ele fosse um herói de guerra condecorado e começando vida nova.

Virgil imaginou que nós precisávamos encontrar alguém que fosse desonesto, mas não bem estabelecido. Não um pangaré. Alguém com acesso a dinheiro de verdade, que estivesse pronto para alguma coisa tão claramente ilegal. Precisávamos de alguém conectado, protegido. Mas duro o bastante para entrar na jogada.

Em Silver City isso significava Dicannti Bolas de Ferro.

Um sujeito que leva um chute nas bolas e não pisca? Um homem que arrebenta cabeças de sindicalistas como se fossem pistaches? Um homem cuidando dos interesses diversificados da De Valu por aqui? Um homem, em outras palavras, que poderia mandar nos matar? Era esse que estávamos planejando enrolar. Era esse que Virgil estava me mandando encarar.

Virgil fora ao boteco e conversara com os nossos chantagistas, enquanto Rose e eu esperávamos no carro. Ele lhes dera os meus vinte mil — tudo que eu havia ganhado na malandragem — como entrada e os convencera a nos dar uma prorrogação. Ele tinha uma lábia invencível, mesmo com as costelas enfaixadas e os lábios entorpecidos pela morfina.

Eles lhe deram até meia-noite para trazer o resto.

"Me diga que não eram Viajantes", disse Rose, quando Virgil se acomodou no Nash.

"Pior", disse ele. "Tiras."

Eram dois: um corpulento e careca num sobretudo preto. Tinha um olhar, disse Virgil, capaz de derreter o betume de um telhado. O outro era da metade do tamanho do primeiro tira, o que quer dizer que ainda era bastante grande. Ele ficara mordendo um palito de fósforo o tempo todo, e fitara Virgil com um desprezo que não se incomodara em disfarçar.

O marido inconsolável havia se suicidado, ao que parecia. "Encontramos ele", eles disseram a Virgil, "nos fundos de uma loja na Sétima. Uma tragédia, mesmo."

"Morto?", perguntou Virgil.

Eles fizeram que sim. "Ele disparou em si mesmo, nas costas. Cinco vezes. Má notícia para ele, mas boa para você. Sem o marido na jogada, a história termina com a gente. Pague, e estará são e salvo. Fuja e nós o encontraremos." Um dos homens havia sorrido. "Quarta vez em cana, estou certo, Giuseppe? Tenho um primo na penitenciária Eastham. Trabalha de guarda lá. Você devia procurá-lo da próxima vez que for para lá."

Havia muito que o sol desaparecera. A noite estava sobre nós. Nossa única esperança era a milagrosa máquina de dinheiro que eu segurava no colo. Rose guiou o carro através da cidade, passou pelas luzes do parque de diversões e os assobios das linhas de transmissão da fábrica química da De Valu. O lugar gorgolejava e piscava como um kit de química do colegial. Quando podamos as árvores e plantamos ramos por ali, Virgil havia localizado a casa de Dicannti, atrás da fábrica, com uma empena e um portão com um homem na frente. Nós rodamos para lá.

"Lembre-se", disse Virgil. "Ele vai pensar... que as placas são roubadas. De modo que ele não pode... procurar a lei sem... sem se incriminar. Essa é a jogada." Ele engoliu em seco com dificuldade. "Nem sempre funciona, porém, a jogada. Não quando o trouxa decide... pegar as coisas nas próprias mãos. Mas você vai se sair bem, eu aposto em você... em qualquer dia."

"Não vamos mandar o Jack sozinho", disse Rose.

"Mas se alguma coisa der errado..."

"Virgil, não."

"Ótimo", disse ele, irritado com os cuidados dela comigo, irritado com a preocupação que ela estava demonstrando. "Conte... até oito. E depois me siga." Ele demorou um pouco para conseguir sair do carro. Estávamos estacionados do outro lado da rua e fora de vista. Cada movimento causava um forte espasmo em Virgil. Ele ficou de pé, engoliu a dor, endireitou os ombros e então caminhou na direção do portão.

Rose e eu o seguimos alguns instantes depois. Virgil tinha vestido um paletó limpo e enxugado o suor do rosto, e Rose dera um nó apertado na sua gravata. Ele se parecia um pouco com o agente federal que muitas vezes personificara. Mas, nesta noite, nós não estaríamos trocando gavetas de caixa registradora. Nesta noite, a aposta era consideravelmente mais alta.

Virgil caminhou com dificuldade até a guarita, ousado como sempre, chamando a atenção, enquanto Rose e eu nos esgueirávamos pelas sombras. E me pareceu que tudo que eu fizera desde que cruzara o caminho de Rose e Virgil havia levado a isso. "*Pense nisso como a sua formatura*", dissera Virgil no carro. E era, imagino, embora em mais de uma maneira.

O guarda não nos viu.

"Agente especial, FBI", Virgil estava dizendo em voz alta. Ele faiscou sua insígnia. "Só preciso de um minuto do tempo do senhor Dicannti."

Não que Dicannti fosse um Rockefeller nem nada, ou mesmo um verdadeiro membro da família De Valu. Mas trabalhava para eles, e como tal um certo protocolo tinha de ser seguido. O guarda falou no rádio, recebeu a permissão, e admitiu Virgil.

Rose e eu estávamos encostados na parede da casa agora, numa lateral. Virgil nos viu, não disse nada. Um Lincoln de cor creme estava estacionado na frente, um sedã Studebaker ao lado dele. Virgil tocou a campainha da fachada, uma última inalação dolorosa de ar.

O sr. Dicannti era surpreendentemente pequeno para um homem de tamanha reputação. Eu tinha esperado uma sombra cair sobre Virgil quando saiu à porta, mas não. Apenas um homem magro metido num robe, pouco mais alto que Virgil.

Dicannti tinha um homem com ele, aparentemente para proteção. Corpulento demais para ser um mordomo. Rose e eu nos esprememos mais contra a parede.

"Você é do Departamento?", perguntou Dicannti.

"Correto", disse Virgil. "Podemos falar um momento — a sós?"

Dicannti fez um aceno para o sujeito ao seu lado. "Cuide que os outros sejam atendidos", disse ele. Depois, virando de novo para Virgil, a voz cortante: "Do que se trata?". Um homem com muitos segredos, com certeza. Virgil aplacou esses temores rapidamente.

"Não é nada, mesmo", disse ele. "E me desculpe por eu ter de... de incomodá-lo em casa deste jeito. Mas sumiu um par de clichês da Casa da Moeda dos Estados Unidos e nós estamos contatando homens... de alta posição. Só por... por precaução."

"Precaução?", perguntou Dicannti.

"É. Para preveni-lo contra pessoas que possam querer lhe vender uma grande soma de dinheiro. Os clichês são de notas de cem dólares. Eles não são falsos. São verdadeiros. Foram surrupiados diretamente do Departamento de Gravação e Impressão dos Estados Unidos. De modo que não há... não há..." Virgil suava, tentando não demonstrar a pequena agonia que estava passando. "Não há meio de nós identificarmos... nenhuma das notas que eles produzem. Nenhuma maneira de rastreá-las. É por isso que queremos... dar-lhe um aviso franco. Seria dinheiro legal, se me entende. Mas foram *produzidas* ilegalmente. Nós lhe pedimos que ligue para nosso escritório se vir alguma. Aqui está. Acabei de receber um telegrama a esse respeito. Ele deve ter um número para o senhor ligar." Ele desdobrou um papel, consultou-o e depois disse: "Espere. Tem mais uma coisa. Parece que eles foram localizados em Jersey". Virgil enfiou o papel de volta no bolso. "Não importa. Alarme falso. Já estou indo."

"Quem foi localizado em Jersey?", Dicannti quis saber.

"Os malfeitores. Connie Parker e seu jovem amante, um trapalhão chamado William Daniel Jones. Parece que temos uma encrenca com eles, por isso eu..." Virgil parou, enxugou a testa com um lenço. "Adeus, senhor. Nada mais aqui para eu... eu fazer."

Dicannti assentiu com um gesto de cabeça. "Boa sorte, agente, na busca."

Mal Virgil havia saído, Rose e eu entramos em cena, fazendo Dicannti recuar alguns passos de susto. Sua mão foi para o flanco procurando um revólver que não estava ali.

"Por favor, senhor", disse a srta. Rose com um sussurro frenético. "Precisa nos ajudar."

"Quem diabos? O que, por Deus..."

"Por favor", disse Rose. "Escute o que temos para dizer. Temos uma proposta para o senhor, não temos W. D.?"

"Temos. A Connie não está mentindo para o senhor. Ouvimos dizer que o senhor é um bom homem. E se nos conceder apenas cinco minutos do seu tempo..."

Dicannti olhou além de nós para o portão, e, por alguns segundos, pensei que ia chamar o guarda. Mas não. Ele estava olhando para ter certeza de que Virgil havia ido embora e ninguém nos vira.

Ele deu um passo para o lado. "Entrem", disse ele. "E depressa."

67.

Era uma ótima casa, o *domicílio* de Dicannti. Está em D no dicionário.

Ele subiu às pressas para o seu escritório, por uma escadaria em curva adornada com vasos e samambaias, entre outras coisas. "Esperem. À direita. Aqui." E, pela frieza da sua voz, eu pensei: *Sim, aí está um homem que poderia aguentar um chute nas bolas.*

Dicannti tinha alguns convidados, e foi se livrar deles. Rose e eu esperamos no seu escritório, com uma escrivaninha enorme, um estatuário de donzelas romanas — recordativo do próprio Ovídio, pensei — e um retrato de Dicannti em tamanho natural com moldura dourada. Como César.

Rose olhou em volta, sussurrou: "Dinheiro. Pode comprar tudo exceto o bom gosto".

Aí, de repente, ela se atirou em mim, apertou sua boca firmemente contra a minha. Por um instante eu achei que ela fora tomada pelo perigo do que estávamos tentando fazer, mas não foi isso. Dicannti estava de volta e Rose queria que ele nos pegasse com os lábios colados.

Bolas de Ferro clareou a garganta, lançou um olhar de desaprovação na nossa direção. Uma mulher dessas corrompendo a moral da juventude americana? Isso era uma vergonha.

"Vocês vieram sem convite à minha casa com uma proposta ilegal. O que querem de mim?"

O máximo que puder, meu chapa. O máximo que puder. Eu deveria estar com medo, mas não estava. Ele não nos espancaria, não antes de ouvir nossa jogada. Ele tampouco chamaria os tiras. Por que se encrencar com algo, mesmo que incidentalmente? Se não mordesse a isca, o pior que eu podia ver acontecendo era ele nos pôr para fora.

Dicannti consultou o relógio na cornija da lareira e disse: "Cinco minutos. Depois disso, eu chamo a polícia". Mas ele estava blefando, eu podia dizer. Era um homem pequeno de dúvidas obscuras, o tipo que olha seu reflexo com suspeita quando se barbeia de manhã. O tipo que se acha esperto demais para ser enganado.

Coloquei a máquina de dinheiro no tampo da escrivaninha, disse: "Senhor. Nós estamos em fuga e precisamos de dinheiro. Muito e rápido".

"Relaxem", disse ele, os lábios entortados no que poderia ser tomado erroneamente por um sorriso. "Eles acham que vocês estão em Jersey."

Aqui, pensei, estava um homem que gostava de ter alguma vantagem — informações, dicas, esquemas, apostas seguras. Aqui estava um homem que não conseguiria resistir a uma mão vencedora. Aqui, pensei, estava um otário que valia a pena depenar. Eu soube na hora, ali mesmo, que ele estava no papo. Ele ainda não sabia, mas estava no papo. Com todo seu ser compacto de bate-pau de sindicalista, posador de César e vestidor de robe, ele estava no nosso bolso. Era só uma questão de deixar a coisa rolar. Era como uma partida de sinuca: uma vez alinhada a tacada, as bolas não tinham outra escolha senão entrar.

"Roubada da Casa da Moeda dos Estados Unidos", eu disse. "Não estamos falando de falsificações. Estamos falando de dinheiro legal."

Eu esfreguei as placas gravadas com estopa, introduzi uma folha em branco, e fechei a caixa. Apertei os parafusos até ouvir um leve clique — e aí apertei mais meia volta.

"Impossível de rastrear", eu disse. "Agora que saímos do padrão ouro."

O sr. Dicannti fez um aceno de entendimento e franziu a testa aprovando, apesar de a afirmação não fazer o menor sentido. Parecia significativa, porém, e era isso que contava. Havia me passado pela mente que sendo a De Valu Enterprises uma fábrica de produtos químicos, tentar blefar esfregando álcool com iodo poderia ser um erro. Mas Dicannti fora contratado porque era um brutamonte, e não um químico. Ao contrário, a alquimia da fábrica, com seus cientistas vestidos de branco e suas misturas pungentes, pode ter jogado a nosso favor. Dicannti provavelmente estava predisposto a ser impressionado pela máquina da química moderna.

Rose andava de um lado para outro, olhando pela janela, fumando furiosamente. "A pista está quente, W. D.", disse ela. "Nós estamos encrencados com a turma da costa leste."

"Vai dar tudo certo", eu disparei.

"Precisamos de cinquenta mil, no mínimo", ela disse, "só para sair dessa encrenca."

"Quer se acalmar?", eu disse, e rolei os olhos para o sr. Dicannti, como que dizendo: "O que pode fazer?". Ele concordou, como se eu e ele fôssemos da mesma fraternidade. Somos apenas dois caras normais que sabem que negócio é negócio e que algumas coisas tomam tempo.

Olhei para os anjos alados dourados no relógio da lareira de Dicannti. Eram quinze para as nove. Precisávamos da maior protelação possível, para chegar o mais longe que desse antes de Dicannti descobrir a verdade.

"As tinturas levam três horas para secar", eu disse.

Dicannti ligou para o seu tesoureiro, falou para ele vir às onze e quarenta e cinco. Na mosca. "Veremos se essa nota passa na revista", disse ele. "Isto" — ele gesticulou para a máquina de dinheiro — "não sai da minha vista. Entenderam? Eu vou ao banheiro, levo comigo. Vou fumar, ela vai junto. Não vou virar de costas para a caixa até a ver aberta. Aliás, eu mesmo vou abri-la, se concordarem."

Fiz que sim. Estava perfeito para nós.

"Agora", e seus modos se suavizaram. "O que vocês bebem? Gim? Tônica?"

"Comfort", eu disse. "Se tiver."

Ele deu um passo até o bar, parou, deu um leve sorriso e levou a máquina de dinheiro consigo. O que ele não percebeu foi que a troca já havia sido feita, e bem debaixo do seu nariz.

"Com gelo?", ele perguntou.

"Com gelo", eu disse.

Nós bebemos à sua saúde e ele à nossa. Dicannti estendeu as pernas, colocou a máquina de dinheiro no colo e seu sorriso se abriu.

Para o caso de ele estar pensando em enterrar nossos cadáveres em algum depósito de lixo quando nossa caixa mágica de fazer dinheiro tivesse provado seu valor, Rose fez questão de mencionar por diversas vezes nossos comparsas que estavam nos esperando na cidade. A nuance era que se nós não aparecêssemos, nós havíamos sumido, e as migalhas de pão levariam diretamente àquela casa.

Acontece que Bolas de Ferro era da Filadélfia. "Fallbrook, aliás. Nos arredores da cidade."

"Fallbrook?", eu disse. "Caramba, eu estive lá. Tinha um tio com umas propriedades na rua Cardinal."

"Salve!", disse Dicannti levantando seu copo, e nós papeamos amigavelmente sobre a Filadélfia e o bairro antigo, e como ele tinha mudado, não para melhor, e como o problema eram aqueles crioulos que estavam se mudando para lá. Eu concordei com ele ponto por ponto.

Ele parou a certa altura, como se tivesse notado alguma coisa em mim. "Você parece familiar", ele disse. "Seu pai não trabalha na ferrovia?"

Dicannti fazia trabalhos avulsos, quebrando cabeças para Henry Ford, eliminando disputas trabalhistas para várias ferrovias também. Acredito que podem ter incluído uma certa greve na Southern Pacific.

"A verdade é que não puxei muito do meu pai", eu disse. "Não há semelhança. E você não conheceria meu pai de qualquer modo."

"O que ele faz?"

"Meu pai? Constrói casas."

"Ah", fez Dicannti com um aceno de cabeça. "Bem, você se parece com alguém. Me diga. Ouviu falar de uma greve em Flint?"

"Ouvi."

"O que você ouviu é errado."

Ele estava mais do que contente em me corrigir em tudo que eu achava que conhecia. E assim passou a noite, em narrativas de batalha e histórias de trabalhadores intimidados. Dicannti adquiriu um interesse amigável por meus modos jovens e transgressores, me prevenindo de que uma vida de crimes não era vida. Ele tomou um interesse decididamente menos amigável por Rose. Ela conseguia aproveitar cada indireta dele referente à nossa situação e fingia não notar. Mas isso me irritou, a maneira como ele tentava flertar com ela enquanto eu estava sentado bem ali. Deu-me uma vontade de chutar o balde, ver se não conseguiria quebrar aquelas nozes. Embora, de alguma maneira, eu o estivesse fazendo. Quebrando suas nozes, quero dizer. Só que ele ainda não sabia.

O tesoureiro chegou, um sujeito encurvado com óculos de leitura e o que parecia uma maleta de médico. O tipo de homem que fica com o polegar ensebado de tanto contar dinheiro ilícito. O tipo que alegremente adulteraria os livros para ocultar o fluxo de certas receitas. Ele não notou a caixa de pau-rosa polido sobre a escrivaninha do chefe. Dicannti lhe disse para esperar do lado de fora.

Dicannti virou-se então para nós. "Quando eu o trouxer de volta, nem uma palavra sobre de onde veio o dinheiro. Sigilo total. Entenderam?" Rose e eu concordamos, embora por razões completamente distintas. Dicannti queria manter em segredo sua galinha dos ovos de ouro. Nós não queríamos um especialista em dinheiro que lhe dissesse que clichês de cobre e um produto químico que mudava papel ordinário em tecido de algodão era uma bobagem. Então, sim. Sigilo era o melhor para todos os envolvidos.

Dicannti afrouxou os parafusos um a um. Ele abriu a caixa e foi como se a luz saísse dela. Foi um momento mágico, em todos os sentidos. Mágico no sentido da admiração. Mágico no sentido do truque de prestidigitação, também. E, apesar de eu saber o que ia sair, foi de tirar o fôlego mesmo assim, ver aquela folha de papel transformada numa nota de cem dólares — ainda úmida, mas cada pedaço uma pintura de perfeição. Era o suficiente para trazer lágrimas aos olhos.

Dicannti reprimiu um suspiro, segurou a nota como se fosse o milagre que ela era. "Impressionante. Ela é... Maynard!"

Ele fechou a caixa e a empurrou para um lado enquanto o encurvado Maynard entrava arrastando os pés.

"Suspeito que esta nota seja falsa", disse Dicannti. "Examine-a e dê o seu veredicto."

Bem, bem. Ora, ora. O velho Maynard examinou aquela nota de cem como se fosse um negociante de diamantes de Amsterdã. Ele a escrutinou primeiro com uma série de lupas. Ele a segurou contra a luz, esfregou-a na palma da mão, e depois a alisou. Ele correu o dedo pelas bordas, examinou o tecido. Ele embebeu um chumaço de algodão num tipo de solução qualquer e esfregou-o num canto. Ele puxou algumas fibras com uma pinça minúscula, embebeu-as na solução, examinou os resultados. Um homem astuto, lançando dados. Lendo os sinais. Por fim, e com uma espécie de aceno de cabeça, ele disse: "Dinheiro americano genuíno".

"Não é falso?"

"Não mesmo."

Dicannti sorriu. Ele despachou Maynard da sala com um gesto de mão régio, agindo como o César que aspirava a ser. Aí ele se virou para nós, e seu sorriso sumira.

"Dou vinte e cinco", disse.

"Agora, espere aí um segundo", eu disse. "O acordo era cinquenta."

"Vinte e cinco", disse ele. "É pegar ou largar."

"Ótimo", eu disse. "Sessenta."

Isso o balançou. "Sessenta?"

"Certo. Sessenta e cinco."

"Mas, mas", ele balbuciou. "Eu disse vinte e cinco, droga, não..."

"Setenta", eu disse.

"*Setenta!* Que diabos você está..."

"Setenta e cinco", eu disse. "E é a nossa oferta final."

Seu rosto estava sarapintado com manchas de vermelho, duas partes Southern Comfort e uma parte indignação. "Setenta e cinco?", ele rugiu. "*Setenta e cinco!*"

"Ótimo. Trato feito, então?"

"*Não!* Nada disso! O que está tentando..."

Eu me inclinei. "Faça as contas, senhor. Você dorme, digamos... sete, oito horas por dia? Você mantém isso perto, alimenta de papel quando tem a chance, e isso dá US$ 400 por dia, fácil. O que dá US$ 2800 por semana, e US$ 145600 por ano."

Eu peguei a lata com o fluido restante, dei-lhe uma sacudidela para ele poder ouvir. "Um suprimento dos produtos químicos necessários, para cinco anos, bem aqui. Quer a máquina de dinheiro? Cuspa setenta e cinco mil agora mesmo. Não me faça chegar a oitenta."

Nesse ponto Rose interveio, falando duramente comigo. "W. D., pegue os cinquenta mil, está bem?"

E, assim, cinquenta ficou sendo. Dicannti sorriu, orgulhoso e satisfeito, gostou de ter impingido um número para nós, como se me tivesse vencido na pechincha. É engraçado como a mente funciona, não é? Mas sabem o que é ainda mais engraçado? Embora elevar nosso preço só para abaixá-lo fosse algo que eu aprendera na Mercearia do Sukanen, em Paradise Flats, e eu o fizera simplesmente para cortar a pechincha do preço da parte de Dicannti. Nós poderíamos realmente ter tirado setenta e cinco mil daquele César ali. Devíamos ter *começado* em setenta e cinco. Merda.

Enquanto Dicannti abria o cofre que ficava embaixo do seu retrato — quanto tempo um arrombador levaria para descobrir isso? — eu enfiei outro papel em branco na máquina.

"Lembre-se apenas de deixá-lo aí pelo menos três horas", eu disse, apertando os parafusos, ouvindo aquele clique, e depois rolando após ele. "Mais tempo é melhor, por isso não entre em pânico se não conseguir com esse tempo. Se abrir mais cedo que isso, as cores desbotarão."

"Já podemos ir?", perguntou Rose. "Estamos atrasados."

E estávamos.

A meia-noite estava se aproximando rapidamente e nós tínhamos um par de tiras corruptos para pagar. Nos despedimos afetiva e sinceramente de nosso generoso benfeitor, depois de conferir depressa suas pilhas de cem para verificar se estava tudo ali. Eu estava nervoso. Se alguma coisa ia acontecer, ia acontecer agora. Nós logo descobriríamos se nossos parceiros ficcionais que esperavam na cidade eram tão intimidadores quanto esperávamos que fossem.

Rose e eu descemos a escadaria curva. O guarda-costas de Dicannti estava sentado numa cadeira, entediado e letal, ao lado da porta da frente. Fizemos um aceno para ele ao passar; ele não se dignou a retribuir. Se o seu chefe fosse lhe dar um sinal, o momento era esse. Mas nós saímos pela porta, seguimos pelo passeio e cruzamos a guarita. Estávamos exultantes de medo e excitação, eu agarrado à sacola cheia do dinheiro de Dicannti, Rose agarrada a mim. Ela estava ofegante. Meus joelhos pareciam geleia e minha cabeça estava cheia de hélio. Era quase *amoroso*, o efeito que nos causou aplicar um golpe desses. A pulsação do sangue, a tensão crescente, o alívio e a euforia que vieram em seguida. Aquela alegria inebriante, inebriante. Durante o tempo todo, eu jamais ouvira Rose e Virgil fazendo amor no quarto ao lado. Talvez eles tirassem a sua excitação da malandragem. Do mesmo jeito como dançavam rindo e suando, e captavam seus rostos refletidos nos olhos um do outro, o efeito não diferente de uma casa de espelhos de parque de diversões.

Eu podia senti-la na minha língua, a exultação. Podia ver como ela se tornava viciante. Um apetite que crescia ao ser saciado.

Nós caminhamos às pressas pelo beco ao lado da casa de Dicannti, os saltos de Rose repicando na penumbra da iluminação de rua, nossos nervos retesados como uma mola de relógio. Tentávamos ouvir a fricção de pneus atrás de nós ou o zumbido suave de um taco de beisebol, mas havia apenas o vento seco soprando e o som do tráfego duas ruas além.

Faróis piscaram, duas vezes, e Rose saiu correndo.

68.

Virgil parecia ter usado morfina. Seus olhos sorriam separadamente de sua boca, e ele tinha um fio de saliva num canto dos lábios. Mas não estava balbuciando, nem comendo moscas mortas nem nada. Não ainda, ao menos.

"Se estiver tudo na mesma, eu dirijo", disse Rose.

"Não precisa", disse Virgil, enquanto engatava a marcha no Ambassador e nos tirava do beco. "Já estive em pior forma que isto. Lembra Albany?"

"Eu não estava lá para lembrar", ela disse.

"Mesmo?", perguntou ele. "Achei que estava. Me lembro de você lá."

"Vamos", eu disse. "Já estamos atrasados."

"Eu telefonei", disse ele. "Enquanto vocês dois estavam papeando com o senhor Bolas de Ferro. Liguei para nossos amigos, disse a eles que estávamos correndo atrás."

"Como foi que eles receberam?", perguntou Rose.

"Não muito bem."

Rose empilhou os cinquenta mil numa das valises de couro verde de Virgil. O boteco apareceu e eu pude ver dois homens encurvados na mesa dos fundos. Mas Virgil seguiu em frente.

Enquanto o boteco ia ficando para trás, um pequeno bolsão de neon na vasta noite, eu disse: "O que está fazendo?".

"Estou levando você de volta ao Charley Wong. Você espera ali, ao lado do telefone." Virgil me fitou pelo espelho, enquanto passávamos por fachadas de lojas às escuras e prédios de apartamento adormecidos. "Você não sacou, não é, Jack?"

"Saquei o quê?"

"Assim que eu pagar, eles não têm nenhum motivo para nos manter vivos. Quer terminar como aquele marido, com cinco nas costas?"

"O homem matou a esposa", disse Rose. "Ele merecia."

Pouco importava que a única razão para ele a ter matado fossem as fotos que nós havíamos entregado. As fotografias *falsas* que havíamos entregado.

"E daí?", perguntei.

"Eles são implacáveis, Jack. Essa gente que estamos enfrentando. Não pensarão duas vezes antes de me matar. Ou Rose. Ou você."

Eu era a apólice de seguro, no caso. Percebem, Virgil ia ameaçá-los com uma chantagem particular dele. Ia tentar blefar contra a própria morte. Ia comunicar a nossos tiras corruptos que tinha informações sobre eles também. O que o FBI ia dizer de dois tiras locais achacando uma testemunha material num caso federal de homicídio? Ele não ia pedir dinheiro, somente nossas vidas.

"Por isso não podemos estar todos num mesmo lugar", disse Virgil. "Precisamos de um ás fora."

A ideia era que se Virgil voltasse ileso, eu não informaria o FBI. Nossos chantagistas seguiriam seu caminho, seguiríamos o nosso, e isso seria tudo. Estávamos tão ligados naqueles dois tiras, esperando por Virgil no boteco, que não nos ocorreu que poderia haver outros atores envolvidos. Foi um grave erro de cálculo da nossa parte.

Virgil estacionou em frente ao Café do Wong. Outro bolsão de luz numa noite escura. Fui instruído a ficar sentado em silêncio no Charley e esperar o sinal verde.

"Entre", disse Virgil. "Coma um pouco de torta com café. E deixe uma gorjeta decente, certo? Ah", disse ele. "Mais uma coisa." Virgil me entregou um envelope.

"O que é isso?"

"Duas de vinte", ele disse. "E um bilhete de ônibus."

"Um bilhete de ônibus?"

Enquanto estávamos lidando com Dicannti, Virgil havia feito uma corrida à estação. "É um bilhete para o sul", disse. "Para Paradise Flats. Se eu não voltar do encontro, meta-se no Greyhound. Tem uma última viagem para Lubbock, sai às duas. Continua depois dali, para em cada buraco do caminho, mas levará você para casa. Se precisar se esconder, é lá que você vai querer estar. Entre parentes. Rose e eu vamos procurar você quando as coisas melhorarem. Quando conseguirmos. *Se* conseguirmos." Aí, com um sorriso largo demais, amplo demais, e sincero demais, ele disse: "Mas não se preocupe conosco. Estaremos bem. Esse bilhete de ônibus é apenas uma garantia. Sempre é preciso ter um plano de fuga, Wheaties".

Estaria sendo passando para trás?

Enquanto eles se afastavam no carro com o dinheiro, deixando-me apenas com um bilhete de ônibus e quarenta dólares, não pensem que isso não me ocorreu. Eles poderiam simplesmente continuar rodando até Denver. Ou Iowa. Ou Algum Outro Lugar.

Cada um se entrega de um jeito. Em Virgil era um modo de retorcer os lábios segurando um sorriso, o dardejar de um olho. Em Rose era aquele cacho de cabelo que nunca parecia ficar no lugar. Isso era uma bandeira; era também um sinal, como descobri quando estávamos aplicando o golpe do monte nas feiras de condado. Quando Rose arrumava o cacho atrás da orelha isso significava: "Pegue ele. Pegue ele por tudo que ele vale".

Um sinal emitido é intencional. Uma bandeira, não. Em Rose era difícil separar os dois.

Havia uma porção de incertezas em jogo. Talvez Virgil já tivesse pagado aos chantagistas com os cinquenta mil originais. Talvez nunca tenham lhe pedido setenta. Ou talvez não tenha havido um achaque, não de verdade. Talvez tivesse simplesmente chegado a hora de me descartar. Talvez tudo que eu tivesse feito fora ajudá-los com o dinheiro inicial para os sonhos de Grande Loja de Virgil. Aquelas costelas dele estavam bem quebradas, porém. Eu tinha visto os ossos se moverem embaixo de sua pele enquanto Rose o enfaixava. Pude ouvir seu peito trepidar e chiar quando ele respirava. Mas isso também podia ser um erro de cálculo. Talvez o assaltante que eles haviam contratado não devesse atingir Virgil com toda aquela força. Talvez o homem tivesse sido tomado pela excitação e errara no impulso. Talvez aquilo devesse ser uma contusão, não uma fratura.

Uma armação era certamente uma possibilidade. Mas quando entrei no Café do Charley Wong e a porta se fechou às minhas costas, enquanto eu acenava para o Charley e ocupava meu assento — costas contra a parede desta vez, porque Virgil não estava ali para vigiar por cima de mim — e enquanto pedia uma xícara de café e uma fatia da melhor torta de Charley, eu soube a verdadeira razão por que Virgil e Rose não iam partir: *eles precisavam de mim*. Precisavam de mim mais do que eu deles. Da falsa prisão à Mosca Espanhola à assinatura do gerente de banco. Fora eu quem levara o jogo a suas devidas alturas. Eles sabiam disso, e eu também. Era um pensamento triste e libertador, a percepção de que eles não tinham mais nada para me ensinar. Fora eu quem havia trazido o dinheiro grosso. E, embora eu imagine que eles precisem de mim de outras maneiras também, o fator monetário sempre seria decisivo. Não seria uma decisão de negócios esperta me deixar para trás.

Charley se aproximou, encheu a minha xícara, disse: "Você está bem?".

"Só cansado."

"Um rapaz jovem como você?"

Assenti com a cabeça e Charley riu.

"Você precisa de um pouco de Mosca Espanhola", disse ele. E, num instante, minha fadiga sumiu.

Eu fixei minha atenção nele. "O que foi que disse?"

"Eu disse... Mosca Espanhola, é disso que você precisa."

"Mosca Espanhola? *Mosca Espanhola?* Como sabe sobre isso?", perguntei de novo, minha voz mais alta do que eu pretendera. "Como soube disso? *Como?*" Nunca tínhamos enchido envelopes na frente dele, nunca tínhamos discutido nossas atividades com ele.

O sorriso de Charley vacilou. "Não sei... É só que... você parecia cansado. Isso é tudo. Estava fazendo uma piada. A Susie me contou sobre isso, ela costumava me gozar, dizer 'Charley, você precisa de um pouco de Mosca Espanhola! Ela enlouquece as mulheres'."

"A Susie?"

"Minha garçonete."

"Ah, certo." *Susie*. A garota que estourava seu chiclete, ria das piadas de Virgil. Uma boa garota, a Susie. Um dos grandes invisíveis. Zeladores. Bêbados de rua. Garçonetes. Mesmo quando eram notados, ninguém dava atenção a eles. Não de verdade.

"Me desculpe", eu disse. "Não pretendia ser tão rude. É só que estou um pouco nervoso, e quando mencionou Mosca... Onde está a Susie, por falar nisso?"

"Ela largou o emprego", disse Charley. "Foi para casa cedo, ontem, ligou esta manhã dizendo que não ia voltar."

Normal. Mesmo nestes nossos tempos depressivos, a rotatividade era alta no campo dos serviços de alimentação. Mexi meu café e contive um bocejo.

"Bem, o que se pode fazer?", eu disse.

"Ela nem veio pegar o pagamento."

E não é que isso me despertou como uma lambada de toalha molhada? "O *quê?* Não."

"Seu pagamento da última semana", disse Charley. "Ela não veio buscar. Ainda estou com o salário dela na caixa registradora."

"Não", eu disse. "Não, isso não está certo, Charley. Isso não está nada certo. *Caramba.*"

E, nesse momento, tudo se encaixou, como pinos de uma fechadura. Os dentes-de-leão. As moscas. Tudo.

"Qual é o problema?", perguntou Charley.

"Você não compreende", eu disse. "Você paga salários de merda, estou certo?"

"Epa! Eu pago o salário mínimo de praxe."

"Você paga o mínimo de praxe de merda, Charley. Quarenta centavos por hora, mais alguma gorjeta que elas conseguem. Estou certo? Alguém que tente viver com um salário desses não pode se dar ao luxo de *não* pegar seu pagamento. Você sabe disso. Eles esperam por ele, contam os dias para ele. Cada centavo conta. Não. Isso não está certo... isso é... A que horas sai a edição vespertina?"

Charley estava confuso. "Vesper o quê?"

"O jornal. Quando sai a edição da tarde?"

"Não sei, depois da correria do almoço."

"Duas horas", eu disse. "É quando ela sai."

"Imagino..."

"O jornal de ontem", perguntei. "Onde está, Charley? A edição da manhã?"

"Não sei", disse ele. "Lá nos fundos, eu acho. Estava cortando peixe em cima dele."

Corri até a cozinha, encontrei o jornal. A primeira página tinha cortes, e o centro estava manchado de gordura de peixe, mas virei as páginas, descobri a matéria. ASSASSINATO NO BLUEBIRD INN. Estava numa página repleta de anúncios de tratores e histórias amenas sobre leilões agrícolas e reuniões do Departamento de Agricultura. A página combinava com o resto do jornal em tamanho e textura — mas isso eu já esperava. Eles tiveram um tempo enorme para fazer a coisa certa. *E alguém com uma impressora e um empréstimo bancário imprime praticamente qualquer coisa por dinheiro.* Eles não poderiam estar preparados, contudo, para nós levantarmos acampamento e sairmos da cidade no mesmo dia em que planejavam nos apanhar. No alto da página encontrei o que estava procurando: ao lado da Data — 1º de setembro de 1939 —, em caixa baixa, estava o cabeçalho EDIÇÃO VESPERTINA. Todas as outras páginas estavam assinaladas com MATUTINA, exceto essa.

"Está se sentindo bem?", perguntou Charley, me observando examinar o jornal.

Virei-me para ele. "Um homicídio no meio da noite sai na edição matutina?", perguntei. "Possível, imagino. Mas por que se arriscar a levantar nossas suspeitas desnecessariamente? Melhor esperar pela edição vespertina."

Eles tinham planejado introduzir aquela página adulterada para toparmos com ela sozinhos.

O rosto intrigado de Charley me informou que ele não tinha nada a ver com aquilo. E ao menos isso era bom.

Era para ter aparecido de tarde, mas quando Susie nos ouviu dizer a Charley que estávamos indo embora — para sempre, desta vez — ela entrou em pânico. Tinha que nos trazer aquela reportagem adulterada naquele momento, ali mesmo. Ela teve que improvisar, teve que enfiar a página com a reportagem do crime na edição matutina. E agitou seu jornal quando entrou, com gestos largos, limpando o ar de moscas quando não havia nenhuma. Esse era o sinal. Alguém no café, ou talvez na calçada do lado de fora. Esse era o sinal para fazer o telefonema. Havia uma cabine no outro lado da rua em frente ao Charley. Eles devem ter ligado dali.

A peruca e os óculos escuros que a esposa estava usando. Ela não estava escondendo quem era do marido. Estava se escondendo de nós.

Tinha me perturbado, vagamente, a quantidade de mato no gramado da frente daquela casinha. Um casal jovem, marido obviamente apaixonado por sua noiva desviada? Um homem assim arrancaria o mato. Virgil havia decifrado os quintais da frente das residências clericais de Cuthbert, mas desta vez deixara passar. Eu também. Com tão pouca chuva, quanto tempo levaria para um jardim cheio de dentes-de-leão brotar? Algum tempo, suponho. E o marido nunca arrancou unzinho para agradar a esposa?

Por que os dentes-de-leão cresciam? Porque não havia ninguém vivendo ali, é por isso. Eles haviam alugado o lugar alguns dias antes apenas, eu diria, e mantiveram as cortinas fechadas para ocultar a nudez do interior.

"Charley", eu disse. "Preciso usar sua lista telefônica."

69.

Perguntei por Giuseppe Bálsamo, e quando Virgil veio ao telefone, sua voz soou fraca.

"Virgil", eu disse. "Sou eu. Fique aí. Vou tirar você daí. Não dê as costas. Não tente sair. Ganhe tempo. Faça-os conferir cada nota atrás de falsas. Empalme uma nota se precisar, faça-os recontarem. Diga a eles que era sua 'apólice de seguro' ao telefone e que eu vou ligar logo em seguida. Faça o que precisar, mas não saia daí, Virgil. Vou buscá-lo."

Desliguei o telefone... mas não coloquei o fone no gancho. Não. Tinha uma outra ligação para fazer, e após essa eu me levantei, atirei dois dólares sobre o balcão, e desejei boa-noite a Charley. Aí eu saí perambulando, devagar e cheio de bocejos. Mas estava andando mais depressa do que parecia.

Pude ouvir o carro arrancar atrás de mim. Pude ouvi-lo rodar à distância, me seguindo. Não precisei me virar e olhar. Sabia exatamente qual marca e qual ano. Raios, sabia até a cor. Era um sedã Graham Supercharger verde-escuro 1939 com grade focinho de tubarão, e sabia que os faróis estariam apagados. Sabia até quem estava dentro: uma garçonete que estourava um chiclete e tinha um sotaque indefinido. Ao seu lado, um irmão havia muito perdido, aquele que fora morto no Bluebird; um marido, que havia assassinado o dito irmão e depois fora morto pelos tiras; e um cliente que se sentara de costas para nós no balcão do café e falara em voz alta sobre os assassinatos. Tudo junto em um homem apenas.

Ela poderia até estar usando novamente sua aliança de casamento. Não importaria, porque ela não nos veria mais, não frente a frente. E essa era a chave.

Eu estava fazendo uma aposta fatídica, percebem. Estava apostando que quem quer que estivesse com Virgil no boteco, no outro lado da cidade, jamais nos vira de perto. Não. Nossa aliciadora era a dona no Supercharger. Era trabalho do maridão agora garantir que eu não saísse de suas vistas. Eu era a apólice de seguro, afinal, e se as coisas dessem errado no boteco, se alguém apagasse Virgil e Rose, eles precisariam me tirar da equação também. Eles estavam vigiando Virgil havia já algum tempo, imaginei, esperando que ele voltasse à malandragem. Sabiam que fora solto de Eastham, sabiam que tinha três condenações contra ele. Sabiam qual corda tocar. Haviam gasto seu tempo esperando que nós juntássemos uma bolada, esperando pelo momento certo, o golpe certo. Cada um tinha um golpe com a sua cara, com seu nome nele. Este era o de Virgil. Sabiam que ele cairia.

Entrei no beco atrás do Café do Wong, ouvi os pneus virarem pouco depois. Aqueles dois no carro, *eles* conheciam o meu rosto. Eu estava apostando pesado em que os outros dois, os que estavam no boteco com Virgil, não conheciam. Não de perto. Não o suficiente para me reconhecer. Não se eu me enchesse de confiança primeiro.

Subi a escada dos fundos até o telhado, os pés fazendo barulho. Ouvi o carro parar no beco abaixo. Entrei no apartamento 1-A, acendi as luzes, e depois me atirei no chão. Rastejei até o 1-B, peguei a segunda valise verde, enchi-a com um lençol para ficar estufada, e depois abri a janela lateral e me esgueirei para fora, livre, pela outra escada de incêndio. Atingi o chão correndo.

Eu teria apanhado a frota da companhia se ela não estivesse estacionada no beco em que o Supercharger havia parado. Em vez disso, eu corri. Corri e corri, catorze quarteirões pelo menos, saltei para um bonde em movimento, sacolejei pela noite com ele e depois saltei fora.

Rose estava lá, ao lado do boteco, esperando no Nash com o motor ligado.

Eu parei. Olhei para ela, quase como se fosse pela primeira vez. Não me escapou totalmente o pensamento de que eu ainda poderia ser o trouxa naquilo tudo. Eu quase estava esperando isso, aliás. Mas creio que nem mesmo

Rose poderia fingir aquela aparência de puro medo. Enquanto me aproximava, pude ver suas mãos agarradas no volante, e no seu rosto — tudo. Pude ver o quanto ela precisava de Virgil, o quanto Virgil precisava dela. Pude ver isso na preocupação e na dor de tudo. E, embora não tenha exatamente certeza do que é o amor, imagino que preocupação é uma boa parte dele. São as pessoas com quem nos preocupamos que realmente contam, não é? Foi isso que eu vi nos olhos de Rose. Preocupação. E soube naquele instante que a havia perdido. Nunca realmente a tivera. Era Virgil e Rose o tempo todo; eu estava ali simplesmente para participar.

Eu me aproximei da lateral do carro, dei umas batidinhas no vidro, e ela se sobressaltou.

"Rose", murmurei.

Ela baixou a janela. Viu-me ali parado com a valise. "Jack? O que você..."

"Preciso de um veículo. Rápido", eu disse. "Vá até o Regency. Pegue um motorista e um carro. Prometa pagar em dobro, o que precisar. O melhor que eles tiverem. Um Lincoln ou um Caddy. Mande o motorista direto para cá. Faça isso agora."

Eu lhe contei o que estava planejando fazer, e por quê, e um semblante tremulou em seu rosto. Não era bem preocupação. Mas quase.

"Me jogue o seu isqueiro, também", eu disse. "Se não se importa."

Dentro do boteco, eles continuavam contando o dinheiro. Nosso dinheiro.

O lugar todo parecia grudento, como se estivesse coberto por uma fina película de gordura fria. Banquinhos se enfileiravam vazios ao longo do balcão, com seus assentos de vinil rachados no meio, a maioria deles.

Virgil não me viu chegar. Mas eles sim. "Que diabo", Virgil estava dizendo. "Eu podia jurar que a quantia toda estava aqui."

Ele estava de costas para a porta. Na sua frente, do outro lado da mesa, estavam dois brutamontes de sobretudo, os chapéus puxados bem para baixo. Eles estavam com a valise verde de Virgil aberta e Virgil estava empilhando as notas. De novo. Meus vinte originais, junto com os cinquenta que eu conseguira na venda da máquina de dinheiro.

"Não sei bem por que estaria faltando", disse Virgil. "Ei, caras, já estiveram em Abilene?"

Eu segui direto na direção deles, passando pelo balconista até a mesa dos fundos. Atirei a valise que estava carregando na mesa deles. Os dois homens olharam para mim e depois para Virgil.

"Quem é esse porra?", eles disseram.

Eu me aboletei ao lado de Virgil, as pernas soltas, preguiçosamente, como se estivesse à vontade.

"Qual de vocês é o Giuseppe?", perguntei.

Eles não puderam evitar, seus olhos dardejaram na direção de Virgil, e eu imediatamente empurrei a cabeça de Virgil contra a mesa. *Bam!* Ele se endireitou, o nariz sangrando, segurando o rosto. "*Porra*", ele disse.

Os sem-pescoço na minha frente gaguejaram: "Que diabo?!".

"Quero saber", eu disse, "quem teve a ideia brilhante de se mandar com cento e vinte mil dólares do dinheiro duramente ganho pelo papai." Abri a valise que havia atirado sobre a mesa, e puxei para fora um punhado de roupas de cama. "Boa piada, não é? Talvez o Giuseppe aqui possa explicar?"

"Eu..." Ele ainda estava apertando o nariz, tentando absorver o sangue com um lenço. "Eu precisava do dinheiro, precisava para..."

E *bam*! sua cabeça desceu novamente sobre a mesa, mais forte desta vez. "Cristo", ele disse, cambaleando para um lado, sangue por toda parte.

Os outros dois haviam estreitado seu olhar sobre mim. Estavam tentando me decifrar, procurando pistas.

"Então", eu disse, e deixei a mais leve das entonações se infiltrar em minha voz. Era o tipo de sotaque que meu pai trouxera de St. Kilda. Não bem irlandês, mas perto. "Me deixe ver se compreendo", eu disse, falando para Virgil, mas com os olhos fixos nos dois homens à minha frente. "Você pensou: 'que porra, eu estou encrencado, vou simplesmente me servir de um pouco do tesouro do Jimmy Toogood'. É isso? É isso que pensou, seu carcamano burro? É isso? É essa merda que está acontecendo, Giuseppe? Você está encrencado?"

Eu peguei um cigarro, bati-o na cigarreira de prata. "Quem são vocês?", perguntei para os outros dois. "E o que estão fazendo aí sentados nos seus traseiros gordos, contando o dinheiro do papai como se o tivessem ganho?"

Eles estavam sem fala. Só poderiam estar, apanhados em algo assim.

Eu abri o isqueiro de Rose com um piparote, tentei acender. Não conseguia, porém. Minhas mãos estavam tremendo. E eles notaram.

O homem maior se inclinou para a frente, os olhos fixos nos meus, olhando duro.

"Quem", ele perguntou, "é você?"

E ali estava.

O momento. Aquele sobre o qual Virgil sempre me prevenira, o momento em que eles *sabem*. Eu finalmente consegui tirar uma chama do isqueiro, e dei uma tragada profunda. Acalma os nervos, o tabaco. É uma coisa maravilhosa. Contive uma tossidela, deixei a fumaça sair lentamente... e aí atirei o cigarro com um piparote no rosto do homem maior. Ele explodiu em fagulhas com o impacto, e ele deu um salto para trás, procurando espaná-lo.

"Quem eu sou?", eu falei. "*Quem eu sou?* Sou o pior dia da porra da sua vida, é isso que eu sou."

O outro homem sacou um distintivo, faiscou-o na minha cara. "Agente Allen", ele disse. "Polícia de Silver City."

Eu o arranquei da sua mão. "Mesmo?", eu disse, e aí, sem olhar para o distintivo: "Já vi lata melhor num parque de diversões". Atirei o distintivo com um jogo de munheca. Ele ricocheteou pelo chão como uma pedra sobre a água. O balconista estava esfregando o chão atrás do balcão e levantou os olhos — imediatamente os baixou, tentando ao máximo ser invisível.

O homem menor se inclinou, deu umas batidas no sobretudo no que esperava que fosse uma atitude ameaçadora. Talvez estivesse carregando uma arma — um cassetete ou uma pistola. Não liguei.

"Papai tem todo maldito departamento de polícia no bolso", eu disse, "e nunca vi nenhuma de suas caras feias antes."

Eu firmei o olhar, derrubando todas as dúvidas que eles tivessem. Olhei até eles piscarem, até seu medo começar a aparecer.

"Nós temos aqueles seus outros dois amigos, aquela gatinha e o namorado, lá no celeiro", eu disse. "Ah, ela está chorando agora. Viu o erro que cometeu. Dando o serviço, não é? 'Faça ele parar', ela choraminga. 'Ah, por favor, faça ele parar. Eu conto onde eles estão.' Mulheres", eu disse. "Tão sentimentais. Odeiam ver alguém que elas amam sofrendo assim. Pois aqui estou eu. Ela entregou vocês, me enviou direto pra esta biboca. E o que eu vejo diante de mim? Três golpistas baratos que acham que podem roubar do papai."

"Eu não estou com eles", balbuciou Virgil, e eu martelei o seu rosto de encontro à mesa. Desta vez ele conseguiu protegê-lo com as mãos.

"Cale a boca", eu disse. Virgil me lançou um olhar. Ele dizia: *Não precisava me bater tão duro* — mas eu bati. Vacilar era morrer. Um soco contido não era um soco. E uma cabeça batida, bem, era mais fácil de tomar que a alternativa.

"Escute aqui, chapa", disse um dos homens, tentando recuperar a vantagem, tentando parecer duro ainda. Mas sua voz vacilou. Uma bandeira e tanto, essa. Era o tipo de coisa que poderia fazer um homem ser morto.

"Um tira, você?", eu disse. "Você não é porra de tira nenhum. É um golpista de rua que está a uma piada suja de uma morte lenta e certa. Papai me mandou aqui porque eu sou o razoável. Meu irmão Davey quer arrancar seus dedos um a um. Todos os dez. Mas eu disse: 'Deixe pelo menos um polegar nos dois para que eles possam pedir carona e fugir da cidade depois que nós tivermos acabado'. Sou razoável, sacaram?"

Eu precisava de tempo para o motorista que Rose estava contratando chegar. Empilhei as notas sobre a mesa, fiz uma contagem rápida, disse: "Cadê o resto?".

Eles tinham subtraído cinquenta de Virgil no beco. Estavam trabalhando em quatro, de modo que seriam doze mil para cada, mais trocados. Esses dois deviam estar com a sua parte. Afinal, nunca se deve confiar nos parceiros.

"Cuspa", eu disse. E com certeza, rostos pálidos agora, eles entregaram envelopes com doze mil cada. "Ainda falta", eu disse.

Aí eles avançaram mais fundo em suas próprias carteiras, esvaziaram os bolsos. Eu arrumei mais mil ou quase isso, ali mesmo. Limpei cada maldito dólar, cada centavo daqueles sacanas. Eles estavam tão completamente arrasados que atiraram até seus relógios e anéis.

Eu juntei tudo aquilo e coloquei na valise verde original de Virgil. "Vocês conhecem John Connor O'Reilly, certo?" Eles fizeram que sim, mudos de medo, embora John Connor O'Reilly fosse um nome que eu tirara do ar. "Anda com os Williamson. Trabalha pra nós, também. Eles o chamam de Cirurgião. Isso vocês sabem, certo?" Eles assentiram. "Sabem por quê?"

Não sabiam. Eu fiquei mais do que contente de esclarecer-lhes sobre a matéria, pois estava velejando agora, com o peito cheio de vento, sentindo-me leve e invencível, e as mentiras simplesmente escorriam, tão reais, tão cristalinas, que eu mesmo quase acreditei nelas. "O velho Connor tinha um fraco por cirurgia amadora, sacam? Veio para cá de Belfast, a Bela, fez seu lar nestes

Estados Unidos e cavou um nicho para si no mais literal dos sentidos. Alguns o chamavam de Açougueiro Belfast, mas, do jeito que eu vejo, isso é um insulto para o seu ofício. O homem é um artista. Um que merece respeito. É a única pessoa para quem Dillinger nunca deu as costas. Ah, mas isso vocês já sabiam." E eles sabiam. Dava para ver isso em seus olhos: "*Salvai-nos, Senhor. Nós cruzamos caminho com um homem de quem Dillinger tinha medo*". Estava plantado em seus cérebros, e, uma vez ali, eles não seriam capazes de se livrar disso.

"Sabem como eles dizem 'olho por olho'? Vocês já ouviram isso, certo? No Livro Sagrado?" Eu esperei até eles assentirem com as cabeças para continuar. "Eles o chamam de 'O Doutor Olhos' na frente dele, mas quando não está por perto, sussurram um nome diferente. Não Açougueiro. Não, pior que isso. Saca-rolha. *Saca-rolha Connor*, é como eles o chamam, por conta do seu instrumento cirúrgico predileto. Vocês sabiam que se alguém usa um saca-rolha no olho de outra pessoa, ele salta todinho para fora, como uma ameixa de uma torta? Fascinante, né?"

Eu fechei a valise, olhei por cima do meu ombro quando um sedã preto encostava sob a luz da casa do lado de fora. Um Lincoln K V12, pela aparência. Um "Sunshine Special", se não estava enganado. Lindo automóvel aquele, com seu capô em forma de caixão e seus para-choques afunilados curvos. Era um veículo usado frequentemente para o desfile de presidentes, dignitários e heróis menores. Um motorista com uniforme cinza e boné de chofer apeou.

"Bem na hora", eu disse. Eu me esgueirei para fora da mesa, fiz um aceno de cabeça na direção da janela como se estivesse lançando um sinal. Peguei as duas valises, uma em cada mão.

"Cavalheiros", eu disse.

Eu os conduzi até a calçada, e uma vez fora parei e fiz um curto aceno de cabeça em cada direção, como que sinalizando para um bando de comparsas que estivessem espreitando nas sombras.

E foi aí que avistei o Graham Supercharger chegando.

Ele estacionou no final do quarteirão e apagou os faróis. Eles deviam ter percebido que eu caíra fora e tinham vindo correndo para cá para dizer aos outros que sua apólice de seguros estava perdida. Mas a gatinha e o seu galã estavam cercados também. Eu virei para o outro lado só por segurança, mas mesmo que tivessem me reconhecido de onde estavam, não poderiam arriscar se apresentar — um marido e esposa voltando dos mortos e instantaneamente reconhecidos? O golpe todo teria desmoronado.

Mas eu tinha que agir rápido. Empurrei nossos amigos para o banco de trás do Lincoln e atirei uma maleta no da frente com o motorista. E disse a eles: "Vocês dois vão entregar este dinheiro ao papai diretamente. Vão se desculpar pelo aborrecimento que lhe causaram, e vão arranjar o reembolso da quantia restante. Com juros, certo? Façam isso, e as chances são de que vocês vão sair com seus dois olhos. O que é mais que o marido da gatinha pode dizer. Pobre caolho fodido".

Virei o olhar duro para Virgil.

"Quanto a você", eu disse. "Você vem comigo."

"Não", disse Virgil, assustado, quase em lágrimas. Ele tentou subir no Lincoln com os outros, implorando: "Me deixe falar com o Jimmy, eu posso explicar as coisas". Mas os outros dois o empurraram para trás como se ele fosse atrapalhá-los. Tive que arrancar Virgil à força. "Não se preocupe, Giuseppe", eu lhe disse. "Vamos deixar os seus polegares. Sou um homem razoável."

Passei mais uma nota de cem para o motorista, bati duas vezes no teto do carro. Enquanto o Lincoln se afastava, e antes que Virgil pudesse sorrir ou fazer alguma estupidez, eu o agarrei pelo colarinho de veludo, puxei-o até ficar nas pontas dos pés, e disse, baixinho: "Não sorria, porra. Do outro lado da rua. Sedã Supercharger. Quando ele arrancar, me diga".

Não precisei esperar por um sinal de Virgil, contudo; ouvi os pneus guincharem.

"Foram?", perguntei.

Ele fez que sim. "Eles queimaram o chão" — e agora ele *estava* sorrindo — "na outra direção. Ha!"

Parceiros. Não se pode confiar neles.

Rose chegou no Nash, com sua janela abaixada. "Vocês estão bem?" Aí, vendo o rosto inchado e o nariz machucado de Virgil, ela disse: "Quem fez isso em você?".

"Foi o Jack", disse ele.

Ela me fitou.

"É uma longa história", eu disse.

"Mas da boa!", disse Virgil. Ele abriu a porta, nós embarcamos com nossas valises, e Rose arrancou.

Na explosão de alívio que se seguiu, Virgil gritou: "*Vivaaa!*". E, depois: "O Wheaties aqui foi o máximo, Rose, você devia ter visto! Uma patranha e tanto que você mandou, Jack. Saca-rolha Connor? O Doutor Olhos? O Açougueiro de Belfast? Você largou aquilo como um lance de dados. Foi lindo!".

Nós precisávamos voltar ao 1-A e retirar tudo. Rose havia dito ao chofer que ele ia guiar até uma festa surpresa de aniversário e que se ele não abrisse o bico haveria outros duzentos dólares quando chegasse lá.

"Chegasse onde?"

"Novo México", disse Rose, e eu tive que rir disso.

"Cruzando a fronteira estadual?"

"Cruzando a fronteira estadual", disse ela. "Eu lhe dei instruções muito detalhadas para lugar nenhum. 'Pegue a segunda estrada de acesso transversal, siga até a terceira à direita, pegue esta até a estrada bifurcar, vá para o norte e depois vire para o oeste até chegar a um grande celeiro. A segunda casa depois é onde está acontecendo a festa surpresa. Mas nem uma palavra!'"

"Ha!", exclamou Virgil. "É o tipo de endereço que eu costumava dar quando aplicava o suadouro."

Virgil abriu a valise e extraiu o dinheiro que eu tinha exigido, tanto o nosso como o deles. Ele ergueu um dos relógios que os homens haviam entregado, balançou a cabeça com admiração. "Como sacou a coisa?", ele perguntou.

"Foi a Mosca Espanhola", eu disse. "Isso e os dentes-de-leão. Depois eu explico."

"O Peabody estava na jogada?"

"Necas", eu disse. "Ele tinha mandado cortar nossos telefones, lembra? Foi apenas má sorte nossa eu ter imaginado como religar a linha."

Virgil estava ficando mais eufórico a cada momento, morfina e contentamento, em partes iguais, imaginei. "Devia ter visto, Rose! Foi uma visão memorável. O garoto é um artista. Saca-rolha Connor. *Ha!* Eu adorei isso!"

Ele estava rindo agora, e exultando, e eu sabia que no correr dos anos a história ganharia asas e maior estatura cada vez que fosse contada, que eu viveria como Wheaties McGreary do Dust Bowl ou Jack Escocês de Paradise Flats. Sabia que a história seria contada e recontada, seria passada de mão em mão como uma moeda carregada de boa sorte, e, a despeito do que acontecesse comigo, a história continuaria, viveria, jamais morreria.

Virgil, a srta. Rose e eu voltamos ao nosso "refúlgio" no telhado. Nós enchemos o porta-malas, juntando tudo o mais depressa que pudemos. Pegamos a câmera, mas deixamos o rádio, a geladeira e o ampliador fotográfico. Eu enchi a última valise verde com os meus pertences, sobretudo roupas. E quando os outros dois não estavam olhando, coloquei dentro também os blocos de madeira que usara para sustentar o ampliador. Isso deu à valise um certo... peso.

Nós arrastamos tudo pela escada, Virgil se contraindo em cada degrau.

"Precisamos arrumar um médico para você", disse Rose, mas ele não escutou.

"Ossos se remendam", ele disse. "É o que eles fazem."

Com o Nash carregado, eu sentado atrás e Rose no volante, saímos daquele beco sem lançar um olhar para trás.

"Pode parar na estação rodoviária?", perguntei.

"A estação?", disse Virgil. "Ah, certo. Seu bilhete. Bem pensado, pode recuperar essa grana também. Seu ônibus vai partir daqui a pouco e depois disso não conseguirá mais um reembolso."

"Não estou pensando em reembolso", eu disse, e o carro ficou em silêncio.

Rose me fitou pelo espelho retrovisor. "O que está dizendo, Jack?"

Ela sabia exatamente o que eu estava dizendo. Virgil também.

70.

A Estação Rodoviária da companhia Greyhound era praticamente o edifício mais moderno de Silver City. Recém-construído e moderno, com seus cantos arredondados e telhado plano, seu letreiro em neon vertical e seus ladrilhos azul e marfim, era mesmo uma obra de arte.

Embaixo da cobertura de aço inoxidável, um dos ônibus da Greyhound já estava com o motor ligado: prata sobre prata e janelas de vidro fumê, parecia cada pedaço do futuro que nos aguardava, brilhante, suave e seguro. Mas, a despeito de toda essa modernidade em exposição, foi para um triste poço de luz que nós rodamos. Sua claridade lançava sombras densas nas plataformas de embarque. Existirá neste mundo alguma coisa mais desolada e solitária que uma estação rodoviária à noite? Todo o mundo em trânsito daquele jeito?

Desci do Nash carregando uma valise verde. Virgil e Rose me acompanharam. Ela me parou, arrumou meu colarinho como se fosse o primeiro dia da escola, e perguntou: "Tem certeza disso?".

Eu tinha.

Virgil abanou a cabeça, chateado. "Acho que entendi você errado o tempo todo, garoto. Vai voltar? Para o quê? Alguma cidade imunda no meio do nada. E você, rodando por lá num calhambeque decrépito, uma prole de nariz escorrendo guinchando alto, a vida arrancando aquilo que você é. De volta ao monótono e ao modesto. É isso que você quer?" Ele parecia ferido, zangado e triste, tudo ao mesmo tempo. "Isso realmente me entristece. Você tinha bossa, Jack. Tinha tudo para se tornar um dos grandes."

Um dos grandes. Era disso que eu tinha medo.

"Vai para casa?", ele perguntou.

"Vou para casa."

Rose tinha lágrimas nos olhos, mas não estava triste. Não exatamente. Estranho, isso. Aquelas podem nem ter sido lágrimas. Podem ter sido as luzes da estação refletidas na palidez.

Eu me virei para ela, disse: "Gostaria que ficasse com isto".

Ela olhou para baixo, virou-a na sua mão.

"Uma presilha de cabelo", disse: "É linda, Jack. Deve ter pago muito por ela."

"Não", eu falei. "Não mesmo."

Eu queria abraçá-la uma última vez, apertar-me contra ela, fechar bem os olhos e encher minha respiração com o cheiro de cigarros e Camay. Mas era hora de partir. O motorista chamou: "*Corrida noturna, para o sul e sudoeste! Partindo agora!*". Virgil levantou a outra valise, eu sabia que ele o faria, e disse: "Espere aí, garoto. Ainda tem o assunto da sua parte".

"Eu não quero."

"Não? Bem, pelo menos leve alguns mangos com você. Para o caso de querer voltar atrás..."

"Não posso", eu disse. "Preciso começar limpo."

E a menor das bandeiras apareceu no rosto de Virgil. Era a contorsão de uma boca prendendo — não um sorriso, ou mesmo a sombra de um sorriso, mas a *promessa* de um. "Mesmo?", disse ele. "Não quer nada do dinheiro? Ora, vamos. Mesmo uma nota de cem pode ajudar."

"Não quero nada disso", falei. "Estou caindo fora do jogo."

"Porque eu posso dar o que você quiser", disse ele. "Posso abrir esta valise, agora mesmo, meter a mão e tirar algum dinheiro."

"Não é preciso", eu disse.

"Ah, mas eu insito", e sua mão estava no fecho. "Espere só eu abrir e..."

"*Corrida noturna, última chamada. Todos para o sul e o sudoeste!*"

"Deixe ele ir", disse Rose. "Ele não quer nada disso." E ela me deu um beijo, não nos lábios, mas suave mesmo assim, e doce, como água para um homem sedento. Fiz questão de fechar os olhos, de abraçá-la apertado. De capturar aquele tênue aroma final de Camay.

"Bem, filho", disse Virgil depois de eu me afastar de Rose. "Se você tem que correr, tem que correr. Pegue. Você fica com a sua valise e eu com a minha. Faça uma boa viagem."

"Vou tentar", eu disse. Peguei a valise de Virgil e segui apressado para o outro lado do ônibus para embarcar.

Rose e Virgil ficaram observando o Greyhound se afastar, e assim que ele saiu, Virgil libertou o sorriso que vinha prendendo.

Eu sei o que ele fez porque não estava naquele ônibus. Estava parado nas sombras da plataforma de embarque, afastado num canto, observando de perto.

"Você percebe", disse Rose, "que o Jack simplesmente foi embora com todo o nosso dinheiro?" Ela olhou para a valise verde no chão ao lado de Virgil.

"Me dê algum crédito, garota!", disse Virgil. "Acha que o Wheaties ia me vencer numa simples troca de valises? Ha! Enquanto você estava lhe dando aquele beijo, eu *destroquei*."

Rose olhou para Virgil. Não disse nada.

"Ele mereceu", disse Virgil. "Tentar me fazer de bobo desse jeito. Ele as trocou, eu destroquei."

Houve uma demorada pausa.

"Talvez ele soubesse que era exatamente o que você faria", disse Rose. "Talvez o Jack tenha deixado *você* fazer a troca por ele."

Virgil gelou. "O que você está..."

"Só estou dizendo. Talvez o Jack tenha pousado sua valise e deixado você fazer as honras."

Virgil fitou a valise verde com as marcas de fricção e os lados de couro macio, fitou-a com uma sensação de vazio nas entranhas, imagino.

"Virgil", ela disse. "Acho melhor você abrir essa valise."

Ele abriu, tirando os blocos de madeira e o resto de minhas roupas, atirando-as para todos os lados. "*Aquele filho da puta!*" Desvairado e enfurecido, ele olhou duro para Rose. "Não ria. Por que está rindo? Aquele garoto roubou todo o nosso dinheiro."

"Ele não o roubou", disse ela. "Você deu a ele."

"Entre no carro", disse ele. "Entre no carro agora! Vamos alcançá-lo na próxima cidade."

Mas não haveria uma próxima cidade.

Percebem? Foi então que tudo realmente desmoronou — para Virgil e Rose, quero dizer. Não para mim. Eu sabia para onde iria. Sabia pela primeira vez.

Virgil se aboletou no Nash e estava ansioso para partir. "Eu dirijo", disse ele.

E enquanto Rose abria sua porta, ela olhou para trás... diretamente para mim.

Essa é a coisa das sombras. Quando se está escondido nelas, nunca se tem absoluta certeza se as outras pessoas podem nos ver. Será que Rose me viu? Honestamente, não sei. Ela apenas arrumou um cacho de cabelo atrás da orelha e subiu no Nash.

Essa foi a última vez que vi Rosalind Scheible e Virgil Ray. Ou Giuseppe Bálsamo e Avanna Sherrill, ou Connie Parker, ou seja lá quem eles realmente eram — e eu às vezes me pergunto se eles mesmos sabiam. Não imagino que Virgil tenha sobrevivido à corrida e ressurgido na próxima cidade como outra pessoa. Rose também.

Gostaria de pensar que ela me viu — que nossos olhos se encontraram. Mas mesmo que eu pudesse localizá-la algum dia e perguntar, eu jamais teria a certeza se o que ela dissesse seria verdade, ou apenas alguma coisa que ela achasse que eu precisava ouvir.

71.

Foi uma longa caminhada até o limite da cidade, onde havia um aglomerado de casas rurais. Precisei consultar várias vezes o pedaço de papel onde havia rabiscado o endereço para encontrá-lo.

Uma luz acendeu e um homem enrugado surgiu, embrulhando-se num roupão de banho. Ele sorriu para mim. "Não tinha certeza de que você viria", ele disse. "Venha. É nos fundos."

Ele me conduziu até onde o Bantam estava estacionado e disse: "Bólido quatro portas. Acabei de regular. Pus uma transmissão nova e enchi o tanque. Eu, ah... estou pedindo trezentos".

"Pode ser em dinheiro?"

"Claro! Mas... você não vai pechinchar?"

"Não", eu disse. "Você parece uma pessoa honesta."

O nome na caixa de correio dizia *Stoffer*.

"Tem família?", perguntei. "No sul? Nas planícies?"

"Tinha", disse ele. "Anos atrás. Eles foram os primeiros a se mandar. O nome era 'Offern', na época. Eles acrescentaram o 'Saint' mais tarde. Virou 'Stoffer' depois disso."

"Poxa", eu disse, e sorri. "Que interessante."

Eu arranquei com as janelas abertas e uma valise cheia de dinheiro no assento ao meu lado. Bem mais de noventa mil dólares, pelas minhas contas, mais um par de relógios de ouro e de anéis. Virgil sempre dizia que nunca conhecera um malandro que não tivesse sido finalmemente enganado por seu parceiro. Era de pensar que, de todas as pessoas, ele teria visto a coisa chegar.

Passei pela fábrica química De Valu nos arredores da cidade, tremeluzindo na claridade que anunciava a aurora. A luz estava acesa na janela do escritório, no primeiro andar de Dicannti. Ele estaria abrindo sua fabulosa máquina de fazer dinheiro neste exato momento, os olhos reluzindo de admiração com a mágica que acabara de ocorrer. Não ficaria desapontado. Não aquela hora, pelo menos. Eu tinha acrescentado uma segunda nota quando a reajustei, e aqueles cem me renderiam outras três horas. É preciso planejar nossa fuga. Não se pode ser apanhado esperando numa rodoviária. Se eu aprendera alguma coisa com Virgil, fora isso.

Um cara pode pôr muita estrada atrás de si com uma vantagem de três horas. Eu andei rápido, durante o dia todo e entrando pela noite. Dormi no carro, transferi gasolina com um sifão, e fui em frente. Parei na manhã seguinte para enviar algum dinheiro pelo correio para papai — mais de dez anos de salário ali —, junto com uma nota: "Eu me preocupo com você, papai. E sei que você se preocupa comigo. Mas eu estou bem. Aí vai algum dinheiro para ajudar na comida e outras coisas, até o seu navio chegar".

Eu estava quase pronto para selar, mas parei e acrescentei: "Como eu sei que chegará algum dia".

Coloquei a carta dentro, junto com a pilha de notas que estava enviando, e aí levei-a ao balcão. Havia mais naquele único pacote para meu pai do que Bonnie e Clyde haviam ganhado com todas suas matanças e roubos combinados. Bem mais, na verdade, e nem uma simples pessoa perdera a vida por isso. Que era como devia ser, já que se tratava apenas de dinheiro, não valendo a pena morrer por ele.

Ali tinha o bastante para cuidar de meu pai. Não o bastante para terminar sua mansão, com todos aqueles candelabros de cristal e torres que ele vivia acrescentando. Mas isso era ótimo, também, porque eu soube o tempo todo que a casa jamais seria construída. E talvez fosse essa a questão.

Talvez não se trate de ganhar ou perder, ou de preparar o maço no baralho. Talvez não se trate de tentar falsificar a aposta ou pegar a próxima mão. Talvez se trate de fazer uma aposta mesmo quando as chances são adversas.

Talvez seja saber que o jogo é viciado, saber que não se pode vencer, e jogar mesmo assim. Talvez esse seja o único tipo de aposta que merece ser feito.

Eu tinha cinquenta mil dólares guardados para uma aposta dessas, e guiei para o norte pelas planícies agora, contornando a borda de uma barreira florestal de proteção enquanto a luz do sol inundava a terra. Eu podia vê-la, clara como a estrada que se estendia diante de mim — podia vê-la nas cozinhas populares e nos campos de trabalho, nas filas do pão e albergues de caridade, onde quer que homens maltrapilhos e mulheres esfarrapadas se aglomerassem. E havia eu, Jack McGreary de Paradise Flats, distribuindo dinheiro que, para começar, nunca foi meu, devolvendo-o até ele acabar, entregando-o às mancheias aos destituídos e às almas perdidas, despejando pedras às centenas, despejando-as até o mar começar a crescer numa onda que me carregaria para o norte até a fronteira e os postos de recrutamento além dela.

HMS HLRY 3ª Div HQ RADIO LOG 6 de junho, 1945

Operações Aliadas na Normandia começaram 04:00 em Omaha, Utah, Gold, Sword e Juno.

O soldado raso Jack McGreary, 3ª Divisão de Infantaria canadense, desembarcou na Praia de Juno na primeira onda. Foi atingido três vezes antes de conseguir chegar à praia.

Notas do autor

Há somente cinco sobrenomes na história de St. Kilda. McGreary não é um deles.

Os Ferguson de St. Kilda se estabeleceram em Glasgow e mais tarde embarcaram para Cape Breton, para trabalhar em minas de carvão. Meu avô veio quando jovem, mas, após um desmoronamento nas minas Dominion, ele foi embora e nunca mais voltou. Uma lenda familiar diz que ele jogou uma moeda para decidir se permanecia em território britânico, como o Canadá ainda era considerado, ou seguiria para o sul, paras os Estados Unidos.

A moeda decidiu a favor do Canadá. Ele encontrou trabalho na Canadian National Railway. Ele se apaixonou por minha avó da lateral de um trem, e aqui estou eu.

Eu muitas vezes fico pensando naquela outra história, a que nunca se passou. Em livros anteriores, escrevi sobre o Canadá e o Japão, mas desta vez eu queria olhar para o sonho americano — e o outro lado da moeda. O lance que meu avô venceu. Ou perdeu. Dependendo do ponto de vista.

Jack McGreary, o narrador de *Mosca Espanhola*, apareceu inicialmente num romance anterior meu chamado *Ser feliz* [Companhia das Letras, 2003]. Eu pensei em reescrever a biografia original do personagem, fazendo-o se mudar repentinamente para Red Deer, digamos, a fim de tornar esta história mais "canadense". Mas isso me pareceu muito constrangedor. No fim das contas, decidi simplesmente sair do caminho e deixar Jack contar sua história.

A foto que aparece na capa deste livro ajudou a moldar o tom e o caráter do romance. Eu conservei uma cópia dela à mão enquanto estava escrevendo *Mosca Espanhola* e recorri a ela frequentemente. Funcionou como uma janela para aquele mundo. Em minha mente, aquele é Jack McGreary palmilhando as ruas de Silver City, com a senhorita Rose atrás dele. O cabelo dela é mais escuro, tingido talvez, ou talvez esteja usando uma de suas perucas enquanto vasculha as ruas atrás de prováveis otários. Ah! Ela acaba de localizar sua presa, um empresário corpulento caminhando no sentido contrário. Mas Jack captou o nosso olhar também, nos viu observando-o. Ele olha firme, diretamente para nós. Existe uma tensão nessa fotografia. O salão de bilhar e a Temple Drugs, a tabacaria e as fachadas das lojas: essa era a textura que eu estava tentando captar. A palavra "liar" está até embutida no letreiro de "billiard", acima do ombro de Jack. E o que é o mundo da vigarice senão o templo dos mentirosos?

A fotografia real é de Ralph Olson, de Cremona, Alberta, tirada quando ele era um jovem nas ruas de Calgary. Alguns poderão reconhecer as colunas da loja de departamentos Bay atrás dele. O senhor Olson não é, eu me apresso em dizer, nenhum vigarista ou trapaceiro. Eu topei com essa foto na parede da casa de sua filha Kirsten e a imagem me seduziu da maneira que espero que a narrativa de Jack tenha seduzido vocês. Ela é usada aqui por cortesia do senhor Olson. (Ralph também me deu dicas sobre como Jack teria afogado o Nash no início do romance e como, em seu pânico, Jack poderia tentar dar a partida no carro.)

A outra foto que pareceu captar o que eu estava tentando colocar no papel é uma que está reproduzida no finzinho de *Mosca Espanhola*: a imagem de uma jovem mãe e um menino, apanhados numa tempestade de poeira. Eu a encontrei numa história em imagens da Grande Depressão e fiquei fascinado por ela desde então. A história de Jack e sua mãe ausente surgiram diretamente dessa foto, e *Mosca Espanhola* se encerra com essa imagem porque eu queria fechar o círculo da história com Jack como menino, perdido num mundo de areia.

Os golpes que aparecem em *Mosca Espanhola* são reais: o golpe de

Drake, o cachorro com pedigree, as glândulas de bode do doutor Brinkley. Levantamento de trocados, o golpe do inspetor de banco, os contos do vigário, os truques de parque de diversões, os golpes do paco e a fabulosa máquina de dinheiro: todos datam dessa era. Adolf Hitler realmente foi nomeado o Homem do Ano pela revista *Time* e a Studebaker fabricou mesmo uma linha de sedãs luxuosos chamada de "O Ditador". E ninguém ganha num jogo de monte.

Os grandes vigaristas dos quais Virgil fala também são reais, assim como seus destinos. Valise Simpson e Henry, o Cavalo, são trambiqueiros dos quais meu pai, Jack Ferguson, de Radville, Saskatchewan, me falava. Geordie Dee é um composto; ninguém sabe de fato quem inventou o golpe do Texas. Mas o Conde Lustig, Yellow Kid Weil, Canadá Bill, Chicago May, Charley Fisher, o Diácono, o Coronel e todos os demais são figuras reais da Era de Ouro da Vigarice. (Embora eu confesse que Sigmund Engel, do golpe dos corações solitários, não tinha um exemplar de Ovídio consigo, não até onde eu sei. Isso foi um embelezamento de minha parte.) A sacada de que gordura é raiva congelada vem do comediante Ben Stein.

Para saber mais sobre as fontes desses golpes clássicos, junto com notas sobre a geografia de *Mosca Espanhola* e a nomeação dos personagens principais, acesse <www.willferguson.com> e clique em "books" e depois em "Spanish Fly".

Agradecimentos

Gostaria de agradecer a minha agente Carolyn Swayze, minha editora Barbara Pulling e a todos da Penguin Canadá que estiveram envolvidos na produção de *Mosca Espanhola*:

Diretora Editorial, Andrea Magyar
Diretor Principal, David Davidar
Gerente Editorial, Tracy Bordian
Editora de Revisão, Karen Alliston
Diretora de Arte, Mary Opper
Coordenadora de Produção, Chrystal Kocher
Formatadora, Christine Gambin
Gerente de Publicidade, David Leonard
Diretora de Marketing, Yvonne Hunter
e Diretor de Vendas Nacionais — e em breve produtor musical —, Don Robinson

É uma grande equipe. Espero não ter me esquecido de ninguém.

Gostaria de agradecer também a Kirsten Olson, Ian Ferguson e Mark

Zuehlke por seus conselhos perspicazes e contribuições oportunas. Um grande agradecimento também para Tom Phillips e seus Men of Constant Sorrow por musicar a história de *Mosca Espanhola* — e lhe dar o tom nasal country apropriado.

ESTA OBRA FOI COMPOSTA EM DANTE PELO ESTÚDIO O.L.M./ FLAVIO PERALTA
E IMPRESSA EM OFSETE PELA RR DONNELLEY SOBRE PAPEL PÓLEN SOFT DA
SUZANO PAPEL E CELULOSE PARA A EDITORA SCHWARCZ EM MARÇO DE 2011